사랑,
2555 α

사랑,
2555 α

이소리 장편소설

사랑,
2555α

20세기가 21세기에게

사상 처음으로 한반도에서 남북정상회담이 열리는 날, 약 2년여 동안 USB 속에 잠겨 긴 잠을 자고 있던 이 장편소설 탈고작업을 시작했다. 처음에는 원고 곳곳에 이새 고춧가루처럼 끼어 있는 틀린 낱말이나 글 흐름만 조금 손질하려 했다. 막상 오랜만에 뚜껑을 열어보니, 처음 생각과는 많이 다른 생각이 나를 훌치기 시작했다.

이 소설 제목은 〈울산일보〉에 연재될 때만 하더라도 〈7년간의 사랑〉이었다. 탈고를 하기 위해 다시 원고를 펼쳐보니 갑자기 '간'을 빼야겠다는 생각이 들었다. 굳이 '간'이란 낱말이 거슬린다는 생각과 함께 '간'을 뺀 〈7년의 사랑〉이 훨씬 마음에 들었다. 그래서였을까? 제목을 바꾼 김에 내쳐 이 소설 이야기도 조금 바꾸어야겠다는 생각이 들었다.

TV에서는 그때 김대중 대통령을 실은 비행기가 북한 순안공항에 도착하고, 북한 김정일 국방위원장이 비행기를 향해 마악 걸어 나오고 있을 때였다. 아나운서가 "김대중 대통령과 김정일 위원장이 역사적인 상봉을 하는 순간입니다"라며 흥분된 목소리로 마구 떠들고 있었다. 그때 소금장수가 내뱉는 쉰 목소리가 들려왔다. "소금이 왔어요, 소금!"이라는 그 갈라지는 목소리가 아나운서가 떠드는 흥분된 목소리와 묘하게 어울리고 있었다.

　　문득 이런 생각이 들었다. 지금은 20세기와 21세기가 마주하는 시대가 아닌가. 아나운서가 내뱉는 들뜬 목소리는 분명 21세기에서 들려오는 목소리였지만 소금장수가 내뱉는 쉰 목소리는 20세기에서 들려오는 목소리였다. 그렇다고 남북정상회담이 소금장수 삶과 아예 다른 세상 이야기라는 말은 아니다. 이 역사적인 순간에도 하루하루 삶을 위해 땡볕 아래 무거운 소금을 차에 싣고 다니며 목이 터져라 소리치는 저 소금장수가 외치는 목소리, 저 짠 목소리를 옛날 유물로 받아들여서는 안 된다는 그 말이다. 20세기가 없는 21세기가 다가오지 않듯이.

그렇게 또다시 10여 년... 탈고기간이 너무 오래 걸렸다. 탈고를 하는 동안에도 글쓴이는 이 핑계 저 핑계 대면서 자꾸만 미루었다. 탈고를 마쳐도 선뜻 인세를 제대로 주면서 책을 내줄 만한 마땅한 출판사가 없다는 것도 탈고를 미룬 또 하나 핑계이기도 했다.

〈7년간의 사랑〉에서 〈7년의 사랑〉을 거쳐 〈사랑, 2555α〉로 제목이 바뀐 이 소설은 20세기가 21세기에게 애타게 외치는 목소리다. 글쓴이는 그 쉰 목소리로 21세기란 새로운 역사 앞에 이렇게 적는다.

"수배자가 넘쳐나던 시대, 감옥이 비좁았던 시대, 옥살이를 한 번이라도 하지 않으면 오히려 이상한 사람으로 낙인찍히던 시대,

그 시대를 살았던 그들, 그 죽음 같은 세월과 그들이 지닌 깊은 슬픔을 발효시킬 줄 알아야 한다. 반역을 되풀이하지 않기 위해서는 그때 그 소금장수가 외치는 갈라지는 목소리를 귀담아 들어야 한다."

이 세상 바다 곳곳에서 주어진 삶을 열심히 살아가는 독자들을 향해 힘찬 뱃고동을 울리는 이 책이 희망을 젓는 뱃사공이 되기를 빈다. 이 책에 나오는 문학인과 예술인, 연예인, 정치인, 기업인에 대한 저울질이 혹 잘못된 것이 있다면 글쓴이 짧은 지식이 허세를 부린 탓이다. 삼가 너그러운 마음으로 받아들여 주시기 바란다.

이 책을 펴내기 위해 수고를 아끼지 않은 〈도서출판 선〉 김윤태 사장님과 늘 곁에서 등을 다독거려주시는 문단 선후배님들에게 큰절 올린다.

2014년 4월, '사랑' 그 아래 서서
이 소 리

프롤로그

'쇠를 집어삼켜도 척척 소화할 수 있다'는 새파란 청춘이 꿈틀거리는 나이
바람만 살짝 불어도 괜히 화가 나는 나이
새가 날아가는 것만 보아도 웃음이 절로 터져 나오는 나이
비가 내려도 눈물이 슬쩍 맺히는 나이

스무 살 때부터 내 움직임 하나부터 눈도장을 찍고 가늠하는,
내 몸과 마음을 환하게 비추는 손거울 같은 여자가 있었다
2555일, 7년 동안 그랬다
20대 내 청춘은 그 여자가 샅샅이 주물렀다
나는 그때 무언가에 흠뻑 홀린 것처럼
그 여자가 툭툭 던지는 쌍꺼풀 예쁘게 진 눈빛을 비껴가지 못했다
살짝 웃을 때마다 내 눈빛 바늘로 살짝 찌른 듯
포옥 파이는 그 여자 볼우물을 벗어나지 못했다

내가 말하는 것은 그 여자로부터 시작되어 그 여자에게로 매듭지어졌다
내가 듣는 것도 그 여자로부터 시작되어 그 여자에게로 매듭지어졌다
내가 바라보고 느끼는 모든 것들도
그 여자로부터 시작되어 그 여자에게로 매듭지어졌다

그 여자 눈빛은 내 몸과 마음을 몽땅 다 비추는 유리거울이었다
그 유리거울이 잠시 내게서 벗어나 있다고 여겨질 때면
후유~ 자유를 찾았다는 그런 생각은 눈꼽 만큼도 들지 않았다
그 유리거울이 잠시도 나를 비추지 않으면
오히려 입안이 바짝바짝 타면서 안달이 나곤 했다

나는 그때 그 여자에게 중독되어 있었다
그 여자는 나에게 중독되어 있었다기보다
'사랑' 그 두 글자에 중독되어 있었다
나와 그 여자는 그 중독이
집착이 아니라 진짜 사랑인줄 알았다

그리움,
그 아득한 끝

꾹꾸꾹 꾹꾹꾸 꾹꾸꾹

핏발 선 눈동자를 부비는 신새벽, 발목 잘린 비둘기떼가 푸더덕 날아오른다. 안과 밖, 그 경비를 서고 있는 철조망을 박차며.

꾸꾸꾸꾸꾸 꾸꾸꾸꾸꾸 꾸꾸꾸꾸꾸

비둘기떼는 그 어디에도 없다. 시퍼렇게 열리는 하늘에는 은빛 점들이 퍼덕이고 있을 뿐… 잠시 뒤 은빛 점들이 수십 개가 넘는 십자가로 다가온다. 밖에서 안으로 햇살처럼 쏟아져 내리는 십자가떼… 시인 김준태가 광주민주화운동 때 목을 걸고 쓴 '아아, 광주여 우리나라의 십자가여'에 나오는 그 십자가가 되어 날아오는 비둘기떼⋯ 날이 밝기가 무섭게 철창에 다가와 빵가루를 던져주길 애타게 기다리는 비둘기들, 저 동그랗게 빛나는 눈동자⋯

"이야, 꽃 봐라 꽃. 빨간 저 꽃이 무슨 꽃이지?"

"어디어디?"

"저어기— 산등성이에 새빨갛게 피어난 빨갱이꽃 좀 봐라."

"우와, 세상이 온통 뻘겋네, 뻐~ㅇ~ㄹ~개."

"에이, 저건 장미꽃이잖아."

"⋯⋯."

꽃은 그 어디에도 없었다. 쇠창살 밖에는 따가운 햇살만이 갇힌 자들 오그라드는 마음처럼 아래로 아래로 떨어지고 있을 뿐. 그랬다. 이들은 밖을 그리워하고 있다. 저만치 철창 밖에 있는 장미가 이들 마음속에 시뻘건 빨갱이꽃으로 피어나듯이, 이들은 '코에 걸면 코걸이, 귀에 걸면 귀걸이'라는 이상한 죄 아래 짓밟힌 자유를 찾고 있다.

내가 널 만난 것은 1980년 유월 들머리였어. 검붉은 장미를 무더기로 꺾어 길거리에 시뻘겋게 흩뿌리듯이, 사람꽃을 꺾어 그 피와 살을 흩뿌린 전두환 군사독재정권이 마악 들어선 그때.

삼, 청.

석 삼(三) 맑을 청(淸). 이름 하나는 부처님 법어처럼 기막히게 잘 지었지. 그 이름에 걸맞지 않게 악명을 떨친 삼, 청. 깡패집단을 대청소한다는 그럴 듯한 이름을 내건 삼, 청, 교, 육, 대. 그 악마보다 더 무시무시한 이름 아래 죄 없는 시민과 이 땅에서 민주화를 외치는 양심세력들이 시인 곽재구가 쓴 '사평역에서' 란 시에 나오는 그 굴비처럼 줄줄이 묶여 전두환이 피워 올린 봉화가 되어야 했어. 비릿한 피내음을 풍기며. 그래. 지금도 코끝에 그 살 찢어지는 내음이 스친다. 우욱~

내가 5년이나 다녔던 동양식품주식회사는 우리나라에서 30대 안에 드는 재벌그룹이었다. 1976년 2월, 나는 공고를 졸업하자마자 동양식품 영등포 공장 프레스실에 소속되었지. 그때 내가 하는 일은 베니어합판 같은 철판을 일정한 크기로 자르는 일이었어. 야간대학 국문과에 갓 입학한 나로서는 참으로 고통스런 나날이었지.

나는 계속되는 야근과 철야 때문에 4년 동안 학교수업을 무척이나 많이 빼먹기도 했지만 다행히 1980년 2월 무사히 졸업을 할 수 있었어. 나를 꽁꽁 묶은 고통이란 그 사슬은 대학을 졸업한 뒤에도 풀리지 않았어. 내가 이끌던 문학서클 정기모임은 물론 일기 한 줄조차 제대로 쓸 수 없을 정도로 바쁜 나날이었지. 내 주변에는 늘 안전사고라는 괴물이 도사리고 있었고. 요란한 기계소리와 숨 쉴 틈 없이 밀려드는 철판들을 처리하다 보면, 이 세상에 있는 모든 시간이 철판 속에서만 머무는 것 같았지. 그해 허리춤께, 나에게 마침내 전두환처럼 기적 같은 일이 일어나고 말았어.

"이지훈은 등단한 시인으로서 대학 학보 편집장을 맡았으며, 5년 동안 성실히 근무한 경력과 1980년 2월 대학을 졸업한 학력을 인정해 1980년 6월 15일자로 본사 홍보실 사보팀장으로 발령함."

손가락 잘린 동료들로부터 누렇게 뜬 찬사를 받으며 본사 홍보실로 가는 그날… 프레스실 뜰에서는 검붉은 흑장미가 마악 탐스러운 꽃봉오리를 내밀다가 은빛 칩(쇳가루)을 마구 뒤집어쓰고 있었어. 마악 피어나는 우리들 사랑 앞에 던져진 은팔찌처럼 그렇게.

본사로 온 나는 홍보실장으로부터 홍보실에 대한 업무사항과 사보 'Green' 에 대한 꼼꼼한 창간일정과 월간일정을 전달받았지. 그날, 내가 홍보실 업무사항과 사보추진계획서, 부서원들 신상명세서를 들고 나온 시각은 정확하게 낮 5시. 자리에 돌아온 나는 맨 먼저 부서원들 신상명세서부터 훑어보았어.

17.

나는 고개를 갸웃했어. 17? 가만 있자. 지금 시각이 17시가 아닌가. 그것 참 묘한 일이다. 17이라… 여고 1년생? 그래. 어쩌면 나 또한 홍보실 일에 대해서는 열일곱, 이 나이와 다를 것이 뭐 있겠는가. 나는 그날부터 너가 처리하는 일에 대해서 특별히 신경을 썼어. 일에 문제가 약간 있거나 외출이나 결근계를 낼 때에도 너에게는 늘 따스하게 대했지. 나는 그때 너 나이가 어리다는 핑계로 너를 아예 여고생으로 여겼다. 틈만 나면 너 담임선생님처럼 엄하게 가르치려 들었고.

밖과 안,

그래. 밖과 안은 처음부터 따로 있지 않다. 사람들 잣대로 그어 놓은 낱말일 뿐. 저 벽도 사람이 만들어낸 것이다. 바로 저 벽이 있어 밖과 안이라는 선이 생긴다. 그러한 선도 벽을 가운데 두고 살아가는 사람들 눈높이에 따른 기준일 뿐. 답답하다. 마음속으로 아무리 나를 끝없이 다잡아도 몸은 끝없이 밖으로 나가고 싶다는 생각뿐. 그래. 안이 마음이라면 밖은 몸일 것이다.

장미꽃잎이 너, 도톰한 입술처럼 검붉은 빛을 더해가는 유월 끝자락. 오랜만에 뭉게구름이 너, 갸름한 얼굴처럼 한두 점 두둥실 피어오른 푸르른 하늘에서 유난히 따가운 햇살이 바늘처럼 쏟아져 내렸다.

동양식품 홍보실 사보팀으로 옮긴 나는 나날이 현장노동으로 잃어버렸던 여유를 되찾고 있었다. 점심식사를 하고 난 나는 여느 때와 다름없이 책상 서랍을 열고 시상을 메모하는 노트를 꺼내려다가 잠시 주춤했다. 평소 가지런하게 정리해 두었던 서랍 속에 있는 노트가 엉뚱한 자리에 놓여 있는 게 아닌가. 노트만이 아니었다. 내가 고개를 갸웃거리는 그 모습까지 누군가가 훔쳐보고 있었다. 나는 일부러 태연한 척 고개를 끄덕이며 노트를 펼치고 머릿속에 메모한 시상을 옮겨 적었다.

다음 날, 나는 노트를 뒤집어 넣은 뒤, 점심식사를 하고 돌아와 태연하게 서랍을 열었다. 아니나 다를까. 뒤집어 넣어둔 노트가 가지런하게 바로 놓여있는 것이 아닌가. 역시, 누군가가 내 노트를 훔쳐보는 것이 분명해. 나는 시작노트에 짧은 메시지를 남겼다.

누군가 내 마음을 훔치고 있다. 내 마음을 싹쓸이하는 참머리 치렁치렁한 예쁜 도둑은 내 마음을 어디로 훔쳐가는 것일까. 오늘도 내 마음은 떠나고 없다. 내 마음은 열일곱 애 띤 소녀 가슴 깊숙이 잠들어 있다. 오늘도 진종일 도둑맞은 내 마음이 너무 그립다.

  늘 같은 해가 뜨고 늘 같은 해가 진다. 사람에게는 늘 다른 해가 떠오르고 늘 다른 해가 진다. 오늘도 하루를 마치는 유월햇살이 쇠창살을 붉게 붉게 물들이고 있다. 이 땅에서 학살당한 원혼들이 억울해 억울해서… 지는 해를 바라보며 하늘에 마구 뿌리는 피거품처럼.
  그래. 작년 이맘때도 그랬다. 도심 곳곳에 가진 자들이 뽐내는 자존심으로 우뚝우뚝 치솟은 빌딩에 천천히 피거품을 물들이던 저녁놀과 사보팀이 일하는 유리창을 발갛게 물들이던 그 서러운 저녁놀이 서로 달랐다.

  빌딩 아래는 하루 일을 끝낸 사람들이 노을 사이로 혼백 같은 긴 그림자를 끌며 초침처럼 째깍거리고 있다. 저들은 무엇을 위해 저리도 바삐 다니는 것일까. 저들이 꿈꾸는 으뜸 목표는 물질만능은 아닐 것이다. 물질만능은 저들에게 있어서 첫째 목표일 것이며, 스스로 인생을 누리는데 있어서 한 가지 수단일 것이다. 그렇다면 저들이 나아가고자 하는 으뜸 가치는 무엇일까. 그에 따른 성취욕구, 그 정거장은 어디일까. 부자? 건강? 명예? 사랑?
  "……저어, 오늘 바쁘세요? 잠시 드릴 말씀이 있는데……"
  등을 가볍게 툭 치는 목소리에 흠칫 놀란 나는 어지러운 꿈에서 마악 깨어난 사람처럼 멍청히 널 바라보았어. 그러다가 곧 업무를 보는 상사로 돌아갔고.

"그래요, 무슨? 말해봐요. ……무슨 곤란한 일이라도? 아니, 저기 소파에 앉아서 천천히 얘기할까요."

부서원들이 모두 빠져나간 텅 빈 사무실. 그 텅 빈 공간에 너가 허리까지 덮은 긴 참머리를 가느다란 손가락을 빗으로 삼아 쓸어 올리며 나를 빤히 쳐다보고 있었어.

"아뇨, 여기서는 곤란해요. 제가 팀장님을 모시고 가야 할 곳이 있어요."

너는, 홍보실 업무를 보는 것처럼 딱딱하게 말하는 내가 얄밉다는 듯 그 어떤 경고가 섞인 명령조로 말했어.

"아니, 나와 같이 갈 곳이 있다니? 무슨 일이라도?"

그때 나는 '빈자일기'를 쓴 시인 강은교처럼 맑은 눈망울을 굴리며 또록또록 말하는 너, 그 눈동자에 풍덩 빠져버렸어. 곧 주눅이 들어 저만치 창밖으로 눈길을 던지며 애써 태연한 척했지만.

"저어기, 타자기 맡은 수희 언니 있잖아요? 그 언니 여고 동창생이 대학로에서 흑맥주집을 한대요. 그 기에서 수희 언니가 팀장님을 꼭 모시고 싶데요. 꼭 전해야 할 말이 있다던가? 그래서 제가 특사를 맡은 거예요."

너는 열일곱 나이에 어울리지 않게 너무 당찼어. 그 당참은 너, 그 깔끔하고도 선 또렷한 얼굴이 뒷받침하고 있었고.

"어서 가요, 팀장님. 7시까지 약속했단 말이에요. ……팀장님 술 좋아하시는 거 다 알고 있어요."

나는 허둥댔어. 넌 나를 반강제로 잡아끌다시피 했어. 도대체가
모를 일이었어. 그렇다면 내 노트를 훔쳐보는 여자가 수희란 말인
가. 아니다. 그건 분명 아니다. 나는 고개를 주억거리며 회사에서
업무용으로 나온 쥣빛 포니에 널 태웠어. 내 차 속은 순식간에 너
에게서 나는 향수 내음으로 가득했고, 나는 묘한 흥분감에 가슴이
쿵쾅거렸지. 마치 오래 전에 잃어버렸던 내 반쪽을 찾아 보금자리
로 가는 것 같은 그런 느낌 말이야.

"저어~ 팀장님, 저는 팀장님이 본사로 오기 전부터 알고 있었
어요. 다른 회사 사보에 실린 팀장님 시를 읽어보았거든요. 사실,
그때 홍보실에서도 동양식품에 일하는 사람이 다른 회사 사보에
글을 발표하고 있다는 데 대해서 모두들 놀랐어요. 사보를 만들게
된 것도, 팀장님이 홍보실로 오게 된 것도 다 팀장님 때문이었어
요. 회사에서도 예전부터 사보를 만들 준비는 하고 있었지만. 팀
장님 때문에 사보 창간이 앞당겨지게 되었다는 그런 뜻이에요. 그
런데, 팀장님 시는 좀 딱딱하고 어려워서 무슨 뜻인지 언뜻 이해
하기가 힘들었어요."

"그랬나요? 이거 미안한데. 너무 어려운 시를 써서."

"아니, 그런 뜻은 아니고."

"……"

"……한 가지 부탁이 있어요, 팀장님. 회사 밖에서는 굳이 팀장
님이라 부르지 않아도 되겠죠?"

"알아서 불러요. 미리 씨 부르고 싶은 데로."

"그럼, 지훈 씨라고 부를게요. 회사 밖에서만."

"그렇게 해요."

"······지훈 씨, 근데 오늘 무슨 기분 나쁜 일이라도 있었어요? 인상 좀 펴세요. 무서워서 어디 말을 붙일 수나 있겠어요?"

"아니, 그런 일 없어요. 무엇이든지 묻고 싶은 말이 있으면 편안하게 물어봐요."

한남대교는 엄청나게 큰 지남철이었다. 옥수수 알갱이처럼 차들이 빼곡히 달라붙은 한남대교. 저녁노을이 스물스물 내려와 피바다처럼 벌겋게 출렁이는 한강. 너, 그 빛나는 눈동자처럼 바알간 윤슬을 이리저리 굴리고 있는 강물.

참 당돌한 가시나다. 나는 운전대를 다시 고쳐 잡으며 너가 나이에 걸맞지 않게 훨씬 앞서가는 데가 있다고 생각했어. 그러다 이내 고개를 가로 저었어. 아니다. 이렇게 앞 뒤 재지 않고 내키는 데로 하는 행동을 두고 순수하다고 말하는 것인지도 모른다. 이제 겨우 열일곱 먹은 소녀가 실타래처럼 얽혀있는 우리 사회구조에 대해 무엇을 알 것인가. 나 자신조차도 헛갈림 속에 헤매는 이 사회가 아닌가.

"아까부터 넋 나간 사람처럼 무슨 생각을 그렇게 깊이 하세요? 제가 말을 잘못했나 보죠? 다시 팀장님이라고 부를까요?"

"아니 아니. 그냥 부르고 싶은 데로 불러···요. 근데 나도 한 가지 제안이 있는데······"

"무슨 제안? 어서 말씀하세요. 지훈 씨 제안이라면 미리는 무조건 받아들일 각오가 되어 있으니깐."

"음, 어차피 나이 차이도 있고······ 나도 밖에서는 그냥 자연스럽게 미리라고 부르고 말을 터면 어떨까 해서…요."

그때 너는 내 말을 기다리기라도 한 듯 쿡, 웃으며 손뼉까지 쳤지.

"그래요. 어서 그렇게 하세요. 우선 말끝에 붙는 요, 자부터 한강에 풍덩 던져 넣으시고…요. 지훈 씨, 사실 저도 지훈 씨가 저에게 말을 높이는 것이 무척 부담스러웠어요."

"……한데, 내 시가 어렵고 딱딱하다고? 그건 시를 잘 몰라서 하는 말이지. 하긴 미리 잘못은 아냐. 학교 교육이 잘못된 탓이지."

"죄송해요, 지훈 씨. 저는 아무 것도 모르고 그냥……"

"음, 시는 우리 현실을 이야기하는 잣대야. 지금 우리 사회 현실을 한 번 찬찬히 살펴봐. 지금 이 시간에도 광주학살에 대한 진상 규명을 위해 대학가에서는 학생들이 최루탄과 쇠파이프에 맞아가며 싸우고 있고, 노동현장에서는 노동자들이 낮은 임금과 계속되는 야근, 철야에 시달리며 거의 빈사상태에 이르고 있어. 저들은 조국 근대화가 어쩌니 생산성 향상이 어쩌니 하지만 자세히 들여다보면 노동자들을 마치 노예처럼 혹사시키고 있잖아? 이러한 모순투성이뿐인 세상에서 나오는 시가 어찌 매끄러울 수가 있겠어. 현실이 이러한데도 불구하고 일부 넋 나간 시인들이 세상은 어떻다는 둥 사랑이 아름답다는 둥 하는 시들을 쓰는 걸 보면 시를 쓰는 내 스스로 창피해."

나도 모르게 총선이나 대선후보들처럼 많은 말을 쏟아내던 난 매케한 최루탄 내음과 학생들 구호소리에 그만 입을 다물었어.

"지훈 씨, 대학에 나가 강의해도 되겠다. 저는 지훈 씨가 그렇게 말을 잘하는 사람인 줄 미처 몰랐어요. 회사에서는 늘 업무에 얽힌 말만 하기에 저는 지훈 씨가 원래 조용하고 차분한 성격을 지닌 사람인 줄로만 알았어요. 참, 지훈 씨. 혹시 대학 다닐 때 운동권 학생이었나요?"

"……"

저녁 7시 30분을 마악 넘기고 있는 대학로는 어둠이 하루를 접으며 엷게 깔리고 있었지. 대학로 곳곳에 있는 화려한 간판들은 저마다 스스로 으뜸이라는 듯 거리에 나뒹구는 '군사독재정권 물러가라' '광주학살주범 전두환은 물러나라' 등이 적힌 유인물을 비웃으며 오색찬란한 빛을 내뿜기 시작했고.

"지훈 씨, 저기… 저기예요. 하얀 벽에 삿갓을 쓰고 있는 집. 로즈, 란 간판이 붙은 저 집이에요."

매케한 최루탄 내음… 빨간 매니큐어 빛 손수건으로 코를 막은 너, 그 크고 서글서글한 눈동자에서는 금세 이슬방울이 피어올랐어.

"차암~ 최루탄 냄새를 처음 맡아보는 거야? 이 정도 냄새에 코까지 막고 그래. 어어~ 눈 비비지 마. 눈 비비지… 에~에~에~에취!"

"…그렇게 말하시는 분은 웬 재채기?"

대학로에서 딱 한 곳, 흑맥주를 팔고 있는 그 집 로즈. 흑맥주처럼 어둑한 1층 실내는 미제 같은 분위기를 자아내고 있었어. 주방과 이어진 1층 카운터 뒤에는 삐걱거리는 나무계단이 2층으로 이어져 있었고. 10대, 젊은 청춘이 가득 들어찬 실내는 흑맥주 병에서 피어오르는 맥주거품처럼 청춘을 데우는 열기가 피어올라 시끌벅적했어.

"우리 2층으로 가요, 지훈 씨. 여기는 같은 집이지만 1층과 2층 카운터가 따로 되어 있어요."

너, 그 눈빛은 어둑한 실내를 밝히는 조명등으로 동글동글 빛이 나고 있었어. 흑맥주집으로 들어서면서 너는 약간 흥분하고 있는 것 같았어. 어둠을 겨우 헤집는 희미한 조명등이 열일곱 너, 그 나이를 감추어 주듯이. 우리??? 나는 너가 자연스럽게 내뱉은 우리, 란 그 말, 그 뜻을 곰곰이 되새기며 70도 가까운 나무계단에 첫 발을 내디뎠어.

"빨랑… 빨랑 올라와요, 지훈 씨."

아랫도리 그곳만 겨우 가린 듯한 짧은 치마를 입고 앞서 계단을 올라가던 너, 그 눈빛이 나와 마주친 그 순간 온몸이 찌르르 했어. 갑자기 숨까지 컥 막혔고. 너를 쳐다보려고 고개를 든 나는 미처 눈길을 돌릴 틈도 없이 매끄럽게 흘러내린 너, 그 허벅지를 보고 말았지. 쭈욱 뻗은 그 허벅지 사이에서 하트 모양인 까만색 팬티가 이리저리 흔들리고 있는 것을 본 나는 저어기 당황했고.

그때까지 널 여고생쯤으로 생각하며 선생님 노릇을 하려고 했었던 나, 그 행동이 너무나 가소로웠다는 생각, 그와 함께 너에 대한 그 어떤 찌꺼기 같은 편견이 한꺼번에 와르르 무너져 내렸어. 미리는 다 큰 여자다. 난 무엇에 쫓기는 사람처럼 계단을 두 계단씩 성큼성큼 건너뛰며 잽싸게 2층으로 올라갔지.

"짠! 성자 언니, 미리가 왔어. 수희 언니, 오래 기다렸어?"

"요런 깍쟁이 같은 문디 가시나, 전화도 안하고. 너거들 오늘 무슨 날이냐? 우짠 바람이 요까지 다 불었노? 수희 저 년도 아까부터 지 혼자 저쪽에 앉아 배시시 웃기만 하고."

2층은 1층보다 훨씬 밝고 여유로워 보였어. 그때 조그만 창이 달린 저쪽 귀퉁이에서 수희가 반쯤 일어서며 내게 눈인사를 보냈지.

"지훈 씨, 이리로 와요. 어서요. 성자 언니, 이 분이 내가 말하던 지훈 씨예요. 투철한 사명감에 불타는 민중시인이기도 하구요."

"어서 오이소, 선배님. 말씀 많이 들었습니더. 별 것도 없는 데까지 찾아오시느라 고생 많이 하셨지예? 저는 78학번 김성자라고 부르지예."

성자는 주방이 이어진 카운트에서 정신없이 바쁜 손길을 놀리며 스스럼없이 인사했어. 그날 난 성자가 읊조리는 구수한 경상도 사투리를 듣고서야 비로소 나를 되찾을 수 있었어. 그때 절로 미소가 피어올랐어. 이 각박한 서울 한복판, 그것도 살짝 건드리기만 해도 펑 터져버릴 것 같은 풍선처럼 부푼 신세대들을 상대하는 대학로 흑맥주집에서 당당하게 배어져 나오는 경상도 사투리라.

그래. 성자는 말투뿐만 아니라 외모까지 작가 윤정모를 빼다 박았다. 서라벌예대에 다닐 때인 1968년도에 '무늬져 부는 바람'을 처녀작으로 펴낸 다부진 눈빛을 지닌 윤정모.

"대한대 출신이야? 난 76학번 이지훈이야. 고생이 많구먼. 김성자라 어디서 많이 들어본 이름인 것 같은데?"

"무슨 황송하신 말씀을… 전설 같은 학번이신 선배님 명성만 듣다가 이렇게 만나뵙게 돼서 영광입니더."

나는 내 고향 경상도 말투를 아무런 거리낌 없이 툭툭 내던지는 성자가 대학 2년 후배라는 사실에 가슴이 뿌듯했어.

"수희 언니, 미리 실력 어때?"

나는 통나무를 반으로 잘라 만든 나무탁자가 놓여 있는 창가에 앉았어. ─박제가 되어버린 천재를 아시오, 로 시작되는 작가 이상이 쓴 '날개'에 나오는 그 나, 처럼. 너는 당연하다는 듯 내 옆에 앉아 수희에게 한쪽 눈을 찡긋해 보였고.

"요런, 꼬리 열일곱밖에 안 달린 애기 여시가 하는 짓거리 좀 봐?"

수희가 카운트 쪽을 바라보며 성자에게 한쪽 눈을 깜빡했어. 수희가 내뱉는 북한식 말투가 양양 출신인 작가 이경자 목소리와 꼭 같았어. 그때 냉장고에서 흑맥주를 꺼내던 성자가 고개를 끄덕였고. 수희는 거봐라는 듯 너에게 가볍게 눈을 흘겼지.

"팀장님, 반가워요. 이렇게 밖에서 만나뵙게 돼 영광이에요. 저는 안 나오실 줄 알았어요."

"영광은 무슨. 이런 좌석에 초대받을 수 있는 내 자신이 더 영광스럽지요."

성자가 그때 흑맥주 5병과 마른안주 한 접시를 내려놓았어. 성자는 수희 옆자리에 앉으려다 갑자기 배추 흰나비처럼 포르르, 일어섰어.

"참, 전설학번이신 선배님은 잔이 있어야 되겠지예. 특별히 좋아하는 안주는 없어예? 마른 오징어라도 한 마리 구워올리까예?"

"아냐아냐. 전설은 무슨 얼어죽을…"

나는 늘 그래왔다는 듯이 자연스럽게 흑맥주병을 집어 들었어. 입에 대자마자 콜라 마시듯 꿀꺽꿀꺽 마셨지. 보란 듯이.

"어머, 지훈 씨. 건배도 하지 않고 혼자서 마시면 어떡해요. 이리 내요!"

너는 내가 갈증에 허덕이듯 마구 마시는 흑맥주병을 순식간에 빼앗았어. 내 입술이 닿았던 그 흑맥주병을 너 도톰한 입술에 대더니 금세 나머지 술을 모두 비워버렸고.

"오메, 무시라. 팔도 술구신들이 오데 갔나 캤더마는 구신 중의 대빵 구신이 우리 집에 출현했네에~ 오메, 무시라. 가시나 이거는 또 와 이라노? 겁도 없이 선배님이 마시는 술을 빼앗아 지가다……"

그때 너가 성자를 슬쩍 흘기며 재빠르게 말을 가로챘어. 성자, 그 수다 섞인 구수한 경상도 사투리가 채 끝나기에 앞서.

"언니도. 전설 속에나 나오는 술구신 지훈 씨가 미리 옆에 장승처럼 떡 버티고 앉아있는데 무슨 걱정이 있쑤. 이런 때 양껏 마셔야지, 언제 마음 놓고 취할 수 있겠쑤?"

"이거… 오늘 저녁은 미리와 수희 씨 저녁 찬을 위해 주방장 성자 씨 도마 위에 올려진 생선 같은 느낌이 자꾸 드는 것이 영 불안한데?"

"어머, 팀장님. 우리가 감히 어떻게 팀장님을 회 쳐 먹을 수 있겠어요. 미리 저 년 하는 짓거리 보니까, 오늘 저녁은 팀장님이 미리 저 년 횟감이 되어야 될 것 같은데요."

"미리, 저 가시나 저거. 우리 선배님을 아까부터 자꾸 지훈 씨라고 불러쌓더니, 인자 우리 선배님하고 흑맥주병으로 간접 키스까지 한 사이 아이가. 그라고 전설의 구신 우짜고 저짜고 찾는 거 보모, 모르긴 몰라도 미리 저 년이 오늘 저녁 우리 선배님을 회만 쳐먹는 기 아이라 아예 간까지 다 빼먹을 끼라."

"건배! 지훈 씨와 미리 그리고 성자 언니, 수희 언니의 건강과 창창한 미래를 위하여."

"건배!"

그랬어. 참으로 오랜만이었지. 대학을 다닐 때도 그러지 못했어. 대학을 졸업한 뒤에도 그랬고. 나는 대학생다운 사회인다운 여유와 낭만을 갖지 못했어. 어쩌면 그것은 나 스스로 자초한 일이었는지도 몰랐어. 아니 자초했다기보다는 우연에 의한 필연, 숙명 같은 것이었는지도 몰랐지.

나는 태어날 때부터 애매하게 나이를 한 살 더 먹었어. 그것은 태음력을 고집하는 부모님이 믿는 사고방식에서 비롯되었고. 내 나이는 양력으로는 이듬해 1월생이었지만, 부모님은 내 나이를 늘 음력으로 계산했지. 양력으로 따지자면 나는 일곱 살에 초등학교에 들어간 것이었고.

그것뿐만이 아니었어. 내가 중학교에 다니던 때는 조국 근대화를 부르짖으며 국토개발이 엄청나게 이루어지고 있을 때였지. 나도 그때 여느 아이들과 마찬가지로 울산에 있는 공업고등학교에 입학했어. 3학년 때 국가기능사 자격증도 땄고. 그때만 하더라도 사람들 대부분은 정부가 내세운 그 경제개발 5개년 계획을 철저히 믿고 따랐어. 공업고에서 자격증을 따고 사회에 나가면 큰 출세를 하는 것으로 여겼고. 나도 그게 당연하다고 생각했지.

고교 1학년 2학기 때부터 내 꿈이 깨지기 시작했어. 내가 다니던 공업고에서 자격증을 딴 뒤 가까운 공단에 취직한 선배들이 겪는 삶은 초라하다 못해 비참하기까지 했거든. 우리 집과 담장 하나를 사이에 두고 친구처럼 지내던 선배는 취직을 한 뒤 나와는 거의 남남이었지.

희부연 안개를 헤치며 등교길에서 우연히 만난 그 선배에게서 들은 공장생활 이야기는 내게 공고가 점점 싫어지게 만들었어. 나 또한 졸업을 하면 선배와 꼭 같은 삶을 살아야 할 것이다. 낮은 임금과 온갖 욕설 속에 노예 비슷한 취급을 받으며 계속되는 잔업과 철야근무는 당연하게 받아들여야 할 것 아니겠는가. 일요일과 국경일은 특근이라는 이름으로 몸을 혹사당할 것은 불을 보듯 뻔한 일이었어.

"팀장님, 무슨 고민이라도 있어요? 아님 벌써 취하셨나요. 아까부터 무슨 생각을 그리도 골똘하게 하세요?"

"저 가시나 저거, 분위기 깨기는. 우리 선배님은 시인 아이가. 시인이 말만한 가시나들을 세 명이나 앉혀놓고 흑맥주를 마시는데 분우구를 좀 잡아야 할 것 아이가. 수희 저 가시나 저거는 머리가 우찌 그리도 안 돌아가노. 그렇지예? 선배님."

"언니, 술좌석에서 신성한 시 얘기는 왜 해? 지훈 씬 그런 낭만적인 사고를 가진 시인이 아니라니깐. 술 드세요, 지훈 씨."

이미 세 병을 비워버린 넌 나이에 비해 술이 센 편이었지. 물론 나는 다섯 병째 비우고 있는 중이었지만. 저녁을 먹지 않은 탓인지 점점 취기가 올라왔어. 그 때문이었을까. 나는 내 마음 깊은 곳에서 울려퍼지는 —정오의 싸이렌, 소리를 들을 수 있었어. 그리고 —불현듯 겨드랑이가 가, 려워지면서 날개가 돋아나기 시작했고.

"참, 아까 미리 얘기를 들어보니까 수희 씨가 내게 따로 할 말이 있다면서요? 무슨 얘긴지 몹시……"

그때 술을 마시던 네가 날쌔게 내 말을 가로챘어. 어린 날, 부엌에 매달린 선반 위에 올려놓은 생선 한 마리를 도둑고양이가 순식간에 가로채듯이.

"수희 언니, 오늘은 맥주나 마시다 가자. 그냥 이렇게 자연스럽게 이야기 나누는 것이 더 좋잖아, 응?"

너는 흔들리는 눈빛으로 수희를 바라보며 두 손을 모았어. 그리고 나를 깊숙이 바라보면서 말을 이었어.

"지훈 씨, 수희 언니가 지훈 씨를 만나자고 한 것은 별다른 의미가 없어요. 지훈 씨가 직장에서 하도 무뚝뚝한데다 사보팀으로 온 이후에도 부서원들과 회식 한 번 하지 않았잖아요? 그래서 우리끼리라도 지훈 씨와 함께 이야기라도 실컷 나누어 보고 싶었던 것뿐이에요. 지훈 씨는 시인이니까 시인과 흑맥주를 마시며 이야기 한 번 나누어 보는 것도 큰 영광이잖아요."

나는 수희가 내게 꼭 알려줘야 할 너에 대한 중요한 이야기가 있는 것이 틀림없다고 판단했어. 대체 무슨 사연이 있기에 그렇게 당당하던 너가 낚시바늘에 꿰인 숭어처럼 파다닥거리는 것일까.

"미리 말이 맞아요, 팀장님. 막상 팀장님 모시고 이렇게 이야기를 나누다보니 팀장님에 대한 막연한 환상도 사라지고… 그동안 묻고 싶었던 말이 흑맥주 거품으로 모두 날아가 버렸어요. 근데 꼭 한 가지만 물어볼게요. 시는 언제부터 쓰게 되셨나요?"

수희가 너, 그 간절한 눈빛을 바라보며 능청스럽게 말꼬리를 돌렸지. 너, 그 마음을 모두 읽어냈다는 듯이 고개를 끄덕이며.

"이 가시나들이 지금 우리 선배님을 갖고 노는 기가, 뭐꼬. 할 이야기가 있다고 사람을 불러냈으면 술만 마시지 말고 확 털어놔 뿌려야 속이 시원하지. 지 혼자 속에 품고 끙끙 앓고 있으모 우짤끼다 말이고. 지 말이 틀렸어예? 선배님."

"그래요. 나도 성자 씨가 하는 말에 동의해요. 오늘 같이 분위기 있고 기분 좋게 취한 날, 맨 정신으로 하지 못하는 말들은 술힘을 빌려서라도 시원하게 털어놓는 것이 좋지요. 그나저나 이거 무슨 죄 지은 사람처럼 불안해서 견딜 수가 있어야지."

"체, 짖궂기는…"

흑맥주를 마실수록 더욱 내 곁에 바싹 다가앉는 너. 내가 엉덩이를 슬쩍 피하자, 넌 내 허벅지를 살짝 꼬집으며 눈을 흘겼어. 얼큰하게 취기가 오른 나는 일부러 술에 취한 듯한 몸짓을 연출했지. 나는 고개를 약간 숙인 채 흑맥주 빈 병들을 바라보다가 슬며시 혼잣말을 지껄이며 네 눈치를 살폈어.

"참 이상하단 말이야. 요즈음 누군가가 내 시상노트를 훔쳐보는 것 같은데, 누군지를 통 모르겠단 말이야. 내 시상노트에 적는 글들은 곧 내 마음을 샅샅이 드러낸 것인데 말이야."

그때 난 서글서글한 너, 그 눈빛이 물결치는 것을 보았지. 나는 못 본 척 시계를 바라보면서 계속 혼잣말을 이었어. 작가 이북명이 쓴 '암모니아 탱크'에 나오는 그 종호처럼. 종호? 녹냄새와 가스냄새가 가득한 암모니아 탱크 안을 청소하는 동제가 —이거 기침 나서 못살겠네, 라고 말하자 —이 사람아! 폐가 좋아진다는데! 잔뜩 맡아보세, 라며 감독 말을 비비꼬는 종호.

"내가 지금 무슨 생각을 하고 있는 거지. 흑맥주가 이렇게 독하단 말인가. 자자, 맥주는 여성들 피부미용에도 좋다는데 양껏 마시자구."

"건배! 건배! 건배! 건배!"

"팀장님, 제가 이런 말을 해도 될지 모르겠지만. 근데 왜 저한테는 지훈 씨라고 부르란 말을 안 하시는 거죠? 저만 소외시키시는 건가요. 수자 저 년은 대학 후배니까 당연히 선배님이라 부르는 게 맞지만, 미리는 아까부터 지훈 씨라고 부르고 있잖아요? 남들이 쓴 원고나 앵무새처럼 치는 수희는 대화상대가 안 되는가 보죠?"

"무슨? 그렇게 무시무시한 말씀을… 언제 제가 그렇게 부르면 안 된다, 라고 선포라도 했습니까? 그건 수희 씨가 알아서 부르기 편한 데로 부르면 될 일이지, 뭘 따지고 할 만한 문제가 아니지요.

그렇죠?"

수희가 던진 약간 꼬부라진 말은 예비시인이 아무렇게나 쓴 시처럼 맛도 없고 말랐어. 약간 취기가 오른 난 다시 손목시계를 바라보았지.

"아직 9시도 안 되었잖아. 자, 기왕 마시는 김에 뿌리를 뽑자구. 아까 성자 씨 말마따나 조선 천지 술구신들만 모인 자리에서 술 마시는 일 외에 무슨 할 일이 있겠어. 건배~"

네 명이 도란도란 이야기를 나누며 병째 들이마신 흑맥주는 이미 스무 병을 넘기고 있었어.

"지훈 씨, 저 오늘 집에까지 데려다 주실 수 있죠? 지훈 씨 따라 마구 마시다 보니 약간 취하는 것 같아요."

"잘 알아 모시겠습니다, 공주마님. 이 신출내기 시인을 대접하기 위해 여기 모이신 요조숙녀 분들을 모두 댁에까지 정중히 모셔다 드려야지요. 그나저나 그 차 타고 가려면 오늘 꽤 늦게 들어가야 하는데. 까짓 거, 나중에 마로니에 공원에 나가 노래라도 실컷 부르면 술이 확 깨겠지 뭐."

"어머. 정말 멋있어요, 지훈 씨. 역시 시인의 피는 속일 수 없다니깐."

너는 내 말에 술이 깨는지 어느새 당찬 모습을 되찾았어. 너는 내 무릎을 탁, 치며 몹시 좋아했지. 나도 내 무릎을 치며 즐거워하는 너가 하얀 찔레꽃처럼 귀여웠어.

"저도 찬성이에요, 팀장님. 아니 지훈 씨. 그런데 왜 시를 쓰는 거죠? 누구를 위해서 무슨 목적으로?"

"수희 씨, 오늘 그 얘기는 그만 해요. 언제 틈이 나면 자세하게 알려드릴게요. 오늘 같이 기분 좋은 날, 문학이야기를 하면 최루탄 연기처럼 맵고 따가와져요. 시 얘기는 다음에 하기로 하고. 꼭 한 가지 수희 씨에게 이야기하고 싶은 말은 시는 곧 삶이며 우리 현실이다, 라는 것만은 미리 일러두고 싶군요."

"역시…"

내 말이 끝나자마자 성자와 수희 입에서 꼭 같은 말이 튀어 나왔어. 그들도 시에 대한 내 철학이 맞다는 듯이.

"술 드세요, 지훈 씨. 남은 술 마저 마시고 마로니에 공원으로 가요. 성자 언니이~"

그때 너가 성자에게 한쪽 눈을 찡긋했어. 성자는 이내 알았다는 듯이 카운트로 돌아갔고. 너와 수희는 반쯤 남은 흑맥주를 순식간에 비워냈어.

"지훈 씨도 마저 비우세요. 답답하지 않아요? 지훈 씨. 마로니에 공원에 나가 서울 하늘에서 빛나는 별을 바라보며 밤새도록 지훈 씨 노래를 듣고 싶어요. 지훈 씨 노래가 끝나면 저도 한 곡 부르면서."

"마로니에가 아니라 집으로 들어가야 하는 거 아냐? 나야 혼자 사니까 괜찮지만. 말만한 처녀들이 이렇게 늦게 들어가면 집에서 혼나지 않아?"

로즈를 나서면서 나는 걱정스러운 눈빛으로 널 바라보며 말했어. 그때 언뜻 이런 생각이 들었지. 너, 그 양 볼에 이 세상에서 내가 한 번도 바라보지 못한 참으로 고운 노을이 젖어들어 너무 아름답다, 라는 생각. 나는 그 순간에서야 비로소 너가 여자란 것을 깨달았지.

"괜찮아요. 지훈 씨. 이 서울하늘 아래 미리의 유일한 보호자이신 우리 언니가 오늘 양평으로 MT 가버렸잖아요."

"어휴, 미리 저 가시나 저거는 정말 못 말려예. 그렇지예? 선배님. 자칫하면 선배님이 미리 가시나 저거 백 속으로 들어가지나 않을지 모르겠어예."

로즈, 그 가파른 계단을 내려오면서 너는 술기운 때문인지 가볍게 휘청거리며 내 왼팔을 자연스럽게 끼었어. 그때 내 왼팔에 너, 그 볼록한 가슴이 닿았어. 스폰지처럼 폭신하고도 풍선처럼 탱글탱글한 감촉. 나는 그 볼록한 여자 가슴이 남자에게 전류처럼 찌르르한 그런 느낌을 준다는 것을 그날 처음 알았어.

쇠창살 속에서도 세월은 흐른다. 쇠창살 속에서도 사람들은 웃고 울고 싸우며 살아가고 있다. 물론 스스로 뜻에 따라 살아가는 것은 아니다. 이들은 모두 다른 사람들에 의해 사육을 당하고 있다. 그래. 닭장 속에 갇혀 폐계가 될 때까지 알을 낳다가 마침내 통닭구이가 되어 사람들 혓바닥에서 미끄러지는 그 암탉처럼.

토요일을 맞이한 대학로에 깃든 밤은 축제분위기에 들떠 있었어. 대학로는 토요일 낮부터 일요일까지는 차량이 드나들 수 없었지. 그 때문에 대학로는 서울에 사는 대학생들이 자유스럽게 놀 수 있는 자유로이자 주머니가 가난한 샐러리맨과 실업자들이 찾아

드는 낙원이었어.

밤새도록 술을 마시고 노래 부르며 춤을 추는 사람들, 그 참꿈과 헛꿈이 밤하늘에 박힌 별을 달구는 청춘들 해방구 대학로. 붉은 벽돌담을 기어오르는 담쟁이 넝쿨을 무심하게 비추는 흐릿한 수박등이 외로운 마로니에 공원. 열 시가 지난 시각에도 막걸리와 소주를 펼쳐놓은 젊은이들이 여기저기 무리를 이루고 있는 마로니에 공원.

"저기로 가요, 지훈 씨."

마로니에 공원 한가운데 머리를 풀고 서 있는 큰 느티나무 아래를 가리키는 너. 그 눈동자 속에는 어둠을 쬐끔씩 밀쳐내는 수박등 불빛이 일렁거리고 있었어. 순간 나는 너, 그 빛나는 눈빛에 넋을 잃었지. 그때 이런 생각이 들었어.

미리는 참으로 아름답고 순수한 소녀다. 나이에 비해 훨씬 빠르게 자란 이 소녀가 일곱 살이나 많은 내 시작노트를 훔쳐보면서 무슨 생각을 했을까. 아니다. 철없는 소녀가 지닌 호기심쯤일 것이다. 지금 내 자신이 이 소녀 호기심을 너무 지나치게 생각하고 있는 것인지도 모른다. 지금은 취기가 오른 상태가 아닌가. 아니다. 지금까지는 업무란 틀 속에서 이 소녀, 겉으로 드러난 모습만을 보고 있었는지도 모른다. 그래. 우리는 그저 상사와 부하직원이란 관계, 그 이상도 이하도 아니었다. 그러한 단순한 사이가 오늘에서야 비로소 깨진 것 아닐까. 성숙한 남자와 성숙한 여자. 단순히 나이가 어리다는 이유로 한 소녀가 지닌 여자다움, 그 실체를 애써 모른 척 한다는 것은 모순이다. 아니다. 아직 이 소녀 나이는 열일곱에 불과하다. 몸은 성숙했다 해도 아직은 풋내음을 띠고 있는 초여름 풋사과에 불과하다, 라고.

"술 취하셨어요? 지훈 씨. 그렇게 어둔 허공을 뚫어져라 바라보고 있으면 하늘에서 흑맥주라도 한 병 툭 떨어져요? 정신 차리세요, 지훈 씨."

"선배님. 우리가 쫄쫄 따라다녀서 기분 나쁘지예. 미리만 놔두고 그냥 갈까예?"

"아니, 무슨 그런 서운한 말씀을. 자, 엉뚱한 얘기는 하지도 말고 어서 이리로 앉아요."

신문지를 깔아 작은 원을 그린 보도블럭 위에 나는 털썩 주저앉았어. 너는 당연하다는 듯 내 곁에 다가와 신문지로 무릎을 가리며 앉았고. 일행이 모두 자리에 앉자 너가 성자에게 눈을 찡긋했지.

"가시나, 보채기는. 짜자짠. 선배님, 이 술은 문디 가시나가 한양에 와서 시인을 만난 기념으로 준비했지예. 이 정도모 경상도 보리 문디가 출세한 셈이지예? 술은 짝수로 마시모 안된다고 우리 할배가 올 어메를 울메나 달달 볶았던지 사슴에 한이 맺혀 홀수로 가져왔어예. 선배님이 다섯 병, 미리 가시나 저거 세 병, 우리가 세 병씩 마시모 되것지예. 선배님."

"미리 가시나 저 년이 술만 세? 팀장님 아니 지훈 씨한테 하는 거 좀 봐. 저 년이 우리 나이쯤 되면… 눈 삔 사내들 꽤나 울릴걸."

그때 마른 오징어를 먹기 좋게 찢던 너가 수희를 흘기며 재빠르게 말을 가로챘어.

"언니도 참, 미리가 뭘 어쨌다고? 괜히 분위기 깨지 말고 흑맥주 병이나 따요."

그때까지도 마로니에 공원에는 최루탄 내음이 가시지 않았어. 간간이 부드러운 밤바람이 불어와 그래도 생각보다 훨씬 시원하고 싱그러웠지. 대학로에 앉은 사내들이 내지르는 노랫소리… 마로니에 공원에 한 줌씩 흘려놓은 것 같은 연인들이 속삭이는 모습… 그 풍경은 오히려 늦은 시각에 접어든 대학로 밤하늘은 더욱 들뜨게 만들었지.

"이 가시나들이요. 지들끼리 노는 꼬라지 보고 있을라카이 참말로 웃기네. 너거들이 지금 선배님 앞에 놓고 질투하는 기가, 뭐꼬?"

"자자, 성자 씨. 그만하고 술이나 마십시다. 저것 봐요. 밤하늘에서 별들이 술 마시고 싶어 자꾸만 우리 머리 위에서 빙빙 돌면서 침을 흘리잖아요."

"어머. 지훈 씨, 정말 멋있다. 우리 다 같이 건배해요. 지훈 씨의 문학과 우리들의 새날을 위해."

"아이다, 아이다. 너거들 선배님 분우구 보모 잘 모르것나. 선배님식 건배는 이래 해야 된다카이. 홀로 가시밭길을 걸어가는 시인의 앞날을 위하여! 최루탄 없는 세상, 민중이 주인되는 세상을 위하여! 위하여!"

위하여! 위하여! 위하여!

위하여, 를 외치던 난 손에 든 흑맥주병을 보도블럭에 집어던질 뻔했어. 내 손에 들린 흑맥주병이 순간 화염병으로 불타오르는 것 같은 착각을 느꼈지 때문이지. 바로 그때, 나는 그동안 내게 주어진 사회에 대한 일정한 책무가 가슴 저 밑바닥에서 스물스물 피어오르는 것을 느꼈어.

그렇다. 바로 이거다. 이제 나는 사회인이다. 대학생도 아니고 사회인도 아닌 어정쩡한 입장이 아니다. 세상과 벌이는 싸움은 지금부터다. 이들을 통해서 지금부터 하나씩 다시 시작해야 한다. 나는 지금까지 나를 막연하고도 애매하게 가로막고 있었던 벽, 그 거대한 벽이 이들과 함께 만나면서 서서히 허물어지고 있다는 것을 느꼈어.

나는 그동안 낮에는 모든 것을 숨긴 채 직장에서 묵묵히 일하고, 밤에는 대학에서 열심히 학생운동을 펼쳤어. 이들을 만나면서 이제야 나를 회오리치던 혼란스러움이 갑자기 물러가고 희미하게나마 내 몫이 보이기 시작했던 거야.

"술만 마시지 말고 한 곡 해요. 지훈 씨."

"그래예. 고마 한 곡조 뽑으이소. 별이 쏟아지는 유월의 마로니에서 시인이 부르는 노랠 들으며 밤새도록 마시는 흑맥주라. 참 쥐긴다, 쥐겨."

"어메 무시라. 성자 저 가시나도 시인 뺨친다, 뺨쳐. 저 가시나까지 시인 되면 지훈 씨는 어쩌나?"

세노야… 산과 바다에… 산과 바다에 우리가……

노래를 부르면서 나는 너, 마음을 읽어냈어. 내 움직임 하나도 놓치지 않으려는 듯 꼼꼼하게 나를 살피고 있는 너, 그 그 까만 눈동자. 그날 난 너가 툭툭 던지는 별빛 닮은 눈빛에서 '엄마의 말뚝'

을 쓴 작가 박완서에게서 느꼈던 포근한 느낌이 들었어. 내게 고정된 너, 그 초롱초롱한 눈빛에서 시인 고은이 쓴 시에 나오는 세노, 를 떠올렸어.

박, 미, 리.

술이 취하면 취할수록 내 가슴은 술병처럼 텅 비어가기 시작했어. 그 빈자리에 너가 한 발짝 또 한 발짝 다가서고 있었어. 나는 느꼈어. 너, 그 눈빛이 내 텅 빈 마음을 비출 때마다 스무네 해 동안 내 마음을 가득 채우고 있었던 애타는 그리움이 끝나가고 있다는 것을. 그 그리움이 끝난 자리에 너와 나, 그 화두 같은 사랑이 연분홍빛 새싹을 뾰족하게 내밀고 있다는 것을.

"긴 밤 지새우고… 내 맘에 서럼이 알알이 맺힐 때… 태양은 묘지 위에 붉게 타오르고… 나 이제 가노라… 서러움 모두 버리고……"

사랑,
그 아름다운 시작

무극(無極).

태초에 신은 극 두 개를 만들었다. 하나는 한없이 커지는 양극이었고 다른 하나는 한없이 작아지는 음극이었다. 이 극은 시작도 끝도 없는 극이다. 이 극 두 개가 태극이다. 태극은 한 치 오차도 없이 서로 돌면서 우주만물을 만들었다. 우주만물이 생겨나기 전에는 극이 없는 무(無), 그대로였다. 그렇다. 하늘이 있고 땅이 있다. 불이 있고 물이 있듯이 낮이 있으면 곧 밤이 있는 것이 대자연이 지닌 이치다.

24시간 꺼지지 않는 빛-

다섯 평 남짓한 1사 23방을 쉬임 없이 밝히는 희부연 빛. 신이 만든 빛은 우주만물을 환히 비추지만 사람이 만든 빛은 좁은 방조차 환히 비추지 못한다. 그 빛 아래 푸른 수의를 입은 사람들이 벽을 등받이로 삼아 입방 순서대로 가부좌를 틀고 앉아 있다. 신발장 속에 가지런하게 든 까만 고무신처럼 나란히.

작가 김성동이 펴낸 장편소설 〈만다라〉를 무릎에 올려놓고 조는 사람… 군데군데 김칫국물이 말라붙은 신문을 다시 펼치는 사람… 낮은 목소리로 소곤거리는 사람… 누군가에게 열심히 편지를 쓰는 사람…

밤낮으로 우리들 머리 꼭대기 위에 서서 우리들을 노려보는 저 가증스러운 빛-

희부연 빛에 갇힌 이 비좁은 방에서 24시간 같이 살아가는 사람은 모두 12명. 밤도 없고 낮도 없는 다섯 평 남짓한 낮 선 방. 3년을 살아도 늘 낯설기만 한 이 방에 엉덩이못을 박은 우리들. 죽음 같은 나날들… 우리들은 한 명이 단 반 평도 차지할 수 없는 이 좁은 방에 갇혀 새앙쥐처럼 두려운 눈을 말똥거리고 있다. 남은 형기를 헤아리며 하루를 백 년같이 사는 우리들…

우리들이 꿈꾸는 그날은 과연 다가오기나 하는 것일까. 누가 죄인인가. 무엇이 선이고 악인가. 노자는 말했다. 으뜸 선은 물과 같다, 라고. -물은 만물에게 무한의 이익을 주되 그 공을 자랑하지 않는다. 물은 언제나 낮은 곳에, 사람이 싫어하는 곳에 있다. 물은 위로 오르려 하지 않는다. 이 세상에 물보다 더 부드럽고 약한 것은 없다. 그러면서도 물은 굳세고 강한 것을 능히 물리쳐 이겨낸다. 그러므로 물의 도를 본받아 이를 행하면 누구나 선에 이를 수 있다, 라고.

노자가 말하는 물이 지닌 그 도를 본받아 시인 문병란이 쓴 '직녀에게'란 시처럼 ─이별이 너무 길다 / 슬픔이 너무 길다… 지금은 가슴과 가슴으로 노둣돌을 놓아 / 면못날 위라도 딛고 건너가 만나야 할 우리, 가 아닌가. 쥐약 먹은 개처럼 이 산하를 휘젓는 군부독재정권 우두머리와 그 하수인들… 거머리처럼 노동자들 피를 빠는 기업가와 간부들… 그 틈새에서 귀머거리가 되어버린 이 나라 백성들… 깻단처럼 곤두박질치며 하얀 알갱이를 쏴아쏴아 쏟아내고 있는 통곡의 세월… 나라를 지키고 백성을 돌보아야 할 국군이 신은 군홧발에 무참하게 짓이겨진 우리들 희망…

죽음을 빚는 그 빛은 지금 이 순간에도 이 나라 이 강토를 철저하게 오염시키고 있다. 이제 이 땅에 신이 내린 빛은 그 어디에도 없다. 신이 빚은 빛은 제삿상 앞 촛불로만 가물거릴 뿐.

"지훈 씨이~ 지훈 씨이~ 아직 자요?"
나는 방문을 심하게 두드리는 소리에 부시시 눈을 떴어. 어지러운데다 속이 몹시 쓰렸어. 비몽사몽이 된 나는 우선 머리맡에 놓아둔 주전자를 입에 대고 물을 꿀꺽꿀꺽 마셨어. 그때 방문이 저절로 스르르 열렸지. 갑자기 기분 좋은 향내가 방 안으로 확 쏟아져 들어왔어. 나는 부스스한 눈으로 방문 쪽을 바라보다가 그만 화들짝 놀라 일어났고.

"아니, 미리가 어떻게 여길…"

나는 마구 허둥댔어. 도무지 정신을 차릴 수가 없었어. 그 순간 이상하고도 잘못된 예감이 언뜻 머리를 스치며 지나갔고.

"어휴, 술 냄새~ 아직까지 주무시면 어떡해요. 전화도 받지 않고선. 빨랑 세수하고 옷 갈아입으세요. 하여튼 남자들이란~"

너였어. 마구 벗어던진 양말과 옷가지가 어지러이 뒤엉킨 방안에 들어선 넌 손바람을 수없이 일으키다가 방문을 닫고 나갔어. 이내 싱크대에서 물 흐르는 소리가 들렸고.

나는 손가락으로 머리를 대충 빗으며 창문을 열었어. 환하게 쏟아져 들어오는 초여름 햇살. 아, 눈 부셔. 가만 있자. 이게 어찌도 일이지. 아무리 생각해도 이해가 가지 않았어. 나는 고개를 주억거리며 방문을 반쯤 열고 싱크대에 서 있는 너, 마네킹 같은 그 옆모습을 바라보며 물었어.

"아니, 어떻게 된 거야?"

"체."

"……"

"생각 안 나요? 어젯밤 아니 오늘 새벽, 공원에서 혼자 졸았던 일이… 어휴, 얼마나 고생한 줄 알기나 해요? 아직까지 메모도 안 보셨죠?"

책상 위에는 곱게 접은 연분홍색 메모지가 하나 놓여 있었어. 나는 서둘러 메모지를 펴 보았고.

지훈 씨, 편안한 밤 되세요. 키는 가스함에 넣어두고 가요. 아침

일찍 전화 드릴게요. 내일 아니 오늘 북한산 가는 거 잊지 마세
요. - 미리

"봤어요? 오늘 새벽에 어떤 일이 일어났는지 알만 하죠?"

"미안 미안. 이 빚은 열 배 백 배로 갚을게."

"그것보다 어제 제게 한 약속이나 꼭 지키세요. 그 때문에 미리
는 잠 한숨 못 잤단 말이에요."

그래. 흑맥주가 모자라 막걸리를 더 사다 마시다가 나중에 소주
까지 사다 마시던 기억… 그게 나였나? 술에 취한 내가 대체 너에
게 무슨 약속을 했지? 혹 무슨 실수라도? 아냐, 그럴 리가 없어.

"북어로 해장국 끓이고 있으니까 빨랑 씻기나 해요."

너는 마치 너 집인 거처럼 싱크대에 서서 밥을 짓고 국을 끓이
고 있었어. 마치 신혼살림을 처음 시작하는 새색시처럼.

박, 미, 리.

나는 욕실로 들어서면서 네 이름 세 자를 나지막하게 불러보았
어. 내가 상계동 열한 평짜리 이 아파트에 전세로 이사를 온 뒤 첫
발을 들여놓은 여자. 제 집처럼 거리낌 없이 수저를 꺼내 음식을
담고 있는 너, 그 뒷모습. 아, 어머니… 너, 그 뒷모습에서 돌아가
신 어머니 모습이 어른거렸어.

"그나저나 어제 내가 미리한테 무슨 약속을 했는지 통 기억이
나지 않는데… 어떡하지?"

"술 핑계 대고 시치미 딱 잡아떼실 거예요. 제가 다시 확인사살
을 시켜드릴까요? 음음… 늘 미리 그림자가 되어 미리를 따라다니

며 지켜주고 싶다고……"

"그으래~ 이거 큰일 났네. 미리가 대학까지 졸업하려면 가만 있자, 내 나이가 몇이 되는 거야. 가만, 서른이 넘어가잖아. 어떻게 그렇게 엄청난 말을……"

"빨랑 씻고 나와요. 북어국은 식으면 제 맛이 안 나요."

참깨를 볶는 듯한 고소한 냄새가 욕실 안까지 스며들었어. 나는 서둘러 샤워기로 비누거품을 헹궈내기 시작했지.

"아, 오랜만에 맡아보는 이 구수한 어머니 냄새."

"호들갑 떨지 말고 빨랑 일루 와요."

나는 씨름선수 이만기처럼 목에 수건을 척 두른 채 싱크대로 다가갔어. 마악 북어국을 조금 떠서 간을 보는 너. 마치 내 아내라도 된 듯 나에게도 간을 보게 하는 너.

"어때요?"

이상한 일이었어. 너가 내 눈을 빤히 바라본 그 순간, 내 마음 깊숙한 곳에서 찌르르 전기가 일었어. 그동안 내 주변을 맴돌던 수많은 여성들에게서는 느껴보지 못했던 가슴 떨림 같은 것. 그래. 술에 떡이 된 상태에서 너를 지켜주겠다는 말을 내뱉었다? 그 것은 이미 내 마음속에 너가 큰 원을 그리며 자리를 잡아가고 있다는 건데……

"반찬은 언제 이렇게 많이 만들었어? 당분간 반찬 걱정은 안 해도 되겠네."

"여기가 북한산 계곡인 줄 알아요?"

"그럼 북한산에서 먹을 반찬을? 아니, 그러면 안 되지."

"ㅋㅋㅋ~ 걱정하지 마시고 마음껏 드세요. 북한산에서 먹을 것은 따로 싸 두었어요."

"국물만 있어도 되는데."

"어휴, 누가 홀애비 아니랄까 봐. 이제부턴 걱정하지 마세요. 미리가 지훈 씨 곁을 지키고 있는 한 지훈이라는 홀애비, 아니 그런 총각은 없을 테니까."

그랬다. 너는 대화를 나눌 때 나, 란 말보다 미리, 란 네 이름을 붙이는 걸 좋아했어. 그런 너 앞에만 서면 나는 이상하게 목소리가 떨렸고. 믿어지지 않는 일이었어. 잠시라도 너를 바라보고 있으면 나는 순식간에 너, 그 쌍꺼풀 진 눈동자 속에 갇혀버리고 말아. 우물처럼 깊은 네 눈동자 속에 한 번 갇히면 마음이 한없이 넓어지고 편안했어. 오랫동안, 아니 영원히 너 속에 둥지를 틀어 살고 싶다는 바람.

"여기……"

"쑥스럽게."

"뭐가? 우리 둘뿐인데."

"그래도."

김이 폴폴 피어오르는 뜨거운 북어국은 참으로 시원하고 맛있었어. 그동안 깡다구로 마셔댄 깡소주, 뼈 속까지 쌓여있던 그 깡소주가 시원스레 씻겨져 내리는 듯했고. 그때 문득 사촌 조카가 물었던 말이 떠올랐어. 삼촌, 뜨거운 국물을 마시면서 왜 시원하다고 그래? 철없는 조카가 볼 때는 참 이상했겠지. 그래. 너나 만남도 꼭 그랬어. 나는 너가 집어주는 반찬을 그 조카처럼 얌전히 받아먹었지. 문득 행복, 그 꼭지점에 내가 서 있다, 라는 생각이 들었어.

"어, 시원해. 근데 미리는 왜 안 먹어?"

"제가 만든 음식을 지훈 씨가 맛있게 먹는 것만 보아도 배가 불러요."

그렇다. 스스로 감정에 좀 더 솔직하자. 너처럼. 맑고 깨끗하고 진실한 마음으로 너를 받아들이자. 맑고 깨끗하게 비워낸 내 진실한 마음, 그 백지 위에 나 그리움과 너 그리움을 꼭 하나로 뭉쳐 기나긴 투쟁 같은 첫사랑, 그 문을 열자. 나는 너에게로 저절로 다가가는 그 감정을 애써 다스리고 있는 그 쓸모없는 두 감정을 깨끗이 버리기로 마음 먹었어. 너가 끓여준 북어국을 한 방울도 남기지 않고 깨끗이 비운 것처럼. 나는 적어도 너 앞에서는 작은 감정이 일으키는 실오라기 하나에도 진심을 다할 것이라고 굳게 다짐했어.

"설거지 할 동안 빨랑 옷 갈아입으세요, 간편한 복장으로."

나는 붉은색 반팔 티셔츠에 블루진 바지를 입고 빼지가 여러 개 달린 갈색 모자를 썼어. 너는 푸른색 반팔 티셔츠 아래 아랫도리가 꼭 끼는 블랙진 바지를 입고 있었어. 우리 둘은 마치 신혼부부처럼 나란히 엘리베이터를 탔어. 너는 당연하다는 듯 내 왼팔에 자연스럽게 손을 끼워 넣었고.

"누가 보면 어쩌려고?"

나는 서둘러 팔을 빼려 했어. 그때 너가 내 왼팔을 가슴에 꼬옥 품어버렸지. 볼록한 네 가슴을 가리고 있는 그 푸른색 브래지어처럼.

"체! 우리가 뭐 잘못한 짓이라도 했나요. 이럴 때 보면 지훈 씨는 꼭 쉰 세대 같다니깐."

"여기는 내가 사는 도…동네잖아. 사람들이 보면 오…오해한단 말이야."

내 왼팔에서 물컹하고도 탱글탱글한 네 가슴이 숨을 쉴 때마다 몇 번이나 풍선처럼 부풀어 올랐어. 그 탱글탱글한 느낌에 나는 말까지 더듬었고.

"무슨 오해? 으흥, 그런 오해라면 천 번 만 번이라도 받는 게 좋죠. 늘 지훈 씨 곁에 잎사귀처럼 이렇게 매달릴 수 있으면 되니깐. 메롱~"

아찔하고 어지러웠어. 너, 그 도톰한 입술을 살짝 비집고 나온 너 붉은 혓바닥이 내 입술 가까이 다가왔어. 그때 너가 내쉬는 그 따스한 입김이 내 턱 주위를 간지럽혔고. 그 순간 나는 너 입술에 내 입술을 슬쩍 갖다 댈 뻔했어. 내 왼팔을 가슴에 꼬옥 품은 채 내 입술 가까이에서 붉은 혓바닥을 쏘옥 내미는 네 모습은 너무나 앙증스러웠지. 넌 엘리베이터에 걸린 작은 거울을 바라보면서 금빛 별 하나가 그려진 까만 모자를 썼어. 넌 거울 속에서 나를 바라보며 생긋 웃었어.

"정말 예쁘다. 마치 천상에서 죄를 짓고 내려온 천사 같아."

"지훈 씨! 하필이면 죄를 짓고 내려온 천사예요? 기왕 띄우는 김에 시인답게 좀 더 멋진 비유를 하면 안돼요. 비유를 해도 꼭 그렇게 처절하게 만드는 것이 글 쓰는 사람들 취미예요?"

"아니 아니, 그런 뜻이 아니라 어떤 모습이나 행동이 너무 완벽하게 아름다우면 신이 질투를 한다는 그런 뜻이지."

"214번 꽁까이 면회."

꽁까이? 이 동네에서 애인이나 여자를 호칭하는 은어. 그래. 마악 낮 운동을 나가려는 순간 너가 면회를 왔어. 아침에 왔더라면 좋았을 걸. 그랬으면 오늘 하루에 자유를 두 번 누릴 수 있었을 텐데. 그래. 사람이 지닌 욕심은 끝이 없지. 너가 그 어려운 시간을 내 그 먼 곳에서 면회 오는 것을 감지덕지해야 될 처지에 내 입장만 앞세우다니. 이런 욕심덩어리 같으니라구. 나 같은 놈은 이번 기회에 확실히 면벽참선을 해야 돼.

"지훈 씨…"

"미리…"

"건강은 어때요?"

"괜찮아."

"……"

"……"

"특별히 필요한 건 없어요? 속옷과 먹을 것은 조금 전에 넣었어요."

"여기까지 오기가 여간 힘든 게 아닐 텐데……"

"그런 소리는 하지 말고… 부탁할 것은요?"

"참, 이거… 우리 방 식구야. 면회 좀 오라고."

"알았어요."

그랬다. 너는 눈치가 빨랐다. 너는 내 손바닥에 적힌 전화번호를 즉시 눈으로 새겼지.

"학교는?"

"지훈 씨 후배가 되려면 열심히 해야죠."

"너무 무리하지 마. 건강이 최우선이야."

"체~ 지금 누가 누구 걱정을 하고 있는 거예요?"

날 너 두 눈동자 속에 담아가기라도 할 듯이 깊숙이 바라보는 너, 그 까만 눈동자. 한순간도 놓치고 싶지 않아. 아, 손이라도 잡을 수 있다면……

"여기도 사람 사는 동네야. 밖에서 상상하는 것처럼 그렇게 나쁘지는 않아. 책을 읽을 수도 있고 신문도 볼 수 있어."

삑― 삑삑 삐―

"내 걱정은 하지 말고…"

"다음에 또 올게요…"

삑― 삑삑 삐―

"지훈 씨, 군대 갔다 왔어요? 혹, 좀 있다 군에 입대해야 되는 거 아니에요?"

"군대?"

나는 저어기 당황했어. 나에게 군대란 단어는 참 낯설고도 징그러운 단어였지.

"군대라……"

"……"

군대는 내가 야간대학을 다닐 때나 지금이나 정치권력이 학생운동을 짓밟는 징거미새우 같은 것이라 믿었다. 다른 한편으로는 군대를 다녀오지 못한 나 자신에 대한 그 어떤 소외감을 주는 낱말 또한 군대였지. 군대란는 내 불행한 과거사를 떠올리게 만드는 낱말이었어. 나는 어쩌면 군대라고 하면 가지 않아도 되는 선택받은 행운아였는지도 모르고.

내 고향은 경남 양산이다. 부모님은 결혼과 함께 할아버지로부터 물려받은 백여 평에 이르는 논과 밭을 가꾸며 어려운 살림살이를 시작했다. 그때는 한국전쟁을 겪고 난 뒤에다 수년 동안 극심한 가뭄에 따른 흉작으로 숱한 사람들이 배곯이와 역병에 시달렸다. 특히 보릿고개라 부르는 사월에서 유월 사이는 그야말로 견디기 어려운 나날들이었다. 내가 갓 태어날 때 부모님은 농사 백여 평을 지으면서 대지주에게서 소작을 간간이 떠맡아 겨우 끼니를 때워 나갔다. 한 해 건너 자식들을 낳으면서도 한 번도 산후조리를 제대로 하지 못한 어머니는 늘 병을 몸에 달고 지냈다.

─우리 같은 처지는 넘들 일할 때 더 쎄 빠지게 일하고, 넘들 놀때도 일을 해야 목구녕에 풀칠이라도 할 수 있다.

입버릇처럼 이 말 한 마디로 버티시던 내 어머니는 막내 여동생을 낳은 그해, 내가 일곱 살에 접어드는 해부터 시름시름 앓기 시작했다. 아버지는 틈만 나면 산에 올라가 온갖 약초를 구해 달여 먹였지만 어머니를 심하게 괴롭히는 그 병은 좀처럼 물러설 낌새조차 보이지 않았다.

─내가 죽더라도 큰아이 공부는 꼬옥…

이 말 한마디를 남긴 어머니는 내가 초등학교에 마악 입학한 그 해 유월, 원한이 서린 그 보릿고개를 끝내 넘기지 못하고 배고픈 이 세상을 저버리고 말았다. 그렇게 위암으로 세상을 떠난 어머니는 죽은 뒤에서야 비로소 제대로 된 삼베옷 한 벌을 입을 수 있었다. "살아평생 당신께 옷 한 벌 못 해주고 / 당신 죽어 처음으로 베옷 한 벌 해 입혔네"(옥수수 밭 옆에 당신을 묻고)라고 쓴 시인 도종환 시에 나오는 그 당신처럼.

어머니가 돌아가시자 집안은 크게 기울기 시작했다. 하긴 더 이상 기울만한 것도 별로 없긴 했지만. 나는 그 뒤 아버지가 밤낮 쏟은 피와 땀으로 공고를 졸업하고, 서울에 있는 대한대학교 야간부에 들어갈 수 있었다. 그해 봄, 내가 동양식품 영등포 공장에 입사하자 그나마 집안형편이 조금씩 나아지는 듯했다. 아니나 다를까. 그해 가을, 그렇게 건강하던 아버지께서 뇌졸중으로 쓰러져 그만 일어나지 못하고 만 것이다.

"지훈 씨가 군에 입대하면 미리는 어쩌지? 따라갈 수도 없고?"

내가 얼른 대답을 하지 않자 너, 그 먹포도 같이 까만 두 눈동자에서 금세 동글동글한 이슬방울이 비쳤어.

"벌써 제대를 했지. 아마 나처럼 일찍 군대를 갔다 온 사람도 얼마 없을 걸."

그때 너, 그 까만 두 눈동자 속에 별이 서너 개 떠올랐어. 너는 그때 흑장미 같은 입술을 내 얼굴 가까이 디밀었고.

"어머, 그래요. 무슨 부대에 있었는데요? 계급은?"

너는 입술에 립스틱을 바르지 않았어. 그래도 내 눈엔 흑장미 꽃잎 두 점이 코 밑에 도톰하게 내려앉은 것처럼 보였지. 너가 뾰족이 내미는 도톰한 입술. 그때 나는 또 한 번 네 입술에 내 입술을 갖다 댈 뻔했어. 엘리베이터 속에서 느꼈던 그 순간처럼 말이야.

"묻는 말에 대답은 하지 않고 왜 그리 빤히 쳐다만 보세요. 제 얼굴에 뭐라도 묻었나요? 잠깐만."

너는 재빠르게 손지갑을 열었어. 이내 앙징스럽도록 귀여운 손거울이 너, 그 작은 손바닥에 올려졌고. 하트 모양인 그 손거울은 너 작은 손바닥 안에서 빛을 반짝 내며 내 얼굴까지 끌어들였어.

"거울은 왜? 미리 앞에 이렇게 훌륭한 대형거울이 있는데."

하트 반쪽을 차지하고 있는 눈동자 둘… 다른 반쪽을 차지하고 있는 눈동자 둘… 눈동자 네 개가 서로를 바라보며 쌩긋 웃고 있었어. 나는 손가락으로 너 눈동자를 가리키며 픽 웃었고, 너는 손가락으로 내 눈동자를 가리키며 생긋 웃었고.

"그게 아니에요. 시가 저절로 흘러나오는 그 큰 거울에다 미리, 이 흉한 모습을 비춰서야 되겠어요?"

그랬다. 너 한 마디 한 마디 속에는 내게 보내는 사랑, 그 신호가 들어오고 있었어. 너, 가슴 깊숙한 곳에도 내가 자리 잡고 있는 것이 틀림없었어.

지하철 안은 아침 10시가 넘은 시각인데도 사람들이 붐볐어. 여기저기 울긋불긋한 옷차림을 한 사람들이 아이들을 데리고 삼삼오오 타워을 그리며 환한 얼굴로 이야기꽃을 피우고 있었고. 그들은 저마다 일주일 동안 꽉 짜인 업무에서 벗어난다는 그 어떤 해방감에 들떠 있었지.

"지훈 씨, 일요일마다 잠만 자죠? 앞으로 일요일에 잠 잘 생각일랑 아예 꿈도 꾸지 마세요. 매주 일요일 미리가 지훈 씨를 보호자로 삼아 그동안 가보지 못했던 계곡에도 가고, 들과 강가에도 가고, 바닷가에도 갈 거예요. 알겠어요? 지훈 씨. 자, 약속!"

너는 주변사람들 눈치에도 아랑곳하지 않고 자그마한 새끼손가락과 엄지손가락을 펴들었어. 나는 알았어, 알았어, 라며 쑥스러운 듯 고개를 몇 번이나 끄덕이며 사람들 눈치를 살폈지만 네 고집을 꺾을 수는 없었어. 너는 새끼손가락을 걸고 손도장을 찍은 내 오른손을 자연스럽게 잡았지. 너, 그 손은 폭신하면서도 매끄러웠어. 반쯤 분 풍선처럼.

"왜 슬금슬금 주변사람들 눈치를 봐요, 지훈 씨. 부끄러워요? 피~ 근데 운동권 출신 치고는 살결이 너무 부드럽다아~"

운동, 운동, 운동.

하루 운동시간은 1시간. 하루는 오전, 하루는 오후. 24시간 가운데 유일하게 개구멍에서 벗어나는 시간. 쇠사슬을 벗은 개처럼 누리는 순간 자유. 금싸라기 같은 시간. 이나마 누리는 짧은 자유도 주말과 국경일에는 없다.

햇살이 바늘처럼 쏟아져 내리는 유월, 경주 교도소. 1사동 운동장에는 시퍼런 수의를 입은 사람들이 물방개처럼 맴돌고 있다. 모두들 오랜 수감생활로 약해빠진 다리 힘을 키우기 위해서다.

철망 바깥에는 수의색 하늘을 문 산들이 온통 진초록을 토하고 있다. 지금쯤 상계동 아파트 주변에 있는 작은 공원에는 진초록 잎사귀를 헤집으며 토끼풀이 하얀 꽃을 피워 올리고 있을 것이다. 여기저기 탐스럽게 부푼 엉겅퀴 꽃씨들은 은빛 날개를 퍼덕이며 하얗게 날아오르고 있을 테고.

저쪽 산마루에서 긴 머리 가시나가 환하게 웃으며 달려오고 있다. 가시나는 솜사탕처럼 부푼 엉겅퀴를 양 손에 가득 쥐고 나를 향해 일직선으로 달려온다. 나는 그 가시나에게 건네줄 네 잎 클로버를 찾아 헤매고 있다.

여기저기 네 잎 클로버가 흩어져 있다. 그 네 잎 클로버에 내 손이 다가가면 어느새 잎사귀 하나가 사라져 버리는 것 아닌가. 조바심이 나기 시작했다. 그때 내게 다가온 가시나가 활짝 웃으며 엉겅퀴 꽃씨를 입으로 훅 불었다. 수많은 엉겅퀴 꽃씨들이 은빛 날개를 퍼덕이며 내 머리 위를 맴돈다. 아아, 어지러워. 그때 엉겅퀴 꽃씨 하나가 토끼풀이 마악 하얀 꽃을 피워 올리는 풀밭에 살포시 내려앉는다. 나는 엉겅퀴 꽃씨를 잡으려 손을 쭈욱 내밀었다. 내가 손을 내민 자리, 네 잎 클로버 하나가 파란 이를 드러내며 웃고 있다.

유월, 경주교도소를 에워싼 산천은 아주 오랜 어린 날, 네 잎 클로버 찾아 들판을 헤매며 엉겅퀴 꽃씨를 불어대던 고향에서 있었던 그 기억을 떠올리게 했다. 그랬다. 내가 감옥에서 나날을 보내는 동안, 내 눈에 비치는 모든 사물은 바깥세상에서 있었던 온갖 추억을 부르고 있다. 너와 함께 할 때도 그랬다. 너, 그 눈빛이 닿는 자리에 내 눈빛이 닿으면 그냥 스쳐 지나가는 것들도 모두 그 어떤 새로운 생명으로 거듭 났다. 그래. 나는 너를 통해서, 이 묶인 나날을 통해서 그동안 맞설 수 없었던 어떤 틀, 고정관념이란 답답한 틀을 하나씩 깨뜨려 나가고 있다.

지하철 3호선이 구파발역에 닿은 시간은 오전 11시를 넘기고 있었어. 구파발역 들머리에는 나들이 오는 사람들에게 필요한 돗자리나 버너뿐만 아니라 삼겹살과 상치, 마늘 등 산에서 즐길 수 있는 온갖 음식을 마련한 상점들이 줄을 잇고 있었지.
"이리 줘. 내가 들게."
"지훈 씨, 숙녀에 대한 예의 하나는 끝내준다."
"예의는 무슨… 이리 다 줘."
"괜찮아요. 지훈 씨가 뭐 미리 짐꾼인가요?"
"어, 보기보다 제법 무거운데. 달라고 안했으면 누구 팔이 고무줄처럼 늘어질 뻔했네."
"그게 다 누구 좋으라고 갖고 온 건데요?"
북한산을 향해 달리는 시내버스 안으로 들어오는 바람은 향기롭고 상쾌했어. 차창 밖으로 스치는 풍경은 마치 녹색 물감을 한꺼번에 부어버린 듯한 초록세상이었지. 초록동굴을 만든 나무들은 살짝 건드리기만 해도 녹색물을 가득 채운 잎사귀가 깨져 온 세상이 녹색물에 잠기게 될 것만 같았고.
"어머, 지훈 씨. 저기 백운대가 보여요."

백운대가 이마에 녹색 띠를 두르고 있었어. 백운대는 마치 산신령처럼 두 눈을 부릅뜨고 사람들이 아웅다웅 살아가는 세상을 호령하듯 내려보고 있었지.

북한산 들머리에 내린 너는 노루처럼 껑충껑충 뛰었어. 너가 뛸 때마다 허리까지 덮은 치렁치렁한 참머리가 햇살을 통통통 튕겨냈어. 바위 틈새를 매끄럽게 흘러내리는 계곡물이 가끔 튕겨내는 그 눈부신 윤슬처럼.

"아저씨, 사진 한 장 찍어주실래요?"

나는 북한산, 그 당당한 기세에 눌려 입을 반쯤 벌린 채 넋을 놓고 서 있었어. 그때 너가 내 허리를 살포시 감싸 안았고.

"뭐해요, 지훈 씨. 미리 허리에 가시라도 돋쳤나요?"

너는 순식간에 내 왼팔을 잡아 너 허리에 감았어. 나는 그때 여자 허리가 그렇게 날씬한 곡선이 부드럽게 흘러내리고 있다는 것을 처음 알았어. 우윳빛으로 빛나는 너, 그 촉촉한 얼굴과 걸음을 옮길 때마다 가볍게 출렁이는 젖가슴. 조선백자처럼 매끄럽고 둥글게 흘러내린 통통한 엉덩이. 그 둘을 시인 문병란이 쓴 시 '직녀에게'에 나오는 오작교처럼 잇고 있는 너 갸날픈 허리.

"아저씨, 찍는 김에 한 장만 더 찍어 주실래요?"

"그러죠."

우리는 북한산을 휘돌아 흘러내리는 계곡을 밑그림으로 또 사진을 찍었어. 그때 너는 내 어깨에 오른쪽 뺨을 살며시 갖다 대며 예쁘게 웃었고.

"누군 참 행복하시겠어요?"

카메라를 건네주는 사람이 너 위아래를 훑듯이 훑어보았어. 내가 인상을 찌푸리자 그는 빙글거리며 한쪽 눈을 찡긋했고.

"흠흠, 흠흠. 어, 이게 무슨 냄새야? 그 냄새 아냐?"
"뻥끼통 안에 누가 있어?"
"똥파리 한 쌍만 한창 열을 올리고 있는데……"
"누구야? 자다가 싸고 팬티도 갈아입지 않은 사람이."
"그기 아이고 저 산에 있는 밤나무가 범인인기라."

어디선가 정액 내음이 코를 찌른다. 철창에 의해 직사각형으로 수없이 잘린 산에 밤꽃이 허옇게 피어나고 있다. 그래, 그날도 그랬지. 북한산으로 올라가는 길 곳곳에 밤꽃이 흐드러지게 피어나 야릇한 내음을 풍겼지. 그 내음 때문에 나는 순간 묘한 생각에 젖어들기도 했고.

"저기 서 봐. 내가 이쁘게 찍어줄 테니까."

북한산 중턱에서 내가 필름을 갈아 끼우며 너에게 말했어.

"독사진은 외롭고 쓸쓸해 보여서 싫어요."

초록빛 나무들이 너, 그 서글서글한 눈동자 속에서 싱싱한 잎새를 파르르 떨고 있었어.

"그럼 증명사진도 둘이 같이 찍어야 되겠네."

"참, 지훈 씨도. 어린애처럼 순진하기는."

계곡으로 내려가는 길은 경사가 몹시 가파랐어. 바위 위에는 연초록 이끼가 콧수염처럼 돋아나 있었지만 몹시 미끄러웠지.

내가 손을 내밀었어. 너는 기다렸다는 듯이 네 손을 꼬옥 잡았어. 그 순간 가슴이 방망이질을 했어. 촉촉한 감촉 끝에 다가오는 따스하고도 부드러운 느낌. 너, 그 손이 너무나 매끄러워 내 손뿐만 아니라 마음까지 미끄러질 것만 같았어.

"깍지를 껴야 돼요, 지훈 씨. 미끄럽단 말이에요."

너 작고 가녀린 다섯 손가락이 내 다섯 손가락 사이를 비집고 들어와 옥죄었어. 가늘게 떨고 있는 내 마음을 쥐듯이 그렇게 꼬옥.

"조심해."

나머지 한 손에 커다란 비닐봉지와 쇼핑백을 두 개나 든 내가 약간 휘청거렸어. 그때 너가 내 눈을 빤히 바라보았어.

"좀 쉬었다 가요, 지훈 씨. 누가 잡으러 와요?"

너가 가쁜 숨을 몰아쉬며 깍지 낀 손을 풀었어. 별 하나가 그려진 까만 모자를 벗었을 때 너 이마에선 땀방울이 싸리버섯처럼 송글송글 돋아나 있었어. 너는 흑장미가 수놓아진 작은 손수건을 꺼내 땀방울을 훔쳤어.

"잡으러 오잖아? 바로 내 뒤에서. 미리는 머리를 길게 푼 처녀 귀신이 안 보여?"

"체, 지훈 씨 잡으러 오는 그 귀신이 지훈 씨에게 잡아먹히겠네요."

갑자기 너, 갸름한 얼굴이 발그스레 달아올랐어. 너는 내 눈을 바라보며 영화배우 장미희처럼 쿡, 웃었어.

"땀이나 닦아요."

"괜찮아."

"지훈 씨는 세수하고 난 뒤 얼굴을 닦지 않나요?"

"무슨?"

"방금 땀으로 세수를 하셨잖아요."

너가 땀방울을 훔치던 그 작은 손수건을 내게 건네줬어.

"이거, 아까 미리가 끓여준 맛있는 북어국이 소화도 되기 전에 땀으로 다 흘러나와버린 거나 아닌지 몰라."

너가 건네준 손수건에서는 향긋한 풀내음이 났어. 그 손수건에서 나는 향내는 내 아랫도리가 저절로 꼴릴 정도로 은은하면서도 강렬하게 다가왔어. 그 순간, 갑자기 너 몸에 내 몸을 섞고 싶다는 이상한 욕망이 꿈틀거리기 시작했어.

"……땀 닦기에는 너무 아까운데."

"그게 그리 아까우면 그냥 가지세요."

"아니, 그건 안 되지. 손수건은 이별을 상징하잖아."

"그래요? 그럼 어서 돌려줘요. 휴우~"

북한산 계곡에는 맑디맑은 물살이 녹음을 헤집으며 미끄러지고 있었어. 백운대가 제 속으로 삭인 울음을 바위틈으로 살며시 내보이는 것처럼. 계곡 곳곳에 고인돌처럼 잘 다듬어진 바위와 나무그늘이 적당히 가린 자리는 이미 울긋불긋한 사람들이 다 차지하고 있었어.

"뙤약볕에 앉을 수도 없고, 어떻게 해? 조금 일찍 올 걸."

"지훈 씨도. 지금 미리 앞에서 그런 말이 나와요? 미리 아니었으면 지훈 씨는 지금도 꿈속을 헤매고 계실 걸요. 아. 지훈 씨, 저기로 가요. 저기 어때요?"

너는 이끼가 약간 낀 바위틈으로 계곡물이 야트막하게 흐르는 곳을 턱으로 가리켰어.

"그래. 한번 가보자."

아니나 다를까. 자리를 잡고 보니 보기보다 훨씬 널찍하고 시원했어. 아카시아 가지가 계곡으로 쭉 뻗어내려 사람들 눈에 잘 띄지도 않았고.

"어때요? 지훈 씨. 제 눈썰미가. 사람들 대부분은 당장 눈앞에 보이는 자리만 찾기 십상이거든요."

"그럼. 미리가 누군데."

"미리가 누군데요?"

"…천사"

"그럼 지훈 씨는요?"

"나는 나무꾼이랄까."

"피~"

나는 돗자리를 펴고 쇼핑백과 비닐봉지를 꺼낸 뒤 삼겹살을 구울 준비를 했어. 너는 소주와 음료수를 차디찬 계곡물에 담그고 있었고.

"지훈 씨, 우선 쌀 좀 씻어주세요."

"삼겹살이 있는데?"

"밥과 고기가 같아요?"

"삼겹살만 해도 감지덕진데?"

"그건 총각 혼자 살 때 있었던 전설 같은 얘기고."

쌀을 찾기 위해 쇼핑백을 헤집던 나는 깜짝 놀랐어. 쇼핑백에는 쌀뿐만 아니라 김치를 비롯한 여러 가지 밑반찬이 푸짐하게 들어 있었어. 나는 바위 위에 동그마니 앉아서 상추와 깻잎을 씻는 널 새롭게 물끄러미 바라보았어. 너는 내 반쪽이다. 나도 너 반쪽이다. 너는 비록 나이가 어리지만 나는 기다릴 수 있다. 반쪽이 서로 만나 안드로규노스가 되는 세월이 10년이면 어쩌랴, 아니 20년이면 또 어쩌랴. 나는 사랑에는 국경도 없다, 는 그 흔한 말을 새삼 떠올리며 사랑에는 나이도 없다, 라고 중얼거렸어. 사람을 둘로 갈라놓아 사랑으로 하나 되게 한 제우스, 그 위대한 힘에 대해 깍듯한 마음 인사를 보냈어.

"어머, 지훈 씨. 정말 쌀 잘 씻네. 조리사 뺨치겠네."

"이래 봬도 자취생활로 다져온 젊음이라우."

상추와 깻잎, 풋고추, 마늘을 씻은 너는 버너 주변에 먹거리를 제법 푸짐하게 차렸어.

"이야, 파저리까지 다 있네. 역시."

"어지러워요. 비행기 그만 태우시고 어서 여기 앉으세요. 이젠 우리 둘 입만 즐거울 일이 남았네요."

삼겹살을 구우며 길게 찰랑이는 머리칼을 가끔 쓸어올리는 너. 우물처럼 어둑하고 깊은 눈망울로 날 바라보며 생긋 웃는 너. 아아, 갈증이 난다. 너를 바라보고 있으면 왜 까닭 없이 입에 침이 자꾸 고이는 걸까. 입에 고이는 침을 아무리 삼켜도 왜 자꾸 목이 바싹바싹 말라오는 걸까.

"여기요, 소주 한 잔 받으세요. 미리도 한 잔 주셔야 해요?"

"잔이 하나 밖에 없어?"

"두 개나 살 필요가 없잖아요? 그쵸? 지훈 씨."

나는 너가 두 손으로 차분하게 따라주는 소주를 물마시듯 단숨에 삼켰어. 너에게도 곧바로 그 작고 투명한 유리컵을 건넸어.

"캬, 좋다. 내가 이쪽으로 마셨으니까 미리 아니 천사는 요쪽으로 마셔. 아냐, 천사에게 이렇게 독한 술을 권할 수는 없지. 콜라 드릴까요? 천사?"

"그건 형평의 원칙에 어긋난다, 나무꾼! 어서 내 소주 돌려줘."

"소주 마시고 홍콩으로 날아가면 나는 어떡하나, 천사."

"북어국 또 끓여놓고 기다리면 되지, 나무꾼."

컥컥컥.

쿡쿡쿡.

너와 나는 배를 쥐고 깔깔거렸어. 내가 유리컵을 건네자 너는 내 입술이 닿았던 자리에 너, 그 도톰한 입술을 댔어. 한 모금이나 마셨을까. 너는 이내 찌푸린 인상으로 유리컵을 내려놓으며 재빨리 내 손을 잡았어.

"잠깐. 기다려요, 지훈 씨. 미리가 있는데 지훈 씨가 직접 안주를 집으시면 어떡해요. 지훈 씨 건강은 미리가 책임지기로 했는데."

너는 삼겹살 한 점을 집던 내 젓가락을 얼른 빼앗았어. 그 젓가락으로 상추 위에 삼겹살과 구운 마늘, 썰어놓은 풋고추, 파저리를 얹어 하트 모양으로 예쁘게 싸더니 내 입가로 쑥 내밀었지.

"여기요, 지훈 씨."

그 하트 모양 쌈을 입에 넣은 나는 또다시 목이 말라오기 시작했어. 너가 내게 보내는 이토록 아름다운 몸짓에 그 어떤 얼룩이라도 지워서는 안 된다. 너, 그 예쁜 마음은 이 계곡을 딛고 푸르게 열리는 저 하늘이다. 나는 어쩌면 푸르게 열려있는 너, 그 하늘을 둥둥 떠다니는 조각구름인지도 모른다.

"한 잔 드시고 벌써 취하셨어요? 지훈 씨."

참으로 이상한 일이다. 어째서 너, 그 앞에만 서면 나는 이토록 허둥대는 것일까. 어째서 너, 그 까만 눈동자만 바라보면 나는 점처럼 보일락 말락 작아지는 것일까.

"지훈 씨. 무슨 생각을 그리도 깊이 하세요?"

수많은 후배들이 빛내는 눈동자가 나를 향해 엄청나게 큰 흑점이 되어 일직선으로 날아오고 있다. 나는 온몸을 갈기갈기 파고드는 그 흑점이 되어 우주를 삼켜버릴 듯한 큰 소리로 떠들고 있다.

－한 알, 건강한 씨알이 하늘에서 떨어져 땅을 빨아들여 싹을 틔우리라. 그 싹은 햇살과 바람과 비를 먹으며 거칠고 척박한 마음밭에 튼튼히 뿌리박아 수십 개가 넘는 튼실한 씨알을 맺으리라. 그 튼실한 씨알은 다시 수만 수억 개가 넘는 알찬 씨알을 퍼뜨려 마침내 메말라 터지고 갈라진 이 세상을 푸르른 숲으로 덮으리라.

바람을 마시며 웅웅거리는 소주병. 아아, 목 말라. 나는 반쯤 남은 소주를 병째 들이켰다. 가슴을 찌르르 적시며 흘러내리는 소주. 마셔도 마셔도 더욱 심해지는 갈증. 아아, 탄다. 목만 타는 것이 아니라 내 몸과 마음마저 티딕 티딕, 불티를 날리며 해처럼 타오르고 있다.

　…지훈 씨.

　교문 저 쪽에서 누군가 들릴 듯 말 듯한 목소리로 나를 부르고 있다. 누굴까? 누가 쉿소리가 나도록 목청을 돋궈 나를 부르고 있는 것일까. 그래. 낯익은 목소리다. 내가 오랫동안 찾던 그 목소리다. 어린 날 앞산에서 밤마다 구슬피 울어대던 그 목소리. 소쩍새? 그래. '갯마을'을 쓴 작가 오영수 '소쩍새'에 나오는 그 소쩍새 울음소리 같다. ―배가 고파 죽은 넋이기 때문에 소쩍새는 저렇게도 피나게 한을 운다고 한다, 로 시작되는 단편소설.

　주인 아들 대신 전쟁터에 나가 죽은 남편을 가슴에 묻고 살아가는 순이. 순이가 상갓집에 품을 팔아 보리쌀 한 됫박을 치마폭에 받고 돌아오자 돌이가 엎어져 자는 부엌바닥에 피와 검붉은 진달래꽃이 흩어져 있다. 순이가 돌이를 우벼안고 방으로 데리고 들어와 흔들어 깨워 보지만 머리는 머리대로 팔다리는 팔다리대로 흔들거릴 뿐 숨소리가 들리지 않는다. 순이가 문설주에 뒤통수를 박는다. 그렇게 돌이 모자가 죽은 이듬해 봄부터 오리골에서 별나게 울었다는 그 소쩍새. 그래, 바로 그 서러운 소쩍새 울음소리 같다.

　나는 햇살처럼 따스하게 빛나는 너, 그 영혼을 진눈깨비만 휘몰아치는 내 시린 가슴 속에 새기고 또 새겨 넣었어. 이제 내 빈 가슴 곳곳에는 온통 너가 들어차 너, 그 따스한 눈빛으로 자꾸 흔들리고 있어.

"근데 나… 지훈 씨한테 불만이 있어요. 지훈 씬 미리가 묻는 말에 늘 자신만만하게 대답하지 않고 슬쩍 얼버무리고 넘어가는… 뭐랄까? 어떤 점에 대해서는 절대 남에게 보여주지 않겠다는… 맞아. 무슨 비밀을 간직한 사람처럼 느껴져요. 그리고… 미리에 대해선 왜 한 마디도 묻지 않는 거죠. 중졸인 미리와는 말 상대가 도저히 안 되나 보죠?"

소주 몇 잔을 연거푸 마신 넌 약간 취한 듯했어. 내게 다시 소주를 따르던 너는 학력 때문에 짜증이 난다는 듯 목소리를 약간 높였어.

"아… 아냐. 무슨 그렇게 심한 말을. 학력이 무슨 대단한 거라고. 미리가 날 그렇게 판단했다면 내 탓이야. 난 미리에게만큼은 아무 것도 숨기고 싶지 않아. 단지 아직 너 나이가……"

내 목소리는 나이, 란 단어에서 갑자기 떨렸어. 두려웠어. 너와 그 사이가 이토록 재빨리 좁혀드는 것이 무엇보다도 두려웠어. 시간이 흐를수록 내 행동 하나하나가 너, 그 움직임 하나하나에 쏘옥 빨려 들어가고 있다는 것이… 이상하게 너, 그 앞에만 서면 내 감정을 추스릴 수 있는 그 어떤 가늠자가 사라진다는 것이 나를 더욱 두렵게 했고.

"……"

"미리, 마지막에 한 그 말 취소하기야? 지금 곧 취소하지 않으면 나 혼자 골짜기처럼 내려가 버릴 거야."

나는 너가 따라준 소주를 단숨에 쭈욱 들이켰어. 약간 남은 소주까지 병째 들이킨 뒤 슬며시 일어섰어.

"취소. 취소예요, 지훈 씨."

새파란 아카시아 잎사귀가 담긴 너, 그 커다란 눈동자에서 금방 계곡에서 일고 있는 물보라 같은 눈물이 글썽였어.

"아… 아냐. 소주 꺼내러 간다니까. 내 그림자를 여기 내려두고 가긴 어딜 가. 아무 데도 못 가지. 그림자 없이 다니면 귀신이게?"

너, 그 촉촉이 젖은 까만 눈동자에서 금세 유월 하늘에서 쏟아지는 찬란한 햇살 하나가 반짝, 굴러 떨어졌어.

"……그 표현, 차암 멋지다. 미리가 지훈 씨 그림자란 그 말."

너는 그림자, 란 내 말을 가슴 깊숙이 품으려는 듯 심호흡을 크게 했어. 그때 네 볼록한 젖가슴이 탱탱하게 부풀어 올랐고. 너는 파아란 하늘을 담은 눈동자를 백운대에 던졌어. 너, 그 예쁜 모습은 시인 이해인 수녀를 떠올리게 했어.

"커~ 시원하다. 술이 확 깨는데. 미리도 아이스 소주 한 잔 줘? 술 박사 이지훈이 수 년 동안 땀과 자연과 과학을 변증법으로 버무려 마침내 개발에 성공, 양산체제에 들어간 북한산 계곡이 담긴 특미 아이스 소주, 그 이름을 들어보셨나요?"

나는 계곡물에 담궈 두었던 소주를 꺼내들고 한 잔 쭈욱 들이키며 CF에 나오는 '객주'를 쓴 작가 김주영 흉내를 냈어.

"아까부터 자꾸 혼자서 안주도 먹지 않고 그렇게 마시기예요? 미리 화나요. 빨랑 와서 여기 앉지 못해욧!"

너는 진짜 화가 난 사람처럼 매끈한 얼굴을 약간 찌푸렸어. 화가 조금 난 듯한 너, 그 모습은 새로운 매력이 넘쳤고.

"아, 알았어요. 미리 천사."

"소주 이리 내요, 아이스 소준지 뭔지. 앞으로 안주 없이 마시는 술은 모두 미리가 뺏을 거예요. 지금까지 안주 없이 일곱 잔 마셨으니깐, 안주도 일곱 번 먹어야 소주 한 잔 줄 거란 그 말이에요. 자, 여기!"

너는 하트 모양을 낸 상추쌈을 내 입에 넣어주면서 눈을 살짝 흘겼어. 행복했어. 이제껏 누가 있었던가? 이토록 꼼꼼하게 내 건강에 대해서 깊은 관심을 보여준 사람이. 그동안 어머니, 딱 한 분뿐이었지.

"미리도 아까 그냥 한 잔 마셨잖아. 미리도 안주 한 점 먹고 마셔야 돼. 자~"

"여러 선배님, 밤낮 없이 얼마나 수고가 많으십니까? 저는 오늘 새롭게 1사 23방에 입방한 김민식이라고 합니다. 저는 1963년 토끼띠입니다. 제 고향은 강원도 양양이며 저는 2남 3녀 중 차남입니다. 저의 직업은 학생이며 전과는 이번이 처음입니다. 저의 죄명은 국보(국가보안법)로 1년 6월을 선고받았습니다."

"어이~ 자네 고향이 어디라고?"

"강원도 양양입니다."

"양양?"

그랬다. 미리 고향이 바로 양양이라고 했다. 그래. 맞아. 바로 3년 앞 오늘이었어. 그날, 너와 저녁을 먹고 헤어진 시각은 밤 10시가 조금 넘었을까. 그래. 수위실 앞에 웬 까만 승용차가 한 대 서 있었지. 그 순간 나는 머리가 쭈뼛했어. 아차, 내가 마악 몸을 돌려 달아나려 할 때, 내 양팔은 어느새 그들이 붙잡는 무지막지한 힘에 맥없이 꺾이고 말았지. 그래. 그날, 날 차 속에 밀어 넣으며 순식간에 채우던 그 섬뜩한 은팔찌. 그 섬뜩한 눈동자들. 그래. 그때 하필 그 날카로운 눈빛이 떠올랐어. 저들이 빛내는 섬뜩한 눈동자를 단 한 번에 누를 수 있는 그 차거운 눈빛. 시 '만월'를 쓴 시인 이시영, 그 빛나는 눈빛이.

뚜루루루루 뚜루루루루 뚜루루루루

아득한 기억, 저 편에서 전화벨이 울리고 있다. 전화벨 소리는 간혹 끊겼다가 다시 이어지고 있다.

해마다 이맘때면 못 견디게 너가 그립다. 신입이 한 명 더 들어와 5평 남짓한 방에서 13명이 칼잠을 자는 깊은 밤… 너는 간수 책상 위에 놓인 전화벨 소리로 나를 부른다.

"지훈 씨! 제가 왜 고등학교에 들어가지 않고 있는지… 제 나이에 어떻게 이 회사를 다닐 수 있게 되었는지 궁금하지 않나요?"

너는 내 곁에 바싹 붙어 앉아 오른손으로 내 허리를 살짝 감았어. 내 왼쪽 어깨에 살포시 머리를 기대며. 너는 가지런한 오른쪽 발가락을 들어 가볍게 물살을 튕겼어. 물살은 이내 은빛 햇살로 떨어져 내렸고.

"지훈 씨! 미리 고향은 강원도 양양이에요. 소양강을 끼고 한계령을 넘어가면 제일 처음 나오는 마을 아시죠? 민박집이 참 많이 있는 곳. 그 설악동에서 미리가 태어났어요. 아마 할아버지 할아버지 때부터 설악동에서 사셨나 봐요. 양양 일대에 있는 농토와

속초항에 묶여있는 오징어잡이 배가 거의 할아버지 것이었대나 봐요. 지훈 씨와 같은 대한대를 나와 할아버지 유산을 자연스럽게 물려받은 아빠는 늘 바쁘셨어요. 아빠는 강원도뿐만 아니라 서울에서도 날이면 날마다 찾아오는 손님들을 치르느라 늘 속초 양양 일대를 시끌벅적하게 다니셔야 했고. 근데……"

백운대가 담긴 그 까만 눈동자에서 금세 동그란 물방울이 볼을 타고 또르르 굴러 떨어졌어. 너, 블랙진 바지에 동그란 멍울을 새기며.

"지금으로부터 꼭옥 10년 앞… 미리가 일곱 살이 되던 그해 여름, 아빠가 오징어배를 타던 날이었죠. 미리는 아빠에게 새끼손가락을 걸고 엄지손가락으로 손도장까지 찍었죠. 내일 미리가 잠에서 깨어나기 전에 돌아오겠다, 는 아빠가 한 그 약속을 굳게 믿으며. 아빠는 그 다음날 아침은커녕 깜깜한 밤이 되어도 돌아오시지 않았죠. 그날 새벽녘에 아빠를 찾아 나선 엄마까지도 돌아오시지 않았고……"

너, 그 까만 눈동자 속에서 튕기는 계곡물을 닮은 맑은 눈물이 뚝뚝 떨어지기 시작했어. 너, 그 커다란 눈동자를 타고 흐르는 눈물은 서녘하늘을 향해 숨 가쁘게 달려가는 햇살에 반사되어 너, 그 하얀 양볼에 작은 무지개 두 개를 띄웠지. 그 무지개는 조약돌처럼 매끄럽게 빚어진 너, 뾰쪽한 턱에서 윤슬이 되어 툭, 툭, 떨어져 내렸고.

"……그만. 그만해, 미리. 가슴 저 밑바닥에서 떠돌고 있는 가슴 아픈 추억은 끄집어내는 게 아냐? 그냥 잊어진 듯 접어두는 거야."

나는 너가 울먹이며 되짚는 얘기를 듣자 내 가슴 깊숙한 곳에서도 그 어떤 서러움이 피어오르는 것을 느꼈어. 이 세상은 사람들에게 어떤 형식으로든 크고 작은 갖가지 시련을 준다. 제 아무리 강인해 보이는 사람들도 스스로 뜻에 의해서든, 바깥으로부터 다가오는 그 어떤 영향에 의해서든 가슴 아픈 기억을 묻어두고 있다. 사람들은 그러한 상처를 딛고 지혜를 익혀 자신에게 주어진 일정한 삶을 새로운 용기로 살아내는 것이다. 너도 예외는 아니다. 겉으로는 흠집 하나 없이 맑고 아름답지만 너, 그 마음속에도 이 세상은 커다란 흠집을 심어놓고 있다. 이 세상은 삶이 결코 아름다운 것만이 아니라는 사실을 깨우쳐 주고 있는 것이다.

"……미안해요."

넌 아까 내 땀방울과 너 땀방울이 한데 배인 그 손수건으로 눈물을 찍어냈어. 너는 한동안 물속에서 꼬리를 흔들며 헤엄치는 피라미를 물끄러미 바라보다가 다시 내 얼굴 곳곳을 샅샅이 훑기 시작했어.

"……지훈 씨. 한 가지 고백할 게 있어요. 지훈 씨 시작노트를 훔쳐본 사람은 미리예요. ……지훈 씨, 이제 미리 마음 구석구석에는 온통 지훈 씨가 씨앗을 뿌려 미리도 어쩌지 못해요. ……사랑…해요……"

너가 갑자기 내 목을 세차게 끌어안았어. 너에게 갑자기 껴안긴 나는 몹시 허둥거렸어. 나는 심호흡을 크게 하며 떨리는 손으로 엉거주춤 널 껴안았어. 오른손으로 네 등을 토닥거리며. 내 품 속에서 넌 가늘게 떨었어. 그때 우뚝 솟은 북한산 봉우리가 내 눈동자 속으로 천천히 걸어 들어왔어. 너, 그 폭신한 젖가슴이 내 온몸을 허공에 마구 떠돌게 했고. 그 허공은 끝없이 아득했어. 마치 향긋한 꽃밭을 헤엄치는 것처럼 아늑하고 향기로웠고. 그때 허공을 헤엄치던 내 머리 위로 은빛 깃털을 가진 작은 새 한 마리가 퍼더덕, 깃털을 떨구며 내 눈 속으로 날아들었어. 은빛 찬란한 새는 커다란 은빛 날개를 접으며 내 눈동자를 삼키고 내 몸을 포근히 감쌌어. 그 작은 새 날개 사이로 얼굴을 내민 나는 은빛 새, 그 동그란 은빛 눈동자를 자세히 살펴보았어. 은빛 새, 그 은빛 눈동자 속에 내가 은빛으로 갇혀 있었어.

"사랑해… 미리……"

나는 너를 내 가슴 깊숙이 새길 듯이 더욱 세게 옭죄었어.

"…이제… 미리는… 지훈 씨 거예요……"

스무네 해 동안 회오리바람만 쓸쓸하게 맴돌았던 허전한 내 가슴에 볼록한 젖가슴 두 개가 맞닿아 새록새록 숨을 쉬고 있다.

"……미리……"

저녁햇살에 반짝이며 폭포수처럼 길게 늘어뜨려진 너, 그 빛이 통통 튕기는 머리칼에서 장미꽃 내음이 훅 풍겨왔어. 더없이 넓게 펼쳐진 흑장미 꽃밭을 마음껏 날던 호랑나비 한 마리가 타는 목마름으로 꽃술을 찾아 두리번거리기 시작했어.

"……지훈 씨……"

너는 내 품에 잠겨 어느 순간 점이 되어 사라질 것만 같았어. 그때 그 매끄럽고도 고운 뺨을 내 뺨에 부비던 너가 고개를 살포시 들어 내 눈 속을 깊고 그윽하게 바라보았어. 너, 그 까만 눈동자 속에 내 입술이 들어 있었어. 숨이 가빠오기 시작했어. 내 입에서는 저절로 한숨이 흘러나왔고.

"……지훈 씨……"

너도 가쁜 숨을 몰아쉬었어. 넌 포도알처럼 까만 눈동자를 깜빡이며 나를 애타게 올려보았어. 나는 두려웠어. 애써 마음을 추스리면 추스릴수록 자꾸만 숨이 가빠왔어.

"…미리… 아직은 더 기……"

그때 너, 그 촉촉하고도 도톰한 입술이 내 입술을 살포시 덮었어. 저만치 불길이 일어나고 있었어. 처음엔 반딧불처럼 보일락말락하던 그 작은 불꽃은 들판으로 천천히 번지다가 마침내 산골짜기로 확 옮겨 붙었어.

산봉우리까지 순식간에 솟아오른 엄청난 불덩어리는 하늘까지 빨아들이려는 듯 깜깜한 어둠을 환히 밝히며 봉우리 곳곳을 남김없이 힘차게 태웠어. 세상을 태우는 그 뜨거운 불덩어리를 헤집고 시뻘건 불기둥이 치솟아 올랐어. 불기둥은 숨겨진 골짜기를 샅샅이 밝히고 말겠다는 듯 이리저리 훑다가 순식간에 허공으로 세차게 빨려 들어갔어. 불기둥 하나가 빨려 들어가자 또 하나 커다란 불기둥이 치솟아 올랐어. 두 개로 치솟아 오른 그 불기둥은 우리들 살 속 깊숙이 잠든 사랑, 그 뜨거운 불씨로 끝없이 타올랐어.

사랑을
위하여

지훈 씨.

이 편지가 지훈 씨에게 보내는 마지막 편지야. 꼭 천 번째 보내
는 편지이기도 하고.

비가 내리고 있어. 전경들이 휘두르는 쇠파이프가 망나니 춤을
추는 교정, 하루도 최루탄이 가실 날이 없는 교정에선 구호소리만
맴돌고 있고.

비에 젖은 흑장미가 빗방울을 또르르 굴리고 있어. 꽃잎 위를
핏물처럼 구르는 투명한 슬픔. 떨구어도 떨구어도 동그랗게 피어

나는 슬픔에 온몸을 파르르 떠는 흑장미. 그 흑장미가 차마 어찌할 수 없는 슬픔에 제 살점을 찢어내고 있어. 흑장미가 서럽게 찢어낸 살점들은 빗물에 조각배로 떠다니며 붉은 울음을 토해내고 있고. 마치 하루에도 몇 번씩 쇠파이프에 얻어터진 동문들 이마에서 뚝, 뚝, 떨어지던 그 핏물처럼.

우르르~ 우르르르르~ 꽝.

우레소리가 들리는가 싶더니 이슬비가 장대비로 바뀌었어. 쏟아지는 빗줄기가 일으키는 하이얀 물안개 사이로 흐릿하게 멀어져 가는…꽃잎…꽃잎들…

마지막 편지를 쓰는 지금, 희부연 창밖에서 장대비를 타고 지훈 씨가 물안개로 피어오르고 있어. 미리는 두 팔을 한껏 벌린 채 지훈 씨를 애타게 부르고 있고. 지훈 씨 흐릿한 눈빛은 빗물처럼 차가워 보여. 미리 입김으로 그 차가운 눈빛을 따스하게 녹여주고 싶어.

하늘과 바다.

지난 5년 동안 지훈 씨를 생각하면서 늘 떠올렸던 낱말. 처음엔 하늘과 바다를 가르는 자리가 수평선이라고 생각했어. 지훈 씨와 미리를 갈라놓고 있는 것도 결국 이데올로기라는 이름을 가진 수평선이라고 믿었어. 미리는 한때 하늘과 바다를 가르고 있는 저 수평선이 없는 세상을 꿈꿨어. 그 뒤 하늘과 바다가 하나가 되는 자리도 수평선이라는 것을 깨달았어. 지훈 씨와 미리를 하나로 묶어주는 것도 결국 이데올로기 수평선이라는 것을. 미리는 그때부터 하늘과 바다보다 수평선이 되기를 꿈꿨어. ―시작도 끝도 없는 수평선– 하늘과 바다를 자유스러이 넘나드는 수평선– 지금도 이 생각에는 변함이 없어. 하늘이 끝없이 달려가면 바다도 끝없이 달려가고, 하늘이 먹구름을 일으키며 온몸을 푸르르 떨면, 바다도 파도를 일으키며 온몸을 푸르르 떨고 있다고. 하늘과 바다는 늘 수평선을 팔베개 삼아 서로 파란 몸을 부비며 이 세상을 다스리고 있다고.

지훈 씨.

지훈 씨가 4년 동안 발품과 입품, 눈품, 마음품을 팔았던 이 교정. 지훈 씨 그림자가 배인 이 텃밭을 이젠 미리가 가꾸고 있어. 지훈 씨가 일구고, 지훈 씨가 씨앗을 뿌려놓은 그 텃밭에서 싹이 튼 연초록 떡잎 두 장. 그 연약한 떡잎이 튼실한 뿌리를 내리고 자라나 이제 마악 몽우리를 맺으려 가지를 떨고 있어. 우리들 굳은 약속, 이 땅에 찬란한 희망을 꽃피우기 위해.

이, 지, 훈.

보, 고, 싶, 다.

무논에 쏴아, 쏴아, 쏟아지는 소나기처럼 무수한 동그라미로 빗발치는 이 지독한 그리움. 너는 내 눈 앞에 허깨비로 어른거린다. 부르터지도록 부비고 싶다, 피가 배이도록 느끼고 싶다. 그 눈동자, 그 입술, 그 손길.

너는 오늘도 텅 빈 바다에 하얀 돛단배로 떠올라 그리움을 담은 물방울을 수없이 튕긴다. 애가 타도록 뿌우우, 뿌우우, 뱃고동을 울린다. 나는 뱃고동 소리를 들으며 단숨에 부둣가로 달려가 뱃머리에 눈동자를 못질한다.

그날, 갈게.

경찰이 '민중의 지팡이'라고? 민중, 그 말을 쓰면 곧 **빨갱이**로 낙인 찍혀 잡혀가는 시대. 저들이 말하는 민중은 대체 누구에게 주어진 말인가. 저들이 말하는 민중은 군사독재정권과 그 하수인들을 위한 말이 아닌가. 민중의 지팡이? 양놈 껌 씹는 소리 같으니라구.

그가 시인 천상병처럼 흔적조차 남기지 않고 갑자기 사라진 그 다음날 아침. 길게 헝크러진 머리칼과 반쯤 풀린 눈빛이 뒤엉긴 채 실성한 여자처럼 뒤적였던 그 신문. 그 신문 이름이 뭐였더라?

"좌익운동권 소탕 −전 D대 학생회장 이지훈 외 100여 명 연행 −학내 민중혁명 주도 국가내란죄 혐의."

사회면 머리기사 제목 아래 하루 낮 하룻밤을 지새며 그토록 찾아 헤매던 그가 슬프게 웃고 있었어. 나를 꼬옥 껴안던 너, 그 양팔에는 하얀 포승줄이 칭칭 감겨져 있었고. 순간, 갑자기 내 머리에서 웅~ 하는 소리와 함께 너, 그 얼굴이 샛노란 점이 되어 커다랗게 다가왔어. 노란 안개 속에는 꼬리별이 모기유충처럼 떼 지어 꿈틀거리고 있었고. 내가 눈을 떴을 땐 하얀 시트에 묻힌 내 몸에는 파란 글씨가 일렬로 새겨진 환자복이 입혀져 있었어. 내 머리맡에는 링거병이 핏줄처럼 투명한 호스를 풀고 내 몸속으로 노오란 액체를 한 방울 두 방울 떨구고 있었고.

출소 일주일 앞. 장마 시작.

그래. 참으로 길고도 지루한 장마철이었어. 그 5년이라는 세월은.

우리 둘에게는 천 년처럼 기나긴 슬픔을 안긴 시간이었지. 그래. 어쩜 삼청교육대에 끌려갔다가 겨우 살아 돌아온 시인 이 적이 내뱉은 말처럼 삼청교육대에 끌려가지 않았던 것만 해도 천만다행이었는지도 몰라. 날마다 아침에 눈을 뜨면 뉴스처럼 다가오는 너. 로댕이 새긴 '생각하는 사람' 같은 그 얼굴. 너를 향해 봉곳하게 솟아오르는 내 젖가슴. 베개를 끌어안고 이리저리 뒤척이던 그 서럽고도 긴 밤들. 그래, 이젠 끝났어. 죽은 줄 알고 동료문인들이 첫 번째 시집이자 유고시집 〈새〉까지 펴낸, 그 천상병 시인이 멀쩡하게 살아 돌아왔듯이, 우리를 갈라놓았던 그 혼란스런 시간들도 이제 5년이란 세월 속에 빗방울로 톡톡 부서지고 있어. 우리는 마침내 군사독재정권이 만든 그 공동묘지를 시인 천상병처럼 훌쩍 건너 뛴 거야.

이, 지, 훈.

신이 내려준 내 반쪽.

달이 차면 곧 기울듯이 저들이 휘두르는 독재권력도 그믐달처럼 점점 기울고 있어. 너와 나, 우리 사랑은 그믐을 지나 마악 차오르는 초승달이야. 늪에 빠져 좌표를 잃고 안타깝게 허우적이던 내 반쪽. 이제 내 그리운 반쪽이 나머지 반쪽을 찾아 돌아온다. 그래. 꼭 1주일 뒤, 우리는 마침내 제우스가 걸어놓은 마술에서 벗어나 안드로규노스가 되는 거야. 남자 성과 여자 성을 한몸에 가진 그 완전한 사람 말이야.

출소 사흘 앞. 종일 비.

내 가슴에도 비가 내리고 있어.

나는 뽀얀 비성에가 서린 유리창에 그리운 이름 세 자를 또박또박 새겼어. 늘 가슴이 두근거리는 그 이름 세 자. 그 아래 내 이름 세 자도 새겼어.

이, 지, 훈.

박, 미, 리.

너 이름은 내 이름을 목마르게 기다렸다는 듯이 그리움이 담긴 물방울을 또르르 흘러내렸어. 너 이름 세 자와 내 이름 세 자가 이내 하나로 섞였고.

나는 너와 나, 그 이름이 달려가 닿은 곳을 꼭짓점으로 삼아 커다란 하트를 그렸어. 그때 너 이름 세 자와 내 이름 세 자가 가슴이 맞붙은 새가 되어 퍼더덕, 비를 치며 하늘로 날아올랐어. 그래, 그동안 너와 주고받았던 편지는 또 몇 통이었던가. 내 그리움을 지키는 유리병 속에는 편지를 보낼 때마다 하나씩 접어 넣은 종이학들이 날렵한 날개를 마구 퍼덕거리고 있고. 그래, 꼭 일천 통이 되는 그 편지가 너, 그 마음 속 깊숙이 시나브로 자맥질하고 있을 거야. 지금도 내 유리병 속에서는 일천 마리 종이학들이 푸더덕, 날아올라 너가 갇힌 철창으로 줄지어 날아가고 있으니깐. 3분에 걸친 짧은 면회시간, 희부연 플라스틱 창을 사이에 두고 흘렸던 눈물은 얼마나 많았는가. 콧구멍보다 더 조그맣게 송송송 뚫린 구멍을 통해 그동안 주고받았던 말들은 얼마나 많았던가.

진종일 비가 내리고 있다. 긴 슬픔을 문 시간을 깨끗이 씻어내 기라도 하려는 듯. 텅 빈 방에서 몸서리치는 어둠 속에서 너, 그 맑은 눈빛으로 빛나는 수박등을 바라보며 날짜를 헤아린 지는 또 얼마? 그래, 너는 내 희망이자 내 삶 그 자체야. 이제 일천하고도 팔백여 일이 훨씬 지난 그 세월 동안 홀로 쓸쓸하게 살아온 나도, 이 유리병 속에서 간절한 기도를 하며 무리를 지어 앉은 일천 마리 종이학들도 주인을 만나게 된다.

출소 이틀 앞. 간간이 장대비.

내가 앉은 커피숍 유리창을 세차게 매질하는 장대비. 나는 장대 비처럼 쏟아지는 긴 머리칼을 새삼스레 손가락으로 빗었어. 너가 옥살이를 하는 5년 동안 한 번도 손대지 않은 머리칼. 너, 그 따스 한 손길이 닿았던, 너, 그 숨결이 배인 이 머리칼을 어찌 한 치라 도 자를 수 있겠어.

진갈색 커피가 담긴 잔속에서 나를 빤히 지켜보는 너, 그 동그 란 눈동자. 그래, 어쩌면 너가 겪은 옥살이는 너를 내게 묶어준 끄 나풀이었는지도 몰라. 너를 만날 그때만 하더라도 내 나이가 너무 어렸고, 너는 늘 그것이 마음에 걸려 내 손조차 함부로 잡지 못하 고 그렇게 가슴만 태웠으니깐. 그래, 그랬어. 너가 옥살이를 함으 로써 나는 사랑을 위한 홀로서기를 할 수 있었는지도 몰라.

커피숍에서 천천히 꼬리를 흔들다가 이내 장대비를 타고 파다 닥거리며 하늘 높이 날아오르는 슈베르트가 음표에 새긴 숭어떼.

나는 그 약속을 지키고 있어. 너가 아니었다면 내가 대학생이 된다는 건 환상이었는지도 몰라. 너가 내 곁에 있었다면 학창시절은 훨씬 더 찬란하고 아름답게 빛났겠지만 너가 나만을 지켜주고 있으리란 보장도 없었어. 너 주변에는 널 그림자처럼 따라다니는 운동권 여자후배들과 너가 이끄는 문학써클에도 늘씬한 여자들이 늘 들끓었으니깐.

욱.

갑자기 웬 구역질? 그래, 그 여자. 마치 너 아내라도 된 것처럼 호들갑을 피우다 너가 실형을 선고받고 경주로 옮겨가자 갑자기 꼬리를 감춘 그 여자. 너, 출소일이 다가오자 간살스러운 웃음을 흘리며 내 앞에 나타났던 그 여자. 나를 쳐다보며 젖비린내 난다는 투로 흥~ 콧방귀를 뀌던 그 여자. 웃을 때마다 볼우물이 포옥 파이는, 매력이 철철 넘치는 그 여자. 아랫입술이 두텁고 눈 꼬리가 아래로 약간 처진 그 여자. 그래, 그 여자 얼굴만 떠오르면 갑자기 속이 매스꺼워지고 질투 같은 증오가 피어나는 것은 왜일까. 열등감?

장대비가 쏟아지는 날, 작은 커피숍 창가에 앉아 슈베르트 '숭어'를 들으며 너를 떠올린다. 내 앞에 오두마니 앉아 어서 마셔주기를 기다리는 커피 한 잔. 따스함 뒤에 혀끝을 달착지근하게 간지럽히는 기분 좋은 향. 내 입 속으로 미끄러지는 너, 그 달콤한 혀.

─오늘 강의가 끝나는 데로 작은 아빠 회사에 들려줄 수 있겠

니? 오늘밤이 네 아빠가 돌아가신지 꼭 15년이 되는 날이구나. 오늘, 네 아빠 제를 올리기 전에 네게 따로 할 말이 있다. 네 언니 규리에겐 미리 말했다만.

그때, 까만색 양복 상의를 들고 있는 숙모가 숙부 옆구리를 툭 치며 눈을 흘겼다.

−차암, 당신도. 쓸데없는 이야기하지 마시고 차라도 한 대 사 주시구랴. 요즈음 예쁜 소형차들도 많이 나왔던데. 명색이 대한대 뺏지를 단 애한테 맨날 버스나 타고 다니게 할 거유.

−나 원. 쟤가 차를 원한다면 두 대라도 못 사 주겠어? 저 녀석이 차에 관한한 워낙 강한 거부반응을 나타내고 있으니까 나도 어쩔 도리가 없어서 이러고 있는 거지. 하긴, 가만 생각해보면 미리 저 녀석 말도 맞아. 공부하는 학생이 차 끌고 다니는 거 꼴사납다는 말, 맞는 말 아냐?

양복 상의를 걸친 숙부가 나를 바라보며 대우그룹 김우중 회장 같은 미소를 날렸다.

−오후 3시께 찾아뵐게요. 숙부님.

−그러려무나.

그랬다. 그날부터 아빠는 바다에서 영영 돌아오지 않았다. 이른 새벽에 곡을 하며 집을 나선 엄마마저도 영영 돌아오자 않았다. 언니와 난 하루아침에 고아 아닌 고아가 되어버렸던 것이다. 그렇게 보름쯤 흘러가자 우리 집에는 작은댁 식구들이 이사를 왔다.

−규리와 미리가 좁은 우리 집에 들어오는 것보다 우리가 넓은

형님 집으로 들어가는 것이 더 낫겠지?

　─그걸 말이라고 하세요. 어릴 때부터 넓은 집에 살던 애들은 좁은 집에서는 숨이 막혀서 못 살아요. 쟤들 입장도 생각해 주셔야죠. 아무래도 자기 부모님 손때가 묻어있는 곳에서 성장하는 게 좋지 않겠어요?

　그때 열 살 먹은 규리 언니와 일곱 살밖에 되지 않는 나로서는 갑작스런 환경변화가 무얼 뜻하는 것인지 잘 몰랐다. 언니와 난 매일 같이 바닷가에 나가 끝없이 펼쳐진 수평선만 뚫어지게 바라보았다. 엄마 아빠가 밀려오는 저 파도처럼 불쑥 돌아오기만을 손꼽아 기다리며.

　─당신, 규리와 미리한테 신경 좀 써. 쟤들 옷차림이 저게 뭐야?

　─무슨 말씀을 그렇게 하세요. 쟤들 옷이 어때서요? 우리 애들 옷에 비하면 열 배는 더 좋은 옷들이라구요.

　─이 사람이 정말. 지금 우리가 이만큼 사는 것이 누구 때문인지 몰라서 그래?

　─눈 뜬 장님한테 재산을 맡겨놓으면 어떻게 되는지 알기나 해요? 이 재산을 몇 배로 굴려서 나중에 쟤네들 재산을 전부 떼주면 될 거 아니에요.

　─아예 돈에 눈이 뒤집혔구면.

　─그래요, 나는 돈에 눈이 뒤집힌 계집이에요. 흥, 쟤네들 성장할 때까지 먹이고 입히는 것은 어디 저절로 되는 건가요? 아마 돈으로 계산하면 나중에 쟤네들에게 도로 돌려받아야 할 걸. 흥.

　그랬다. 내가 서울에 오게 된 것은 내 뜻과는 전혀 상관없는 일이었다. 그때 서울에 본사를 둔 숙부 회사가 나날이 번창하게 되면서 숙부 가족들 모두가 서울로 이사를 서두를 때였다. 하필이면 그때 규리 언니가 서울에 있는 명성여대에 합격한 것이다. 또 한 번에 걸친 커다란 환경변화. 그래, 내가 고교 진학을 한 해 미루고 숙부 회사 홍보실에 잠시 다닌 것도 갑작스런 이사 때문이었다. 그렇게 그곳에서 만난 이가 너였다.

내 나이 스물둘.
너 나이 스물아홉.
이제 나도 어엿한 대학 2학년이며 성인이다. 열일곱 먹은 그 앳띤 소녀가 아니다. 학력을 따져도 너를 그림자처럼 따라다니는 수많은 여자선배들과 같은 위치에 서 있다. 꼭 열등한 것을 따지자면 내가 같은 학교 후배이며 아직 재학 중이라는 사실뿐. 내가 구속되어 있는 지훈 공판에 나갈 때마다 차가운 눈길로 나를 무시하던 그 여자선배들. 한결 같이 곱게 화장을 한 그 여자선배들은 맨얼굴인 나를 쓰레기처럼 째려보며 쑤군거리기까지 하지 않았던가.
"택시… 택시……"
몇 미터 앞도 제대로 가늠하기 힘들 정도로 장대비가 세차게 퍼붓고 있다. 관악산 속살을 마구 할퀴며 허연 발톱을 드러내는 빗줄기. 탁한 신림천을 오랜만에 힘차게 용트림하며 흘러내리는 붉은 흙탕물.
그래, 너가 구속되는 그날도 오늘처럼 장대비가 내렸다. 5년 앞에 내린 그 장대비는 너무나 가혹했다. 그 장대비는 내 사랑을 담은 실루엣을 순식간에 부셔버렸다. 그 장대비는 내 가슴 곳곳에 마마꽃을 피우다가 마침내 얽어버렸다. 그 장대비는 하이얀 백지 위에 순서대로 써내려가는 우리들이 지닌 작은 희망마저 흔적도 없이 씻어 내렸다.

줄기차게 쏟아지는 빗줄기가 마침내 무릎까지 촉촉이 적시기 시작한다. 춥다. 까만 색 바지를 입고 나오길 잘했다. 비에 젖은 얇은 바지가 종아리에 착 달라붙기는 해도 블루진처럼 무겁지는 않다. 비에 젖은 흔적도 잘 드러나지 않는다.

내가 금방 헹구어낸 빨래처럼 물방울을 뚝, 뚝, 떨어뜨리고 있을 때, 빈 택시 한 대가 물살을 가르며 우뚝 멈춰 섰다. 택시 손잡이도 나처럼 물방울을 뚝, 뚝, 떨어뜨리고 있다.

"어디로 모실까요?"

"대치동 동양식품요."

몇 번씩 때내도 종아리에 지남철처럼 자꾸만 달라붙는 바지. 짜증이 난다. 스타킹이라도 신고 나왔더라면.

"옷이 다 젖었네요?"

운전기사가 백미러로 힐끔 내 가슴을 쳐다보며 야릇한 미소를 지었다. 비에 젖어 찰싹 달라붙은 검정색 티셔츠 위에 하얀 색 브래지어가 훤히 내비쳤다. 나는 티셔츠를 손으로 살짝 튕기며 짜증스런 목소리를 냈다.

"빨리 좀 가 주세요."

"……"

그래, 그 여자선배들도 너가 재판정에서 실형 5년을 선고받자 내게 몰려와 옥바라지를 부탁하지 않았던가. 5년이 흐르는 동안 그 여자선배들 가운데 1년에 한 번이라도 면회를 온 여자선배가 있었는가. 기껏해야 웃을 때마다 얼굴에 보조개가 포옥 파이는 여자, 새빨간 립스틱이 천박하게 보이는 오애희란 여자선배가 꼭 한 번 다녀가지 않았는가. 얄밉게도 너가 출옥하는 이번 달 마지막 면회 때. 그래, 5년이란 세월을 한 번도 거르지 않고 너를 면회한 사람이 누구였는가. 나뿐이지 않았는가. 굳이 정확하게 따지자면 두 여동생 지숙과 지미 언니가 나와 함께 가끔 너를 면회했었지. 성자 언니와 수희 언니도 가끔 나와 같이 면회를 다니기도 했다. 그래, 또 있다. 내 유일한 핏줄, 규리 언니가 너가 어떤 사람인지 보고 싶다고 해서, 희부연 프라스틱 창을 사이에 두고 꼬옥 한 번 선을 보인 때가 있다.

"여기 세워 드릴까요?"

"……"

나는 흠칫 놀라 창밖을 내다보았다. 30층 높이로 우뚝 솟은 동양식품 빌딩이 내가 가소롭다는 듯이 눈을 아래로 내리깔고 있었다.

"고마워요."

줄기차게 쏟아지던 소나기가 이슬비로 바뀌어 있었다. 물방울이 뚝, 뚝, 떨어지던 내 모습은 어느새 사라졌다. 탈수기에 들어갔다가 금방 나온 듯하다.

"오랜만에 오셨네요, 미리 아씨."

"수고 많으시죠? 참, 음료수라도 몇 병 사들고 온다는 게 비가 내리는 바람에 그만. 어떡하죠?"

"그냥 오시는 것이 제 마음이 더 편해요, 미리 아씨."

오십이 갓 넘었을까. 금빛단추를 타고 내려온 구레나룻이 희끗희끗하다. 회장실 전용 엘리베이터 스위치를 서둘러 누르는 수위 아저씨 뒷모습… 파란제복을 칼날처럼 잘 다려 입은 중늙은 수위 아저씨 뒷모습이 왜 이토록 슬프게 보이는 걸까. 반듯한 깃 속에 언뜻언뜻 내비치는 목에 자잘하게 흐르는 잔주름살 때문이었을까.

딩동~

엘리베이터는 내가 그 어떤 결론에 닿기에 앞서 회장 전용 층인 7층에 닿았다. 짤막하고 요란한 소리를 울리며.

"오랜만이에요, 김 실장님."

"어서 오세요, 미리 아씨. 이쪽으로."

언제보아도 숙부 비서실장을 맡고 있는 김지희가 지닌 몸매는 늘씬하고 탐스러웠다. 37-26-39쯤일까. 미스코리아가 뽐내는 약간 마른 듯한 몸매보다는 조금 더 통통하게 보인다. 그랬다. 나는 간혹 김 실장을 만날 때마다 묘하게 피어오르는 질투심 속에 그 어떤 천박스러움 같은 느낌을 받았다. 아니, 어쩌면 애써 천박하게 보려 하고 있다는 것이 더 정확한 내 마음일 지도 모르겠다.

속이 환히 비치는 얇고 하얀 셔츠를 쑤욱 밀치며 솟아오른, 동그란 젖꼭지 모습까지 드러나는 젖가슴. 탱글탱글한 봉우리 두 개를 겨우 떠받치고 있는 듯한 가냘픈 허리. 터질 듯이 풍선처럼 흔들리는 엉덩이를 꼭 죄며 거추장스럽게 느껴질 정도로 짝 달라붙은 짧은 스커트. 팬티가 보일락말락하는 까만 스커트 사이로 아슬아슬하게 삐져나온 허연 허벅지. 그 쭈욱 빠진 허벅지를 미끄럼 타고 있는 매끈한 종아리.

똑, 똑, 똑.

"들어와요."

김 실장이 회장실 문을 삐죽이 열며 왼쪽 눈을 깜빡했다. 엷게 그려진 진보라 색 아이섀도가 참 예쁘다.

그래. 김지희 실장은 유명대 학력으로 보나 미스코리아 뺨 치는 얼굴이나 몸매로 보나 대기업체 비서실장을 맡을 만한 자격을 충분히 갖추고 있다. 한 가지 속이 상하는 것은 야릇하게 비트는 몸매와 약간 처진 눈가에서 흐르는 웃음 속에 꼭 집어 말하기 어려운 그 어떤 색기 같은 것이 흐른다는 것이다.

나는 갑자기 자존심이 팍 상했다. 여자는 백화점 코너에 예쁘게 포장된 상품인가. 아니면 남자들 눈과 마음을 즐겁게 하는 노리개 같은 것인가. 비서실에 일하는 여자들은 김 실장처럼 늘 반쯤 벗은 것 같은 옷차림을 해야만 하는가. 비서가 패션모델처럼 은근슬쩍 비밀스런 몸 일부분을 보여주면서 살랑살랑 눈웃음을 쳐야 어떤 계약이 쉬이 이루어지는가. 만약 이러한 몸짓으로 어떤 계약에 따른 성패여부가 조금이라도 왔다 갔다 한다면, 비서는 지식과 지혜와 재빠른 유머로 한 기업체 대표를 돕는 역할이 아니라, 몸을 통한… 즉 몸을 파는 역할을 맡고 있는 것 아닌가.

"어이구! 우리 예쁜 조카 왔구나. 그래 강의는 끝났고?"

"……"

"뭘 마실까? 인삼차? 아니면 녹차? 아마 우리 조카가 좋아하는 차도 거의 다 우리 회사 제품일 걸."

"그냥 커피 마실래요, 숙부님."

"그으래~ 이봐, 김 실장! 난 인삼차, 우리 조카한테는 원두커피를 줘요. 냉으로."

무지개 빛을 띤 봉황 두 마리가 감싸고 있는 '대표이사 회장 박진호'란 명패가 무인카메라처럼 회장실 안을 비춘다. 두렵다. 갑자기 소름이 끼친다. 춥다.

"숙부님, 전 따스한 커피가 좋아요."

"비오는 날, 따스한 커피라. 아주 낭만적이구먼. 네 나이 또래에 썩 잘 어울리는 생각이지. 그래, 뭐 불편한 거는 없고?"

그랬다. 숙부는 나와 미정이 언니를 늘 손님처럼 맞이했다. 어릴 때도 그랬다. 간혹 나와 규리 언니가 사촌동생들과 말다툼을 할 때도 숙부는 늘 민수와 민석이, 민희만 혼냈다. 나와 언니가 간혹 실수를 하거나 잘못을 했을 때에도 애꿎은 숙모를 나무랐다. 언니는 어쨌는지 모르지만, 나는 그게 싫었다. 그냥 자식처럼 거리낌 없이 대하면 얼마나 마음이 편할까. 지금도 마찬가지다. 내가 친자식이었다면 다혈질인 숙부는 분명히 이렇게 말했을 것이다. 커피는 몸에 안 좋아, 어른이 말하는데 버르장머리가 없어, 라고.

"쯧쯧쯧~ 옷이 많이 젖었구나. 그래, 비 오는 날 여기까지 오느라 고생이 많았지? 올 때 전화를 하지 그랬어. 회사차를 타고 왔으면 편했을 텐데."

"……"

똑, 똑똑.

아까 내가 왔을 때와는 다른 소리다. 그래, 회장실에 손님이 찾아왔을 때는 똑, 똑, 똑, 세 번 치고, 김 비서가 따로 용무가 있을 때는 짧게 한 번 똑, 친 뒤 잇따라 두 번 똑똑, 치는 모양이다.

딸끄락, 소리와 함께 김 실장이 인삼차 향과 원두커피 향을 풍기며 회장실로 들어왔다. 저만치 상패진열장 위에 걸린 액자 속에 든 모나리자처럼 고정된 미소를 띤 채.

"고마워요, 김 실장님."

"고맙기는요. 맛있게 드세요."

김지희 실장이 나가자 어디선가 비 내음이 난다. 향긋한 원두커피 내음 뒤에 서늘하게 다가오는 비 내음. 오슬하다.

"마셔."

숙부가 찻잔을 들며 내게도 재촉했다. 그랬다. 그 오슬한 비 내음은 숙부가 들고 있는 인삼차에서 나는 듯하다.

"숙부님, 제게 하실 말씀은?"

"그 녀석도 차암~ 갑자기 무슨 약속이라도 생긴 거냐?"

"아, 아니에요."

"성급하기는. 누가 형님, 아니 늬 아빠 성질 닮지 않았다 할까봐서 그러냐? 우선 차부터 마시면서 천천히 얘기하자구나."

"……"

불편하다. 갑자기 이마에서 식은땀이 솟는다. 어서 이 공간에서 벗어나고 싶다. 왜 이럴까? 내가 대학생이 된 뒤부터 지금껏 숙부와 단 둘이 마주앉아 대화를 나눈 적이 한 번도 없었기 때문일까. 오늘이 처음이라 어색해서? 아니다. 매일 식탁에서 얼굴을 마주보는 낯익은 숙부가 아닌가.

"녀석. 꼭 면접 보러온 신입사원 같구먼. 여기가 그렇게 불편하냐?"

"아, 아니에요."

"그래. 나도 알아, 너희들 입장을. 우리가 아무리 잘해줘도 너희들에게는 눈칫밥이라는 것을."

"아, 아니에요."

기름기가 반짝이는 숙부 이마가 내 마음 속을 환히 비추고 있는 듯하다. 마치 무슨 심문을 받는 것만 같다. 아이, 속상해.

"그래, 냉정하게 말하자면 너희 숙모는 너희들의 핏줄과는 아무런 인연이 없어. 어찌 보면 나 역시도 네 엄마와는 핏줄로는 아무 것도 아니듯이. 그렇다고 모든 것을 그런 식으로 따지면 안 되겠지? 핏방울 하나 섞이지 않은 사람들끼리도 의형제를 맺기도 하는데… 나는 네 아빠와 한 어머니의 뱃속에서 태어난 친형제다. 너희들과 내 자식들 또한 마찬가지다. 각각 엄마는 다르지만 모두 같은 밀양 박씨 핏줄로 이어지는 한 가족이야. 물론 네 숙모가 남이라는 그런 뜻은 아니야."

나는 말없이 고개를 숙인 채 커피잔을 만지작거렸다. 그래, 맞다. 아빠가 사라진 뒤부터 숙부는 우리에게 있어서 꼭 하나뿐인 혈육이자 보호자가 아닌가. 숙부는 오늘따라 왜 새삼스레 이런 말을 하는 것일까.

"숙부님, 저희들이 숙부님을 친아빠로 존경하는 것처럼 숙모님도 친엄마로 생각해요. 한 가지 작은 불만이 있다면⋯⋯"

"불만?"

"네."

"그으래? 어디 한 번 들어볼까?"

"숙부님⋯⋯ 왜 저희들을 늘 손님처럼 대해요? 민수와 민석이, 민희처럼 그냥 거리낌 없이 대하시면 안 돼요."

그랬다. 우리는 물에 뜬 기름이었다. 아무리 물과 섞으려고 마구 뒤섞어도 이내 물 위로 떠오르는 그 기름 말이다.

"음, 그렇게 느꼈어? 그렇다면 내가 너희들을 잘 키운 거로구나."

"그게 무슨 말씀이세요?"

"나는 네 아빠의 성격을 너무나 잘 안다. 그래서 너희들을 대할 때는 네 아빠의 행동을 흉내 내려고 애를 쓴단다. 내 자식들에게는 내 성격 그대로 거침없이 말하지만. 아마 그래서 너희들이 그런 생각을 하는지도 모르겠다."

"⋯⋯"

숙부가 찻잔을 내려놓으며 슬며시 일어나 창가로 다가갔다. 이슬비가 내리는 창밖을 바라보는 숙부가 혼잣말처럼 나직하게 중얼거렸다.

"그래, 규리와 미리도 이제 어린애가 아니지. 웬만한 것쯤은 다 이해할 수 있는 나이가 되고도 남았지."

숙부 뒷모습⋯ 당당하게 보이지만 숙부 또한 물처럼 흐르는 세월 앞에서는 어쩔 수가 없었나보다. 까만 머리칼 사이로 파도처럼 하얗게 포말 지는 머리칼. 파도? 아, 엄……마…… '동트는 새벽'을 쓴 작가 공지영, 그 쌍꺼풀 예쁘게 진 동그란 눈을 빼다 박은 우리 엄마……

"숙……부님……"

"왜?"

"물어……볼…게…… 있어요."

"무슨 말인데 그리도 뜸을 들이는 거냐. 어서 물어보려무나."

"혹, 엄마…… 소…식…… 없나요? 그때… 하도…… 어려서……"

"엄마아? 누구 엄마 말이냐!!!"

숙부가 고개를 홱 돌려 나를 노려보았다. 눈썹을 한껏 찌푸린 얼굴이 하얗게 일그러졌다.

"한 번도… 엄…마…… 얘기… 없었잖아요."

"너, 이 녀석! 네 숙부를 어떻게 보고… 너는 내가 그 소식을 알고 있으면서도 비밀로 하고 있다고 생각하고 있는 게냐?"

"그…그런 게 아니라……"

"방금 네 녀석이 내뱉은 말속엔 뼈가 들어있어. 내가 네 엄마를 보호하지 못했다는 일종의 원망 같은 거 말이야. 네 말이 틀려? 못난 녀석 같으니라구. 왜 네 아빠 제사상에 네 엄마 밥그릇을 올려놓는 줄 아직도 모르겠어?"

"……"

"너, 이 녀석. 이제 가만 보니까 그동안 나에 대해서 아주 나쁜 생각을 갖고 있었던 게로구나."

"아…아니에요, 숙부님. 갑자기 엄마 생각이 나서… 제 말이 숙부님을 화나게 했다면 정말 죄송해요. 잘못했어요, 숙부님."

두려웠다. 뭐가 죄송하고 뭐가 잘못했는지 몰랐다. 나는 재빨리 소파에서 일어나 카펫이 깔린 바닥에 무릎을 꿇었다. 이렇게 해야만 숙부 마음이 가라앉을 것만 같았다. 지금까지 저리도 무섭게 화가 난 숙부 얼굴은 처음이다.

"아, 아니다. 내가 오히려 미안하구나. 갑자기 나도 모르게 그만… 어서 일어나거라. 네 엄마에 대한 기억을 떠올리면 너희들 이상으로 나도 가슴이 아파. 하지만 이미 오래전에 너희들 곁을 떠난 사람이야. 네 엄마는 그만 기억 속에서 지우려무나. 알겠니?"

"……"

"하긴… 네 엄마의 소식을 통 듣지 않은 것만은 아니지만 내가 확인해 본 결과 모두 뜬소문이었다. 그런 뜬소문만 믿고 네 엄마에 대한 소식을 어찌 너희들에게 말해줄 수 있겠니. 너희들이야 뜬소문이라도 듣고 싶겠지만 그 이야기는 듣지 않는 것이 좋을 게다. 어서 일어나 소파에 앉으려무나. 미안하구나. 어린 네게 숙부란 것이 목소리까지 다 높이고……"

서러웠다. 갑자기 가슴 깊은 곳에서 눈물 한 바가지가 울컥 올라왔다. 아이고, 아이고, 곡을 하며 땅을 치고 싶었다.

"짜아식. 그렇다고 숙부 앞에서 눈물까지 보이기는. 하긴 네 녀석은 어릴 때부터 말보다 늘 눈물을 앞세웠으니까."

"……"

숙부가 가늘게 흐느끼고 있는 내 어깨를 토닥이며 소파에 앉혔다. 숙부도 맞은 편 소파에 털썩 앉았다.

"그래, 내가 너무 지나친 반응을 보였구나. 미안하구나. 나는 늘 너희들 문제로 네 숙모에게 민감하게 반응한 적이 많았다. 우리 애들처럼 키워서는 안 된다는 일종의 강박관념 때문에. 물론 그것은 지금도 마찬가지다. 그래서 너희들에게만은 늘 손님 대하듯 그렇게 조심스레 대할 수밖에 없었지. 그건 돌아가신 내 형님에 대한 일종의 예의이기도 하고."

숙부가 담배 한 개비를 꺼내 입에 물고 불을 붙였다. 숙부는 네 젖은 눈빛이 민망하다는 듯 창가로 다시 눈길을 던지며 파아란 담배연기를 후욱~ 내뿜었다.

"숙부님. 저와 규리 언니는요, 저희 둘을 이만큼 키워주신 숙부님과 숙모님의 은혜에 대해 늘 감사하고 있어요."

식어버린 커피잔 속에 엄마 얼굴이 어른거렸다. 탤런트 황신혜보다 입술이 더 예쁜 엄마가 물끄러미 나를 쳐다보고 있었다. 나는 두 손을 깍지 낀 채 속으로 가만히 엄마, 지금 어디 있어요? 살아 계시죠? 라고 물었다.

"네 아빠가 살아계셨다면 너희들이 지금보다 훨씬 더 훌륭하게 자랄 수 있었을 텐데. 너희들에게 좀 더 따스하게 대하지 못하는 네 숙모와 나를 이해해라."

"아니에요, 아니에요. 엄마 아빠가 살아계셨더라도 숙부님이나 숙모님처럼 그렇게 우리를 다정스럽게 키우시지는 못하셨을 거예요. 저희들은 늘 엄마 아빠 이상으로 두 분을 존경해요, 숙부님."

숙부는 그제서야 치켜 올린 눈썹을 풀었다.

"미리야, 지금부터 네 숙부가 하는 말을 잘 들어야 한다. 내가 숙부로서 너희들에게 꼭 해주고 싶은 일이 한 가지 있다. 네 언니 규리는 말없이 고개를 끄덕이며 승낙의 표시를 하더구나."

담배를 비벼 끈 숙부가 두 눈을 지그시 감고 잔잔하게 말하기 시작했다. 마치 가슴 속 깊숙이 묻어두었던 그 어떤 비밀이야기라도 털어놓으려는 것처럼.

"이건 내가 너희들을 키우면서 오래 전부터 생각했던 일이다. 네 아빠가 떠난 이후부터 너희들의 장래를 책임져야 하는 네 숙부로서는 이렇게 하는 것이 당연한 일이라고 생각했다. 물론 네 숙모가 한때 약간의 반대를 하긴 했지만. 왜 내게 이런 생각이 떠오른 것인지는 나도 잘 모르겠다. 어쩌면 형님에 대한 아우가 보내는 따스한 핏줄의 감정 같은 것일런지, 아니면 일종의 회피 같은 것인지도. 하지만 이 일은 이제 내가 너희들에게 꼭 해주어야만 될 일종의 채무로까지 남게 되었다. 이제 너도 대학생이 되었으니까 네 숙부의 이야기를 들어줄 때가 되었다고 생각한다. 아니 들어주지 않아도 자연스럽게 알게 될 일이긴 하지만. 그러나 네 숙부는 너의 답변을 들어야만 네 아빠와 엄마의 한을 조금이라도 풀어드리는 것 같아 마음이 홀가분해 질 수가 있겠구나."

뽀오얀 물보라를 일으키는 장대비가 쏴아, 쏴아, 소리를 내며 창가에 온몸을 던지고 있다. 마치 자신들이 지나는 공간을 막고 있는 파아란 유리창을 남김없이 빗물로 녹여내리고 말겠다는 듯이. 아빠가 돌아오지 않았던 그날 새벽, 수평선이란 수평선은 모조리 지운 채 방파제를 뛰어넘어 무섭게 달겨들던…… 그 날카로운 발톱을 일으켜 세우던 성난 파도처럼.

"……"

"봄에 양평에 갔었던 기억이 나냐? 네 언니와 같이 복사꽃밭에서 사진도 찍고, 채소 씨앗도 뿌린 그 농장 말이야."

"네. 생각나구 말구요. 그때 얼마나 즐거웠는데요. 차암, 그때 뿌린 씨알들이 싹을 틔웠으면 지금쯤 많이 자랐을 텐데…… 언제 다시 한 번 가요, 숙부님."

그날, 봄안개를 헤집으며 살포시 내려앉던 그 봄볕에 살짝 그을리던 농장. 흙내음이 물씬 묻어나는 밭고랑 사이에 진달래처럼 수줍게 앉아 정성을 다해 묻은 씨알은 얼마나 많았는가. 그래, 그 밭고랑에 묻는 씨알 한 알 한 알에 너, 그 이름을 일일이 새기지 않았는가. 그날, 내가 마음을 다지며 흙속에 묻은 무, 상치, 고추, 오이, 토마토 씨알들이 따사로운 햇살과 향그론 바람을 마시며 땅심을 빨아들여 마침내 세상에 나와 무럭무럭 자라나는 그날. 무뿌리가 실하게 들고, 상치가 푸르른 옷을 갈아입으며 연초록빛 세상을 여는 그날. 고추, 오이, 토마토가 애타는 그리움을 참다못해 마침내 꽃을 피워 암술과 수술로 만나 열매를 맺는 그날. 그날이 오면 추운 내 가슴 깊숙이 모닥불을 타닥, 타닥, 피워올리는 내 사랑 너, 지훈이 출소한다. 그래, 그 아름다운 그리움에 가슴을 죄었던 그날을 또 어찌 잊을 수 있으랴.

"짜아식. 그 농장이 그렇게 좋더냐? 요즈음 늘 우리 식탁에 올라오는 채소가 그 농장에서 가져온 건 줄도 모르고 먹었어. 녀석도, 참. 그날 네 녀석이 심은 씨앗들이 네 언니나 네 사촌들이 심은 것보다 훨씬 잘 자라 지금도 온 식구들이 네 녀석 덕을 톡톡히 보고 있는 셈이지."

나는 갑자기 그 아름다운 봄날이 흘러가는 아름다운 기억에서 후다닥 깨어났다. 창피했다. 숙부 앞에서 내 사랑 지훈에 대한 기억을 떠올린 것이. 지훈 씨, 정말 미안해요.

"미안해요, 숙부님."

"미안하기는 무얼 미안하다는 거냐. 허허허. 그 녀석도 참. 다 큰 줄 알았더니 아직 마음은 어린애로구나. 그깐 기억 하나로 그토록 깊이 빠져있다니. 그 농장이 그렇게 마음에 드냐?"

숙부가 담배 한 대를 다시 꺼내 입에 물고 불을 붙이며 묘한 눈길을 보냈다.

"숙부님은 좋지 않아요? 저는 왠지 서울 같은 이런 대도시보다 바다와 농경지를 낀 한적한 소도시가 훨씬 좋아요. 규리 언니를 따라 서울에 온 뒤 흙을 제 손으로 직접 만져본 것도 그날이 처음이었지만, 씨알을 직접 뿌려보기는 태어나서 처음 있는 일이었어요. 오랜만에 맡아보는 그 상큼한 흙내음하고는."

숙부가 파아란 담배연기를 한 모금 내뿜으며 몹시 마음에 든다는 듯 활짝 웃었다. 영화배우 안성기처럼.

"허허허. 그 녀석도 참. 그래, 네 숙부가 자연경관을 보는 눈이 보통은 넘지? 보나마나 네 녀석이 좋아할 줄 알았어. 사실 그 농장의 주인은 다름 아닌 네 녀석이거든."

"네에? 그게 무슨 말씀이세요? 제 농장이라뇨?"

"허허허, 그 녀석 놀라기는. 그 농장은 오래 전부터 박미리 앞으로 등기가 이전되어 있어. 미리 네 재산이란 말이다. 그게 보기는 그래도 10만 평이 조금 넘어. 그 옆에 10만 평이 넘는 포도밭은 네 언니 규리 거고."

"……"

믿어지지가 않았다. 숙부는 지금 무슨 말을 하고 있는가. 그 농장이 내 앞으로 등기이전이 되어 있다니. 그것도 오래 전에? 왜? 왜? 왜?

"녀석, 허둥대기는. 자아, 여기 있다. 이게 그 서류사본이다. 원본은 우리 회사에서 잘 보관하고 있다. 너가 필요하다면 내가 없더라도 언제든지 김 실장이나 우리 회사 법무사한테 이야기하면 가져갈 수 있도록 조치를 해뒀다."

눈앞에 갑자기 시커먼 안개가 스물거리기 시작했다. 한 치 앞도 보이지 않는다. 사방이 캄캄하다. 숙부님, 도대체 이해가 가지 않아요. 저희들에게 왜 그토록 어마어마한 재산을 주려고 하시는 거죠? 라는 말이 입안에서만 맴돌았다.

"……"

"왜? 네 숙부가 그 쬐끄만 땅덩이 하나 떼주고 너희들을 집에서 쫓아낼까 봐서 그러냐? 그게 아니니까 그런 걱정은 아예 접어두려무나. 이건 오래 전부터 네 숙부가 너희들에게 선물하고 싶었던 거야. 다른 뜻은 전혀 없어. 그러니까 너무 여러 가지로 복잡하게 생각할 필요는 없다."

애써 태연함을 감추며 양평에 있는 농장 등기서류를 나에게 주려는 숙부, 그 속내는 무엇일까. 아무런 뜻이 전혀 없는 것일까. 그랬다. 숙부에게서는 애당초 핏줄 같은 끈끈한 정이 느껴지지 않았다. 숙모도 마찬가지였다. 숙부와 숙모가 내비치는 여러 가지 행동에는 어떤 울타리가 둘러쳐져 있다는 느낌이 많이 들었다. 가장 가까운 핏줄인데도 불구하고 그 때문에 자꾸만 낯설고 멀게만 느껴졌다.

"이런 거 부담돼요, 숙부님. 전 아직 재산 같은 건 갖고 싶지 않아요. 아직 젊기도 하고. 또한 재산은 제가 졸업한 뒤, 사회에 나가 열심히 일하면 얼마든지 모을 수 있다고 생각해요."

"그런 게 아니라는 데도. 왜 내 말귀를 얼른 알아듣지 못하는 거냐. 네 숙부가 무슨 부동산 중개인이라도 되는 줄 아니?"

"저 그만 가볼게요, 숙부님."

나는 소파에서 벌떡 일어났다. 숙부가 내뱉은 부동산 중개인, 이란 말투에서 나는 갑자기 날카로운 칼끝에 심장이 찔린 것만 같았다. 그래, 맞아. 부동산 중개인, 이란 말이. 이제부터 귀찮은 우리들을 물건을 사고팔듯이 적당히 구슬려 얼렁뚱땅 주무르겠다는 그 말이지. 흥.

"아…아니, 미리야. 이거 가지고……"

나는 재빨리 회장실에서 나왔다. 잠시 회장실 문에 멍하니 기댄 나는 화려한 조명등이 매달린 천정을 바라보며 한숨을 폭 내쉬었다.

그때 김지희 비서실장이 놀란 듯 벌떡 일어났다. 김 실장은 비서실장답게 재빠르게 내 얼굴과 회장실 문을 번갈아 살피고 있었다.

"미리 아씨, 무슨 나쁜 일이라도?"

"수·고·하·세·요, 김 실장님."

나는 똑똑 끊어지는 말을 내뱉고는 서둘러 숙부 전용 엘리베이터에 올라탔다. 잠깐만요, 하는 김 실장 목소리가 이내 엘리베이터 문밖으로 멀어졌다.

아득했다. 안개 속에 허우적이는 열 손가락 끝에 햇살처럼 부드러운 무언가가 잡힐 듯 잡힐 듯하면서도 잘 잡히지 않는다. 허공을 애타게 허우적이는 손가락 끝에 짙은 물안개가 떼를 지어 몰려왔다. 그 물안개는 낯선 얼굴을 치켜들고 내 열 손가락 끝마다 촉촉한 물방울을 또로록 또로록 굴리고 있다. 미워, 지훈 씨. 이럴 때 내 곁에 있다면 얼마나 좋을까.

도대체 알 수 없는 일이다. 숙부는 왜 우리들에게 그토록 어마어마한 재산을 넘겨놓은 것일까. 숙부는 아마 아빠 재산을 스스로 차지한 데 대한 그 어떤 죄책감 같은 것을 느끼고 있는지도 모른다. 혹 그 때문에 우리들에게 조금이라도 보상하고 싶다는 마음을 갖고 있는 것은 아닐까? 그렇다면 우리들을 맡아 이렇게 키워준 것을 보상쯤으로 여긴다면 이미 다 끝난 일이다.

참 이상한 일이다. 물론 사람이 살아가는데 물질은 반드시 필요하다. 그렇다고 물질이 사람보다 앞서는 것은 아니다. 무엇 때문일까? 무언가 꿍꿍이속이 있는 것이 틀림없다. 우리 집안에 얽힌 그 어떤 비밀? 그래, 이 세상에 영원한 비밀이란 있을 수가 없다. 비밀은 말 그대로 누군가에게 알려지기 위해 숨겨져 있는 것 아닌가. 하긴, 다르게 생각할 수도 있다.

우리들이 어렸을 때 속초항 주변에 있는 어장과 양양 주변에 있는 논과 밭은 거의 아빠 소유였다. 아빠가 돌아가시면 그 재산은 자식인 언니와 내가 상속받는 것은 너무나 당연한 일 아닌가. 숙부는 우리가 나이가 어리다는 핑계로 그동안 아빠 재산을 제멋대로 주물렀다. 혹 숙부는 그 때문에 죄책감 같은 것을 지니고 있는 것일까. 하긴, 뒤집어 생각하면 지금 30대 재벌그룹 안에 들어있는 동양식품주식회사는 아빠 회사라고 해도 결코 빈말이 아니다. 지금도 동양식품 주요품목인 통조림에 들어가는 여러 가지 해산물들은 아빠 소유였던 어장과 어선을 통해 들어가고 있다. 식료품에 필요한 여러 가지 농작물들 또한 아빠 소유였던 논밭에서 나오는 것들이 아닌가.

손끝으로 살짝 건드리기만 해도 쨍그랑! 소리를 내며 햇살로 부서질 것만 같은 시퍼런 허공.

지훈 씨, 사랑해요. 미리는 이제부터 지훈 씨 눈이 되고, 지훈 씨 귀가 되고, 지훈 씨 코가 되고, 지훈 씨 입술이 되고, 지훈 씨 살이 되고, 지훈 씨 마음이 될 거예요. 미리는 지훈 씨 가슴으로 숨 쉬고, 지훈 씨 머리로 생각하고, 지훈 씨 몸으로 살아갈 거예요. 이제 몇 시간이 지나면 미리가 지훈 씨 그림자로 서 있을 거예요. 사랑해요, 지훈 씨. 너무나 사랑해요.

너를 떠올릴 때마다 봉곳하게 도드라지는 내 젖꼭지. 나는 도드
라진 젖꼭지가 짓이겨지도록 베개를 꼬옥 끌어안았다. 그래, 얼마
나 기다리던 날들이었는가. 온몸이 꼬일대로 꼬여 뼈마디까지 부
서질 것 같은 그리움에 살을 떠는 그런 날들이 아니었는가.

뻐꾹, 뻐꾹, 뻐꾹, 뻐꾹.

시계가 네 번을 모두 울고 난 뒤에서야 나는 천천히 일어나 헝
클어진 머리칼을 두 손으로 빗어내렸다. 내 열 손가락을 따라 가
르마를 타며 빗어지는 머리칼에서 형광등 불빛이 톡톡톡 떨어져
내렸다. 옷장을 연 나는 속옷을 꺼내다 어젯밤 백화점에서 들고
온 쇼핑백을 꺼냈다. 남자 속옷. 나는 또다시 봉곳하게 도드라지
는 내 젖꼭지에 그 속옷을 꼬옥 품었다. 지, 훈, 씨.

4시 10분.

뜨거운 김이 피어오르는 욕조 속. 이게 내 몸이 맞아? 이 여자,
이름이 뭐더라? 내가 쳐다보아도 저절로 귀밑이 붉어지고 호흡이
까빠지는 늘씬한 알몸. 이 알몸도 오늘부터 나 혼자 것이 아니다.
이제 미리가 곧 지훈이며, 지훈이 곧 미리다. 그래, 지금 흘러내리
는 한 방울 한 방울 땀방울 속에 어둡고 춥고 쓸쓸했던 그 죽음 같
은 시간이 송송송 빠져나가고 있다. 이 아픈 시간이 땀방울이 되
어 모두 빠져나가고 나면 이제 새로운 생명이 꿈틀대는 시간이 내
알몸에 깃들 것이다.

나는 윤회, 그 수레바퀴에서 빠져나오듯 천천히 욕조를 빠져나
왔다. 지금껏 한 번도 남자 손길이 닿지 않았던 여자 알몸. 나는
계란을 다루듯 알몸 곳곳에 조심스럽게 목욕샴푸를 칠하기 시작

했다. 탐스럽게 부픈 젖가슴에도, 늘 촉촉이 젖어있는 그 은밀한 문에도.

　뜨거운 김이 허옇게 서린 대형거울에 숨어 어른거리는 희미한 실루엣. 나는 내 알몸을 힐끗힐끗 훔쳐보는 너, 라는 그 실루엣 속에 새로 태어나는 안드로규노스, 그 이름을 또박또박 새겼다.

　이지훈+박미리=이미리+박지훈

　안드로규노스가 그 실루엣 속에서 그 맑고 찬란한 눈동자를 떴다. 안드로규노스 눈동자에 내 알몸이 실루엣으로, 실루엣이 내 알몸으로 들어있다. 안드로규노스가 그 알몸 구석구석을 핥기 시작한다. 간지럼을 태우는 것처럼 저절로 비틀어지는, 둘이기도 하다가 하나가 되고, 하나이기도 하다가 둘이 되는 알몸. 알몸 구석구석에서 뜨는 쌍무지개.

　아…아…아… 마침내 온몸을 푸르르 떨다가 저만치 사라지는 안드로규노스. 어디로 갔을까. 안드로규노스가 사라진 텅 빈 그 자리… 늘씬한 한 여자 알몸이 물빛으로 매끄럽게 흘러내리고 있다.

화두같은
사랑

새파란 하늘에 까만 점 하나 가물거린다. 은빛 점인가? 아니다. 어찌 보면 흑갈색을 띠기도 하다가 이내 반짝 빛을 내며 햇살로 바뀐다. 저게 무얼까? UFO인가. 혹, 너를 딴 곳으로 납치하기 위해? 그때, 아스라한 점 하나가 쉬익~ 소리를 내며 일직선으로 날아들어 햇살을 쫘악 펼친다. 갑자기 세상이 잿빛으로 바뀐다. 잿빛 세상에서 테니스공이 초록빛을 뿌리며 톡, 톡, 톡, 튀고 있다. 어디선가 아름드리 고목들이 시멘트 바닥에 차례로 쓰러지는 소리가 들린다. 쿠웅, 쿠웅, 쿠웅.

아~

어지럽다. 다리가 저절로 풀려 해파리처럼 흐느적거린다. 나는 그만 철퍼덕, 소리를 내며 퍼질러졌다. 어릴 때 예쁜 금붕어를 기르던 어항이 한순간 실수로 방바닥에 떨어져 산산조각이 난 그때처럼.

"미리 가시나 이거, 갑자기 와 이라노? 응?"

그때 깜짝 놀란 성자 언니가 내 얼굴을 들어 눈동자를 까뒤집었다. 노오란 빛 속에 눈동자 네 개가 별처럼 깜빡거리다가 사라진다. 이내 파아란 빛이 부채처럼 펼쳐진다. 성자 언니와 수희 언니 얼굴이, 내가 참 좋아하는 그 손두부 빛으로 확 다가온다.

"미리야, 괜찮니?"

"……언니."

"……"

"……난 괜찮아."

"가시나, 박정희 총 맞은 소리 하고 있네."

"갑자기 왜 그래? 오늘 같이 좋은 날에……"

"조금…… 어지러워서 그래. 이제 정말 괜찮아."

소리개였다. 그래. 어쩌면 우리는 저 소리개에게 쫓기는 작은 새떼들인지도 모른다. 보일락말락 허공 높이 떠서 늘 우리들 일거수일투족을 노려보는 소리개. 우리들이 잠시라도 흐트러지면 순식간에 일직선으로 날아들어 차가운 은빛 수갑을 채우는 나라.

"가시나, 사람 놀래키게 하는 데는 타고난 재주가 있다카이."

"오늘 주연을 맡은 너가 그러면 어떡해? 왜? 지훈 씨가 너 배역이라니까 갑자기 눈에 비는 게 없니?"

"제대로 연애 한 번 못한 가시나가 머슨 소리 하노. 진짜배기 사랑은 말이다, 원래 세게 어지러운 기다. 그렇제? 미리야."

"체."

날카로운 가시가 뾰쪽뾰쪽 솟은 철망이, 늘어난 스프링처럼 겹겹으로 둘러쳐진 경주교도소. 덧칠한 구름색 칠이 벗겨져 여기저기 흉터를 드러낸 철문이 감옥 안에 있는 세상을 그대로 드러내고 있다.

따가운 햇살이 아지랑이로 피어오르는 높다란 담벽 주변… 손에 두부를 든 사람들이 여기저기 무성하게 돋아난 풀포기처럼 웅성거리고 있다. 담배연기를 후~ 내뿜는 사람… 기다림에 지쳐 땅바닥에 아예 주저앉은 사람… 애꿎은 땅바닥을 발로 툭, 툭, 차는 사람…. 모두들 무언가에 쫓기는 듯한 초조한 눈빛이다.

"성자야, 저기 좀 봐. 나 참, 기가 막혀서. 저 지집애들은 부처님 얼굴처럼 금도금이라도 한 모양이야. 어쩌면 저리도 간사하게 빼질거릴 수 있는 거니?"

수희가 말총머리를 중심으로 시끌벅적하게 떠드는 여자들이 모여 있는 곳을 턱으로 가리켰다. 낯익은 얼굴들이다. 아니, 저 여자는? 말총머리를 말꼬리처럼 흔들며 9시 뉴스에 나오는 앵커처럼 조잘대는 여자.

오, 애, 희.

도대체 저 여자와 나, 그 인연은 어디서 시작되어 어디까지 갈

것인가. 너가 이 땅에 있는 한 계속되어야만 하는 것일까. 너는 편지에 분명히 썼다. 오애희는 학교후배이자 운동권후배일 뿐, 그 이상도 그 이하도 아니다, 라고. 나는 그래도 저 여자만 보면 자꾸 불안하다. 생각지도 않았던 그 어떤 사고라도 일어날 것만 같다. 왜? 왜 저 여자는 나를 자꾸만 엉뚱한 상상에 빠지게 만드는 것일까.

"오메, 무시라. 저 가시나들이 요기가 오데라꼬 왔노. 참말로 뻔뻔스럽다카이. 미리가 각중에 와 그라노 캤더마는, 저 가시나들 꼴 뵈기 싫어서 그랬던 거 아이가. 미리 속을 그만큼 뒤집어놨으면 됐지, 또 머슨 수작을 할라꼬 요까지 조렇게 잘난 낯짝을 쳐들고 나타났노. 혹시 맛이 팍 간 년들 아이가?"

성자 언니가 손가락으로 스스로 머리를 가리키며 몇 바퀴 휘이 돌렸다. 미친 년, 하고 중얼거리던 성자 언니는 그래도 분이 덜 풀리는지 그녀들 쪽을 향해 침을 퇘, 뱉았다.

"성자 언니…… 너무 그러지 마. 저 선배들도 지훈 씨 출소를 축하하기 위해 바쁜 시간을 내서 여기까지 내려왔잖아. 이젠 싫으나 좋으나 언니후배이자 내 선배이기도 하고."

미웠다. 나는 왠지 다른 선배보다 말이 너무 많은 오애희, 저 여자가 너무 얄미웠다. 까닭 없이 미운 건 아니다. 너, 첫 공판이 있었던 날, 방청석에서까지 까만 선글라스를 머리 위에 끼고 있었던 여자가 오애희였다. 마치 나들이라도 나온 것처럼. 나중에 서클 선배에게서 들은 이야기이긴 하지만, 저 여자에 대한 소문은 그다지 좋지 않았다. 학내투쟁을 할 때나 가투를 나갈 때도 저 여자는 늘 일선에서 약간 비껴 서 있었다 했다. 술만 마셨다 하면 선후배에 상관없이 시비를 걸어 분위기를 깨기가 일쑤였다 했다. 그뿐이 아니었다. 너가 졸업하기에 앞서, 너를 짝사랑한 나머지 자신이 너와 룸메이트라는 둥, 아기를 가졌다는 둥, 갖가지 헛소문을 대학가에 퍼뜨리고 다니는 바람에 너도 난처한 때가 한두 번이 아니었다 했다. 나는 그때부터 오애희란 이름 세 자만 떠올려도 속이 메스꺼웠다.

"언니. 우선 가서 인사라도 하고 올까?"

"아이다. 저 가시나들 하는 꼬라지 좀 봐라. 미리 니가 나서모 저 가시나들이 후배라고 깔 볼 끼다. 내가 저 가시나들 학교선배이자 운동권선배 아이가. 미리 니하고 수희 니는 요 자리에 가만히 못 박고 서 있거라."

눈에 힘을 잔뜩 올린 성자 언니가 그 여자들에게 다가갔다. 시끌벅적하던 소리가 갑자기 뚝, 멈추었다. 오애희를 비롯한 그 여자들이 성자 언니에게 깍듯이 고개를 숙였다. 오애희가 우리 쪽을 힐끔힐끔 쳐다보며 한동안 무어라 말을 주고받더니 곧 우리 곁으로 다가왔다.

"오랜만이에요? 선배님. 저 2학년 박미리예요. 이렇게 다시 만나뵙게 되어 정말 영광이에요. 앞으로 잘 이끌어 주세요."

참 가관이다. 얇고 하얀 티셔츠 속으로 까만색 브래지어가 또렷하게 내비친다. 단추를 두 개나 연 옷을 비집고 V자로 골을 파며 불룩하게 튀어나온 하얀 속살과 그 아래 젖꼭지 자국이 멍울처럼 톡 튀어나와 있다. 여기저기 면도날로 찢은 뒤 마구 부벼 실밥을 일부러 뽑은 듯한 청바지 사이로 허연 허벅지 살이 언뜻언뜻 내비친다. 섹시하다기보다는 어쩐지 추하다는 느낌이 강하게 든다.

그래. 언젠가 추와 미에 대한 강의를 들은 때가 있다. 그때까지만 하더라도 아무리 열심히 들어도 추와 미에 대한 정확한 개념이 잘 서질 않았었는데… 지금 오애희 옷차림을 바라보자 어떤 것이 추한 것이고, 어떤 것이 미라는 것을 어렴풋이 알 것 같다. 오애희 머리칼 위에 올려진 은색 선글라스와 찢어진 청바지차림은 여행을 갈 때나 어울리는 차림 아닌가. 속이 훤히 내비치는 티셔츠와 불룩 솟은 젖가슴에 톡 튀어나온 젖꼭지 자국은 창녀들이 손님을 호객할 때나 어울리는 차림 아닌가. 그래. 바로 저 모습이 추일 것이다. 이 자리는 너가 나오기를 기다리는 교도소 앞 아닌가. 추와 미는 장소와 시간, 공간에 따라 서로 자리를 바꾸는 것 아닐까.

"지훈 씰 통해 우리 모교에 입학했다는 소식은 들었어. 박미리라고 했니? 아무튼 열심히 해 봐. 내가 책임지고 가투현장으로 팍팍 밀어줄게."

뭐, 지훈 씰 통해? 가투현장으로 팍팍 밀어준다고? 속이 역겨워 토할 것만 같다. 그때 그 글씨가 반딧불처럼 머리에서 반짝, 하고 빛을 냈다. —참아야 한다. 어려운 상황일수록 더욱 마음을 넓게 가지고 침착하고 크게 행동해야 한다. 심리전에서는 먼저 화내는 쪽이 늘 지게 되어 있다. 심리전에서 진 사람이 어찌 실전에서 상대편을 이길 수 있으랴, 라는 너가 쓴 그 편지구절. 그래, 그 말이 맞아. 아주 작고 하찮은 일도 그냥 스쳐 지나가서는 안 된다. 그 일이 생기게 된 바탕은 무엇이며, 그것이 미칠 파장은 어디까지

인가에 대해 냉정하고 치밀하게 분석하고 그 대책까지 세워놓아야 한다. 그래. 늘 깨어있어야 한다.

"고마워요, 선배님. 제 주변에 훌륭하신 선배님이 많으니까 참으로 든든하네요. 혹, 후배가 실수를 하는 점이 있더라도 이쁘게 봐 주세요?"

나는 일부러 오애희에게 깍듯이 90도로 고개를 숙였다. 성자 언니와 수희 언니에게 한쪽 눈을 찡긋하면서.

"뭐, 이쁘게 봐 줄 것까지는 없고."

끼익- 끼이이익-

날이 날카롭게 선 끌로 뼈를 깎아내는 듯한 요란한 쇳소리가 들린다. 영원히 열리지 않을 것 같던 쇠철문이 삐꺼덕 소리를 내며 조그마한 개구멍을 드러낸다. 권력이란 담과 독재란 담 사이에 끼어 잠시 속내를 드러내는 어두침침한 개구멍. 사이로 허름한 보퉁이를 하나씩 든 사람들이 하나 둘 나오고 있다. 마치 알에서 갓 태어나 방금 눈을 뜬 병아리들처럼.

"성자야. 저어기 나오고 있는 사람, 혹 지훈 씨 아냐?"

"……그래, 맞아. 선배님이야, 선배님."

"……"

너가 나오고 있다. 허름한 보따리 하나를 들고 맥없이 튕겨져 나오는 사람들 속에 너가, 너가 섞여 있다.

"선배님, 여기예요, 여기."

오애희가 두 팔을 마구 흔들며 소리쳤다. 오애희는 마치 너 약

혼자라도 되는 듯 발까지 동동 구르며 난리법석을 떨고 있다.

이, 지, 훈.

담쟁이넝쿨도 결코 넘을 수 없을 것 같은 그 벽을 벗어난 너가 잠시 고개를 치켜들고 하늘을 바라보고 있다. 너는 햇살을 따끔따끔 뿌리고 있는 해가 눈이 너무 부신다는 듯 한동안 바라보다가 갑자기 여기저기 두리번거리기 시작했다. "바람보다 늦게 누워도 / 바람보다 먼저 일어나고 / 바람보다 늦게 울어도 / 바람보다 먼저 웃는다."(풀)라는 시를 쓴 시인 김수영처럼 시커먼 눈썹 아래 커다란 눈동자를 한껏 치켜뜬 채.

"미리야, 지금 뭐하고 있는 거니? 어서 지훈 씰 모시지 않고."

"호들갑 떨기는. 수희 니가 청맹과니야? 니 눈에는 지금 모이를 만난 듯 짹짹거리고 있는 저 참새떼들이 눈에 안 보이나?"

"……"

지훈 씨, 고생 많았어요. 얼마나 보고 싶었는지 몰라요. 가까이 오세요. 이리로 더 가까이. 자세히 보고 싶어요. 만지고 싶어요. 내 열 손가락 지문이 모두 지훈 씨 살 속에 또렷하게 새겨지도록. 지훈 씨 마음속까지 샅샅이 미리 지문을 남김없이 새기고 싶어요.

출소하는 사람들과 마중 나온 사람들 틈새에서 한동안 두리번거리던 너가 이내 나를 찾아냈다. 몸이 움찔했다. 너가 피식 웃었다. 나도 따라 피시식 웃었다. 너가 고개를 서너 번 끄덕였다. 나도 고개를 끄덕이며 손사래를 쳤다.

그때 '慶 민족의 희망 민중의 빛 이지훈 시인 출소 祝' '광주학살 주범 전두환 군부독재정권 물러가라'는 글이 박힌 현수막들이 너 주변을 에워쌌다. 현수막 주변에는 오애희를 비롯한 운동권 선후배들과 낯익은 재야인사들이 붐볐다. 너와 뜨겁게 포옹하는 사람… 너와 악수를 나누며 활짝 웃는 사람… 너에게 날계란을 던지는 사람… 너에게 생두부를 억지로 먹이는 사람… 너를 바라보며 수첩을 꺼내들고 열심히 무어라 종알대는 사람… '이지훈! 이지훈! 이지훈!'이라는 구호를 외치는 사람…

"어. 저건 또 뭐야? 사복형사들인가?"

"가만."

"……"

까만 승용차 서너 대가 재야인사들과 너를 마중 나온 사람들을 무자비하게 밀쳐내며 너 앞에 닿았다. 그 차에서 TV에 가끔 비치던 낯익은 얼굴들이 내렸다. 까만 정장을 말끔하게 차려입은 그들은 마치 그와 오랜 벗이라도 되는 것처럼 포옹을 하고 악수를 나눈 뒤, 카메라 앞에 섰다. 당연하다는 듯이.

"저 치들은 또 뭐하는 개뿔다구들이야?"

"척 보모 모르겄나. 그 잘난 국회의원 나리들 아이가. 이참에 여기저기 눈도장을 찍어놔야 총선에서 한 표라도 더 얻을 거 아이가."

"나 참, 기가 막혀서."

"……"

너는 또 한 번 갇혀버렸다. 시인 김지하가 쓴 시 '오적'에 나오는 그 적, 들이 끼고 있는 어깨동무 속에. 너와 오랜 동지처럼 다정스레 어깨를 두르고 있는 저들. 저들 팔목에 짓눌린 콩나물처럼 가느다란 목을 쭈욱 빼고 두리번거리는 한 사내.

"오메, 무시라. 우리 같은 잡초들은 근처에 얼씬거리지도 못하 것네. 언제부터 선배님이 저런 유명인사가 되뿌렸노. 오메, 무시 라."

"체, 꼴불견이 따로 없다니까? 저 치들 하는 짓거리를 보면 몇 년 전에 먹은 음식까지 다 넘어올 것 같은 느낌이 들어. 푸석한 지 훈 씨 얼굴과 기름기 번들거리는 저 치들의 모습 좀 봐. 저게 어디 어울리는 모습이니? 참으로 가관이다, 가관이야. 아니, 언제부터 저 치들이 재야인사 흉내를 내기 시작한 거야?"

세상 밖으로 나오자마자 정치인들 희생양이 된 가여운 유명인 사 이지훈. 너를 유명인사로 만든 저들 속내는 결국 이지훈이란 희생양을 밑거름으로 삼아 스스로 야망을 이루려는 무리들이 아 닌가.

"애희 저 여시 같은 년 하는 짓거리 좀 보라카이. 요가 오데라 꼬… 세 살 버릇 개 못 준다던 어르신들 말이 틀린 기 하나도 없는 기라."

"미친 년!"

"……"

외치고 싶다. 지훈 씨, 그만 돌아오세요, 지금은 잠시 쉬어야 해 요, 어서 미리에게 돌아오세요, 라고. 그때 또 한 번 눈앞에 어른 거리는 글씨. ―뛰어난 사냥꾼은 한 번 눈에 띈 사냥감은 절대 놓 치지 않는다. 뛰어난 사냥꾼에게 한 번 노출된 짐승은 사력을 다 하면 일시적으로 몸을 피할 수는 있다. 하지만 언젠가는 사냥꾼의

총에 희생당하게 된다, 라는 너가 쓴 또박또박한 글씨 한 토막.

그래. 너는 어쩌면 저들 사냥감이 되어 있는지도 모른다. 저들은 너를 둘러싸고 기쁨에 겨워 고함지르고 있는 운동권학생들과 재야운동권 사람들까지도 몰이꾼으로 생각하고 있을지도 모른다. 탤런트 최불암처럼 넉넉하게 웃는 미소 뒤에 잔인한 덫을 숨긴 채.

"도대체 언제까지 저러고 있을 거야? 갓 출소한 사람의 몸도 좀 생각해야 하는 거 아냐?"

"CF 한 편 찍는다 아이가. 차기 총선 준비용 CF."

"꼴에 그래도 의원이라고."

"저 치들이야 의원이니까 그렇다 치고. 애희 저 가시나 저거 까부는 꼴이나 좀 봐라. TV에 얼굴 한 번 비치 볼라꼬 별의별 용을 다 쓰고 있는 저 꼬라지하고는."

"정신 나간 년."

"……"

지훈 씨, 이제 목을 축일 시간이에요. 5년이란 세월을 낙타가 되어 불꽃이 이글거리는 모래밭을 터벅터벅 걸어온 지훈 씨. 이제 목을 축이고 나면, 뼈를 파고드는 진눈깨비 속을 헤쳐 가야 해요. 하늘과 땅, 그 경계마저 사라진 진눈깨비 속에 있는 듯 없는 듯한 길… 길이 없으면 길을 만들며 나아가야 해요. 지훈 씨, 5년 앞 이 땅은 불볕이 화살로 쏟아지는 땡여름이었어요. 지금 이 땅은 가없는 진눈깨비가 휘몰아치는 땡겨울이에요. 어서 낙타를 벗고 펭귄이 되세요.

"참말로 보자보자 하니까 두 눈깔 뜨고는 차마 못 보고 있것네. 내 저것들을……"

뽀드득, 이 가는 소리가 들리는가 싶더니 성자 언니가 빠른 걸음으로 너를 둘러싸고 있는 무리들에게 다가갔다. 성자 언니는 눈 깜빡할 사이에 너, 그 주변을 에워싸고 있는 사람들을 헤집고 이내 너 곁에 다가섰다. 너가 성자 언니가 내민 손을 덥석 잡으며 시꺼먼 눈에 작은 웃음를 띄웠다. 너는 성자 언니와 나를 번갈아 바라보며 고개를 끄덕였다. 잠시 기다리라는 듯이. 그때, 성자 언니가 너를 둘러싸고 있는 무리들을 향해 목에 힘줄을 올리기 시작했다.

"잠시, 잠시만 제 얘기 좀 들어주세요. 저는 오늘 출소한 이지훈 씨의 학교후배 김성자라고 합니다."

너를 에워싸고 마구 웅성거리던 무리들이 조그만 원을 그리며 물러서기 시작했다. 마치 닭 쫓던 개 지붕 쳐다보듯이.

"이 땅의 민주화를 위해 가열찬 투쟁의 길을 가고 있는 동지 여러분! 이지훈 씨의 출소를 환영해 주셔서 정말 감사합니다. 마음 같아서는 몇 날 동안이나 계속 환영하고 싶겠지만 보시다시피 전두환 군사독재정권의 쇠창살 속에서 5년 동안이나 갇혀 있었던 이지훈 씨는 긴 세월의 옥독으로 몸과 마음이 몹시 지쳐 있습니다. 여러분, 이제 새로운 전선으로 가열차게 달려나가기 위해 우리 곁에 돌아온 이지훈 전사에게 휴식의 시간을 마련해 줍시다."

"와아~ 전사에게 휴식을! 전사에게 휴식을! 전사에게 휴식을!

와아아~ 와아아~ 와아아~"

성자 언니는 역시 운동권을 이끄는 대부답다. 평소에는 그 살가
운 경상도 사투리 때문에 몹시 순진하게 보인다. 아니, 실제 성자
언니 마음은 너무나 다정다감하다. 성자 언니는 간혹 잘못된 사고
를 지니고 잘못된 행동을 일삼는 후배들조차도 그 특이한 경상도
사투리로 포근히 감싸준다. 그러다 갑자기 뼈 있게 툭 던지는 농
담 같은 한 마디에 후배들은 그만 꼬리를 내리고 만다. 성자 언니
에게는 그 어떤 보이지 않는 마력이 있다. 그 마력은 어디에서 비
롯되는 것일까? 지금도 마찬가지다. 그를 에워싸고 있는 사람들
중에는 그래도 입 바른 소리 꽤나 한다는 정치권 인사뿐만 아니
라, 시집 '깨끗한 희망'을 펴낸 김규동 시인처럼 머리 희끗희끗한
재야인사도 일부 섞여 있다. 성자 언니는 여기 모인 모든 사람들
에게 김규동 시인이 펴낸 그 -깨끗한 희망, 을 알리는 전령사처럼
당당하게 외치고 있다.

"성자 저 지집애, 평소에 같이 만나면 그야말로 하찮은 일을 가
지고 서로 입씨름하며 종알대다가도, 저럴 때 보면 친구지만 질투
가 생겨. 작고 땅딸막한 체구에서 어떻게 저런 불 같은 힘이 솟아
나오는 건지. 미리야, 넌 어떻게 생각하니?"

"……"

너가 다가오고 있다. 너를 겨우 낚아챈 성자 언니 앞을 오애희
가 몇 번이나 가로 막았다. 그때마다 성자 언니가 눈썹을 찌푸리
며 오애희를 잽싸게 밀쳐냈다.

이, 지, 훈.

너가 점점 거리를 좁혀오고 있다. 숨이 컥 막힌다. 지난 5년 동안 내 마음을 한 치도 남김없이 꽁꽁 동여맨 너. 너가 없는 텅 빈 하늘에 매달려 그 긴 세월 동안 찬바람을 맞으며 애타게 나부끼던 그리움. 밤마다 너를 향해 풍선처럼 부풀어 오르는 젖가슴에 애꿎은 베개만 부비며 하얗게 지샌 날은 또 몇 밤이었는가. 내 그리움이자 내 기다림… 내 희망이자 내 사랑 이, 지, 훈.

"……미리."

"……지훈 씨."

내 눈동자에 못을 박고 다가온 너는 나를 세차게 끌어안았다. 그래, 얼마나 춥고 쓸쓸했던 텅 빈 가슴이었던가. 산모처럼 차오른 내 젖가슴이 늘어지도록 그리워했던 내 둥지가 아니었는가.

"고마워요, 지훈 씨. 이렇게 별 탈 없이 나와 주어서."

나는 너, 그 따스한 품에서 까만 점이 되어 사그라졌다. 내가 사그라진 자리, 갑자기 시꺼먼 먹구름이 몰려오기 시작했다. 먹구름 속에서 이내 우레가 치고 굵은 빗방울이 후둑, 후두둑, 떨어진다. 너, 그 어깨 위에도 굵은 빗방울이 툭, 툭, 떨어져 동그란 그리움으로 얼룩진다.

"……그래, 그동안 나 때문에 고생이 많았지?"

"……아…니."

춥다. 너, 그 품속이 너무 춥다. 그토록 애타게 기다리던 그 품속이 북국에 널브러진 황무지 같다. 갑자기 한랭전선이 내 젖가슴을 찌르르 비집고 들어온다. 내 젖가슴에 살얼음이 찡, 하고 얼어붙는 소리가 들린다.

"많이 여위었어요."

"……"

너가 날 꺼안은 두 손에 힘을 준다. 너 몸이 내 몸 같다. 그때 뜨거운 입김이 훅, 하고 내 귀를 스친다. 아아, 입 맞추고 싶다. 너, 그 뜨거운 입김을 내 입속으로 한껏 들이마시고 싶다. 내가 태어나 처음으로 한 그 입맞춤… 너와 내가 북한산 계곡에서 처음으로 나누었던 그 뜨거운 입맞춤… 다시 한번 내 입 속으로 너, 그 혀를 끌어당기고 싶다. 다시 한번 내 혀로 너, 그 입속을 마음껏 헤엄치고 싶다. 아아, 내 젖꼭지가 꼿꼿하게 도드라지기 시작한다.

"…… 보고 싶었어."

"나도……"

"흥, 잘들 논다. 마치 이산가족 상봉이라도 하는 것 같네."

눈썹을 한껏 찌푸린 애희 입술이 씰룩거린다. 애희 입술이 마구 씰룩거릴 때마다 볼우물이 한쪽 볼에만 포옥 파여 언뜻 어색한 듯하면서도 꽤 요염하다.

"지훈 씨……"

"그래, 알았어."

애희가 거칠게 내뱉는 비비꼬는 말투에 너와 나는 짧은 포옹을 풀었다. 참, 뜨거운 포옹이었다. 수많은 사람들이 보는 앞에서 한 사내를 포옹하는 것도, 이렇게 몸과 마음이 떨릴 정도로 깊게 포옹하는 것도, 태어나서 처음 있는 일이었다.

"고생 많이 하셨지예? 선배님."

"그동안 얼마나 고생이 많으셨어요. 차암, 이거."

"어서 드이소, 선배님."

"고마워요, 성자 씨. 그리고 수희 씨도."

너는 수희 언니가 내미는 손두부를 두 손으로 받아들고 한 입 덥석 입에 베어 물었어. 다시는 이곳에 발을 들여놓지 않겠다는 듯이.

"치, 옆에 서 있는 누군 여자로 보이지도 않는가 보네. 저 그만 가요, 선배님. 갓 꼭지 떨어져 젖비린내나 풍기는 걔가 그렇게 좋나 보죠? 소꿉장난 하듯이 잘들 놀다가 싫증이 나면 그때 절 찾아오세요. 흥!"

애희가 볼이 부은 얼굴로 너에게 항의하듯 한 마디 툭 던졌다. 진갈색 아이라인이 그려진 약간 처진 눈으로 나를 강하게 째려보다가 홱 돌아서서 가는 오애희.

"애…애희야."

너가 그게 아니라는 듯한 손짓을 하다가 이내 힘없이 팔을 떨어뜨렸다. 그때 수희 언니가 기가 막힌다는 듯 촐랑대는 애희 말총머리를 향해 비아냥거렸다.

"참, 기가 막히네. 쟤 눈엔 학교선배도 찢어진 청바지에 붙은 실밥쯤으로 보이는가 보네. 제 깐 게 언제부터 운동권 인사라고. 내 참, 숭어가 뛰니까 망둥이까지 뛴다더니, 쟤가 그 짝 아냐?"

"껍데기가 빤다그리 하모 다 지식인이고, 저 가시나처럼 청조끼에 바지를 찍찍 찢어서 입고 다니모 다 운동권 아이가. 신경 쓰지 마라카이. 지금 우리가 선배님 모시고 이럴 때가 아인기라.”

“그래, 맞아. 지훈 씨, 정말 죄송해요. 몹시 피곤하실 텐데. 그래, 미리야 넌 뭘 하고 있니? 빨랑 지훈 씨 모실 생각은 하지 않고.”

“······”

“아이다. 미리 저거도 오늘, 지 정신이 아일끼다. 지훈 씨 출소했겠다, 그 기다 애희 저 년이 속을 있는데로 확 다 뒤집어놓질 않나. 내가 판단하기는 지금 선배님 심정이나 미리 가시나 저거 심정이나 비슷할 끼거마는.”

성자 언니······ 겉과 속이 다른 여자. 그랬다. 사람들 대부분은 성자 언니를 소처럼 우직한 여자로 오해하는 때가 많았다. 작고 땅딸막한 키에다 그 진한 경상도 사투리 때문에. 성자 언니는 사실 산수박처럼 속이 꽉 찬 여자다. 어떤 상황과 마주치면 그에 대한 판단능력이 어느 누구보다도 빨랐다.

“선배님, 우선 나가서 요기부터 간단히 하고 움직이는 기 좋겠지예?”

“그래, 그게 좋겠다. 미리야, 그게 좋겠지?”

“그래요. 그렇게 해요, 지훈 씨.”

“······”

너가 말없이 고개를 끄덕였다. 너가 입고 있는 옷이 낯설지 않다. 청색 반팔 티셔츠에 블루진 바지? 어디선가 많이 본 옷인데··· 어디서 봤더라? 그래, 맞아. 바로 그 옷이야. 너와 내가 처음 입을 맞춘 그날 입었던 바로 그 옷. 어쩐지 5년 앞 너나 지금 너가 전혀 낯설지가 않더라니.

"자, 출발."

"미리 씨, 미안해서 어쩌죠? 하필 오빠 출소한 날에 일이 생겨서. 오빠, 정말 미안해요. 오늘 사무실에서 밤샘해야 될 것 같아요. 오빠는 오늘 출소하고, 누구는 오늘 출근길에 잡혀가고… 후우~ 언제까지 이런 일이 반복될 런지."

유리창을 핏빛으로 물들이며 오뉴월 해가 뉘엿뉘엿 지고 있다. 너가 출소한 오늘 하루도 아무런 일이 없었다는 듯이.

"지숙아, 너 남민전 사건 알아?"

"제가 왜 그 유명한 사건을 모르겠어요. 근데 왜 오빠?"

"그 사건으로 9년이란 형을 선고받은 김남주라는 시인이 나와 한 방에 있었거든."

"아, 임꺽정 같은 그 시인요. 저도 그 분이 쓴 시를 몇 편 읽은 적이 있어요. 근데 왜요?"

"으응. 그분과 몹시 친했었는데, 하루는 그분이 이런 말씀을 하시더구나."

"무슨 말씀을요?"

"자신이 이 나라에 태어나서 국가로부터 받은 혜택은 쉴새없이 나오는 세금고지서와 징역뿐이더라고."

"으흥, 오빠가 무슨 말을 하려는지 알겠어요."

지숙 언니는 그가 구속된 뒤, 그를 하루라도 더 빨리 석방시키기 위해 여기저기 쫓아다니다 인연을 맺게 된 민언련 간사 일을 보고 있었다.

"내 걱정은 말고 빨리 가봐. 늬들이 그렇게 성명서를 계속 내고 밤샘농성을 할 때마다 우리가 국가로부터 받는 그런 귀신 씨나락 까먹는 것 같은 혜택이 하나 둘 사라지는 거야."

"그래요, 지숙 언니. 진즉에 지훈 씨가 출소했더라면 지훈 씨와 저도 동참해야 하는 건데. 지훈 씨는 제가 잘 보살필 테니까 걱정 말고 다녀와요, 지숙 언니."

"고마워요, 미리 씨. 오빠, 다녀올게."

"그래, 고생이 많구나."

"오늘은 하루가 어떻게 흘러갔는지 모르겠어요. 왜 이리 하루해가 짧죠? 지훈 씨가 없을 땐 그렇게도 지리하고 길게만 느껴지던 하루였었는데……"

얼마만인가. 너와 팔을 끼고 나란히 지는 저녁놀을 바라보는 것이. 그래, 오늘이 꼭 두 번째다. 하필 너가 연행되던 날과 출소한 오늘이라니.

"그래, 미리 네 말이 맞아. 내가 그 속에 있을 때도 그랬지. 특히 어제는 하루가 어찌나 길던지… 그동안 경주까지 면회 다니느라 고생이 많았지?"

"고생은 무슨. 다 미리 좋아라고 한 일이지, 어디 지훈 씨 좋아라고 한 일인가요?"

"……"

너가 몸을 돌려 나를 끌어안았다. 나는 병아리가 어미닭 날개죽지에 파고들 듯이 얼른 몸을 묻었다. 너가 내 머리칼을 쓸어내리며 심호흡을 했다. 목 언저리에 후끈, 하는 열기가 느껴진다.

"5년 동안 한순간도 지훈 씨 생각을 놓친 때가 없었어요. …… 오늘, 이 날을 얼마나 애타게 기다렸는지… 이제 다시는 우리에게 이런 일은 생기지 않겠죠?"

"……"

"왜 대답을 못해요? 하긴……"

"참, 다시 한번 축하해, 내 후배가 된 것을. 역시 미리다워."

"……사랑해요."

"……"

가만히 내 머리칼을 만지작거리던 너가 잠시 숨을 죽였다. 너가 나를 끌어안은 두 팔에 점점 힘이 들어가기 시작했다. 아, 이대로 너 속으로 빨려들고 싶다. 너가 다시 한번 크게 심호흡을 했다. 내 젖가슴을 짓누르는 너, 그 따뜻한 가슴이 느껴진다. 내 젖꼭지가 꼿꼿하게 도드라지기 시작한다. 아아, 물리고 싶다. 너 입술에 꼿꼿하게 도드라진 내 젖꼭지를 물리고 싶다. 너와 나 숨소리도 점점 거칠어지고 있다.

"사랑해, 미리."

"약속해요, 오늘부터 늘 미리 곁에 있겠다고."

"그래, 약속할게."

"사랑……"

너 입술이 내 입술에 닿았다. 내 허리가 반쯤 휘어졌다. 너 혀가 내 입술을 살며시 비집고 들어왔다. 미끌미끌한 감촉. 딱히 뭐랄까? 그래, 마치 내 입속에서 해삼이 살아 꿈틀거리는 것만 같다. 수없이 고이는 침… 삼키고 싶다. 내가 너 혀를 꿀꺽, 삼켰다. 너 혀가 내 혀를 찾는다. 내 혀는 너 입술 속에서 미끄럼을 타고 있다. 너 입속이 몹시 뜨겁다. 내 혀가 마침내 너 목구멍 속으로 꿀꺽, 삼켜진다.

"……"

"……"

너 몸이 내 몸 위에 포개진다. 너 입술이 내 윗입술을 마구 빨아들이다가 아랫입술로 옮겨 간다. 살짝 깨물리는 듯하면서도 마구 터져버릴 듯한 얼얼한 느낌… 아, 근데 이게 뭐지? 내 아랫도리를 아프게 찌르고 있는 이거… 내 아랫도리에서 딱딱하고도 뜨겁게 끄덕이는 이거… 내 아랫도리가 촉촉이 젖기 시작한다. 아, 너에게 파헤쳐지고 싶다. 아, 너에게 중독되고 싶다.

"사랑해, 미리……"

"사랑해요, 이제부터 미리는 지훈 씨 거예요."

너가 떨리는 손으로 내 브래지어 위를 더듬는다. 너 따스한 손이 내 브래지어 속을 파고든다. 지금까지 한 번도 사내 손길이 닿지 않았던 내 젖가슴에 너 손이 닿는다. 너 손은 아까부터 도드라져 아리기까지 하는 내 젖꼭지를 쓰다듬다가 살짝 비튼다. 간지럼을 태우는 것처럼 온몸을 휘어 감는 이 찌릿찌릿함…… 갑갑하다. 아, 이 거추장스런 옷들을 홀랑 벗고 싶다. 내 몸과 마음도, 너 몸과 마음도 함께 훌훌 벗어던지고 싶다. 내 몸과 너 몸 곳곳을 가리

고 있는 이 불편한 겉치레들… 옷과 몸과 마음이 이렇게 거추장스
러울 때도 있다니.

"내가…… 벗을게."

"……"

너가 나를 만지고 있다. 태어나서 처음으로 사내에게 만져지는
내 젖가슴과 엉덩이. 부끄럽다, 그 생각이 언뜻 스치는가 싶더니
이내 온몸이 확 달아오른다. 허벅지를 마구 쓰다듬으며 속으로 속
으로 파고드는 손… 순간 손가락 하나가 촉촉한 내 속살 속으로
살며시 파고든다. ㅇ~ㅁ…ㅇ~ㅁ…ㅇ~ㅁ… 너는 나에게 중독되었
다.

"……"

"……"

내가 너를 만지고 있다. 너는 마른 나무토막처럼 딱딱하면서
도 몹시 뜨겁다. 아, 어서 너를 빨아먹고 싶다. 그 송기처럼. 송
기? 하필 이때 왜 그 송기가 떠오를까. 어린 날, 살을 콕콕 찌르는
솔잎을 때낸 뒤 껍질을 살짝 벗겨내면 하얗게 비치던 그 속살. 그
래, 그 연한 송기를 입술에 대고 쪽쪽 빨아먹듯이 너를 네 속살 깊
숙이 잡아당겨 잘근잘근 씹어 삼킨다. ㅎ~ㅇ~…ㅎ~ㅇ~…ㅎ~ㅇ
~… 나는 너에게 중독되었다.

"……어…서……"

"……"

"……아…파……"

+5

깊은
사랑

짙푸른 하늘을 헤엄치는 햇살이 나뭇잎에 부딪혀 쨍그랑 소리를 내며 삼색 눈동자를 두리번거리고 있다. ……벚나무 잎새 위에서는 빠알간 눈동자로……미루나무 잎새 위에서는 노오란 눈동자로…… · 풀잎 위에서는 갈색 눈동자로……

소요산으로 가는 길 곳곳에는 최신 화기로 무장한 전차들이 요란한 쇳소리를 내며 줄지어 남으로 남으로 내려오고 있다. 전차 위에는 얼굴에 숯을 찍찍 그은 백인 군인들과 철모에 떡갈나무 가지를 꽂은 흑인 군인들이 껌을 짝짝 씹으며 허연 이를 드러낸다.

그들은 지나치는 차들에 탄 사람들이 자신들을 환영 나왔다고 착각하는 듯 힐끗힐끗 쳐다보며 손을 마구 흔든다. 어떤 녀석은 지나치는 차들 쪽으로 빳빳하게 선 양키 좆을 닮은 포신을 돌려 사격자세를 취하다가 배를 잡고 낄낄거린다.

"쟤네들 좀 봐요. 쟤네들 보면 뭐 생각나는 거 없어요? 기가 막혀서. 쟤네들 머리 속엔 한반도가 거대한 전쟁놀이터로 보이는가 봐요."

"자신들이 한반도의 최고 지배자라고 생각하고 있는 거겠지. 또 어찌 보면 그것이 사실이기도 하고. 지금까지도 저들이 한반도 전시작전권까지 모두 틀어쥐고 있잖아. 이게 다 힘없는 나라에 태어나서 사는 힘없는 민족이 겪는 비운 아니겠어?"

너가 내 어깨를 툭, 치며 쓸쓸한 표정을 지었어. 작가 조정래가 쓴 '태백산맥'에 나오는 그 숯장수 아들 염상진처럼. 여순반란이 좌절되자 텃밭인 벌교를 떠나 조계산으로 들어가야만 하는 운명을 맞은 염상진, 그 쓸쓸한 얼굴.

……박 ……현.

사회출판사 편집부장. 백낙청, 염무웅, 임헌영, 채광석 등 기라성 같은 문학평론가들과 민족문학논쟁을 활발히 벌이고 있는, 참 잘 나가는 젊은 문학평론가. 그래, 이 남자가 쓰는 글은 너무 자로 잰 듯 딱 들어맞아 재미가 없고 메말랐지. 스스로에게 주어진 삶을 수학공식처럼 착착 풀어내며 살아가는 한 치 빈틈을 보이지 않는 무서운 남자.

"쥔 자들은 등 따시고 가진 자들만 배부른 그 나라. 아, 저절로 몸서리가 일고 눈꺼풀이 떨리는 그 나라. 가난한 자들의 피와 땀을 빼앗고, 약한 자들의 작은 희망마저 짓이겨 버리는 그 나라. 갈라먹기로 조상의 끈마저 잘라버린 그 나라. 밀가루 몇 포대에 산천이 수제비로 둥둥 떠다니는 그 나라. 아, 누가 저들을 이렇게 불렀는가. 미국(美國), 미국(米國), 미국(尾國)이라고……"

나는 차창에 기대어 눈을 지그시 내리감은 채 낮고도 또렷한 목소리로 말했어. 마치 누군가에게 고백성사를 하듯이. 그때 나이가 제일 어린 북디자이너 서정희가 말꼬리를 달았지.

"애희 언니, 무슨 말을 그렇게 해요. 저들은 은인이에요, 은인. 만약 저분들이 아니었으면 우리가 어떻게 되었겠어요? 이렇게 자유롭게 가을야유회를 갈 수나 있겠어요? 사회주의니, 공산주의니, 하고 마구 떠드는 빨갱이들이 득실거리는 세상… 어휴, 생각만 해도 끔찍해."

"너, 방금 뭐라고 했니? 대가리 피도 덜 마른 년이 어따 대고 함부로 참새처럼 짹짹거리고 있니? 하긴 친일파 할애비에 반공연맹 회장을 애비로 둔 딸다운 말이지. 사회주의? 공산주의? 감히 니깐 게 그런 말을 내뱉을 수 있는 자격이라도 있는 거야? 맑스의 자본론이란 책 껍데기는 커녕 먼지조차도 구경하지 못한 네 년이 어따 대고 사회주의니 공산주의니 운운이야. 네 년이 달고 있는 그건 입이 아니라 하수구인가 보지? 쌍~"

그래. 정희는 입사할 때부터 마음에 들지 않았어. 옷차림부터가 그랬지. 갓 전문대학을 졸업한 정희가 입고 있는 옷들은 모두 최첨단 고급패션이었어. 어깨까지 푹 파인 얇은 옷 속에 훤히 내비치는 브래지어는 당연했고. 갈라진 엉덩이가 꼭 낀 똥꼬치마 위에는 팬티자국까지 또렷이 드러났지. 그뿐이 아니었어. 움직일 때마다 허벅지로 밀려 올라가는 까만 똥꼬치마 속에서 하얀 팬티가 자주 내비치기도 했지. 행동 또한 야시시하기 그지없었고. 박 현 편집부장과 사장에게 허벅지를 꼬며 아부하는 모습은 그렇다 치고, 얼굴을 바짝 들이대고 코맹맹이 소리로 아양을 떠는 꼴은 너무나 얄미웠어. 저런 애가 어떻게 사회출판사에 입사했을까? 그것도 늘 형사가 들락거리는 사회과학을 전문으로 펴내는 진보 출판사에. 사장과 박 부장은 그런 정희가 귀엽고 깜찍하다 했지. 나는 한없이 역겨웠어. 특히 정희 집안과 정희 사고방식을 알고 난 뒤에는 더욱 속이 쓰렸고.

"체, 빨간 물 벌겋게 든 언니에게 말을 꺼낸 내가 미친년이지. 노동이 뭐 어쩌고 인권이 뭐 어쩌고 하는… 그래, 맞아. 재야 뭐 어쩌고저쩌고 하는 불순한 세력들… 어휴, 생각만 해도 치가 떨려. 그 집단들이 민주화란 이름으로 선량한 대학생들이나 부추겨 데모나 하게 만들고… 언니도 그래. 소위 운동권 운운하면서 지가 뭐 독립운동가라도 되는 양 동료이자 군복무를 하는 선량한 전경들에게 화염병을 던지지 않나, 짱돌을 던져 다치게 하지를 않나. 언니가 속한 그 단체들은 도대체 뭐하는 집단들이야? 빨갱이 집단들이야? 뭐라더라? 그래, 전사? 참 기가 막혀서… 땀 흘려 노력해서 자신들이 원하는 것을 성취할 생각은 않고 그 전사라는 공산당이나 즐겨 쓰는 말들을, 인간 해방을 이끄는 최고의 영웅을 지칭하는 말인 양 갖다 붙이는 꼴 하고는. 하긴 그런 피해망상적인 사고방식을 가진 철없는 언니에게 약간의 변화를 기대했던 내가 속없는 년이지.”

“뭐어? 철없는 언니? 야이, 쌍년아. 민중의 피를 빨아먹고 사는 거머리 집안의 딸로 태어난 게 부끄럽지도 않니? 어따 대고 함부로 오물을 마구 쏟아내는 거니? 할애비가 친일한 것도 모자라 니 애비는 군사독재정권의 군견 짓까지 하고 있는 거니? 간혹 던져주는 썩은 고깃덩이나 하이에나처럼 받아먹는 애비의 딸년이 지금 누굴 설득하려고 덤비는 거니? 하긴 이미 오염되어 심하게 부패된 그 더러운 피가 어디 가겠어. 어휴, 냄새 나. 저리 가, 이 하이에나 물똥 같은 년아.”

“뭐어? 하이에나 물똥?”

큭, 큭큭큭큭.

여기저기서 키들거리는 소리가 들려왔지. 나는 분했어. 한편으로는 심한 절망감까지 몰려왔고. 그래, 어쩌면 이러한 행동이 내가 지니고 있는 모순이자 한계인지도 몰라. 지훈이 늘 꼬집었던 것처럼. 눈물이 핑 돌았어. 나는 왜, 늘 이 모양 이 꼴일까. 만약 지훈이 내 곁에 있었다면 이렇게까지 톡톡 튀지는 않았을 것을. 지훈도 이제 예전에 내가 알았던 그 지훈이 아니다. 그래, 지훈과 일곱 살이나 차이 나는 스물두 살 먹은 그 못된 기집애.

박, 미, 리.

도톰한 입술이 참 예쁜 그 기집애. 탤런트 황신혜처럼 눈이 크고 턱이 뾰족한 그 기집애. 나보다 머리 하나 높이 정도로 키가 더 큰 그 기집애. 이젠 내 대학후배이기도 한 그 기집애. 그 어린 기집애가 도대체 지훈을 어떻게 구워삶았지? 그래, 꼬리 아홉 개 달린 백여시 같은 그 기집애가 지훈 곁에 있는 한 내가 끼어들 자리는 없다. 얄미운 기집애. 그렇게 수많은 사내 가운데 하필 내가 좋아하는 지훈이라니…….

"뭘 그깐 걸 갖고 그래. 정희는 아직 사회 초년생이고, 애희 씨 직장후배잖아. 한때 운동권에서 내노라 하던 전사가 눈물까지 비치면 어떡해?"

너가 지훈처럼 내 어깨를 다독이며 나를 빤히 쳐다보았어. 얼굴을 30센티 가까이 바짝 들이대며. 이 남자, 내게 입이라도 맞추고 싶나, 왜 이래. 잔잔한 호수에 조약돌 하나 슬쩍 던져도 물결이 요동치는 것처럼 고요한 내 가슴 마구 콩닥거리게 말이야.

"아니, 쟤 때문에 그러는 게 아니에요. 스무 살 먹은 꼬맹이 앞에서 감정 하나 제대로 조절하지 못하는 내 자신이 하도 기가 막혀서……"

너, 까만 눈동자 속에 시무룩한 내 얼굴이 들어있어. 너, 눈꺼풀은 파르르 떨리고 있고. 나를 깊숙이 바라보는 그 눈빛이 예사롭지가 않았어. 그래, 너는 날 마음에 두고 있다. 너는 평소에도 내가 하는 작은 행동 하나에도 깊은 관심을 보였지. 나는 그때마다 너가 내게 보여주는 그 깊은 관심을 모른 척하려고 애를 썼고. 너가 싫어서? 아니. 그러면 지훈 때문에? 그래. 사실, 나는 너를 대타로 생각하고 있었어. 내가 바라는 남자는 그때나 지금이나 이지훈, 그 남자 하나뿐이었기에.

그래, 지훈을 처음 본 그날. 아, 이 남자다, 라는 강렬한 느낌과 함께 나도 모르게 아랫도리까지 축축해지지 않았던가. 그래, 그 날은 생리가 시작된 날이기도 했고. 지훈은 나를 여자로 생각하지 않았어. 예나 지금이나. 나는 언젠가는 꼬옥 지훈을 내 남자로 만들고 말겠다고 다짐했지. 어떤 날은 술 취한 것을 핑계로 지훈을 여관까지 데리고 간 때도 있었고. 물론 잠자리를 같이 하지 못해 실패로 돌아가고 말았지만. 그 기나긴 짝사랑에 매인 세월. 그랬지. 사실, 지훈이 5년이라는 실형을 받고 수감만 되지 않았더라도 무슨 수를 써서라도 내 남자로 만들 수도 있었어. 내 짝사랑도 지훈이 감옥에 갇히면서부터 물거품이 되기 시작했고.

지훈이 옥에 갇혀 있는 동안, 사실 나는 지훈을 까맣게 잊고 있었어. 그때만 하더라도 5년이란 세월은 너무나 길어 보였거든. 내 사랑도 이미 끝이 난 것으로 여겼지. 그 세월도 잠깐, 지훈이 나오고 말았어. 나도 5년 앞 그때 짧은 생각처럼 아이 둘쯤 둔 가정주부가 되어있지도 않고.

나도 지금은 예전에 있었던 내가 아니지. 5년이란 세월은 한 사내에 대한 그 지독한 짝사랑마저도 희미하게 지워버렸어. 그 사내가 출소하는 날도 그랬지. 그날 내가 경주까지 갔던 것은 그 사내에 대한 내 짝사랑을 확인하러 갔던 것은 아니었어. 그저 모두들 간다기에 후배로서 선배에 대한 예의로 따라갔었지. 그날, 막상 출소하는 그 사내를 보자, 갑자기 그 사내에 대한 감정이 한꺼번에 솟아오르는 걸 억제할 수가 없었고. 그 감정을 더욱 부채질한 것은 바로 그 기집애였어. 나를 저만치 내던져진 담배꽁초 취급하던 그 사내가 그 기집애와 포옹하는 것을 보고 있자니 눈에 불꽃이 마구 튀었지.

나는 그날부터 그 사내에 대한 감정을 억누르려고 무진 애를 썼어. 그렇게 애를 쓰면 쓸수록 묘한 질투심과 함께 자꾸만 그 사내에 대한 어떤 막연한 기대감이 떠나지 않았지. 그래, 그 혹시나 하는 한 가닥 기대 때문에 나는 이 남자 박 현을 무시하려고 애를 쓰고 있고. 아니, 어쩌면 이 남자를 무시하려 했다기보다는 이 남자 관심이 사라질 것을 두려워하고 있었다는 것이 솔직한 내 심정이었어.

"무슨 생각을 그리도 골똘히 하는 거야? 차창에 턱을 괴인 채 심각하게 앉아있는 모습을 보면 시인 같기도 하고, 다른 한편으로 보면 첫사랑의 열병을 앓는 여자 같기도 하고."

"첫사랑의 열병? 편집부장님은 그런 아름다운 추억을 마음에 끼고 있는가 보죠?"

너를 빤히 바라보았어. 네 그 시커먼 눈동자 속에 빨간 립스틱을 예쁘게 칠한 내 입술이 들어 있었어. 네 눈동자 속에 한순간 작은 불길이 어른거리다가 사라졌고. 너는 연분홍빛 혀를 내밀어 마른 입술에 침을 바르며 차창 밖으로 눈길을 던졌어. 애써 태연한 표정을 지으려는 너. 그 시커먼 눈빛이 철없는 소년이 지닌 착한 눈동자처럼 맑아 보여. 그때, 다시 한번 내 얼굴을 곁 눈짓으로 슬쩍 훔쳐보던 네가 차창 밖을 내다보며 능청을 떨었어.

"애희 씨. 오늘은 옷을 스포티하게 입어서 그런지 다른 날보다 훨씬 더 끼가 철철 넘치는 것 같아."

"방금 내뱉은 그 말, 그 말이 일종의 성희롱에 해당된다는 거 모르는 거는 아니겠죠? 그건 그렇고, 직원들이 보면 오해해요. 어서 부장님 자리로 돌아가세요."

"오해하면 더 좋지, 뭘. 그 덕에 난 애희 씨 같은 이쁜 여자를 편집자와 애인으로 함께 삼게 되니, 이거야 말로 꿩 먹고 알 먹는 일 아니겠어."

"착각하지 마세요? 박 현 부장님. 전 부장님을 좋아하긴 하지만 사랑한다는 것은 좀 더 두고 보아야겠는 걸요."

너가 농담처럼 툭 던진 말을 받아치는 내 입에서 엉뚱한 말이 튀어나왔어. 나는 화들짝 놀랐고. 그랬지만 어찌 보면 이 말은 내 진심이기도 했어. 내가 사회출판사에 입사한 뒤, 늘 나를 도와주는 너를 내심 좋아하고 있었던 것은 사실이니까. 그래, 어쩌면 실수로 내뱉은 이 말이 오히려 너와 나를 더 가까이 엮어주는 끄나풀이 될 지도 몰라. 나는 순간적으로 확 달아오르는 얼굴을 얼른 차창으로 돌렸어.

이, 지, 훈.

그래, 그 기집애는 이 사내가 시인 김수영을 닮았다 했어. 내가 볼 때는 제주 4·3 문제를 적나라하게 파헤친 '순이삼촌'을 쓴 작가 현기영 이미지가 떠오르는데 말이야. 그래, 이 사내… 고 3때, 문예지 신인문학상에 투고한 시가 당선되면서 한국문단에 샛별로 떠올랐던 시인. 공고를 졸업한 뒤 고향인 경남 양산을 떠나 낮에는 공장에서 일하고, 밤에는 우리 학교를 다녔던 독종학구파. 대학재학 때부터 학생운동권 뿐만 아니라 재야운동권에서 핵심간부까지 맡았던 타고난 싸움꾼. 나에게만 유난히 목석같았던 사내.

"와아~ 저어기 단풍 좀 봐. 마치 산에 불이 활활 타오르는 것 같아."

"공기는 또 어떻고. 이런 데서 살면 신선이 따로 없을 것 같아. 햐아, 가슴이 절로 확 트이네."

그래. 차창 밖은 온통 울긋불긋한 단풍파도가 밀려오는 단풍바다였어. 소요산 입구에서 노랗게 타오르는 파도는 중턱으로 올라갈수록 빨갛게 철썩이다가 산마루에서 진갈색으로 썰물지고 있었지.

"박 부장님, 우리 출판사 편집실을 이쪽으로 옮기는 게 어때요? 회사로 봐서는 작업능률도 오르고, 우리 직원들은 건강도 챙기고."

"그야, 오너 마음이지. 일개 부장인 내가 무슨 권한으로 출판사를 옮기느니 마느니 하는 결정을 할 수 있겠어. 아참, 사장님은 아직 안 오셨나? 여기저기 잘 살펴들 봐요."

그때 검은색 소나타 한 대가 일행들이 모여 있는 곳으로 천천히 다가왔어. 오늘 아침에 왁스칠을 했는지 차가 움직일 때마다 몹시 번쩍거렸고.

"반가워요, 다들 일찍 왔네."

김 사장이었어. 갈색 조끼를 입은 김 사장 이마에서 가을햇살이 은빛을 통통 튕기고 있었고. 그와는 반대로 방금 사서 입은 듯한 진한 청바지가 몹시 무겁게 보였어.

"어서 오세요, 사장님."

"아, 박 부장. 수고 많았어요. 빠진 사람은 없고?"

"이번 야유회는 직원들이 한 명도 빠지지 않고 모두 참가했습니다. 회식을 할 때도 이런 일은 없었는데. 사장님께서 오늘 단단히 한 턱 내셔야 할 것 같습니다."

"그래요? 그렇게 합시다. 그렇잖아도 요즘 책도 잘 나가는 마당에 직원들에게 한 턱 내는 것은 당연하지. 하긴 그래서 마련한 야유회이기도 하고."

김 사장이 몹시 흡족한 미소를 띠웠어.

"자, 이제 슬슬 올라가볼까. 참, 박 부장. 우리 식구들 놀 자리는 미리 봐두었겠지요?"

"그럼요. 영업부 직원들이 벌써 만반의 준비를 끝내고 우리 일행들을 기다리고 있을 겁니다. 자, 애희 씨부터 앞장서세요. 사회출판사 직원 여러분, 불타는 숲속으로 전진!"

평소 꼼꼼하고 말수가 거의 없기로 소문이 난 너가 몹시 들뜬 목소리로 외쳤어.

"또 저예요?"

나는 무슨 일이 있을 때마다 꼭 나를 앞장세우는 네게 볼멘 목소리를 내뱉었지. 기분이 썩 나빠서 그런 것은 아니었어. 괜히 한번 삐기어 보는 말이었지.

푸더더덕~

꽁지깃이 유난히 긴 때깔 고운 장끼 한 마리가 바알간 단풍잎을 서너 잎 떨구며 낮게 날아 올랐어. 날개짓이 몹시 무거워 보였고.

까만 스카프를 두른 것 같은 목 가운데 목걸이처럼 둘러쳐진 하얀 빛깔이 너무나 또렷해서 봉황새를 보는 것 같았어.

"내가 언제 나쁜 일에 애희 씨를 앞장세웠던 적이 있었어? 맨날 좋은 일에만 늘 앞장 세웠지."

너가 내 뒤를 따라오며 가쁜 숨을 몰아쉬었어. 이마에 송송 맺힌 땀방울이 주루룩 흘러내려 시꺼먼 눈썹에 맺혀 치직, 소리가 나는 듯했고. 마치 숯더미 속에 한 점 남은 불씨가 푸시시 꺼지듯이.

"하긴, 그렇긴 하지만…"

산 중턱부터는 붉은색 황토가 잘 다져진 비포장 길이었어. 길가에 선 나뭇가지들이 서로 엉겨 나무동굴을 만들어 앞서 걸었던 길보다 훨씬 시원해 에어컨을 튼 것 같았지. 언뜻언뜻 그물처럼 뚫린 나뭇가지 사이로 쏟아져 들어오는 가을햇살… 안개가 마치 폭포처럼 쏟아지는 것 같았어.

후우~

나는 숨을 한 번 크게 들이 쉬었다가 내뱉으며 뒤를 돌아보았어. 저만치 시멘트포장이 된 오르막길을 따라 열심히 올라오고 있는 단풍잎 같은 행렬들… 위로 위로만 향해 쉼 없이 오르고 있는 사람들… 두려웠어. 마치 나를 잡으러 다가오는 몰이꾼처럼 보였기 때문에 더욱 그런 느낌이 들었어. 나는 놀란 토끼처럼 서둘러 발걸음을 옮겼고.

"애희 씨, 잠깐만."

너는 숨을 가쁘게 몰아쉬었어. 이마는 땀으로 번들거렸고. 그 까만 머리카락은 마치 무스를 바른 것처럼 삐쭉삐쭉 뭉쳐 있었지.

"왜요?"

"여기서 잠시 쉬었다 가. 일행들과 너무 멀리 떨어졌잖아."

블루진바지가 터질 듯이 탱글탱글하게 흔들리는 내 엉덩이를 흘깃흘깃 훔쳐보는 너. 그 눈빛에도 단풍이 발갛게 물들어 있었어.

"힘들어요?"

내가 노랗게 물든 은행나무 아래 서서 물었어.

"아니, 힘들다기보다도 애희 씨가 산을 너무나 잘 타. 등산을 자주 다니는 모양이지?"

"이것도 산이라고."

그래. 서울토박이인 나는 어릴 때부터 밖으로 싸돌아다니기를 참 좋아했었지. 온통 시멘트벽으로 빼곡한 마을과 그 속에 성냥알 갱이처럼 끼어있는 우리 집이 너무나 답답했기 때문이었어. 나는 휴일만 되면 아빠를 졸라 가까운 산에 자주 올랐지. 북한산과 도봉산은 오래된 나무가 몇 그루가 있는지, 등산로는 어떻게 나 있는지 지금도 훤히 알고 있을 정도니까.

"……애희 씨."

나를 부르는 너, 그 목소리가 갑자기 떨렸어. 눈빛도 이상했고. 처음 느껴보는 강렬한 눈빛…….

"……."

"눈… 좀… 감아볼래?"

"아니, 왜요?"

"오늘 야유회 온 기념으로 특별히 줄 선물이 있어."

노오란 은행잎을 바라보며 씨익 웃는 너. 은행잎처럼 노랗게 물드는 얼굴. 평소 '황구의 비명'을 쓴 작가 천승세처럼 당당했던 너답지 않았어.

"선물요? 갑자기 그게 무슨 말이에요?"

"일행들 오기 전에, 어서."

"그래요? 그럼. 밑져봐야 본전일 테니까, 자."

나는 눈을 꼬옥 감고 손을 내밀었어. 순간, 장끼 꼬리깃처럼 가벼운 것이 내 손 위에 스치는가 싶더니 이내 뜨거운 입김이 훅, 하고 스쳐 지나갔어.

"어머나, 지금 뭐해요? 방금 내게 무슨 짓을 한 거죠?"

"……"

내 손바닥 위에는 갈빛이 예쁘게 물든 잎새 하나가 놓여 있었어.

"이게 뭐야? 어머, 이뻐기도 해라. 너무 이뻐요. 이렇게 이쁜 걸 직접 만드신 거예요? 가만 있자, 이 잎새 위에 새겨진 이 글씨들은 뭐죠?"

"……"

내 사랑과 기쁨에게 보내는 시

함께 가자 우리 이 길을
셋이라면 더욱 좋고 둘이라도 함께 가자
앞서 가며 나중에 오란 말일랑 하지 말자

뒤에 남아 먼저 가란 말일랑 하지 말자

둘이면 둘 셋이면 셋 어깨동무하며 가자

투쟁 속에 동지 모아 손을 맞잡고 가자

열이면 열 천이면 천 생사를 같이 하자

둘이라도 떨어져서 가지 말자

가로질러 들판 산이라면 어기여차 넘어주고

사나운 파도 바다라면 어기여차 건너주자

고개 너머 마을에서 목마르면 쉬었다 가자

서산낙일 해 떨어진다 어서 가자 이 길을

해 떨어져 어두운 길

네가 넘어지면 내가 가서 일으켜주고

내가 넘어지면 네가 와서 일으켜주고

산 넘고 물 건너 언젠가는 가야 할 시련의 길 하얀 길

가로질러 들판 누군가는 이르러야 할 길

해방의 길 통일의 길 가시밭길 하얀 길

가다 못 가면 쉬었다 가자

아픈 다리 서로 기대며

〈애희가 된 현.〉

남민전 사건으로 15년 형을 받고 옥살이를 하고 있는 시인 김남주. 그 분이 쓴 '함께 가자 우리 이 길을' 이란 시가 잎새에 깨알처럼 박혀 있었어. 글씨 한 자 한 자에는 잠 못 드는 기나긴 밤을 건너온 한 사내가 마음 깊이 새기는 그리움이 까만 눈동자를 두리번

거리고 있는 것 같아서 마음이 찡했고.

"……고마워요."

"쉿, 저 녀석 좀 봐?"

"어머, 정말 귀엽다. 현 씨, 저 녀석 눈 깜빡이는 것 보여요? 너무나 앙징스러워."

갈빛으로 물든 떡갈나무 잎새 아래 다람쥐 두 마리가 너와 나를 빤히 바라보며 쉴새없이 입을 옹송거리고 있었어. 마치 시샘이라도 하는 듯이.

"애희 씨는 무슨 색깔을 제일 좋아해?"

"어머, 숙녀에게 먼저 묻는 법이 어딨어요? 평소 여권운동을 강조하는 부장님답지 않게."

"미안 미안, 난 저 색을 좋아해. 가을하늘색."

"어쩜, 나랑 하나로 통하는 것도 다 있네요. 저도 청색을 가장 좋아해요. 청색을 오래 바라보고 있으면 나도 모르게 마음이 환해지거든요."

소요산에 내려앉은 푸르른 하늘과 소요산에서 자라는 갖가지 생명들이 지닌 기를 몽땅 쓸어안고 흘러내리는 맑디맑은 계곡물에도 단풍불이 활활 타오르고 있었어. 소요산 계곡에 자리 잡은 일행들은 점심식사를 끝내자마자 오후 야유회 일정을 이어가기 시작했고.

나는 잠깐 벗어나 가까운 계곡물에 발을 담궜어. 발가락이 얼얼할 정도로 차가운 계곡물을 타고 나뭇잎이 한 잎 또 한 잎 떠다니고 있었지. 단풍이 곱게 든 나뭇잎보다 벌레 먹은 나뭇잎들이 더 많이 '낮에 놀다 두고 온' 그 나뭇잎 배처럼 떠다니고 있었고. 미처 제대로 단풍이 들기도 전에 짧은 생을 끝내고 떠다니는 나뭇잎들…

산다는 것은 뭘까? 어쩌면 이처럼 혼란스런 시대에 산다는 것은 이 벌레 먹은 나뭇잎 같은 운명인지도 몰라. 특히 민주화와 통일을 위해 재야운동을 하는 사람들은 저 나뭇잎 같은 운명을 스스로 타고난 것인지도 모르고. 지금도 수많은 민주인사들과 무고한 시민들이 차디찬 감옥에 갇혀 민주주의가 꽃피는 그날을 기다리며 하나 둘 병들어가고 있지 않은가. 어떤 이는 수배라는 모진 나날 속에서, 어떤 이는 거리에서 화염병을 던지며. 이 고통스런 세월은 언제쯤 끝이 날까. 아무리 발버둥을 쳐도 끝이 보이지 않는 이 가혹한 시대. 그래, 어쩌면 우리가 살아가는 세상은 정희 같은 사고방식이 현명한 것일지도 몰라. 참으로 억울하고도 기가 막힌 시대. 나 역시 욱, 하는 내 사고방식을 벗어나지 못한다면 누군가에게 온 몸을 갉아 먹히다가 저 나뭇잎처럼 떨어질지도 모르고. 나도 어쩌지 못하는 내 가여운 삶. 나는 계곡물에서 떠내려 오는 벌레 먹은 나뭇잎 하나를 두 손으로 곱게 감싸들었어.

"……애희 언니."

"……으응."

정희? 아까 말다툼을 할 때 그 앙칼진 눈빛과는 전혀 다른 슬픈 눈빛이었어. 연초록색 아이섀도가 깜찍하게 반짝이는 눈가에 그늘이 가득했고.

"언니. 아깐, 정말 미안했어요. 사실 저도 언니를 존경해요. 하지만 언니는 제가 특별히 잘못한 적이 없는데도 유독 저에게만 마음의 문을 열어주지 않았기 때문에 그랬던 것 같아요. 정말 미안해요, 언니."

쌍꺼풀이 두 개나 진 정희 눈가에 금세 물기가 어른거렸어. 그 표정이 너무 안쓰러워 갑자기 가슴이 뜨끔했고.

"으응…… 아냐, 아냐. 내가 사과할게. 선배라는 년이 후배한테 그렇게 해서는 안 되는데… 내 자신이 창피해. 정희야, 못난 선배를 이해해라."

부끄러웠어. 어디로 숨어버리고 싶었어. 나는 왜 감정을 제대로 다스리지 못하는 것일까. 여고시절에도 그랬어. 나는 툭하면 친구들과 다투었지. 아주 하찮은 일에도 이상하게 감정이 잘 조절되지 않았고. 친구와 다투었을 때도 내가 먼저 화해를 청한 적이 한 번도 없었어. 항상 그녀들이 먼저 나에게 화해를 청했지. 나는 그것을 당연하게 받아들였고. 어떤 때는 내가 잘못하고도 내가 먼저 화를 내기가 일쑤였어. 친구들은 달랐어. 그들은 내가 잘못한 일도 그들이 저지른 잘못으로 돌려서 말하는 때가 많았지. 그래, 그 때문에 지금까지도 마음을 터놓고 살갑게 지내는 동창이 거의 없는지도 몰라. 오늘도 마찬가지였어. 내가 정희를 다독여도 시원찮을 일을.

"아뇨, 그게 아니에요. 애희 언니, 제가 너무 튀었죠? 죄송해요. 실은 저도 사회주의에 대한 공부를 좀 하고 싶었어요. 언니에게 그 말을 꺼내면 비웃을 것 같아 겁부터 먼저 났던 거예요."

가을놀이 서녘하늘을 단풍빛으로 곱게 물들이고 있었어. 소요
산에 뿌리박아 세상을 내려보며 고함치고 있는 바위까지 발갛게
물들이는 가을놀… 가을놀은 마침내 우리 일행들까지도 바알간
노을 속에 가두기 시작했어.

저만치 소요산에 하루를 묻은 사람들도 산을 내려가고 있었어.
간혹 징검다리처럼 띄엄띄엄 모여 앉은 사람들도 산을 내려가기
위해 자신들이 하루 머물렀던 자리 주변을 치우고 있었고. 우리
일행들은 지금도 큰 소리로 노래 부르며 취한 몸을 제멋대로 비틀
고 있어.

나와 정희도 그동안 서로 얽힌 앙금을 몽땅 털어내기라도 하려
는 듯 서로 어울려 즐겁게 놀았어. 나는 민 영 시인이 쓴 노래가
된 시 '엉겅퀴'를 불렀어. 너는 김지하 시인이 쓴 노래가 된 시 '타
는 목마름으로'를 불렀고. 막내 정희는 박인환 시인이 쓴 '목마와
숙녀'란 시를 읊어 노을이 짙어가는 소요산 곳곳을 한층 더 붉게
물들였지.

한 잔의 술을 마시고
우리는 버지니아 울프의 생애와
목마를 타고 떠난 숙녀의 옷자락을 이야기한다
목마는 주인을 버리고
그저 방울 소리만 울리며 가을 속으로 떠났다
술병에서 별이 떨어진다
상심한 별은 내 가슴에 가볍게 부서진다

그러한 잠시 내가 알던 소녀는
정원의 초목 옆에서 자라고
문학이 죽고 인생이 죽고
사랑의 진리마저 애증의 그림자를 버릴 때
목마를 탄 사랑의 사람은 보이지 않는다
세월은 가고 오는 것
한때는 고립을 피하여 시들어가고
이제 우리는 작별하여야 한다
술병이 바람에 쓰러지는 소리를 들으며
늙은 여류작가의 눈을 바라다보아야 한다
……등대……
불이 보이지 않아도
그저 간직한 페시미즘의 미래를 위하여
우리는 처량한 목마 소리를 기억하여야 한다
모든 것이 떠나든 죽든
그저 가슴에 남은 희미한 의식을 붙잡고
우리는 버지니아 울프의 서러운 이야기를 들어야 한다
두 개의 바위 틈을 지나 청춘을 찾은 뱀과 같이
눈을 뜨고 한 잔의 술을 마셔야 한다
인생은 외롭지도 않고
그저 잡지의 표지처럼 통속하거늘
한탄할 그 무엇이 무서워서 우리는 떠나는 것일까
목마는 하늘에 있고
방울 소리는 귓전에 철렁거리는데
가을바람 소리는

내 쓰러진 술병 속에서 목메어 우는데.

철커덕! 철커덕, 철커덕! 철커덕. 철커덕! 철커덕, 철커덕! 철커
덕.

달려도 달려도 끝없이 이어지는 평행선. 그래, 지훈과 나는 이
철로를 닮았는지도 몰라. 꼭 같은 길을 달려가면서도 끝내 만날
수 없는 이 끝없는 슬픔. 어느 한 쪽이 싫다고 해서 주어진 길을
벗어날 수도 없는 이상한 만남. 이 어쩔 수 없는 동행은 이 시대에
태어난 우리들이 안고 가는 숙명일지도 몰라. 끝없이 서로를 애타
게 바라보며 같은 길을 달리고, 같은 들판을 바라보고, 같은 마을
을 지나고, 같은 사람을 만나면서도 끝내 함께 하지 못하는 이상
하게 중독된 짝사랑.

서로 애달픈 눈빛만 마주치며 끼이익, 쇳소리로 우는 철로. 그
래, 이젠 이 짝사랑에서 벗어나고 싶어. 나에게 주어진 숙명이라
해도 이젠 내던지고 싶어. 어서 나를 껴안는 역에 닿아 거듭나고
싶어. 그래, 지훈이 내 숙명을 쥐고 달리는 철로라면 박 현은 내가
내려야 할 운명에 놓인 역일지도 몰라. 박, 현, 이란 이름이 붙은
이 역이 어쩌면 간이역이 될지도 모르지만 그래도 나는 내려야 해.
이제는 박, 현, 이란 역에 내려 그 역무원이 되고 싶어.

쉬임없이 역에 잠시 닿았다 사람들을 부려놓고 서둘러 새로운
역을 찾아 달리는 철로. 이젠 지쳐. 이젠 끝없이 새로운 역을 찾아
달리는 것보다 역에 내리는 사람이 되고 싶어. 그 역에 마중나온
사람들과 얼싸안고 얼굴도 마주 부비고 싶고. 그들과 정겹게 웃으

며 살을 부비며 살아가는 그런 여자가 되고 싶어. 그래, 이제는 내려야만 해. 잠시 닿은 기차가 떠나기에 앞서.

"애희 씨, 안 좋은 일이라도 있어? 아침부터 웬 깡소주? 꼭 한 병만이야? 또 시키기만 해 봐라. 그땐 금주령, 아니 계엄령을 선포할 거야. 안경 낀 대머리 아저씨처럼."

"체, 부장님, 아니 현 씨 마음대로 하세요. 내가 한두 살 먹은 어린앤가 뭐. 그 치가 계엄령을 내렸다고 해서 데모가 끝나지 않듯이, 현 씨가 금주령을 내린다고 해서 술을 못 마실 내가 아니니까."

"다 애희 씨 건강을 걱정해서 하는 소리잖아. 우리 사이가 남도 아니고."

철커덕! 철커덕, 철커덕! 철커덕.

철로 옆에 오무린 내 입술처럼 피어난 코스모스가 마악 번져가는 아침햇살에 긴 하품을 하고 있어. 가끔 불어오는 가을바람에 은빛 머리칼을 흔들며 온몸을 서걱이는 으악새도, 들판에서 저들끼리 옹알대며 노랗게 웃는 벼도 이슬을 털며 마악 기지개를 켜고 있고.

철커덕! 철커덕, 철커덕! 철커덕.

"그럼 남이 아니면 무어라는 거죠? 현 씬 설마 우리가 신혼여행이라도 가고 있는 줄 착각하고 있는 건 아니겠죠?"

"그럼, 내가 장래 애희 씨의 남편감으로 적합하지 않다는 거야? 아니면 사랑은 하는데 남편으로서는 좀 더 두고 생각해봐야 한다는 그 얘기야?"

"아이, 참! 몰라요, 몰라. 무슨 남자가 무심코 내뱉은 말 한 마디 가지고 그렇게 꼬리를 끈끈하게 물고 늘어지고 그래요. 체, 누가 문학평론가 아니라고 할까봐서."

"애희 씨, 내 말 잘 들어. 또 이 말 듣고 픽 토라지지 말고. 이건 나 혼자만의 개꿈인지는 모르지만 난 오래 전부터, 아니 애희 씨가 우리 회사에 입사할 때부터 세워둔 계획이 있었어. 지금도 그 계획을 하나 둘 실천에 옮기고 있는 중이고."

"……"

아니, 도대체 이 남자가 지금 무슨 말을 하고 있는 거야. 나를 어디로 납치라도 할 계획이란 말인가. 아니면 나를 가두집회에서 분신이라도 시키겠다는 말인가.

철커덕! 철커덕, 철커덕! 철커덕.

나도 조금 마실게, 라며 너가 순식간에 소주병을 빼앗아들었어. 너는 —여기 종이컵요, 라는 내 말이 미처 끝나기도 전에 반쯤 남은 소주병을 입에 대고 꿀꺽꿀꺽거리더니 이내 비워 버렸고.

"……난 지금도 내 주변에 많은 여자들이 있지만, 핏줄의 따스한 정 같은 게 느껴지는 여자들을 만나보지 못했어."

"……"

"…… 애희 씨를 처음 본 순간, 갑자기 온몸에 전류가 찌르르 흐르는 것을 느꼈어. 그때 내 머리 속에서 번갯불처럼 스쳐 지나가는 것이 있었어. 아, 이 여자다. 이 여자를 놓쳐서는 안 된다, 라는 그런 생각."

"……"

철커덕! 철커덕, 철커덕! 철커덕.

내 가슴이 갑자기 철로처럼 철커덕거리기 시작했어. 그래. 내 나이 스물여섯이 되도록 한 남자에게 이런 진지한 고백을 들은 때가 있었던가. 내 얼굴이 못 생긴 것도 아니고. 사실 이 정도 얼굴이면 어디에 내놓아도 그리 빠지는 얼굴은 아니지. 물론 탤런트 황신혜처럼 뾰족한 턱을 가진 그 기집애보다는 조금 빠지는 것이 사실이지만.

"길을 걸을 때도, 식사를 할 때도, 심지어는 화장실에 갈 때도, 나는 너를 떠올려보지 않은 때가 없었어. 너는 내 거다, 너는 전생에 내가 잠시 버려둔 내 영혼이다, 라고 수없이 다짐하면서. 밤마다 너의 모습을 떠올리다가 문득 잠이 들면 꿈속에서도 너가 나타나 애타는 눈빛으로 나를 부르곤 했어. 왜 그기 혼자 있어요. 어서 이리 와요, 라는 그 따스한 목소리."

"......"

철커덕! 철커덕, 철커덕! 철커덕.

그래요, 사실 나도 온몸이 조여들도록 기뻐요. 내가 조금 전에 말한 건 현 씨가 싫어서 그런 게 아니에요. 저도 여자예요. 여자는 자존심을 먹고 산다는 말, 잘 아시죠. 사실 지금 이 순간, 단 둘이서 기차여행을 하고 있는 지금… 내 모든 꿈이 다 사라져 버려도 좋아요. 내 흔적까지도 모두 가지세요. 내가 태어난 뒤, 오늘 아니 지금 이 순간처럼 행복에 젖은 적은 없었어요. 지금 내 마음은 가을하늘을 두둥실 떠다니는 저 흰구름처럼 부풀어 오르고 있어요. 아, 갑자기 내 젖꼭지에 몽오리가 지면서 내 거기가 젖어오기 시작하네요. 기차 속이 아니라면… 아니, 저쪽 창가에 홀로 앉아있는 저 사람만 없어도 당장 껴안고 입술을 마구 부비고 싶지만 사람이란 동물은 자신이 느끼는 감정을 있는 그대로 모두 다 드러내는 것이 아니기 때문에… 그렇다고 전혀 드러내지 않아도 안 되겠지요. 현 씨, 나는 성격이 참 못 됐어요. 어떤 감정이 끓어오르면 주체할 수가 없어요. 타고난 천성이 그런가 봐요. 지금도 마찬가지예요. 주변사람 눈치 볼 것도 없이 그대로 포옥 안기고 싶어요. 간혹 내가 현 씨 말에 삐딱하게 대꾸해도 제발 이해해 주세요. 사랑해요, 현 씨. 나도 태어나서 이런 감정은 정말 처음이에요.

철커덕! 철커덕, 철커덕! 철커덕, 철커덕! 철커덕, 철커덕! 철커덕.

노오란 탱자가 보석처럼 알알이 박힌 가시 울타리 사이로 사라질 듯 언뜻언뜻 드러나는 길. 언젠가 꿈속에서 서너 번은 가본 듯한 동구 밖 작은 과수원 길. 곳곳에 바알간 감을 주렁주렁 매단 감나무들이 늘어진 가지를 챙기느라 안간 힘을 다하고 있었어. 간혹 갈색으로 물드는 연초록빛 열매가 잎사귀보다 훨씬 많이 달린 대추나무가 눈에 띄기도 했고.

"……현 씨."

"왜?"

"한 번… 안아 봐도 돼요?"

과수원 길모퉁이에서 너에게 나즈막하게 물었어. 바알간 감처럼 얼굴을 살짝 붉히며.

"……"

잠시 주변을 두리번거리던 너가 말없이 두 팔을 한껏 벌렸어.

"사랑해요, 현 씨."

"……애희."

너는 손으로 내 등을 천천히 쓸다가 브래지어 쟈크가 있는 곳에서 딱 멈추었어. 너는 그 순간부터 팔에 점점 더 힘이 들어가기 시작했고. 나는 숨이 너무 가빴어.

"……이런 느낌… 정말 처음이에요. 뭐가 뭔지 아무 것도 모르겠어요. 이럴 땐 제가 어떻게 해야 하는지조차."

"고마워, 애희. 정말 고마워."

쉬이익~

그때 과수원을 훑어오는 가을바람이 탱자나무 가시에 찔려 산산조각이 나는 소리가 들렸어. 갑자기 내 가슴이 따끔거리는 것만 같았고.

"거의 다 왔어. 어서 올라가자구."

너는 포옹을 천천히 풀며 가만히 내 손을 잡았어. 네 손은 금방 퍼낸 쌀밥에서 올라오는 김처럼 따스했고.

"호수가 커요?"

"아니, 자그마한 호수야."

"무슨 사연이라도?"

"내가 초등학교 다닐 때 꼭 한 번 소풍을 왔던 곳인데, 물도 맑고 경치가 아주 좋아. 사람들에게 알려질 만큼 유명한 곳이 아니라서 한적하기도 하고."

그래, 너가 태어나 자란 고향이 이곳 청주라고 했지. 네 아버지는 청주 시내에 있는 초등학교 이사장이라고 했고. 그래, 네 아버지는 '섬진강'이란 시를 쓴 시인 김용택 시를 제일 좋아한다고 했지. 그래, 너는 나보다 네 살이 더 많았어. 올해 스물아홉. 지훈과 동갑내기였지.

"여기야."

스스로 무너질 듯한 흙담집을 지나자 10미터 남짓한 둑이 앞을 가로막았어. 여기저기 연보랏빛으로 피어난 억새를 헤집고 둑 위에 올라서자, 학교운동장만한 새파란 호수가 펼쳐졌고.

"아니, 이런 곳에 이렇게 큰 호수가 있다니."

"어때?"

"너무 좋아요."

산정호수 저 편에서 장끼 한 마리가 푸더덕, 날아올랐어. 아, 그때 소요산에서 본 그 장끼ㄴ가. 까만 무늬가 예쁘게 얼룩진 꼬리에선 가을햇살이 통통통 튕겨나고 있었어.

"저기, 저 자리가 좋겠다."

"낚시꾼이 한두 명 있을 법도 한데."

"그런 곳 같았으면 여기에 오지 않았지."

정강이를 드러낸 산이 새파란 호수에 누워 미륵부처님 같은 잔잔한 미소를 흘리고 있었어. 간혹 산 위에서 가을바람이 단풍잎을 떨구며 호수로 다가와 주르르르 미끄러지다가 잔주름을 새기고 있었고. 사람 한 명 없는 산정호수… 너와 나 꼭 단 둘이서 바라보는 산정호수. 웬지 쓸쓸하다.

"……현 씨. 춥다, 조금."

네 옆구리에 잎새처럼 붙어있는 나는 산비둘기처럼 몸을 움츠렸어. 그때 너가 점퍼를 벗어 내 어깨에 걸치며 몸을 슬쩍 끌어당겼지. 내 몸은 너를 향해 그대로 70도 가까이 기울어졌고.

"나한테 기대."

"현 씨 어깨가 난로라도 돼?"

"많이 추워?"

"아니."

나는 네 어깨에 얼굴을 기댔어. 너는 산정호수를 그윽이 바라보며 나직하게 속삭였지.

"이런 이야기까지 해도 되는 건지 나도 잘 모르겠어. 꼭 들려주고 싶었어."

"무슨 이야긴데?"

"……"

"걱정 말고 얘기해요. 현 씨가 어떤 얘기를 해도 받아들일 준비가 되어 있으니까"

"……그날 밤은 이상하리만치 잠이 오지 않았어. 나 자신도 나를 어떻게 할 자신이 없었어. 이래서는 안 된다, 기다려야 한다, 내 신성한 사랑이 결실을 맺을 때까지, 라며 찬물을 수없이 뒤집어썼어. 그렇게 용을 썼지만 한 번 달아오른 내 몸을 가라앉힐 수가 없었어. 그러다가 그만 끝없이 겹쳐지며 떠오르는 너, 그 탱글탱글한 엉덩이를 향해 나도 모르게 그것을 쏟아내고 말았어. 그날, 비록 환상 속에서나마 너를 가지긴 했지만 나는 너무나 기뻤어. 100억을 준다고 해도 바꿀 수 없는 그런 느낌. 나는 문득 깨달았어. 사랑이란 마음과 몸 가운데 어느 한쪽이라도 없다면 있을 수가 없다는 것을. 사랑이란 몸과 마음이 하나가 될 때만이 완성할 수 있다는 것을. 그 사실을 깨달은 그날 밤, 나는 너를 세 번씩이나 내 것으로 만들었어. 꿈도 황홀했어. 꿈속에서 나를 자꾸만 파고드는 너가 통통 튕기는 알몸은 어찌 그리도 부드럽고 매끄럽든지……"

"……"

"……"

"그렇게도 나를……"

나는 45도로 기울어진 호수 둑에 반쯤 드러누웠어. 내 눈동자 위에 네 눈동자가 들어 있었어. 그 시커먼 눈동자 속에 작은 불꽃이 수없이 이글거리고 있고. 그때 반쯤 벌어진 네 입술이 내 반쯤 벌어진 입술 가까이 다가왔어. 순간 뜨거운 입김이 훅, 하고 내 턱을 간지럽혔지.

"자… 잠깐만."

"……"

"립스틱 좀 닦고."

"…괜찮아."

"입가에 묻으면 추하단 말이야, 잘 지워지지도 않고."

나는 화장지를 꺼내 립스틱을 새롭게 바르듯 입술을 닦았어. 하얀 화장지에 빨갛게 묻어나오는 립스틱. 생리대에 묻은 피 같았어. 그때 너가 나를 세차게 끌어안으며 내 위에 엎어졌지. 내 몸

위에 개구리처럼 올라탄 너는 연분홍빛 혀를 내밀어 내 입술을 열었어. 미끌미끌하면서도 약간 꺼끌한 느낌. 마치 내 입 속에 바나나가 살아 꿈틀거리고 있는 것 같았어.

짭~ 쯔읍~ 짭.

내 혀가 미끄러지듯 네 입술 속으로 빨려 들어갔어. 나는 있는 힘을 다해 네 입 속을 마구 헤엄쳤고. 너는 내 팽팽한 엉덩이를 왼손으로 마구 쓰다듬으며 나를 통째로 삼켜버릴 듯 세차게 빨아 당겼어.

"아이, 간지러워요. 그만…… 그만 해요."

"……"

너는 왼손은 내 엉덩이와 그 아래 허벅지를, 오른손으로는 내 티셔츠 위를 살며시 쓰다듬기 시작했어. 통통한 내 젖가슴을 살짝 움켜쥐는 네 손. 감전된 듯한 짜릿한 느낌. 네 손이 티셔츠를 헤집고 브래지어 속으로 파고들었어. 꼿꼿하게 솟아오른 내 젖꼭지는 곧 바로 네 손가락 사이에 끼워졌고.

"아… 안돼요. 옷 위로만."

"…사랑해, 애희……"

너가 내 아랫도리를 슬쩍 누르는가 싶더니 갑자기 뭔가가 세차게 찔렸어. 딱딱하고 뜨거운 것이… 흠뻑 젖어버린 내 아랫도리가 저절로 벌어지도록 강하게. 아, 미치겠어~ 입에서 저절로 신음소리가 비어져 나왔지. 아, 내 그기를 송곳처럼 찌르는 그것을 손으로 만져보고 싶어. 이 남자, 지금 뭐하고 있는 거야? 어서 어떻게 해주지 않고.

"…애희……"

"……"

나는 그것을 좀 더 자세하게 느끼고 싶어 아랫도리를 힘껏 들어 올렸어. 그때 너가 내 티셔츠를 목까지 끌어올렸지. 잠시 내 브래지어 위를 쓰다듬고 있던 네 손이 순식간에 브래지어를 들어 위로 치켜 올렸어. 이내 네 입술이 꼿꼿하게 일어선 내 젖꼭지를 살짝 물었고.

"앗, 따가. 뭐…뭐하는 거예요?"

"……수……염……"

"어머! 저기 누가 와요."

내 젖꼭지를 입에 살짝 물고 혓바닥으로 간지럽히다가 이로 살살 깨물던 너가 공처럼 튕겨져 나갔어. 꼿꼿하게 일어선 내 젖꼭지에 네 침이 묻어 번들거리고 있었고. 나는 서둘러 브래지어를 끌어내린 뒤 목까지 말려 올라간 티셔츠를 끄집어 내렸어. 나는 부끄러움에 얼른 무릎 속에 얼굴을 묻고 눈을 감았지. 숨이 몹시 가빠왔어. 공중에 붕 떠 있는 그런 느낌이랄까.

"참. 세상 말세야, 말세. 도대체 요즈음 애들은 창피한 줄도 몰라. 여기가 모텔인지 길거린지 분간도 안 되는 모양일세. 아무데서나 찰거머리처럼 붙어가지고."

"에헤, 말조심하라니까. 괜히 잘못 끼어들었다가 귀떼기 새파란 애들한테 봉변이나 당하지 말고."

60대 허리춤에 가까워 보이는 노인 두 명이 삽을 어깨에 멘 채 산길을 따라 내려오고 있었어. 마치 시인 정희성이 쓴 '저문 강에

삽을 씻고'에 나오는 그 저문 강에서 금방이라도 삽을 씻은 것처럼 삽날에 물기를 번득이며. 문학평론가 김병걸처럼 머리가 희끗희끗하고 키가 작은 노인들은 잠시 너와 나를 힐끔힐끔 쳐다보다가 이내 흙담집 뒤로 사라져 버렸지.

"짓궂기는. 그러니까 그만 하랄 때 그만 두었으면 이런 창피를 당하지 않았잖아욧."

나는 무릎 사이에 얼굴을 묻은 채 목소리를 높였어. 내 두 발 옆에는 하얀 구절초 서너 송이가 나를 바라보며 '겨울우화'를 쓴 작가 신경숙처럼 수줍게 웃고 있었지. 그래. 아직까지도 젖꼭지와 아랫도리가 얼얼했어. 너에게 다시 한 번 그렇게 포옥 안겨 앙탈 아닌 앙탈을 부리고도 싶었고.

"미…미안해. 입만… 맞춘다는 게 그…그만."

너는 가쁜 숨을 몰아쉬며 말까지 더듬거렸어. 너도 겸연쩍은 듯이 연못에 애꿎은 돌멩이만 자꾸 집어 던지고 있었고. 겹겹이 동그랗게 일어나 호숫가로 천천히 번지는 물결… 마치 조금 앞 너와 내가 거친 숨을 몰아쉬었던 우리 몸처럼 느껴졌어.

"피, 사랑하는 사람한테는 미안하단 말 쓰지 않는다는 것도 모르세요? 현 씨가 미안하단 말을 하는 걸 보니, 제 껍데기인 몸만 사랑하나 보죠?"

"껍데기가 없는 알맹이가 어디 있어?"

"치. 껍데기는 가라, 는 시를 쓴 신동엽 시인을 으뜸 민중시인이라고 치켜세울 때는 언제고?"

"그 시에서 말하는 껍데기는 그런 뜻이 아니지. 뭐랄까? 그래,

그 어떤 죽정이, 아니 과일로 치면 밖으로부터 침입하는 벌레 같은 것을 상징하는 거지."

그래, 바로 이 남자. 이 남자에게 내가 가진 모든 것을 주고 싶었어. 내 몸이 처녀막을 간직하고 있는 순결한 처녀는 아니지만.

"사랑보다 더 확실하게 우리를 묶어주는 단어는 없는 걸까?"

"왜, 없어요."

"그게 뭔데?"

"……여……보란 말이 있잖아요."

"뭐어? 여…여보?"

지금 너와 내가 함께 타고 있는 이 배는 순항하고 있는 것일까. 행여 파도에 기우뚱거리며 가라앉고 있는 것은 아닐까. 여기 너와 내가 잠시 내린 이 섬은 내 삶 가운데 어디쯤 해당되는 곳일까. 가슴에 구멍이 뻥 뚫린 듯 왜 이리도 허전하고 쓸쓸할까. 머릿속은 또 왜 이렇게도 어지러울까.

내가 통통한 젖가슴을 이불로 감추며 잠이 깬 시각은 새벽 다섯시가 조금 지난 시각이었어. 나는 한동안 불상처럼 멍하니 벽을 바라보며 앉아 있었지.

……박……현.

팥알 만한 젖꼭지를 훤히 드러낸 채 달콤한 잠에 곯아떨어진 너. 순간적으로 쿡, 하고 작은 웃음이 비어져 나왔어. 지금 반쯤 벌어져 있는 저 입술이 밤새 그 뜨거운 입김을 내뿜던 곳인가. 저 혀가 내가 태어난 뒤 처음으로 내 몸 구석구석에 불꽃을 화르르 일으키던 그 불씨인가. 나는 또다시 쿡, 웃으며 네게 이불자락을 덮어주다가 문득 묘한 흥분에 휩싸였지. 그래, 너보다 내가 먼저 잠이 깬 것은 어쩌면 행운이라는 생각이 머리를 스쳤어. 이때가 아니면 언제 남자들이 서로 우쭐거리며 내세우는 그것을 자세하게 살펴볼 수 있을 것인가. 물론 MT 갔을 때 발가벗고 몸을 씻던 같은 과 선배들이 뽐내던 울퉁불퉁한 알몸은 멀찍이서 몇 번 훔쳐본 때는 있었지만. 이렇게 가까이서 한 남자 아랫도리 정중앙에 붙은 그것을 살펴보는 것은 내 삶에서 처음이자 마지막 기회가 될지도 몰라. 홍당무처럼 딱딱했던 그것. 나는 이불자락을 살며시 들추다가 네 아랫도리 근처에서 너도 모르게 심호흡을 크게 한 번 했어.

아~

숨이 컥 막혔어. 시꺼먼 숲속에 왼쪽으로 맥없이 널브러져 있는 그것. 살짝 건드리기라도 하면 금방이라도 우뚝 일어설 것만 같은 송이버섯을 꼭 닮은 그것. 그래, 이것이 밤새 내 거기를 사정없이 헤집고 들어와 아프게 찔러대며 뜨겁게 요동치던 그것인가. 이것이 밤새 내게 쌍무지개 수십 개를 띄우게 했던 그것인가. 남자들은 이것 하나를 제대로 다스리지 못해 늘씬한 여자들만 보면 침을 질질 흘리며 눈알을 번들거리는 것인가. 어쩌면 너 또한 이것 하나를 처리하기 위해 내 알몸 위에서 그토록 헐떡대며 사랑한다는 말을 수도 없이 내뱉은 것은 아닐까.

그래, 어쩌면 너는 내 마음보다 내 알몸을 더 사랑한다는 말을 내뱉었는지도 몰라. 아냐 아냐. 너가 고백한 것처럼 남녀 사이 사랑이란 몸과 마음이 함께 할 때만이 이룰 수 있는 것 아닌가. 나도 어젯밤 이것을 내 거기에 받아들일 때 사랑한다는 말을 수없이 내뱉지 않았는가. 너에게 만약 이것이 없다면 내가 너를 어떻게 받아들일 수 있었겠는가.

내 젖꼭지가 다시 꼿꼿하게 일어서기 시작했어. 나는 탱글탱글한 내 젖꼭지를 손바닥으로 살짝기 문지르며 네 그것을 살며시 잡았어. 기운을 잃어버린 네 그것은 찰떡처럼 물컹했지만 나는 이내 숨이 가빠오면서 거기가 촉촉하게 젖기 시작했어. 태어나서 처음으로 잡아보는 남자 그것. 갑자기 눈앞에 밥 짓는 파란 연기가 피어올랐어. 어디서 봤더라. 그래, 지난 해 지리산에 갔을 때였지. 달콤한 밥 익는 냄새를 풍기며 허공으로 파랗게 피어오르던 그 하늘거리는 연기.

흐응~

숨이 막히도록 짜릿하면서도 야릇한 이 느낌. 그래, 이것을, 마치 소시지 같은 이것을 내 입 속에 가두고 싶어. 이것을 내 입속에 넣고 혀로 낼름낼름 쓰다듬다가 이로 잘근잘근 깨물고 싶어.

으음~

그때 네 입에서 가는 신음소리가 비어져 나왔어. 나는 그것을 입속에 마악 넣으려다가 놀란 참새처럼 푸더덕, 네 곁에 돌아누웠고.

"아니, 따악… 한 잔만 더어……"

잠꼬대? 그래, 너는 어젯밤 술을 많이 마셨지. 그것을 세 번씩이나 했고. 피곤할 수밖에 없었겠지. 나는 탱글탱글하게 솟아오른 내 젖꼭지에 손을 대고 후우, 하고 한숨을 내쉬며 다시 네 아랫도리를 쳐다보았어. 그것은 어느새 빳빳한 중대가리를 치켜든 채 시퍼런 힘줄까지 드러내고 있었어.

아, 저것을 내 거기에 끼우고 싶어. 저것을 내 거기에 꼬옥 끼워 마구 짓이겨 버리고 싶어. 간밤, 내 거기를 수없이 들락거리며 내 거기 구석구석을 가차 없이 짓이겼듯이… 나는 가쁜 숨을 몰아쉬며 네 그것에 살짝 입을 맞춘 뒤, 아랫도리를 한껏 벌려 내 거기에 네 그것을 깊숙이 가두었어.

흐~으음~ 흐으응~

나도 모르게 입에서 신음소리가 비어져 나왔어. 내 거기에서 타닥, 타닥, 소리를 내며 일어나는 불씨. 이내 온몸으로 화악 번져나가는 뜨거운 불길.

"허억, 더 세게. 그래, 좋아. 그래그래. 아~"

"하아, 이대로… 미칠 것 같아."

네 고삐를 잡고 힘차게 달리는 나는 네 목소리조차 듣지 못했어. 온몸에서 불꽃 수천 개가 마구 피어올랐고. 나는 그 뜨거운 불꽃을 헤집으며 있는 힘을 다해 달려가고 있었지. 내 눈앞에는 쌍무지개 수십 개가 떠올라 나에게 손짓을 하고 있었어. 조금만 더, 조금만 더 달려가면 그 쌍무지개 속으로 들어갈 수 있을 것만 같았고.

"잠깐, 잠깐만."

"조금만… 조금만 더……"

그때 내 엉덩이를 거칠게 움켜쥐고 있던 너가 나를 힘차게 끌어안았어. 너는 순식간에 내 고삐를 빼앗아 들었지. 내 입에서는 생각지도 않던 말들이 마구 비어져 나오기 시작했고.

"세게… 더 세게… 터지도록……"

"……"

내 몸 위에 훌쩍 올라탄 너가 내 고삐를 거세게 움켜쥐었어.

"흐으응… 어서."

나는 애원했어, 어서 달려가자고. 그때 너가 엉덩이를 한 번 추스리는가 싶더니 이내 표적을 정한 사자처럼 세차게 달리기 시작했어. 나는 지구를 몇 바퀴나 돌았는지도 잘 모를 정도로 너무 흥분했지. 밤과 낮이 몇 번이나 바뀌었는지, 계절이 몇 번이나 바뀌었는지도 몰랐고.

"……"

"……"

아지랑이가 가물거리는 사막 한끝에서 쌍 무지개가 하늘길을 열고 있었어. 칙, 치이익, 땅이 품은 열기를 식히며. 그때 내 거기 가장 깊은 곳으로 몸이 데일 것 같은 파도가 몇 번씩이나 밀려들다가 썰물졌어.

"사랑해요, 현 씨."

"사랑해."

마악 꺼져가는 숯덩이처럼 불그스레한 테가 낀 네 눈동자. 내가 몸을 살짝 비틀었어. 너가 내 몸 위에서 미끄러져 내려와 나를 꼬옥 끌어안았어.

"현 씨. 나, 저질이죠? 그렇다고 절 이상한 여자로 보면 안돼요. 저 혼자 짝사랑했던 남자는 있었지만, 오늘 같은 일은 정말 처음이에요, 호기심으로 바라본다는 게 그만."

　너는 내 첫 남자가 아니었어. 나는 여고 1년 때 마을 오빠에게
처녀막을 뺏겼지. 뺏겼지, 란 말을 쓴다고 해서 그 오빠를 싫어했
다거나 지금까지도 증오하고 있다는 말은 아니야. 손톱만큼이라
도 사랑한 것이 아니라는 거지. 실수였어. 나는 지금도 그날을 잊
을 수가 없어. 한강변, 그 파아란 하늘 아래 손가락으로 톡, 건드
리기만 해도 금세 터져버릴 것처럼 통통하게 살쪄 보이던 그 누우
런 보리밭……
　푸르디 푸른 유월이었지. 햇살이 유난히 따가운 그날은 내가 다
니는 여고 개교기념일이었어. 오랜만에 모자란 잠을 실컷 잔 나는
목이 말라 잠시 가게에 다녀오려고 마악 대문을 나섰지.
　"애희야, 너 꿩알 구경해봤어? 한강변에 가면 꿩알도 있고, 또
재수가 좋으면 꿩 새끼도 잡을 수 있다."
　"피이~ 거짓말."
　"아냐, 진짜야."
　"정말?"
　"일단 따라와 봐. 백 번 듣는 것보다 한 번 보는 게 더 낫다는
옛말도 몰라?"
　"금방 다녀올 수 있어?"
　"그럼."
　그렇게 따라간 곳은 한강 상류에 있는 한적한 보리밭이었어.
　"이리로 와 봐."

"무서워. 뱀이라도 나오면 어떡하려고."

"쉿, 괜찮아. 어서……"

"진짜 꿩알이 있어?"

"조용히 따라 들어오라니까."

"알았어, 오빠. 근데 뱀이 나오면 오빠가 책임져야 돼."

"보리밭에는 뱀이 없다니까."

"쉬이, 엎드려. 사람이 다가오면 꿩이 알을 물고 달아난단 말이
야."

"……"

"그렇게 엎드리지 말고."

"그러면?"

"이렇게 보리를 베고 반듯하게 누우란 말이야."

"이렇게?"

"그래."

"……"

"……"

"어머, 오빠. 지…지금 뭐하는 거야?"

"가만있어. 꿩이 달아난단 말이야."

"오…오빠, 왜 그래?"

"가만, 가만있으라니까. 누가 널 잡아먹니?"

"근데 왜 자꾸 옷을 벗기고 그래."

"옷을 벗어야 꿩알을 싸갈 거 아냐."

"싫어, 나 집에 갈래."

"너 내가 싫어?"

"아니, 난 오빠가 좋지만 지금은 오빠가 무서워."

"눈 감아. 두 눈을 꼭 감고 있으면 오빠가 꿩알을 주워다 줄게. 여자가 보면 부정 탄단 말이야."

"……"

"그래, 그렇게 눈 꼬옥 감고 있어."

"……"

"……"

"어머. 오…오빠, 왜 이래. 제발… 제발 이러지 마."

"가만, 가만있어 보라니까."

"오… 오빠, 아……안돼."

보리밭 속으로 따라 들어간 나는 그렇게 마을 오빠에게 순결을 뺏기고 말았어. 그것도 생리 중에. 그 오빠는 그 일이 있은 뒤부터 툭하면 나를 불러냈지. 그 오빠는 그때 나를 섹스 파트너쯤으로 여겼는지도 몰라. 그 오빠는 나를 만나기만 하면 나를 눕혔어. 말 안 들으면 소문낸다, 면서. 나도 그때마다 그다지 싫지는 않았지. 어쩌면 나 자신도 그 오빠와 함께 서로 몸을 즐겼는지도 몰라. 나보다 열 살이나 많았던 그 오빠는 그해 겨울방학 때 내게 말 한 마디 없이 결혼식을 올렸지. 나는 그때까지만 하더라도 몸과 마음이 다 자란 성인이 아니어서 그 오빠와 진정한 사랑으로 맺어진 그런 관계가 아니란 건 분명한 사실이었지.

"사실은 아까부터 희미하게나마 깨어 있었어. 자는 척해서 정말 미안해."

너가 내 통통한 젖가슴을 브래지어처럼 포근히 감싸 안았어.
내 뜻과는 달리 또다시 젖꼭지가 꼿꼿하게 도드라지기 시작했고.
너가 손가락으로 내 젖꼭지를 살짝 비틀다가 손가락 사이에 끼워
톡, 튕겼어.

"아, 아파요."

나는 네 머리를 슬슬 쓰다듬었어. 옹아리하는 아기에게 젖을 물
리며 빙그시 웃는 옆집 아주머니처럼.

"……저한테 실망…했죠?"

"실망이라니, 무슨 뜻이야?"

"……"

"애희 너도 혹시, 성에 대해서 고리타분한 사고방식을 갖고 있
는 건 아냐? 순결, 어쩌고저쩌고 하는 그런 얄궂은 사고방식. 가
진 자들이 여성을 독차지하기 위해 만든 그 기발하고도 괴상한 발
상."

"그럼, 현 씨는 자기 여자가 순결하지 않아도 된다는 말인가
요?"

"물론, 여성이 순결을 지킨다는 것은 아름다운 일이지. 순결이
란 개념을 어떻게 바라보느냐가 문제가 아니겠어? 순결이란 남성
과 성관계가 있었느냐 없었느냐는 그런 육체적인 개념이 아니라
정신적인 개념이라는 거야."

그래, 역시 너였어. 내 선택이 잘못되지는 않았지. 네 말을 들은
나는 뛸 듯이 기뻤어. 그동안 나를 끈질기게 사로잡고 있었던 어

떤 죄의식을 그제서야 지우개로 깨끗이 지우는 그런 기분이 들었지. 그때 너가 내 거기에 손가락을 살짝 끼웠고.

"아이, 참. 현 씨도."

나는 앙탈 아닌 앙탈을 부리며 네 그것을 살며시 움켜쥐었어. 처음엔 물을 넣은 풍선처럼 말랑하던 네 그것이 또다시 고무호스처럼 단단해지기 시작했지.

"……현 씨."

"왜?"

"사람의 일이란 한 치 앞도 내다볼 수 없는 오리무중이죠? 우리가 어쩌다가 이런 사이로까지 발전했을까요?"

"어쩌다가, 가 아니고 당연하게, 지. 어쩌다가, 는 우연이고, 당연하게, 는 필연이니까."

"그럼 현 씨와 나의 만남은 필연이었단 말인가요?"

"그래, 이미 하늘이 정해놓은 인연이라고 봐야지. 우리는 그동안 서로 인연의 끈을 찾지 못하고 헤매고 있었던 것뿐이었어."

"……이제 우린 어떻게 되는 거죠?"

"어떻게 되긴, 밤마다 이렇게…… 살면 되지."

네 손가락이 갑자기 내 거기를 세게 문지르기 시작했어. 아아, 미쳐. 나도 알 수 없이 자꾸만 타오르는 내 몸. 몸과 마음은 별개일까. 그렇지는 않을 것이다. 어찌 몸과 마음이 별개로 분리될 수 있으랴. 숨이 몹시 가빠지기 시작했어. 갑자기 눈앞에 바알간 복사꽃이 수없이 피어나기 시작했고.

"그 말에… 담긴… 뜻은?"

"우리…… 올해 넘기지 말자."

"네에?"

내가 살살 주무르고 있는 네 그것이 내 손을 삐지고 나와 바닥에 떨어진 뱀장어처럼 펄떡펄떡 뛰기 시작했어. 내 꼿꼿한 젖꼭지를 이빨로 자근자근 깨무는 너. 너는 마라톤을 하는 선수처럼 거친 숨을 몰아쉬었어.

"엎드려 봐."

"어떻게? 이렇게?"

"아니."

"그럼 이렇게?"

"으응, 그래. 그렇게, 그렇게."

"……부끄러워."

"부끄럽긴."

"……어서."

갈등,
그 깊은 늪

눈이 내리고 있다.

> 노동자도 사람이다 사람답게 살아보자!
> 일한 만큼 달라는데 부당해고 웬말이냐!
> 노동탄압 중지하고 민주노조 인정하라!!
> 군사독재 타도하여 노동해방 이룩하자!!!

동양식품 영등포공장 곳곳에 내걸려 땡겨울 바늘바람에 마구

나부끼고 있는 현수막. 노동자들 핏발 선 눈빛 같은 그 빨간 글씨 속으로 싸락눈이 내리고 있다. 공장을 겹겹이 에워싼 전경들 검정색 철모 위로도 싸락눈이 내리고 있다. 공장 담벼락에 일렬로 세워둔 쇠파이프 위에도, 유리창마다 쇠그물을 촘촘하게 친 닭장차 위에도 싸락눈이 내리고 있다.

"숙부님, 왜 노조를 아예 인정조차 하지 않으시려는 거죠? 이제는 시대가 많이 달라졌어요. 예전처럼 기업체 내 제반 노동문제를 간부 몇몇이 둘러앉아 적당히 결정하는 시대는 지났어요. 노동자들의 의식수준이나 학력수준도 많이 향상되었구요. 지금의 노동자들은 의식주를 해결하기 위해 바둥거리는 70년대 약해빠진 그런 노동자가 아니란 말이에요."

"그래서?"

"숙부님, 오늘의 눈부신 경제성장이 누구 때문에 이룩된 거라고 생각하세요. 설마, 숙부님까지도 자신과 간부들의 노력으로 이루어졌다고 믿고 계신 것은 아니시겠죠? 그래요, 숙부님. 우리의 노동자들은 그동안 열악한 노동조건 속에서도 피와 땀을 흘리며 묵묵히 일해 왔어요. 이젠 노동자들의 정당한 피와 땀의 대가를 지불하는 것이 노동자들에 대한 예의라고 생각해요. 숙부님, 이젠 회사의 선진화와 세계화를 위해서라도 노조를 인정하셔야 해요."

참으로 기가 막힐 노릇이다. 도대체 우리 사회가 어디로 흘러가려고 하는 건지. 그래, 전쟁을 겪어보지 않은 너희 새파란 세대들이 이데올로기가 무언지, 가난이 무언지, 혈육의 뜨거운 정이 무언지 어찌 알겠는가.

"안 돼! 노조만은 절대 안 돼. 그건 빨갱이들이나 하는 짓거리들이야. 네 녀석은 나보고 빨갱이 집단을 인정하라는 거냐? 안 돼, 두 눈 훤히 뜨고 그냥 당할 수는 없어. 어떻게 만든 회산데."

"빨갱이라뇨? 그건 너무 지나친 말씀이 아니세요? 숙부님."

"아, 배고픈 사람 취직시켜 잘 살게 만들어 주니까 고맙다는 인사는커녕 뭐어? 노조? 협상? 날강도 같은 놈들! 네 녀석은 아직 노조란 게 뭘 하는 단체인지 잘 몰라서 하는 말이다. 쟤네들 주장하는 것 좀 들어봐. 부당해고라느니, 노동탄압이라느니 마구 지껄이는 저 말들을. 그래, 그것까지도 눈 감아 줄 수 있어. 아암, 눈 감아 줄 수 있고말고. 문제는 조금만 받아들여주면 민주노조니, 군사독재니, 노동해방이니 하면서 마구 떠드는 것에 있다는 점이야. 쟤네들 주장하는 말도 그래. 노조면 그냥 노조지 그 앞에 민주란 말을 또 갖다 붙일 것은 뭐란 말이냐. 그렇게 민주란 말이 좋으면 식사를 할 때도 민주 쌀밥, 민주 반찬이라고 부르고, 지 애비에미한테 가서도 민주 아버지, 민주 어머니라 부르지 그래. 자고로 민주란 말을 좋아하는 놈들 치고 이제껏 잘 되는 놈 보지 못했어."

"……숙부님."

"대체 쟤네들이 뭐하는 애들이냐? 근로자들이냐? 정치인들이냐? 아니면 무슨 공비들이냐? 쟤네들 주장을 꼼꼼히 분석하면 말이야, 결국에 가서는 놀고먹겠다는 교묘한 복선이 깔려 있어. 저렇게 조금씩 조금씩 회사를 갉아먹다가 나중에는 은근슬쩍 회사 경영에까지 끼어들어 마침내 회사를 통째로 말아먹겠다는 날강도 같은 심뽀 말이야. 이게 **빨갱이**가 하는 짓거리가 아니고 무어란 말이냐. 내가 노조를 인정하지 않으려는 것도 바로 이런 것 때문이야. 내 말이 무슨 뜻인지 알겠니?"

"숙부님, 제발 높이 날아올라 멀리 보세요. 숙부님은 늘 갈매기처럼 높이 나는 새였잖아요? 그래서 제가 숙부님을 존경하고 있었구요. 숙부님, 저는 이렇게 생각해요. 숙부님께서 높이 날아올라 멀리 볼 수 있었기 때문에 오늘의 동양식품이란 대기업이 존재할 수 있었다구요. 숙부님, 이제껏 이룩하신 동양식품의 기적을 포기하실 거예요? 제발 노조를 인정하세요. 노조는 이제 우리 사회가 선진화되는 과정에서 생겨나는 자연스러운 현상이에요. 국내 대기업들도 점점 노조에 대한 인식을 달리 하고 있구요."

도대체 이해를 할 수가 없다, 갑작스럽게 달라진 이 녀석이 대드는 행동을. 사춘기도 아니고. 내게 무슨 불만이 있는 것은 아닐까. 아냐 아냐. 아무리 생각해도 특별히 불만을 가질 만한 일이 없다. 혹 집사람 때문에 삐진 거라도 있나?

"아니, 대체 너는 누구 편을 드는 거냐? 네 재산을 보호하려는 네 숙부 편을 들어줘도 어찌될지도 모르는 마당에. 내 부탁이 그렇게도 어려운 부탁이냐? 아니면 내 말 뜻을 잘 이해하지 못하겠다는 거냐?"

"......"

"으음, 다시 말하지만 이 회사는 네 숙부 회사라기보다 돌아가신 네 아빠의 회사나 마찬가지란 말이다. 이 회사의 주식을 내 언니 이름으로 10%, 네 녀석 이름으로 10%를 배정해 놓은 것도 그

때문이란 말이다. 규리와 네 녀석 둘의 주식을 합하면 이 회사 서열 3위야, 3위."

"그게 무슨 말씀이세요, 숙부님. 지난번에도 양평농장을 언니와 저 앞으로 등기이전 해놓았다더니, 이제는 회사 주식까지? 숙부님, 도대체 왜 그러시는 거예요. 저희들에게 무슨 콤플렉스 같은 거라도 가지고 계신가요?"

이상한 일이다. 물질 앞에서 흔들리지 않는 사람이 없는데… 이 녀석한테는 도무지 씨알이 먹히지 않아. 혹 제 애비한테 상속받을 재산에 비해 너무 적다고 생각하고 있는 건가. 모를 일이다. 이 녀석과 한동안 이야기를 나누다보면 심한 허탈감과 함께 어떤 분노감까지 끓어오른다. 가만, 이 녀석이 언제부터 이랬지?

"콤플렉스?"

"언니는 어떤 생각을 갖고 있는지는 잘 모르겠지만 저는 주식 같은 건 필요 없어요. 설령 그게 50%가 제게 배당되어 있다고 해도 무슨 소용이 있겠어요? 숙부님 마음먹은 그대로 처리할 수 있는 것을. 또 그렇지 않다 하더라도 지훈 씨는 안돼요, 절대로."

"절대로?"

"숙부님, 아직도 지훈 씨를 잘 모르세요? 제가 아니라 어느 누구가 나선다 해도 운동권에서 뼈가 굵은 지훈 씨한테 노조를 해산할 수 있게 설득 좀 해달라, 라는 말이 씨알이나 먹히겠어요? 지훈 씨가 이 사실을 알면 회사를 돕기는커녕 오히려 강만수 씨를 도와주려고 할 거예요. 저 역시도 이런 일에는 나서고 싶지도, 끼고 싶지도 않구요."

"나서고 싶지도, 끼고 싶지도 않다?"

"그래요. 지금 숙부님께서 계획하고 있는 이번 일은 지난 몇 십 년 동안 피와 땀으로 이 나라의 경제를 눈부시게 성장시킨 노동자들에 대한 모독이에요. 저와 지훈 씨에 대한 모욕이기도 하구요."

…날 보고 신세 조졌다 한다… 걱정된다고 한다… 사람들아 사람들아… 별 볼 일… 찍혀봤자 별 볼 일 없네…… 노동운동 하고… 참 삶이 무언인지…

눈발을 타고 얼굴 없는 시인 박노해가 쓴 시에 작곡가 고승하가 1984년도에 곡을 붙인 '고백'이 끊어졌다 이어지기를 거듭한다.

"너, 이 녀석. 네가 어쩌다가 이런 사고를 가진 아이로 바뀌게 된 건지 도저히 이해가 가지 않는구나. 너 혹시, 대학에서 운동권 운운하는 그런 불순한 단체에 끼어있는 건 아냐? 기우 같은 얘기지만 혹시라도 그런 곳은 애당초 근처에도 갈 생각을 말아라. 이건 네 숙부의 충고이자 돌아가신 네 아빠의 경고야. 내 말 무슨 뜻인지 알겠니?"

"정확히 보셨어요, 숙부님. 그건 숙부님의 기우가 아니에요. 저는 그들을 진정으로 사랑하고, 그들을 위해, 아니 이 땅의 노동해방과 통일을 위해 제 젊음을 바치기로 이미 결정했어요."

"뭐어? 방금 뭐라고 했냐? 노동해방과 통일을 위해? 아이구, 머리야. 아… 돌아가신 형님에게 무어라고 말해야 할지……"

"돌아가신 아빠는 오히려 제 모습을 당당하게 여기고 계실 거예요. 아빠가 계셨다면 오히려 이 회사를 살리기 위해 노조 집행부와 머리를 맞대고 고민하고 계실 거예요. 다시 한번 숙부님께 말씀 드리지만 노조는 회사의 적대세력이 아니라 회사를 살려내려는 진보세력이란 걸 말씀드리고 싶네요. 이 회사의 대표는 물론 숙부님이지만 노동자들도 주인이 아니라고 말할 순 없어요. 그들이 없는 회사가 어찌 존재할 수 있겠어요, 국민이 없는 대통령이 존재할 수 없듯이. 숙부님은 동양식품이라는 배의 순항을 위해 승무원, 즉 노동자들과 협의해서 이 배를 안전하게 운전하는 선장이라는 것을 왜 모르세요."

그래, 그때부터인 것 같아. 이건희처럼 눈이 부리부리한 그 녀석. 그 녀석과 만나면서부터 이 녀석이 달라지기 시작했다. 그나마 그때까지만 해도 그리 걱정할 만한 정도는 아니었는데. 그 녀석은 또한 학생운동을 한 사실이 발각돼 곧 바로 잡혀갔으니까. 그래, 이 녀석이 변화를 보이기 시작한 건 대학 입학 때부터였던 것 같아. 그래, 그때부터 말이 많아지기 시작했지. 툭하면 토라지기도 했고. 근데 이젠 아예 드러내놓고 대들기까지 하니… 참으로 기가 막힐 노릇이다.

"오늘은 더 이상 대화가 되지 않는구나. 우리 회사가 불이 나든 무너지든 네 녀석과는 아무런 상관이 없다는 그 말이지. 그래, 알았어. 오늘은 이 정도에서 그만하자구나. 좀 더 신중하게 생각하거라, 일류 대학생답게."

"저나 지훈 씨나 아무리 신중하게 다시 생각을 하더라도 이번 판단에는 변함이 없을 거예요. 단지 숙부님께서 좀 더 진일보한 생각으로 사고를 바꾸어 노조를 인정하신다면 생각이 바뀔지는 모르겠지만."

김 실장이 알아낸 사실보고서는 이랬다.

1. 본사 초대 노조위원장 강만수는 한때 본사 홍보실 사보팀장으로 일했던 이지훈과 고교 동창이다.
2. 이지훈은 80년 당시 곧 바로 구속된 뒤, 5년의 실형을 선고받고 옥살이를 하다가 지난 6월에 만기출소를 했다. 출소 뒤, 이지훈은 여러 잡지에 원고를 쓰기도 하고, 학생들의 초청을 받아 각종 집회에서 강연을 하며 지낸다.
3. 특기사항은 박미리(회장님 조카)와 보통 사이가 넘으며, 현재도 거의 매일 같이 만나고 있다.
4. 박미리를 통하면 이지훈이 자신과 절친한 강만수를 설득시키는 것은 시간문제일 뿐이다. 다만 이지훈이 시민운동단체의 핵심 간부여서 박미리가 이지훈의 마음을 돌리게 하는 것이 쉽지만은 않을 것이다. 그렇다 하더라도 현재 생활이 몹시 어려운 이지훈에게 박미리와의 약혼을 미끼로 비밀리에 큰 것 한 장 쥐어주면 그리 어려운 일만도 아니다.
5. 강만수도 마찬가지다. 강만수는 가리봉동 닭장집에서 부모와 여동생 둘을 데리고 한 칸짜리 달세방에서 살고 있다. 강만수에게 가장 급한 것은 두 칸짜리 전세방이라도 얻을 수 있는 목돈이다.
별첨. 가장 중요한 것은 누가 언제 어떤 방식으로 이 일을 추진하느냐가 관건이다.

그래, 이건 식은 죽 먹기지. 문제는 미리 이 녀석에게 내가 부탁하는 것들이 통 씨알이 먹혀들지 않으니. 그래, 이제 두 녀석 사이를 내가 알고 있는 이상, 이번 일은 그리 어렵지만은 않을 것 같다. 내게는 이 녀석 제 어미에 관한 카드까지 있지 않은가.

"이렇게 함박눈이 펑펑 쏟아지는 걸 보니까 내년에도 대풍이 들겠는 걸."

"내년 농사가 대풍이 들면 우리 회사 매출도 덩달아 대풍이 들지 않겠습니까? 회장님."

"근데 영 기분이 개운치 않단 말이야. 연말부터 저런 싸가지 없는 녀석들이 자꾸 설쳐대는 걸 보면."

그래, 겪어보지 않은 자는 모르지. 돈이 지니고 있는 그 힘이 얼마나 엄청난 것인가를. 내가 형수를 정신병동에 가두기까지 하면서 형님 재산을 독차지한 것도 다 그 돈 때문이었다. 이 나라는 돈만 있으면 모든 것을 다 이룰 수 있는 나라가 아닌가. 권력도 마찬가지지. 금빼지 하나 다는 것은 금빼지 하나를 주문하는 것보다 더 쉬운 일이지.

"한때 불장난하는 걸 갖고 뭘 그리 걱정을 하십니까? 회장님."

"……"

그래, 돈에 쫓기는 일은 차마 인간으로서 겪지 못할 엄청난 재앙이다. 만 사람에게 닥친 돈이란 재앙을 그 어느 한 사람 희생으로 막을 수가 있다면? 그래, 어쩔 수 없이 그 한 사람을 희생시키지 않을 수 없지 않은가. 물론 당사자에게는 더 없이 미안하고 가슴 아픈 일이긴 하지만.

그래, 만약 형님이 살아계셨다 하더라도 형님은 잔정이 너무나 많아 이 냉혹한 자본주의 사회에서 살아남기 어려웠을 것이야. 나처럼 배포 있게 사업을 벌일 만한 인물도 못되었고. 그래, 지금 생각해도 형님은 사회활동이 왕성했던 아버지보다 다정다감한 어머니가 지닌 피를 더 많이 물려받았던 것 같아.

아버지는 일제 때부터 해방 이후까지 정치권력이 바뀔 때마다 능수능란하게 대처했어. 그 결과, 속초 양양 일대에 있는 그 많은 땅과 어장을 적산불하 받을 수 있었고. 지금도 아쉬운 것은 아버지가 늘 사고를 치는 내게는 재산을 하나도 맡기지 않았다는 거지. 그도 그럴 것이 대학을 갓 졸업한 내가 사업을 벌인다며 갖다 쓴 돈만 해도 아버지 재산 가운데 30%쯤 됐으니까.

그래, 내가 오늘날까지 피땀을 흘리며 국내 30대 재벌 안에 드는 기업을 이룬 것도 다 그때 그 진저리나는 돈 때문이 아니었는가. 지금 내가 일군 동양식품은 실제로 5만에 가까운 근로자들이 일하고 있지 않은가. 4인 가족으로만 쳐도 약 20만에 해당하는 국민들 생계를 내가 책임지고 있지 않은가. 그래, 그때 내 과감한 결단이 아니었다면 어찌 꿈이나 꿀 수 있었던 일인가.

"타시죠? 회장님. 이제 곧 전경들이 투입될 모양입니다."

"별 일은 없겠지?"

눈은 좀처럼 그치지 않았다. 시간이 지날수록 눈송이는 점점 더 굵어지고 있었다. 참으로 오랜만에 보는 살찐 함박눈이었다.

"뭐 신경 쓸 일이 있겠습니까? 회장님. 석유도 끊었고, 식당도 운영하지 않기 때문에 서러운 것은 쟤네들뿐입니다. 모두 스스로 자초한 일이니까 춥고 배가 고파봐야 정신을 차릴 겁니다."

공장 밖은 온통 은빛으로 빛나고 있다. 공장 벽을 에워싸고 있는 헐벗은 미루나무가 바람에 몸을 뒤채자, 눈송이들이 후두둑, 떨어져 마치 은빛 새들이 무리지어 내려앉는 것만 같다.

"아, 가만있어도 때 되면 월급 올려주겠다, 틈만 나면 일하기 편하게 후생복지시설 갖추어 주겠다, 얼마나 좋아?"

"천지도 모르고 깨춤을 춰봐야 쟤네들한테 돌아가는 것이 뭐가 있겠습니까? 회장님. 결국엔 어렵게 들어온 든든한 직장 잃고, 감옥소 가는 일밖에 더 있겠습니까. 또 감옥에 가지 않더라도 어느 회사에서 저런 애들을 받아 주겠습니까? 폐인 되는 거 시간문제 아니겠습니까? 회장님."

따따따… 따따따따따따따따……

쥐빛 리무진 승용차가 공단로터리를 마악 돌고 있을 때였다. 영등포공장 쪽에서 갑자기 콩볶는 듯한 소리가 들리기 시작했다.

"하여튼… 저 친구들 때문에 선량한 시민들까지 죄 없이 최루탄을 마셔야 하니. 쯧쯧쯧. 서글픈 현실이야."

"에에취– 에이, 나쁜 놈들. 오늘 같이 함박눈이 쏟아지는 낭만적인 날, 눈 내리는 풍경을 지그시 바라보면서 회장님을 모시려고 했더니… 참으로 어리석고도 불쌍한 인간들 같으니라구. 쯧쯧쯧. 저 친구들 오늘 뜨거운 맛 좀 보면 정신을 바짝 차릴 겁니다, 회장님."

김 실장이 손수건으로 콧물을 찍어내며 약간 열린 승용차 도어를 서둘러 닫았다.

"참으로 이해할 수 없단 말이야. 아, 무엇이 부족해서 그 놈의 빨갱이 같은 타령을 벌이는지……"

　―아이고, 아이고오. 날벼락이 쳐도 유분수지. 이를 어째, 이
를……
　―살려내라, 내 남편을……
　―이 놈의 원수의 바다야아~ 무슨 철천지원수가 졌다고오~ 지
난해는 남편을 뺏아가더니이~ 이젠 내 자식까지 뺏어가는구나아
~
　선원들 가족이 떼지어 몰려들었다. 어떤 이는 시신을 확인하자
마자 실신을 하기도 하고, 또 어떤 이는 바다를 바라보며 고래고
래 악을 썼다. 더욱 안쓰러운 일은 사고가 난 동진호에 탔던 선원
들 시신조차도 찾지 못한 가족들이었다.
　―허어억~ 나 혼자 어이 살라고… 내 남편, 내 남편을 찾아내
라!
　―쯧쯧쯧. 산 사람 고사를 지내든지 무슨 수를 써야지. 해마다
이게 무슨 짓거린고.
　―하늘도 무심하시지. 선주까지 죽었으니 이제 우린 뭘로 먹고
사나.
　―말세여, 말세.
　그날, 속초부둣가에 시신으로 돌아온 선원들 모습은 차마 눈을
뜨고 지켜보기가 어려웠다. 군데군데 살점이 떨어져 나간 선원들
가운데 한 사람은 탁구공만한 눈알이 삐져나와 있기도 했다. 같이
조업에 나섰던 경진호 선장이 내뱉는 말에 따르면 이번 사고는 선

장과 선원들 스스로 만든 참사였다.

어젯밤, 출어를 할 때까지는 잠잠하던 바다가 자정을 넘기면서 갑자기 거칠어지기 시작했다. 오랜만에 선주가 탄 동진호는 만선을 하려는 듯 평소 잘 가지 않는 곳으로 뱃머리를 돌리고 있었다.

－동진호! 여기는 경진호다. 동진호! 그 쪽은 뱃길이 아니다. 위험하다. 동진호! 동진호!

경진호 선장이 무전기를 통해 몇 번이나 주의를 주고 경고등까지 깜빡거렸다. 동진호 선장은 그날따라 무언가에 홀린 듯 경고를 무시하고 계속 초행길로 저어나갔다.

－자, 힘들지만 선주님께서 오랜만에 배에 오른 오늘은 꼭 만선을 합시다.

－어이, 선주 체면을 봐서라도 뱃놈 기질 한 번 살립시다.

선장은 오랜만에 선원들과 함께 배에 오른 선주 체면을 생각해서였을까. 불빛을 환히 밝혀둔 채 열심히 오징어를 낚아 올리는 선원들을 계속 재촉했다. 선주가 배에 타면 만선을 한다는 그 어떤 믿음을 스스로 실천하려 했던 것이다.

－자. 힘내요, 힘내.

－올라온다, 올라온다.

사고는 한순간이었다. 오징어가 줄줄이 매달려 올라오는 것처럼 규칙적으로 잘 통통거리던 동진호 엔진이 갑자기 꺼져버린 것이다. 그때 하필 5층 빌딩만한 파도가 동진호를 덮쳤다. 동진호가 한순간 기우뚱하는가 싶더니 갑자기 흔적조차 사라져 버렸다. 경진호 선장이 조업을 중단하고, 불빛을 환히 비추며 동진호가 있던 바다 가까이 저어나갔다. 동진호가 있었던 바다 위에는 부서진 널빤지와 기름띠만 둥둥 떠다니고 있었고, 선원들 흔적은 찾을 수가 없었다.

－긴급! 긴급구조 바람! 여기는 경진호! 동진호가 사라졌다. 아마 엔진고장을 일으켜 좌초된 것 같다. 여기는 경진호! 긴급구조 바람! 긴급구조 바람!

비상연락을 받은 해경과 가까이 있던 오징어잡이 배들이 헤드라이트를 켜고 동진호가 사라진 바다를 밤새 뒤졌다. 언뜻언뜻 허우적거리는 선원들 모습이 잠깐 보이긴 했지만 높은 파도와 칠흑 같은 어둠 때문에 구할 수가 없었다. 새벽녘이 되어서야 잠수부가 바다 속을 샅샅이 뒤져 간신히 몇몇 선원들 시신을 건져 올릴 수 있었다. 지금도 수색 중이라고 했지만 나머지 선원들은 찾기 어려울 것이라고 했다.

－여보, 여보오~ 이게 무슨 날벼락이에요. 무슨 이런 경우가 다 있나요? 우린 어떻게 살라고⋯⋯

미리 어머니가 대성통곡을 하면서 달려 나왔다. 미리 어머니를 발견한 선원가족들이 떼지어 미리 어머니에게 달겨 들었다. 머리를 쥐어뜯고 발길로 차고 옷가지마저 갈기갈기 찢었다. 순식간에 휴지처럼 널브러져 실신한 미리 어머니 모습도 선원들 주검처럼 처절했다.

－네 이노옴~ 니 놈이 내 남편을 죽이고 우리 애들까지 모조리 다 죽였지?

-?

그 사고가 난 뒤, 10년 앞인가. 남해로 밤낚시를 갔다가 철창 안에 오두마니 웅크리고 앉아 있는 형수를 바라본 적이 있었지. 형수는 광대뼈가 튀어나오고, 움푹 들어간 눈자위에 검은 빛까지 끼어 있어 그리 오래 살지 못할 것 같았어.

-여보, 왜 이제서야 왔어요? 시장하시죠? 잠시만 기다리세요. 제가 곧 밥을 지어 올릴 게요.

-???

나를 한동안 멍하니 노려보던 형수가 갑자기 이상한 말을 지껄였지. 형님과 닮은 내가 남편으로 보였던 것일까. 아니면 오랜 감금생활 속에 자신도 모르게 실제 정신병자가 되어버린 것일까. 그것도 아니면 그때 실성한 상태에서 깨어나긴 했지만 너무나 엄청난 충격으로 진짜 정신병자가 되어버린 것은 아닐까. 그래, 이런 말도 있지 않은가. 천재들 속에 바보가 한 명 끼어있으면 자신도 모르게 천재처럼 행동을 하고, 바보들 속에 천재를 한 명 끼워놓으면 그 자신도 바보가 될 수밖에 없다, 라는. 그래, 그 말이 형수를 통해 현실로 나타나고 있는 것인지도 몰라.

-지금 상태는 어떻습니까?

-극도의 증오심으로 인한 정신분열증 증세가 나타나고 있습니다.

-특별히 관리 좀 잘해주십시오.

-그건 걱정하지 마십시오.

그래, 죄 짓고는 못 산다고 했는가. 원장과 이사장에게 적지 않은 사례비를 쥐어주고 돌아온 그날 밤, 꿈속에서 형수가 나타나 자꾸 내 목을 죄는 바람에 후다닥 놀라 깨어나지 않았던가. 내 잠옷은 식은땀에 흠뻑 젖어있었고. 그래, 아무리 그래도 이제 다 끝난 일이 아닌가. 죄의식이 조금 들긴 하지만 이제 형수는 진짜 정신병자가 되어 있지 않은가. 그래, 누군가 희생도 없이 이루어지는 일들이 있던가. 어쩌면 형수는 이러한 사주팔자를 타고 난 것인지도 모를 일 아닌가. 그래, 그날 나 또한 미친 듯 울부짖다 실신한 형수를 바라보며 눈물을 흘리기도 했지. 나는 그날 사람은 태어나면 누구나 한 번은 죽게 되어 있고, 그 어느 누구도 죽음을 비켜갈 수 없다는 사실을 깨쳤지. 그래, 잔인하기는 했지만 어쩔 수 없었지.

—어…어찌 됐어요?

—남해 정신병원 중환자실에 입원시켰습니다.

—믿어도 되겠지요?

—완벽합니다.

서 씨와 김 씨는 그날 새벽에 돌아왔지. 그들은 원장과 이사장을 만나 큰 거 몇 장 쥐어주며 내 허락 없이는 어느 누구도 면회시키지 말 것을 철저하게 당부했다고 했고. 그래, 그 덕으로 서 씨는 일개 뱃놈에서 지금은 비서실장으로 승진, 다른 사람보다 두 배나 많은 임금을 받으며 내 차를 몰고 있지 않은가. 김 씨 또한 일개 어선관리인에서 동양식품 기획실장을 맡았다가 지금은 이사까지 맡고 있지 않은가. 그래, 내가 이렇게 몹쓸 짓거리까지 하면서 일으킨 회사가 동양식품 아닌가. 그런 날 감히 어떻게 보고.

그래, 지금까지 이 회사를 이끌면서 그리 어려운 일은 없었지. 근로자들이 집단행동을 한다는 것은 상상조차 하지 않았고. 그런데⋯ 괘씸한 놈들. 그래, 어쩌면 이번 일이 우리 회사가 넘어야 할 최대 최고 옹벽인지도 몰라. 어떻게 해서라도 이번 사태를 수습해야만 해. 나는 사실, 미리 조카까지 이 일에 내세울 계획은 애당초 없었지. 하필이면 이런 때 그 녀석과 그렇고 그런 관계를 맺고 있다고 하니, 나로서도 어쩔 수 없는 일이 아닌가. 형님한테는 두 번이나 죽을 짓을 하는 게 되겠지만, 이상하게 이렇게 얽히는 것을 난들 어찌하겠는가.

그래, 형수를 동양식품을 세우는 주춧돌로 삼았듯이, 이 녀석을 동양식품을 빛나게 닦는 보루로 삼을 수밖에 없지. 만약 지훈이란 그 맹랑한 녀석과 그렇고 그런 관계를 앞세워 약혼을 약속해도 내 말을 듣지 않는다면? 그때는 마지막 카드를 쓸 수밖에 없지. 이 녀석이 그토록 애태워하는 제 에미를 적당한 수준에서 들먹이는 한이 있더라도 이번 일 만큼은 반드시 수습해야만 해. 제 에미를 들먹이는 데야 이 녀석도 어찌할 수 있겠는가. 결국 내 말을 들을 수밖에. 사실 지난번에도 이 녀석이 언뜻 제 에미 행방을 들먹이는 바람에 나도 몰래 식은땀까지 흘리지 않았던가. 그래도 내가 누구인가. 그래, 그 일 때문에 이 녀석이 지금까지도 얼마나 제 에미를 애타게 그리워하는지도 알게 되었지.

"왜 이리 늦게 들어오세요?"

박진호 회장이 묻어두었던 낡은 기억을 내던지며 차에서 내려

집에 들어섰다. 아내 유진아가 폭이 넓은 가죽끈으로 질끈 묶은 허리 아래 함지박 만하게 벌어진 큰 엉덩이를 살랑살랑 흔들었다. 오목조목하게 생긴 작은 얼굴이 탤런트 최명길을 쏘옥 빼다 박았다.

"거, 옷차림이 그게 뭐야?"

박진호 회장은 호들갑을 마구 떨고 있는 아내를 아래위로 한 번 쭈욱 훑어 내리며 눈썹을 한껏 찌푸렸다. 쫘악 갈라지는 원피스 사이로 드러나는 미끈한 허벅지가 몹시 마음에 거슬린다는 투다.

"아니, 이 옷이 어때서요?"

"젊잖치 못하게시리. 차암, 미리 이 녀석은 들어왔어?"

"들어오자 말자 제 방에 틀어박혀 꼼짝도 않고 있네요. 근데 당신, 회사에서 무슨 안 좋은 일이라도 있었어요?"

유진아가 진갈색 아이라인이 그려진 눈을 깜빡이며 남편 웃도리를 받아들었다. 평소와는 달리 짜증을 내는 남편 눈치를 슬슬 살피며.

"아, 당신은 알 필요 없고."

"아니, 무슨 말씀을 그렇게 하세요? 알 필요가 없다뇨? 제가 어디 남인가요. 차암, 식사는요?"

"아, 늘 먹는 밥 한 끼 굶는다고 어디가 덧나?"

박진호 회장은 모든 것이 귀찮다는 듯 소파에 털썩 주저앉아 담배를 꺼내 물었다.

"아니, 오늘따라 왜 그러실까? 한 끼도 빠뜨리지 않으시던 양반이. 입맛이 없더라도 한 술 떠세요."

"됐다니까."

"당신이 좋아하는 꽃게탕을 끓여놓았단 말이에요."

"됐다는데 왜 그래? 당신, 오늘따라 웬 말대꾸가 그리도 많아. 쓸데없는 소리 그만하고 어서 미리 그 녀석이나 내려오라 그래."

"체, 오랜만에 분위기 한 번 잡으려 했는데… 무드 깨는 데는 뭐가 있다니깐. 애, 미리야. 네 숙부님께서 부르신다. 빨랑 내려와."

유진아가 2층을 향해 큰 소리로 외쳤다. 짜증이 섞인 듯한 그 날선 목소리에 박진호 회장 눈썹 사이에는 내 천(川) 자가 굵게 그려지고 있었다.

"자네, 그냥 방으로 들어가. 뭐가 어떻게 돌아가는지도 모르면서 조카한테 웬 큰소리까지 내고 그래."

"체, 별꼴이네. 방귀 뀐 사람이 화낸다는 옛말이 하나도 틀린 게 없다니깐. 알았어웃, 들어가면 될 거 아니에요. 체."

유진아는 남편과 조카가 있는 2층 계단을 번갈아 째려보다가 안방을 향해 총총걸음으로 사라졌다. 이내 쾅, 하고 문 닫는 소리가 요란하게 들렸고, 그 때문에 실내에 매달린 마른 장미까지 파르르 떨렸다.

"숙부님, 지금 내려가요."

그때 욕실에서 샤워준비를 하던 큰조카 규리가 머리에 수건을 두른 채 서둘러 계단을 내려왔다. 규리는 찌푸린 얼굴로 파란 담배연기를 내뿜고 있는 숙부 눈치부터 살폈다.

"아냐, 널 부른 게 아니란다. 네 동생과 긴히 할 얘기가 있어서. 너는 너무 신경 쓰지 말고 어서 미리나 내려오라고 하려무나."

"미리야, 숙부님 찾으시는데 빨랑 안 내려오고 뭐하고 있니?"

"지금 내려가고 있어, 언니."

나는 일부러 2층 계단을 쿵쾅거리며 내려왔어. 숙부 얼굴표정은 몹시 어두웠지. 며칠 앞 낮에 있었던 그 일 때문이라는 생각이 얼른 들었고.

"제가 무슨 잘못한 일이라도 있나요? 숙부님."

숙부는 진갈색 소파에 푸욱 파묻혀 있었어. 규리 언니는 그 앞에 조선 아낙네처럼 다소곳이 앉아 있었고. 조선 끝자락 한량과 기녀를 기둥으로 삼아 남녀 사이 사랑과 낭만을 다룬 풍속화가 혜원 신윤복이 그린 〈야행-화첩〉에 나오는 고개를 살짝 수그린 그 여자처럼. 그래, 규리 언니는 어릴 때부터 말수가 적었지. 늘 어떤 일에 꼼지락거렸고. 아무리 힘든 일을 시켜도 한 번도 하기 싫다, 고 말한 때가 없었어. 마음이 착하고 숫기가 하나도 없었다고나 할까. 나는 언니와는 조금 달랐어. 나는 어떤 일이 생기면 싫다, 좋다, 란 내 뜻을 정확하게 밝히곤 했지.

"규리, 너도 그렇지. 미리 저 녀석이 운동권에 빠져들어 불순한 사상에 물들고 있는 동안 대체 뭘 하고 있었어? 씻고 봐도 하나뿐인 동생을."

"……죄송해요."

"숙부님…… 무슨 말씀을 그렇게 하세요?"

"사실이 그렇지 않냐?"

"?"

규리 언니가 쌍꺼풀이 얇게 진 눈을 동그랗게 뜨며 나를 바라보았어. 마치 이중섭이 그린 '싸우는 소'에 나오는 그 소가 빛내는 눈빛처럼.

"언니…… 언니는 올라가요. 이건 숙부님과 제 문제니깐 언니까지 끼어들 필요는 없는 것 같아요."

"얘, 미리야. 너……"

규리 언니가 진갈색 매니큐어를 칠한 손가락으로 내 옆구리를 쿡, 찔렀어. 숙부 앞에서 대들거나 언성을 높이지 말고 무조건 네, 란 말로 복종하라는 듯이.

"그래, 규리야. 그 얘기는 다음에 조용히 한번 하자꾸나. 어서 올라가 샤워나 하고 쉬려무나."

소파에서 엉거주춤하게 일어서던 규리 언니가 다시 한번 내 옆구리를 쿡, 찔렀어. 규리 언니, 그 동그란 눈동자 사이로 오똑하게 뻗어내린 콧날이 참 예뻤고. 나는 규리 언니에게 안심하라는 듯이 한쪽 눈을 깜빡했지.

"그럼, 좋은 얘기 나누세요. 숙부님."

"그래, 편히 쉬거라."

"……"

"우선 차분하게 정리 좀 하자꾸나. 조금 전에 내가 했던 말은 미안하다. 요즈음 회사 노조문제로 시달리다 보니 나도 모르게 그만 짜증이 나는 바람에……"

말이란 것은 참 편리하다는 생각이 들었어. 어떤 잘못된 말을 내뱉더라도 그 말에 담긴 잘못을 덮어줄 수 있는 또 다른 말이 있으니. 이율배반이라고나 할까. 하긴 늘 이율배반과 같은 행동을 일삼는 사람이 쉬지 않고 맞추어내는 것이 그 말 많은 말이기도 하니까.

"그깐 거 하나 가지고 이해하고 말고가 어디 있겠어요? 사실 그 말씀은 숙부님께서 평상시에 진보 사고를 가진 사람들을 평가하는 고정관념이라는 잣대잖아요? 괜찮아요, 숙부님."

"너, 이 녀석. 참 많이도 컸구나. 어릴 때는 그렇게도 차분하고 겸손한 아이였었는데… 하긴 너도 이제 성인이 되었으니 네 주장이 없을 수야 없겠지. 그래도 어른이 하는 말은 늘 경청할 필요가 있는 거야. 어른들은 나이가 먹은 만큼 많은 시행착오를 겪어낸 사람들이거든. 어른들이 겪은 시행착오를 애써 너희들이 또다시 겪을 필요가 없지 않겠냐? 그래서 격언이나 교훈을 중요시하는 거고."

그래, 그 어떤 목적을 이루기 위해서는 무슨 말을 못 하겠는가. 안 되겠어. 이렇게 질질 끌려가다가는 노련한 숙부가 파놓은 덫에 걸려들지도 몰라. 이번 기회에 숙부에게 아예 못을 단단하게 박아 놓아야겠어.

"숙부님, 다시 한번 말씀드리지만 지훈 씨와 저는 이번 일엔 절대 끼어들 수가 없어요. 노조문제는 노사 당사자가 나서서 해결해야 될 문제가 아닌가요? 그런 자리에 지훈 씨나 저 같은 제 3자가 어떻게 나설 수가 있겠어요?"

숙부가 그때 담배를 꺼내 입에 물었어. 일 센티 남짓하게 피어오르는 라이터 불빛에 비친 숙부… 그 표정이 몹시 일그러져 있었지. 라이터 불빛이 숙부 콧김에 잠시 휘어지다가 찰칵, 소리와 함께 이내 사라졌고.

"……넌 이 문제를 강 건넛집 불구경하듯이 말하는구나. 이 문제는 나 하나의 문제만이 아니라 너희들의 미래까지 걸린 중요한 문제란 걸 왜 그렇게도 이해하지 못하는 거냐? 그 일이 그렇게도 어려운 부탁이냐? 그 말 한마디 때문에 너와 지훈이라는 그 녀석 체면이 구겨지기라도 한다는 거야? 뭐야? 지금 회사가 죽느냐 사느냐 하는 마당에 그깟 체면 좀 구겨지는 것이 대수냐? 지훈이라는 그 녀석도 그래. 내 그동안 말은 꺼내지 않았다만, 만약에 만에 하나 그 녀석과 네 녀석이 결혼이라도 한다고 치자. 그러면 그 녀석이 내 사위가 되는 거 아니냐? 며칠 전에 너가 내게 한 말대로 조금만 더 멀리 내다볼 줄 안다면 너희들이 이 정도 일쯤은 간단하게 처리할 수 있어야 하지 않겠냐? 그렇게 해서 일찌감치 이사진들에게 신임까지 얻어놓는다면 너희들의 장래가 얼마나 탄탄하겠냐. 나 역시도 그 녀석의 전과를 문제 삼아 너희들의 사랑을 갈라놓을 명분도 사라지는 거고."

숙부는 역시 노련했어. 언뜻 들으면 숙부가 하는 말은 하나도 틀린 점이 없는 것만 같았고. 그렇다고 이 일이 길거리에서 서명받듯이 그렇게 처리할 수 있는 일인가. 지금 비록 생활은 어렵지만 그래도 민족시인이라고 인정받는 지훈 씨가 어찌 노조를 파괴하는 공작을 할 수 있겠는가. 매국노 같은 행위나 다름없는 그 일을. 화려한 무덤. 그래, 사람이 죽고 나서 무덤을 화려하게 꾸민다고 해서 죽은 자가 다시 살아나던가.

"숙부님, 노사문제를 자꾸 다른 방향으로 끌고 가려 하지 마시고 정면으로 부딪쳐서 해결점을 찾으려고 노력하세요. 지금껏 회사에 어떤 일이 생기면 숙부님께서 직접 나서서 해결하셨잖아요. 왜 이번 일만큼은 자꾸 다른 방향으로 회피하려고 하시는지 전 이해를 할 수가 없어요."

파아란 담배연기를 후욱, 하고 내뿜는 숙부. 그 눈꺼풀이 파르르 떨렸어. 애써 감정을 억누르고 있는 것이 분명했고.

"좋다. 너가 정 그렇게 나온다면 나도 어쩔 수가 없구나. 어린 너한테 차마 이런 말까지는 하지 않으려 했는데……"

아니, 숙부는 도대체 내게 무슨 말을 하겠다는 것인가. 빠져나오지 못하는 어떤 덫을 숨겨 놓았기에 저리도 이상한 말을 내뱉는 것일까. 지훈 씨와 헤어지라고 말하려는 것일까. 설마.

"……"

"그래, 나는 너가 이지훈이란 **빨갱이** 같은 그 녀석과 사귄다는 걸 오래 전부터 알고 있었다. 하지만 한때 불장난으로 끝날 줄 알았지."

"아니, 숙부님. 방금 지훈 씨가 **빨갱이** 같은 녀석이라고 말씀하셨나요? 그럼 저도 **빨갱이** 같은 년으로 보고 계신 건가요?"

"……그 벌레 같은 녀석 하나가 너의 사고까지 이렇게 변질시켜 놓았을 줄은 미처 몰랐다. 이건 불장난의 차원을 넘어선 거야. 이젠 더 이상 묵과할 일이 아니다. 우리 회사를 위해서라도."

"아…아니, 숙부님. 지금 무슨 말씀을 하시는 건가요? 이젠 회사를 위해서 제 사생활까지도 간섭하겠다는 말씀인가요?"

"그래, 그 녀석은 한때 내가 괜찮게 본 애였지. 그랬지만 그 녀석은 굴러들어온 제 복을 한 번 차고도 모자라 두 번씩이나 차려 하고 있어. 그래도 아직까지 늦지는 않았지. 앞으로 사흘 안으로 너가 그 녀석을 설득시켜 이번 사건 마무리를 잘한다면 나도 생각을 달리할 용의가 있다. 왜냐하면 회사의 일등공신이니까. 그렇지만 이런 하찮은 일 하나도 처리하지 못하는 녀석이라면 더 이상 두고 볼 필요조차 없겠지. 자고로 대기업의 사위가 되려면 멀리 보는 안목과 드넓은 식견을 가지고 있어야 하지 않겠냐? 너도 마찬가지야. 그 녀석과 계속 사귀고 싶으면 알아서 처신해라. 모든 것은 너 하기에 달렸다. 내 말 무슨 뜻인지 알겠냐?"

설마가 사람 잡는다더니. 참으로 치사하고 더럽다. 어찌 숙부 입에서 조카에게 저런 말을 할 수가 있을까. 그 어떤 목적을 이루기 위해서 수단과 방법을 가리지 않는 저 가증스러운…… 저 뻔뻔한……

"……숙부님. 정…말… 실망했어요."

"실망? 그래. 이 세상이 네 생각처럼 그리 만만치가 않다는 것을 이제서야 깨우쳤냐?"

"전 지금까지 숙부님께서 그렇게 비열한 사고를 가진 이중인격자라고 생각한 적이 한 번도 없었어요. 저는 늘 숙부님이 일반 사람들과는 달리 새롭고 앞서가는 사고를 가진 분이라고 믿어왔어요. 어떻게 제게 그런 말씀을……"

숙부는 내 말이 끝나자마자 코를 벌렁거리기 시작했어. 반쯤 탄 담배를 비벼 끄고, 다시 담배 한 개비를 뽑아드는 그 손이 바르르 떨렸지. 이런 행동은 몹시 화가 났다는 증거였어.

"기왕 말이 나온 김에 너가 기절초풍할 일 한 가지 더 알려줄까?"

숙부는 내가 몹시 측은하고 가엾다는 투로 말을 이어갔어. 그때, 틱, 하는 소리와 함께 하얀 불꽃이 피어올랐고.

"……"

"너는 네 엄마가 어찌되었다고 생각하고 있냐?"

아니, 지금 내뱉은 말은 또 무슨 말인가. 엄마라니… 이게 무슨 홍두깨 같은 말인가.

"네에? 그럼 엄마가 살아있기라도 한 건가요?"

나는 나도 모르게 화들짝 놀라 큰소리를 내고 말았어. 아아, 엄마… 얼굴이라도 꼭 한번 보고 싶은 우리 엄마. 어린 날, 내 기억 속에서 가물가물하게 떠오르는 엄마. 그날부터 지금까지 꿈속에서조차 단 한 번도 날 찾아오지 않았던 엄마.

"그래, 네 엄마는 밤바다 오징어처럼 두 눈 시퍼렇게 뜨고 살아 있다. 비록 제 정신은 아니지만."

나는 그물에 걸린 도다리처럼 가슴이 팔딱팔딱 뛰었어. 갑자기 굵은 물방울이 눈앞을 흐릿하게 가렸고. 도대체 숙부란 이 분 정체는 무엇일까.

"숙부님, 그게 정말인가요? 정말로 살아계신 게 확실해요?"

숙부가 입가에 엷은 미소를 띠웠어. 자신이 친 덫에 내가 걸려들었다는 듯한 느긋한 표정을 지으며.

"…그렇게 중요한 사실을 이제껏 저희들에게 숨겨오셨단 말씀인가요? 정말… 정말 이해할 수가 없네요."

"숨긴 게 아니라 너희들을 위해서 그럴 수밖에 없었다."

너희들을 위해서? 이런 앞뒤가 뒤틀려도 한창 뒤틀린 말이 어디 있단 말인가. 숙부 마음속에는 대체 무엇이 들어있을까. 이 사실 외에도 얼마나 더 많은 비밀을 숨기고 있는 것일까.

"엄마는 어디 있나요? 제 정신이 아니란 건 또 무슨 말씀인가요?"

"하여튼 너 알아서 해라. 너가 그 녀석과 계속 사귀고 싶고, 비록 정신이 나가긴 했지만 네 엄마의 행방에 대해서 자세히 알고 싶다면."

정신이 나갔다니? 이것은 또 무슨 속셈인가. 숙부가 스스럼없이 툭툭 내던지는 이 말을 사실 그대로 믿을 수가 있을까. 숙부는 어쩌면 이미 돌아가신 엄마를 살아있는 것처럼 애써 포장을 하고 있는 것인지도 몰라. 스스로 목적을 위해서는 수단과 방법을 가리지 않는 나쁜 숙부.

"숙부님, 저희들이 말은 하지 않았지만 밤마다 얼마나 엄마를 그리워하고 있었는지 알기나 하세요? 근데 이제껏 엄마에 대해 일언반구도 없으시다가 왜 갑자기 엄마를 들먹거리세요. 노사분규가 발생하니까 엄마를 흥정의 대상쯤으로 삼아보겠다는 그런 말씀인가요?"

"네 엄마를 흥정의 대상으로 삼았다고? 내 참 기가 막혀서. 도대체 어쩌다가 너가 이렇게 희한하게 변했지? 그래, 기왕 말이 나온 김에 속 시원히 설명하지. 네 엄마는 그때 선원들의 가족들에게 심하게 구타를 당한 뒤, 정신이 나가버렸단 말이다. 그날, 네 엄마는 선원의 시체를 네 아빠라며 끌어안고 몸부림까지 쳤거든. 눈이 허옇게 뒤집힌 데다 입에 게거품을 흘리기도 하고, 가끔 사람들을 바라보며 히죽히죽 웃기도 했지. 그런 엄마 모습을 어린 네 녀석들에게 차마 보여줄 수가 없었지. 그래서 가까운 정신병원에 입원을 시켰다. 곧 정신이 돌아오리라고 기대하면서. 그랬지만 네 엄마의 정신병은 날이 갈수록 더욱 심해졌었지. 그래서 십여 년 전부터 외국의 유명한 정신병원에 입원을 시켰다. 이건 비밀이지만 네 숙부는 그때부터 지금까지도 매달 엄청난 돈을 지출하고 있지. 네 엄마의 정신이 돌아오기만을 학수고대하면서 말이다."

그래, 엄마가 살아있다는 것은 분명한 것 같았어. 찾아야 해. 내 앞에 어떤 고통이 닥칠지라도 가엾은 우리 엄마를 어서 구해내야 해. 지구를 서너 바퀴 도는 한이 있더라도 반드시.

"외국이라면 어느 나라를 말씀하시는 건가요?"

"더 이상 자세히 알 것 없다. 알아도 너희들 힘으로서는 어쩔 수가 없고. 하여튼 네 엄마를 한 번이라도 만나보고 싶다면 너가 먼저 숙부를 도와주려무나. 나도 이렇게까지는 하고 싶지는 않다만 워낙 중요한 일이라서 어쩔 수가 없구나. 지금 이 회사가 무너진다면 네 엄마에 대한 치료비조차도 끊길 수밖에 없다는 것 또한 명심해라. 네 엄마의 증세는 호전되지 않고 날로 악화되어 가고 있다는 사실도 알아야 하고. 이젠 내가 왜 그리도 몸부림을 치는지 이해가 가냐?"

그래, 그래서 숙부가 양평농장을 들먹이고, 주식까지 들먹였구나. 그래, 그렇게 되었구나. 아빠가 바다에서 실종되자, 아빠 재산에 탐이 난 숙부가 멀쩡한 우리 엄마를 정신병자로 둔갑시킨 것 아닌가. 아, 불쌍하고 가여운 우리 엄마… 결국 모든 것은 숙부가 저지른 무서운 장난임에 틀림없어.

"네. 이제서야 이해가 되네요. 더 이상 숙부님 얘기를 듣지 않아도 그때 그 상황이 눈에 훤히 떠오르네요. 그래요. 이제서야 숙부님, 그 정체를 알겠네요. 그렇게도 아빠 재산이 탐이 나던가요? 멀쩡한 엄마를 정신병자로 몰아넣으면서까지. 그래요. 오늘의 동양식품이 결국 엄마의 생명을 담보로 존재하고 있었군요. 어떻게 사람의 탈을 쓰고 그렇게 잔인한 짓을 할 수가 있나요? 그래요. 그래서 규리 언니와 제 앞으로 노른자를 쏘옥 뺀 흰자위만 남은 재산 일부를 넘겨주셨군요. 정말 고마워요. 그래도 조그만 양심의 가책이라도 느낄 줄 알아서… 그래요, 뼈에 사무치도록 고마워요 숙부님. 그동안 죄의식 속에서도 애써 저희들을 키워주시느라 얼마나 애간장이 타셨겠어요."

"너… 너, 이 녀석! 지금 무…무슨 말을 지껄이는 거냐!"

"정말 무섭네요. 이제부터 제 숙부는 없어요. 엄마가 어디 계신지 알려주지 않아도 돼요. 걱정 마세요. 저 혼자서도 얼마든지 엄마를 찾아낼 수 있어요. 이제 더 이상 절 찾지 마세요. 이 잔인한 공간에 제 자신이 있다는 것만 해도 치욕이에요, 치욕!"

딩동, 딩동딩동딩동~
"누구세요?"
"지훈 씨, 저 미리예요."

찰카닥.

"이렇게 늦은 밤중에. 아니, 그 옷차림은? 어서 이리로."

얇은 티셔츠와 청바지를 입은 너가 오들오들 떨며 안방으로 들어섰어. 입술이 피멍이 든 것처럼 시퍼렇게 물들어 있었고.

"……지훈 씨."

너는 그 큰 눈망울에 성에가 살짝 끼는가 싶더니 이내 물방울을 주르르 흘러내렸어. 언뜻언뜻 빛을 반짝이는 헤드라이트 불빛에 반짝이는 그 눈송이처럼.

"대체 어찌된 일이야? 혹 누가 너얼……"

"……"

쌓인 눈송이가 후두둑, 떨어지듯 너는 내 품에 폭삭 안겼어. 나는 품속에 날아든 한 마리 은빛 새를 꼬옥 품으며 등을 따스하게 토닥였고.

"……"

"……지훈 씨. 저, 나와 버렸어요."

나는 갑자기 꿈을 꾸고 있는 것만 같았어. 함박눈이 펑펑 쏟아지는 땡겨울밤, 은빛 세상을 가로질러 날아든 은빛 새 한 마리. 내 품에 안겨 꽁꽁 얼어붙은 몸을 녹이고 있는 아름다운 은빛 새 한 마리. 아무도 밟지 않은 눈 위에 작은 발자국을 새기며 내게 날아든 은빛 새가 주르륵 흘리는 은빛 눈물. 나는 서둘러 은빛 눈물에 입술을 댔어. 눈송이처럼 차고 소금처럼 짭쪼름한 맛.

"……사랑해요, 지훈 씨."

"……미리."

너가 내미는 도톰한 입술이 내 입술에 닿았어. 아이스크림을 입에 댄 듯한 차거운 느낌.

"……우리, 이제…‥ 결혼해요."

"……결혼?"

"그래요. 이젠 미리도 결혼, 그 아름다운 만남을 스스로 결정할 수 있는 나이란 말이에요."

너가 따지듯 '결혼'이라는 말에 힘을 주었어. 유리구슬처럼 맑고 깊은 눈빛을 빛내며.

"……"

"왜요? 저랑 결혼하기 싫으신가요?"

"아…아냐, 그게 아냐. 절대로."

나는 고개를 절레절레 흔들었어.

"지훈 씨, 혹시……"

"또 엉뚱한 상상한다. 그렇게 갑자기 결혼이란 말을 꺼내면 당황하지 않을 사람이 어디 있어? 전쟁을 할 때도 무슨 선전포고 같은 것이 있는데."

"지훈 씨, 혹시 그 애희라는 선배가 걸려서 그런 건 아니에요?"

"미리답지 않게 왜 그래? 그렇게 자신이 없어?"

나는 너, 그 가녀린 어깨를 가만히 토닥이다가 그 긴 머리칼을 손가락에 끼어 살며시 쓸어내렸어.

"……미안해요, 지훈 씨."

너는 내 품을 더 깊숙이 파고들었어. 마치 내 마음 속으로 아주 들어오고 말겠다는 듯이. 나도 영화배우 신성일이 엄앵란을 포옹하듯 너를 깊숙이 끌어안았어.

"더 세게…"

"……"

내 어깨 위에 은빛 눈물 한 방울이 툭, 떨어졌어.

"이젠, 다시는… 절대로… 지훈 씨 곁을 떠나지 않을 거예요."

너는 다짐이라도 받는 듯 다시는, 절대로, 란 말을 또렷하게 내뱉었어.

"미리……"

"지훈 씨……"

그 매끄럽고 촉촉한 혀로 내 입술을 더듬기 시작하는 너. 내 입술을 헤집고 들어와 샅샅이 훑기 시작하는 너. 그대로 꿀꺽 삼켜 버리고 싶은 너.

"……"

"……"

날숨을 들이쉴 때마다 가슴을 밀치며 탱탱하게 부풀어 오르는 너. 아, 체면이고 뭐고 저만치 내팽개치고 널 샅샅이 만지며 느끼고 싶어.

"……사랑해요."

"……사랑해."

내 혀를 입술에 문 너가 내 셔츠 단추를 하나 또 하나 풀어헤치기 시작했어.

"지훈 씨, 불… · ·"

"그…그래. 잠깐만."

나는 널 끌어안은 채 침대 옆에 붙어있는 형광등 스위치를 톡, 내렸어.

"……"

"……"

너가 깊은 숨을 몰아쉬었어. 내 젖꼭지에 부드러운 볼을 살살 부비는 너.

"으음…"

"싫어?"

"아니."

너가 내 바지 지퍼를 찌르륵, 열었어. 그 작고 포동포동한 손으로 내 그것을 팬티 채로 살며시 움켜쥐는 너. 아, 너와 두 번째로 만나는 내 그것. 너가 팬티 속으로 파고들었어. 따스하면서도 폭신한 감촉. 내 뜨거운 그것을 살며시 움켜쥐는 너. 너는 손가락으로 내 그것을 살며시 쓰다듬었어. 아아, 수도꼭지에 잠긴 물처럼 쏴아, 하고 터져버릴 것만 내 그것.

"흐음…"

"좋아?"

"음…"

나는 등 뒤에 있는 브래지어 고리를 풀려고 애를 썼어. 이걸 옆으로 제쳐야 되는 건가? 아래위로 열어야 하는 건가.

"……아니."

"……"

"응. 그래, 그렇게."

브래지어라는 감옥에서 해방되었다는 듯 이내 오동통하게 솟아 오르는 젖가슴. 볼록한 젖가슴 한가운데 꼿꼿하게 도드라지는 젖 꼭지. 아, 마돈나 젖가슴에 걸친 얇은 옷을 밀치고 톡 튀어나온 그 젖꼭지보다 훨씬 예쁘고 아름답다.

"……"

나는 풍선처럼 부푼 젖꼭지를 입에 물고 엄마젖을 빠는 것처럼 쪼옥~ 쪽 빨아들이다가 이로 자근자근 깨물었어. 아까 너가 내 젖 꼭지에 그랬던 것처럼.

"아, 아파……"

"미안."

찌르륵.

너가 서둘러 청바지 지퍼를 내린 뒤 엉덩이를 살짝 치켜들었어.

"어서……"

"……"

나는 통통한 아랫도리를 꽉 끼고 있는 그 청바지를 바나나 껍질 을 벗기듯 주르륵 벗겨 내렸어. 아, 그 비밀스런 속살을 감싸고 있 는… 마지막 남은 까만 삼각천 하나. 그 아래 산등성이처럼 매끄 럽게 흘러내린 허벅지. 내 그것은 정신없이 고개를 끄떡끄떡 치켜 들었어.

"사랑해요, 지훈 씨…"

"사랑해, 미리…"

그때 너가 내 그것을 두 손으로 포근히 감쌌어. 내 그것은 이내 터져버릴 것만 같았고.

"으음……"

"장어 같아……"

내 손이 너, 그 통통한 엉덩이를 쓰다듬기 시작했어. 영화 속에서 본 장미희 엉덩이보다 훨씬 더 예쁜 하트로 흔들리고 있는 너. 나는 비밀스런 엉덩이 아래 쭈욱 뻗어 내린 허벅지 안쪽을 파고들었어. 까만 삼각천 위로 느껴지는 도톰한 살 둘. 그 사이로 스르르 빠져드는 계곡. 아, 여기가 어딘가.

"으응. 지훈 씨, 어서……"

나는 서둘러 까만 삼각천을 아래로 쭈욱 내렸어. 잘 내려가다가 발목에 그만 걸리고 마는… 너가 두 발을 움직여 그 까만 삼각천을 벗겨냈어.

"미리…"

역삼각형 그 아래 촉촉한 속살을 숨기고 있는 곱슬곱슬한 털. 곱슬거리는 그 숲 아래 도톰하게 갈라진 야트막한 언덕 두 개. 순식간에 포옥 빠져드는 내 손가락. 아, 여기가 거긴가. 온천물처럼 뜨겁고 미끌미끌한… 근데, 이게 무얼까. 잡힐 듯 하면서도 잘 잡히지 않는 탱자씨알 만한 이것. 나는 삶은 토란처럼 미끌미끌 미끄러지는 그것을 손가락으로 살살 비볐어.

"ㅎ～ㅇ～"

"……"

아, 나를 너에게 심고 싶어. 내 그것이 곧 폭발할 것 같아. 나는 서둘러 솜이불보다 더 폭신한 알몸 위에 올라탔어. 너, 거기 가까이 닿은 내 그것은 잠시 고개를 두리번거리는가 싶더니 이내 스르르 빨려 들어갔고.

"허…으음……"

"……"

"……아파."

아무리 깊숙이 나아가도 끝은 그 어디에도 없었어. 너, 그 미끌 미끌한 속살은 반지처럼 내 그것을 끼고 숨을 쉬면서 마구 조이는 듯 했고. 내 그것이 속살에 포옥 빠져 이리저리 허우적거리자 너 부드러운 속살도 따라 물결쳤어.

"……"

"……아니."

"이렇게?"

"으응, 거기. 살살… 그렇게… 그렇게…"

"……"

"좋아, 좋아…… 계속……"

사…랑…

삼라만상과 사람이 이 세상에 태어난 뒤 시작도 끝도 없이 희노 애락을 들었다 났다 하는 으뜸 화두.

차고 맑은 아침햇살이, 눈 덮인 도봉산에 진초록 물감을 찍어놓 은 듯한 솔밭 사이로 불심처럼 내려앉았어. 그때마다 눈을 비집고 나온 뾰족한 솔잎들이 투둑, 투두둑, 눈 무더기를 떨구며 찬란한 빛을 튕겨내고 있었고.

뚜루룩… 뚜르룩… 뚜루룩… 뚜르룩…

아침햇살에 찬란한 빛을 통통 튕기는 인수봉. 멍이 든 것 같은 새파란 허공에는 빨간 댕기를 이마에 매단 학들이 큰 원을 그리고 있었어.

"저어기 학들 좀 봐요? 연지 곤지를 찍은 학들이 하늘에다 하트를 그리고 있어요."

"그래. 저 학들은 미리가 접은 종이학들이 천사가 되어 날아온 거야. 우리가 안드로규노스가 된 것을 기념하는 축하비행을 하기 위해."

"어머나."

"어어어."

내 외투 주머니 속에 손을 넣고 입김을 하얗게 토하던 너가 갑자기 기우뚱거렸어. 내가 얼른 그 가느다란 허리를 감았지만 둘은 그대로 눈밭에 나뒹굴었지. 영화 '러브스토리'에 나오는 그 살가운 연인들처럼.

투두두두두.

그때 눈 덮인 풀숲에서 갈색을 띤 산토끼 한 마리가 우리를 흘깃 쳐다보며 재빠른 몸짓으로 숲속으로 달아났어.

"괜찮아?"

너가 눈밭에서 몸을 비틀며 생긋 웃었어. 몹시 아프다는 표정이었고. 하얀 입김으로 내 입술을 감싸는 너. 내 입술에 바싹 다가온 파리하고도 도톰한 입술…

"사랑해요, 지훈 씨. 내 사랑… 내 인생…"

눈밭에 잠시 드러누워 하늘을 바라보는 너, 그 까만 두 눈동자

속에 내가 들어있었어. 너가 내 입술에 너 입술을 맞추었어. 몹시
차가웠어. 그때 너가 발로 눈을 툭, 찼고. 하얀 눈보라가 순식간에
아침햇살에 쌍무지개를 걸었어. 너와 나는 그 쌍무지개 속으로 몇
바퀴 빙글빙글 나뒹굴었고.

"미리…… 내 아름다운 신부."

너, 쌍꺼풀 예쁘게 진 눈동자 속에서 내가 웃고 있었어. 나는 사
랑해, 라며 너 하얀 이마에 기도하듯 입술을 댔어. 너는 영원히,
라며 살포시 눈을 감았고.

눈에 덮인 도봉산 허리춤에 가부좌를 틀고 있는 불암사로 올라
가는 길에는 눈이 깨끗하게 치워져 있었어. 불국토. 그래, 여기가
바로 불국토가 아니고 무어란 말인가. 불교에서 심즉불(心卽佛)이라
고 했었지. 그래. 마음이 곧 부처인 것을.

너와 나는 일주문 앞에서 두 손을 가지런히 모으며 나란히 고개
를 숙였어. 그때 등 뒤에 머물던 차디찬 겨울햇살이 미끄러져 너와
내가 합장한 손끝에 무지개를 걸었지. 눈 내린 겨울 산사 일주문
앞에 걸리는 무지개 한 쌍.

"길도 미끄럽고 날씨도 추운데 올라오시느라 고생이 많았겠구
려. 참, 아침 신식은 하셨습니까? 하시지 않으셨다면 신식부터 먼
저 하시지요."

신식? 그래, 미륵부처를 으뜸신으로 모시는 이곳에서는 '공양'
이란 말 대신 신식, 이란 말을 사용했어. 신식이란 곧 신이 내린
음식이란 그런 뜻이었고.

"하고 왔습니다. 사도님."

그래. 스님을 부르는 호칭도 일반 절과 많이 달랐어. 절에서 흔히 부르는 '주지' 란 말 대신 사도, 라고 불렀거든. 사도란 도를 깨우쳐 주는 스승으로 곧 이 절을 이끄는 우두머리라는 뜻이었고.

"사도님, 이렇게 시간을 내주셔서 정말 감사합니다."

"무슨 말씀을. 늘 미륵부처님께 감사해야지요. 자, 이리로."

미륵전 지붕 위에는 아침햇살이 하얀 눈을 찍어 먹고 있었어. 눈에 뒤섞인 발간 황토가 곱게 깔린 미륵전 마당가에서 동자 한 명이 사…사도님, 하면서 쪼르르 달려 나왔고. 그때 미륵전 처마 끝에 주렁주렁 매달린 고드름에서 동그란 물방울이 똑, 떨어졌어. 마치 미륵부처님이 주시는 감로처럼.

삼 부처가 앉아 있는 경내에 들어서자 이내 포근한 기운이 찬 기운에 흐트러진 마음을 다독여 주었어. 사도가 눈짓으로 말했지. 너와 나는 조심스레 삼 부처 앞에 놓인 감로를 한 모금 나눠 마신 뒤, 뒷걸음질로 몇 발짝 물러나왔고.

"아시고 계시겠지만 첫 절은 인사의 절이고, 두 번째 절은 참회의 절, 세 번째 절은 소원성취의 절입니다."

"……"

사도가 천정을 향해 삼배를 올리며 나직하게 말했어.

"저를 따라 하십시오."

너와 나는 사도를 따라 하늘과 삼 부처에게 각각 3배씩 모두 12배를 올린 뒤, 삼 부처 앞에 얌전하게 무릎을 꿇었어.

"서로 마주보고 합장을 하십시오. 합장을 하실 때 신랑과 신부의 손을 겹쳐 합장하십시오."

"……"

등에 금색 밭 전(田) 자가 크게 새겨진 하얀 장삼을 입은 사도가 주문을 외우기 시작했어.

"우주만물을 이끄시는 미륵부처님. 오늘부터 이지훈이란 신자가 박미리라는 신자를 지어미로 삼고, 박미리란 신자가 이지훈이라는 신자를 지아비로 삼아 평생을 늘 함께 가고자 하옵나이다. 부디 가냘프고 약한 이 영혼 둘을 미륵부처님께서 어여삐 여기시어 생사고락을 늘 함께 할 수 있도록 허락하여 주시옵소서. 산다는 것은 한때 뜬 구름이 모였다 흩어지는 짧디 짧은 찰나에 불과하지만 그 순간이나마 사랑으로 함께 하려는 이 두 사람의 영혼을 꼭 하나로 엮어 주시옵소서. 이 두 사람을 저 가없는 방황의 바다에서 건져내 미륵부처님의 감로가 가득한 아름다운 세상으로 인도해 주시옵소서. 이 두 사람이 살아가는 동안 어떤 어렵고 고된 일이 닥칠지라도 사랑으로 뭉쳐 지혜롭게 헤쳐 나갈 수 있도록 미륵부처님께서 이 두 사람의 영혼을 다스려 주시옵소서. 이제 영원의 강을 건너는 한이 있더라도, 이 두 사람 일심동체가 되어 미륵부처님의 세상에서 늘 함께 할 것을 굳게 언약하오니, 미륵부처님께서 이 두 사람의 사랑을 늘 보살펴 주시옵소서."

미로에
서서

……안개나라……

앞을 보아도 아무 것도 보이지 않았어. 뒤를 돌아보아도 아무 것도 보이지 않았어. 대체 어딜까? 여기가. 몸에 있는 구멍이란 구 멍에서는 온통 식은 땀방울이 송송송 솟아나고 있었어. 추웠어. 그 무언가를 향해 목이 터져라 외쳐도 입만 꼼지락거릴 뿐 말이 되어 나오지 않았어.

어어이~ 어어이~ 어어이~

낯익은 실루엣 하나가 촛불처럼 가물거리고 있었어. 저게 무얼까? 하얀 세상 속에 갇힌 이무기가 용트림을 하는 것 같기도 했고, 갈기를 잔뜩 세운 적토마 머리 같기도 했어. 아냐, 아냐. 딱딱한 갈색 비늘 같은 게 온몸에 돋아난 걸 보니 해마인가?

아니, 저…저건. 지…지훈 씨. 나는 있는 힘을 다해 너를 향해 달려갔어. 아니, 여기는. 너가 없었어. 어디로 갔을까? 실루엣 속에는 뭉실뭉실 피어오르는 것은 안개뿐이었어. 아아, 지훈 씨. 너는 어느새 저만치 물러서서 어서, 어서 이리로, 라며 안타까운 손짓을 하고 있었어. 나는 다시 너에게 달려갔어. 아니, 여기는. 또 없었어. 이상한 일이었어. 나는 끝없이 너를 향해 달려가고, 너는 끝없이 나에게 손짓하고 있는데도 만날 수가 없다니.

컥, 컥, 컥. 그때 너가 배를 잡고 웃으며 팔짝팔짝 뛰기 시작했어. 너는 그때부터 자갈치처럼 길게 휘어지기 시작했고. 아, 저것은 또 무얼까? 휘어지는 그 그림자를 밟으며 살며시 다가오고 있는 저 실루엣은? 아니, 저 여자는? 말을 할 때마다 양 볼에 예쁜 볼우물이 깊숙이 파이던 그 여자. 그래. 애희였어. 애희가 뱀처럼 두 쪽으로 갈라진 긴 혀를 내밀어 너, 불룩하게 튀어나온 아랫도리를 쓰윽 쓰다듬었어. 그 순간 너는 동그란 흑점이 되어 애희 볼우물 속으로 쏘옥 빨려 들어갔고. ……아…안 돼, 그기는 절대로 안 돼.

그때 애희 얼굴이 물결로 구겨지다가 이내 시퍼런 칼날로 바뀌었어. 한동안 망나니춤을 추던 그 시퍼런 칼날이 갑자기 내 아랫배를 겨냥했어. 안 돼, 여긴. ……절대로 안 돼. 내가 아랫배를 움켜쥔 순간 쌩, 하는 칼바람 소리가 들렸어.

······아, 안 돼. 나는 온몸을 웅크려 내 아랫배를 힘껏 감싸 쥐었어. 그때 칼날이 내 손등에 푸욱 꽂혔고, 하얀 피가 분수처럼 뿜어지며 내 손가락 사이를 파고들기 시작했어. 으아아아··· 내가 너무 놀라 아우성을 치자 내 손등에 꽂힌 칼날이 잠자리처럼 투명한 날개를 쭈욱 폈어. 날개를 세차게 퍼덕이는 그 칼날은 내 손등에 회를 치기 시작하는가 싶더니 어느새 내 아랫배에 섬뜩하게 닿았고. 으아아아······

아아악.
"······신자님, 또 악몽을 꾸었군요."
"······."
"······마음을 깨끗이 청소하십시오. 마음에 쓰레기가 가득 차게 되면 몸에서 악취가 풍길 수밖에 없지요."
"······죄송해요, 백운여래님."
50대 허리춤 나이에 이른 백운여래. 미륵사 신자들이 굳게 믿는 말에 따르면 백운여래는 33세 때 스스로 자천문을 연 뒤, 17년에 이르는 고행 끝에 마침내 미륵부처님 도를 마무리하여 지존여래가 되었다 그랬어. 자천문? 그래. 스스로 하늘 문을 열었다는 뜻이지. 지존? 그래. 미륵여래는 세 분이 있다고 그랬어. 한 분은 하늘을 다스리는 천존여래이며, 또 한 분은 인간을 다스리는 인존여래라 그랬지. 지금, 가위 눌린 꿈에서 후다닥 깨어나 식은땀이 줄줄 흐르는 내 등을 가만가만 쓰다듬고 있는 백운여래는 바로 땅을 다스리는 지존여래라고 그랬고. 백운여래란 뜻은 백 가지 운을 주는 여래, 즉 살아있는 부처라고 그랬어.

"당분간 바깥세상 일은 모두 잊으십시오. 바깥세상을 생각하면 걱정이 생기게 되고, 걱정이 생기게 되면 마음이 불안해지고, 마음이 불안해지면 꿈속에 자꾸 헛것이 보이게 되지요."

"……"

"번뇌를 끊으면 꿈이 영원히 사라지게 된답니다."

이 땅에서 수난 받는 여자로 태어나 온갖 아픔과 어려움을 견뎌내고 마침내 지존이 된 백운여래. 그래, 내가 처음 미륵사에 왔을 때 백운여래는 이러한 법어를 남겼어. ―수승화강(水昇火降)… 물은 위로 오르고 불은 아래로 내려온다는 뜻이지요. 여기에서 물은 여자를 뜻하고 불은 남자를 뜻하는 말이니, 이는 곧 여자와 남자가 같게 된다는 말이랍니다. 앞으로는 남아선호사상이 사라질 것이며, 누구나 자식을 둘씩 낳게 될 것입니다. 그 중 한 명은 어머니의 성을 따르게 되지요, 라고.

쟁그랑~ 쟁그랑~ 쟁그랑~ 쟁그랑~ 쟁그랑~

백운여래가 나가자 갑자기 풍경이 몹시 요란스럽게 울었어. 세상 밖에서는 지금 칼바람이 무섭게 회오리치고 있다는 것을 알리기라도 하려는 것처럼.

후우~

참으로 무섭고도 이상한 꿈이었어. 왜 하필이면 애희 선배가 너를 삼켰을까? 그것도 포옥 패인 그 예쁜 볼우물 속으로. 애희 선배는 왜 또 칼날이 되어 내 아랫배를 마구 찔러대었을까? 이상한 일이었어. 아무리 꿈이라지만 너무나 생생해서 지금도 소름이 끼쳐. 아랫배? 내 뱃속에 애희 선배가 미워하는 그 무엇이라도 들어 있단 말인가?

아랫배? 그래, 그동안 그걸 잊고 있었다니. 그 중요한 걸. 가만, 그게 안 나온 지가 얼마나 됐지? 나는 서둘러 손가락으로 날짜를 셈했어. 아니, 그게 벌써? ……그렇다면 혹시…… 아……기??? 맞아. 그래, 틀림없어. ……아……기…… 너 아기…… 내 아기…… 그래. 너와 나, 우리가 하나가 된 그 아기…… 아기가 생긴 게 틀림없어. 아아, ……지……훈……씨.

그래, 매달 일정한 날이면 행사처럼 치르던 그것이 두 달하고도 반이나 지난 지금까지 없지 않는가. 그래, 그동안 너무나 정신이 없었어. 그것을 챙길 여유조차 없었고. 우선 몸을 숨기는 일이 더 급했거든.

그래, 너와 나는 그날 도봉산 불암사에서 혼인서약을 하고 내려온 뒤부터 함께 살았지. 나는 그때 너를 통해 참 많은 것을 배우고 깨쳤어. 책에 나와 있는 이론을 우리 정치와 사회, 경제, 문화 상황에 어떻게 견주어야 하는가에 대해서. 그래, 그때는 참으로 행복했었어. 쿡. 가끔 다투기도 했었지. 학생운동과 노동운동, 학생운동과 재야운동에 대한 연대가 이루어져야 한다는 토론과정에서 가끔. 그래, 그때 재야 쪽은 민통련 대변인을 맡고 있는 너가 맡고, 노동 쪽은 숙부회사 노조설립위원장인 강만수가 맡기로 했었지. 학생 쪽은 총학 부회장을 맡고 있는 내가 맡기로 했었고. 그래, 그렇게 너와 나 그리고 수많은 사람들과 열심히 토론한 결과 만큼이나 학생·노동자·재야운동단체가 연대를 맺는 그 모임은 착착 앞으로 나아가고 있었고……

그날, 그 유인물을 찾기 위해 사회출판사 박 현 부장과 약속한 시간은 오전 10시였어. 그래, 그날 하필 규리 언니가 옷 보따리를 싸들고 너와 내가 사는 집으로 불쑥 찾아왔었지.

을지로 3가에서 2호선으로 갈아타고 을지로 입구 지하철역에 내린 시간은 낮 10시 10분이 마악 지나가고 있었어. 지하계단을 두 계단씩 건너뛰며 서둘러 다가간 지하철 출구… 내가 마악 지하철 티켓을 집어넣으려는 순간 누군가 재빠른 손짓으로 지하철 티켓을 빼앗았어.

"찍 소리 말고 따라와."

"……애희 선배."

"쉬이~"

애희 선배가 주변을 두리번거리며 떨리는 손으로 내 손목을 잡았어. 화장기 하나 없는 얼굴이 약간 낯설기까지 했고. 여기저기 재빠르게 두리번거리는 그 눈빛이 탤런트 차화연을 쏘옥 빼닮았다는 생각.

"선배, 왜 그래?"

"……"

애희 선배가 도톰한 아랫입술을 노랗게 깨물며 몸을 떨었어. 공포에 질린 눈빛… 늘 자신만만했던 애희 선배에게서 처음으로 느껴보는 그 두려운 표정. 그래, 작가 남정현이 쓴 소설 '분지'에 나오는 어머니, 그 덜덜 떠는 얼굴 표정이 이랬을까. -정성껏 만든

태극기와 성조기를 들고 무슨 환영대회에 나갔, 다가 ─절망스럽
도록 이지러진 표정에 옷을 찢기우고 피 묻은 몸으로 짐승 같은
소리를 지르며 돌아온, 그 어머니 눈빛. ─제발 몸을 좀 그렇게 떨
지 마십시오, 라고 말하는 아들 홍만수가 바라본 그 어머니 얼굴.
그래, 분명 무슨 일이 생긴 게 틀림없어. 무엇이 잘못되었을까? 설
마.

"……"

─지금 을지로 3가행 열차가 들어오고 있습니다. 손님 여러분께
서는 안전선 밖으로 한 걸음 물러서 주시기 바랍니다.

애희 선배와 내가 지하계단에 마악 내려서자 연초록색 띠를 단
2호선 지하철이 닿았어. 그때 애희 선배가 내 손목을 잡아끌면서
을지로 3가역으로 다시 가는 지하철 안으로 들어섰고. 지하철 안
은 여기저기 초록색 빈 자리가 눈에 띌 정도로 한산했지만 애희
선배는 앉을 생각을 하지 않고 전철 이음새로 나를 이끌었어.

"……너, 지금부터 내가 하는 말 잘 들어."

"……무슨 사고라도?"

"조금 전… 10시에 그치들이 덮쳤어. 사장님과 박 부장님은 곧
바로 연행되었고. ……지금 이 주변에 좌악 깔렸어."

"네에에?"

그래, 혹시나, 설마, 하던 일이 현실로 이어지고 말았어. 어쩐지
요즈음 조금 조용하다 싶더니.

"쉬이, 사무실도 몽땅 다 털렸어. 니가 맡긴 그것뿐만 아니라
약간 냄새 난다 싶은 원고까지 다 들고 갔어."

그리고, 라고 말하던 애희 선배가 갑자기 제법 불룩한 지갑을 꺼냈어. 빨간색 가죽지갑이 몹시 앙징스러웠고. 애희 선배는 지갑 속에서 만 원짜리 한 장을 꺼내더니 지갑을 통째로 내 코트 주머니 깊숙이 찔러 넣었어.

"?"

"이거 얼마 안 되지만 우선 급한 데 보태 쓰도록 해. 그리고, 이 길로 서울을 떠나 당분간 잠수하고 있어. 어떤 일이 있더라도 아무에게도 연락하지 말고. 혹, 돈이 떨어지면 내게 비밀리에 연락해."

"……서언배."

"내 말 명심해."

"……"

"바보 같이 굴지 말고."

"차암. 지훈 씨, 지훈 씨는요."

그래, 너는 어제 저녁 자유실천문인협의회가 주최하는 행사장에 갔었어. 구속문인 석방을 위한 문학의 밤, 이라던가? 정확한 이름은 잘 모르겠지만. 하여튼 너는 집에 들어오기가 어려울 것이라고 했어. 행사를 마치고 잇따라 철야농성을 벌인다고 했던가?

"지훈 씬 아마 괜찮을 거야. 저치들의 이번 목표는 학생이거든."

갑자기 눈앞이 흐릿해지기 시작했어. 아, 이것이 뜨거운 맹세를 나눈 동지 사랑이란 것인가? 그래, 나는 그동안 너에 대한 깊은 사랑으로 애희 선배를 너무 과소평가하고 있었던 것 같아. 사랑에 눈이 멀면 아무 것도 보이지 않는다더니. 그래, 역시 너 주변에 있는 사람은 어딘가 달랐어. 애희 선배도 어차피 같은 길을 걷고 있는 동지가 아닌가. 그래, 동지.

"혹시, 그래도……"

"너 그 혹시, 란 말 함부로 쓰지 마. 그 혹시, 란 말이 사람 잡는다는 거 몰라서 그래."

"……"

"그래, 지금 니 심정 알아. 그렇다고 너무 걱정하지 마. 내가 오늘 중으로 지훈 씰 은밀하게 만나 이 사실을 알려줄 테니까. 그리고 한 가지 반드시 명심해야 할 것이 있어. 내게 연락할 때는 익명이나 다른 사람 이름을 사용해야 돼. 어쩔 수 없이 편지를 보내게 될 때도 너가 있는 지역의 우편물 소인이 찍히게 하면 안 돼. 은행에서 돈을 인출할 때는 다른 지역에 있는 은행에서 다른 사람 이름으로, 다른 사람을 통해 인출해야 돼. 그러니까 될 수 있는 한 아는 사람과는 연락을 아예 끊는 것이 좋아. 이것이 잠수 타는 사람이 꼭 지켜야 할 기초야."

애희 선배가 다짐을 받듯이 말했어. 눈에 잔뜩 힘을 주고 말하는 애희 선배 얼굴이 꼭 누구 같았어. 누구? 그래, 작가 방영웅이 쓴 '분례기'에 나오는 그 똥예. 시집을 간 첫 날 밤, -우리두 잘 살아봐유, 잉……, 이라고 말하는 그 똥예 표정이 꼭 이랬을 것 같아.

"선배님……"

서글펐어. 지금 내 앞에 주어진 삶도 그 소설 속에 나오는 똥예처럼 그렇게 한스럽게 펼쳐질 것만 같았어. 눈앞이 또다시 흐릿해지기 시작했고.

"바보 같이⋯ 괜찮아. 그리고 앞으로 눈물 같은 건 함부로 보여선 안 돼. 바람이 불면 휘어지면서도 절대 부러지지 않는 대나무처럼 유연하고 강해져야 돼. 내 말 무슨 뜻인지 알겠니?"

"⋯⋯네."

앞이 캄캄했어. 애희 선배와 함께 엉겁결에 강남고속버스터미널에 내린 나는 우선 어디로 가야할지 몰라 이리 갔다 저리 갔다 마구 허둥거렸어. 가야할 곳이 딱히 없으니 어디에 가서 표를 끊어야 할까. 그래, ―우리의 슬픔을 아는 것은 우리뿐 / 우리의 괴로움을 아는 것은 우리뿐, 이라는 시인 신경림이 쓴 '겨울밤'이란 시에 나오는 그 우리, 처럼⋯ 나는 이제 이대로 긴 겨울밤 속으로 들어가는 것일까.

"일단 서울에서 멀리 떨어진 곳이 유리할 거야. 대도시보다 대도시 인근의 작은 소도시 같은 곳에 있는 절간 같은 데를 찾아봐. 자리 잡히는 데로 내게 연락하고."

애희 선배가 고속버스 터미널 주변을 오가는 사람들을 주의 깊게 살피며 가만히 내 등을 다독거려 주었어. 마치 너처럼.

"고마워요, 선배님."

그래, 나는 그동안 너무나 모르고 있었어. 애희 선배에 비하면 나는 망아지처럼 철없이 날뛰었던 것 같아. 나는 속으로 애희 선배, 그동안 정말 미안해, 라며 애희 선배를 살며시 끌어안았어. 내 눈에서는 이내 눈물 한 방울이 애희 선배가 입고 있는 회색 코트 위에 툭, 떨어져 까만 얼룩을 냈고. 그래, 용기를 내, 라며 내 등을 쓰다듬던 애희 선배가 갑자기 내 어깨를 세게 툭, 쳤어.

"그래, 맞아. 울산, 울산으로 가."

"우…울산?"

"그래, 울산에 내려가면 그 근처에 미륵사란 절이 있어. 그곳에 가서 백운여래를 찾아 지훈 씨 얘기를 하면 보살펴 줄 거야. 그곳은 지훈 씨가 회합을 이끌다가 중요한 일을 결정해야 할 일이 생기면 아무도 몰래 살짝 다녀오던 절이었거든."

울산-서울. 11시 30분.

"애희 선배, 정말 고마워요. 지훈 씨 잘 부탁해요."

"알았어, 요 여시 같은 지집애… 너는 어찌 말끝마다 지훈 씨 타령이니?"

"미안해요, 선배님."

애희 선배가 빨간색 매니큐어가 예쁘게 칠해진 손가락으로 시간을 셈했어. 그래, 애희 선배는 빨간색을 참 좋아하는 편이었어. 오늘은 맨 얼굴이지만 화장을 하는 날은 립스틱도 늘 빨간색을 칠했거든. 그래, 어찌 보면 성격도 빨간색처럼 몹시 정열적인 것 같아.

"대략 5시간에서 6시간 정도면 울산에 도착할 수 있으니까, 오후 4시 30분에서 5시 30분 사이에 도착할 수 있을 거야. 일단 울산 터미널에서 내리면 부산으로 가는 직행버스를 타고 가다가 대복이라는 마을 앞에서 내려달라고 그래. 그곳은 울주군 삼동면에 속해. 대복이란 마을에서 콜택시를 타고 작동리 천불산 범골에 있는 미륵사를 가자고 하면 돼. 내가 이 길로 지훈 씨를 은밀히 만나 너가 도착하기 전에 전화를 해놓으라고 말할게. 너무 걱정하지 말고. 그래, 잠시 긴 여행을 떠난다고 생각해."

다음 날, 좌익운동을 주도하는 학생지하조직을 적발했다, 는 기사가 주요 일간지 1면 머리기사를 장식했어. 사진에는 사회출판사 사장과 박 현 편집부장을 연행하는 장면이 대문짝 만하게 실려 있었고. 나와 함께 총학에서 핵으로 활동하고 있었던 학생 수배자들 이름과 사진도 포스터처럼 박혀 있었어.

그날, 애희 선배가 도와주지 않았다면…… 그래, 나는 1928년 러시아로 망명한 작가 조명희가 쓴 '낙동강'에 나오는 박성운처럼 모진 고문을 당하다가 죽어버렸을지도 몰라. 그게 아니면 사회출판사 김 사장과 박 부장처럼 차디찬 쇠창살 속에서, 보신탕 집 앞으로 끌려간 개처럼 낑낑거리고 있을 지도 모르고. 너가 5년 동안 당했던 그때처럼 그렇게. 그래, 어쩌면 박성운 죽음은 행복했던 것인지도 몰라. 최소한 동족 손에는 죽지 않았으니까. 그래, ─대중 속으로!, 란 슬로건을 내세우며 남조선 일대를 망라한 사회운동단체를 조직한 박성운은 장례를 크게 치뤘어. 수많은 만장을 든, 수많은 사람들이 뿌리는 눈물 속에 이 땅에 묻혔으니까.

지금 우리는 어떠한가. 모진 고문을 당하다가 죽으면 그 주검마저 행방불명으로 처리되어 버리지 않는가. 이가 딱딱 갈리는 나라. 그래, 제자가 노자에게 이상국가란 어떤 나라입니까, 라고 물었을 때, 노자는 이렇게 말했어. ─이웃 나라의 닭 우는 소리와 개 짖는 소리가 들릴 정도로 땅이 좁고 백성 수가 적은 나라, 삶이 즐겁고 생명을 소중히 여기는 나라, 순박하고 검소한 백성들이 사는 나라, 라고. −그런 나라에 살고 있는 백성들은 나라에 애착을 가져 나라를 떠나려 하지 않을 것이며, 수레와 배가 있어도 타려 하지 않을 것이다. 또한 무기가 있어도 쓸 곳이 없을 것이다. 그런 나라에서는 노끈이 글자를 대신할 것이며, 나물밥일망정 만족할 것이다. 또한 그런 나라의 백성들은 거친 베옷을 입고 오막살이에 살아도 흡족하게 생각할 것이다, 라고.

휘이잉~

천불산 봉우리를 휘감는 칼바람 소리… 천불산 골짜기를 파고드는 물이 찌이잉 찡, 얼어붙는 소리… 나뭇가지에 쌓인 눈무더기가 툭, 투둑, 떨어지는 소리… 새들이 푸더덕, 날아오르는 소리… 쌓인 눈 속을 헤집는 산짐승이 터더덕, 눈에 미끄러지는 소리, 소리……

새벽 5시.

나는 이불을 사각지게 갠 뒤 방 안을 깨끗하게 청소했어. 마치 이 세상을 흐리게 만들고 있는 그 악, 이라는 얼룩을 하나도 남김 없이 다 닦아내고 말겠다는 듯이.

"아이, 추워."

지붕 위에 켜켜이 쌓인 눈이 캄캄한 어둠을 밀쳐내고 있는 미륵사 마당. 으스스한 한기가 뼈 속까지 파고들었어. 나는 푸르스름한 눈빛을 번득이는 동녘하늘을 바라보며 기다란 머리칼을 추스렸어. 헐렁한 회색빛 장삼 사이로 파고드는 매서운 추위. 온몸에 바늘이 콕콕 찌르는 것처럼 아파.

"마음의 지시를 따라 움직이는 것이 곧 몸이다… 몸의 반응에 따라 흔들리는 것 또한 마음이다… 몸이 마음을 지배하기 시작하는 순간부터 마음에 번뇌가 일어난다… 마음에 번뇌가 일어나면 곧 몸으로 옮겨 붙는다… 한 번 몸으로 옮겨 붙은 번뇌의 불꽃은 좀처럼 꺼지지 않는다……"

어디선가 백운여래가 읊는 새벽 법어가 잔잔하게 흘러나오고… 그래, 어디선가, 가 아니라 원신전이었어. 원신전? 그래, 원신전이란 으뜸 신인 미륵부처님을 모시는 곳이라 그랬어.

감로(甘露).

단 이슬? 그래, 글자 뜻 그대로만 풀이하자면 그랬어. 근데 왜 하필 그 글씨에 붉은 색을 칠했을까? 이런 멍청한. 태극에서 붉은 색은 양(陽)이고, 푸른 색은 음(陰)이라 하지 않던가. 양은 하늘을 뜻하고, 음은 땅을 뜻한다 했어. 그래, 그래서 붉은 색을 칠했구나. 감로는 미륵부처님께서 하늘에서 내리는 생명수이니 하늘, 즉 미륵부처님을 상징하기 위해 붉은 색을 칠해 놓았구나.

"으, 시려~"

살얼음이 둥둥 떠다니는 감로를 서너 모금 마셨어. 바가지에 남아있는 물은 은빛 세숫대야에 부었고. 이내 살얼음빛으로 물결지는 감로.

"보고 싶다, 정말."

시려. 손만 시린 것이 아니야. 몸도 시리고 마음도 시리고 세상도 시려. 산토끼처럼 대충 세수를 한 뒤 온몸을 오들오들 떨며 미륵사 마당 한가운데 원신상처럼 우뚝 섰어. 온 몸에 돌꽃을 피운 채 시린 세상을 헤집고 있는 원신 미륵부처님. 원신상은 내 마음 깊숙이 그리움이란 돌꽃을 피우는 너가 되어 서 있어. 나는 지금 시린 손을 합장한 채 그 원신상 앞에서 삼 배를 올리고 있고. 시린 눈을 감아도 너가 다가오고 있어. 무릎을 꿇고 절을 하면 너가 빙그시 웃고 있고. 삼 배를 마치고 눈을 뜨면 미륵사에 자리 잡고 있는 온갖 물상들이 너가 되어 나를 쳐다보고 있어. 나는 지금 합장한 손을 입에 대고 호오 호오오, 불며 기도를 하고 있어. 이가 딱 딱, 부딪치도록 시린 이 고통스런 세월이 어서 끝이 나게 해달라고… 너가 되어 희부옇게 빛나고 있는 저 물상들과 어서 하나가 되게 해 달라고……

"지훈 씨…… 나의 산 부처."

어둠에 갇힌 동녘 하늘이 발간 불심을 드러내고 있어. 지금까지 슬픔으로 가득했던 이 세상이 어둠 속에서 숨을 거두고 마침내 기쁨으로 가득한 세상이 열리는 것만 같았고. 그래, 아침이 있기 때문에 사람들은 희망을 가지고 살 수 있는 거라고 생각해. 그래, 희망. 왜 그동안 희망이란 그 낱말을 떠올리지 못하고 늘 절망이란 낱말만 떠올리고 있었던 것일까. 바보. 애희 선배 말처럼 바보 같이 굴어서는 안 돼. 그래, 희망. 늘 희망, 이란 낱말을 어미새가 알을 품듯 가슴 깊숙이 품고 굴려 부화를 시켜야 할 것 같아.

"아니, 신자님. 사도님께서 아시면 우짤라꼬예?"

내가 마악 대나무 빗자루를 쥐고 마당을 쓸기 시작할 때 동자 한 명이 쪼르르 달려 나왔어. 눈동자를 산토끼처럼 동그랗게 뜬

열다섯 살 남짓한 동자가 순식간에 내 손에 들린 빗자루를 낚아챘고.

"어서 이리 주세요. 지금 이 빗자루로 제 마음에 낀 때를 쓸고 있던 중이란 말이에요."

"그래도 안 됩니더. 사도님 명이 떨어지시기 전에는 절대 안 됩니더. 얼마 전에 제가 사도님께 혼나는 것 안 보셨어예?"

"괜찮다. 신자님께서 원하시는 데로 해 드려라."

그때 새벽 법어를 마친 백운여래가 미륵전 앞에 미륵불로 서서 빙그시 미소를 지었어.

"아침부터 소란을 피워서 정말 죄송합니다."

"마음의 때를 쓸고 싶다, 라는 그 마음이 곧 신심이지요. 그 신심을 실천하는 사람이 곧 신인이고."

신인? 그래, 그랬어. 신인은 신과 함께 하는 사람이라고. 미륵사에서는 도를 닦은 사람에게 스님, 이란 말을 쓰지 않고 신인, 이라고 불렀거든.

"……고맙습니다, 백운여래님."

"신자님, 도를 공부하는 사람들끼리는 고맙다, 라는 말을 하지 않는 거랍니다. 그저 합장하고 말없이 고개를 숙이고 말지요. 그것은 상대방에게 고개를 숙이는 것이 아니라 곧 미륵부처님께 고개를 숙이는 거랍니다."

"……"

"마침 날씨도 화창하고 하니, 신자님과 잠시 다녀올 때가 있습니다. 아침 신식을 마치는 데로 제 방으로 건너오셨으면 합니다."

"어딜 다녀오시게요?"

"방금 물은 그 말이 곧 번뇌가 되는 거랍니다. 물의 도를 본받으십시오. 물은 어떤 목적이나 장소를 정해놓고 흐르는 것이 아니지요."

"……죄송합니다."

"또 그러시지요. 앞으로 죄송하다, 미안하다, 고맙다, 라는 말을 한 번씩 내뱉을 때마다 원신전에 들어가서 60배를 하십시오."

"60배? 왜 하필……"

"60배를 하는 것은 음양이 도는 기운이 60년을 주기로 되돌아온다는 뜻이지요. 다시 말하면 60년마다 음양이 지닌 기운이 같아지므로 지금부터 60년을 돌고 돌아 새롭게 태어나라는 뜻이지요."

지훈 씨, 아직 잠들어 있나요? 지금쯤 일어나 늘 함께 젖히든 그 커튼을 젖히며 나를 떠올리고 있나요. 혹, 이번 사건 때문에 저처럼 잠수를 하고 있는 거나 아닌지 모르겠네요. 만약 그렇다면 어서 이리로 오세요. 빨리요. 참, 나도 나쁜 여자인가 봐요. 그래요, 모두들 최루탄과 물대포를 맞아가면서 싸우고 있는데 이렇게 한가롭게 우리 생각만 하고 있으니까. 그래요, 남을 짓밟지 않으면 내가 살 수 없는 이상하게 엇갈린 시대. 행복? 이 두 글자를 찾을 수 있을까요. 행복? 참 오랜만에 떠올리는 글자네요. 그래요, 나도 어쩌면 그 행복을 찾지 못해 산사에 비치는 겨울햇살이 이리도 서럽고 슬프게 다가오는 것인지도 모르겠어요.

……신께서는 너무나 가혹한 것 같아요. 어떻게 두 번씩이나 우

리 사랑을 이렇게 철저하게 갈라놓는 건지. 그래요, 저들이 버티면 얼마나 더 버티겠어요. 반공이데올로기를 총칼로 삼아 사람들 입과 귀를 막고, 눈을 가린다고 해서 진실이 막히고 가려질 수가 있겠어요? 그래요, 월식이 일어나듯이 잠시 스쳐 지나가는 것일 거예요. 월식? 아, 월식, 이란 단어를 떠올리니까 시 '월식'을 쓴 김명수 시인이 생각나네요. 김명수 시인은 '피뢰침 2' 란 시에서 이렇게 말했어요. ─저들의 목청이 아무리 우렁차도 / 저들의 채찍이 아무리 따가와도 / 어둠 속에 푸른 하늘 / 분명히 숨어 있다, 라고요. 그래요, 그 시가 빗질을 따라다니며 마당가에 한 자 한 자 씩 어지네요. 그 시를 타고 각계각층에서 민주주의를 애타게 부르짖는 소리가, 그 소리를 따라 마침내 이 땅에 민주주의가 너울지는 소리가 여기까지 들려오네요.

지훈 씨, 그날을 기다리며 매일 아침마다 빗질을 해요. 아침햇살마저도 감히 밟아보지 못한 신새벽. 우리를 둘러싼 번뇌를 쓸다가… 한반도에 빌붙은 번뇌를 쓸다가… 마침내 이 세상에 있는 모든 번뇌까지 모조리 쓸어버릴 생각이에요.

뎅그랑~ 뎅그랑~ 뎅그랑~

"신자님, 아침 신식 하이소."

동자가 툭 내던진 맑은 목소리가 눈바람을 타고 울리는 풍경소리를 튕겨냈어.

"네."

파란 플라스틱 휴지통에 낙엽을 쓸어 담은 나는 서둘러 일주문 밖으로 나가 '無'(무)라는 글자가 새겨진 큼지막한 화로에 낙엽을

붓고 불을 댕겼어.

"아, 따스해."

히히히~ 히히히히히~

나도 모르게 불길 가까이 손을 내밀다가 후다닥, 놀라 뒤로 몇 걸음 물러섰어. 불길 속에서 이 세상에 있는 온갖 번뇌들이 혓바닥을 쭈욱 내밀며 내 몸을 슬며시 핥는 것만 같았거든.

후우~

욱! 우욱~ 우욱~

갑자기 속이 메스꺼워. 나는 얼른 입을 움켜쥐고 밖으로 뛰쳐나갔어.

"아니, 왜 그래예? 신자님. 혹 체하신 거 아닌가예?"

동자가 살얼음이 얼어붙은 우물가에 엎드려 헛구역질을 토하고 있는 내 등을 두드렸어.

"아니, 아무 것도 아니에요. 이젠 괜찮아요."

문득 아랫배에 손을 댔어. 그래, 그동안 몸을 가누지 못할 정도로 이상하게 피곤하고 나른했었거든. 평소에 없었던 기미 같은 것도 자꾸 얼굴에 끼었고. 나는 그것이 급작스런 환경변화 때문이라고 생각했었어.

"……"

아, 지훈 씨. 우리들 희망이 싹트고 있어요. 이 기쁜 소식을 지훈 씨에게 가장 먼저 알려주고 싶지만… 지금은 어찌해야 될 지 모르겠어요. 정말, 보고 싶어 미치겠어요, 지훈 씨.

"미리 신자님. 아침 신식을 하지 못해서 어떻게 해요? 아마 며칠 지나면 곧 괜찮아질 겁니다."

"?"

그래, 기쁘기도 하지만 다른 한편으로는 두려워. 행여 이러다가 작가 최인훈이 쓴 소설 '광장'에 나오는 은혜처럼 되는 것은 아닐까. 오직 명준을 만나기 위해 간호병으로 자원, 낙동강 전선에서 마침내 명준을 만나 기쁨을 나누는 은혜. 명준에게 아이를 가지게 되었음을 수줍게 고백하면서 −죽기 전에 부지런히 만나요, 네?, 하고 속삭인 그 다음날, 전선에서 아이를 가진 채 허무하게 죽어버린 그 은혜.

"천천히 따라오시지요."

"……네."

입덧으로 인해 끝내 한 수저도 뜨지 못한 나는 백운여래를 따라 천불산 마루를 향해 천천히 오르기 시작했어.

"과일은 신식전에 들어가면 많이 있으니까 먹고 싶으면 눈치 볼 것 없이 들어가 마음껏 드십시오. 지금은 과일을 많이 먹는 것이 좋답니다."

"???"

그래, 백운여래는 이미 알고 있었어. 하긴 백운여래가 누구인가. 하루에도 수십 번씩 신과 직접 이야기를 나누는 살아있는 부처가 아닌가. 갑자기 얼굴이 불가에 다가선 것처럼 화끈, 했어. 부끄러워. 처녀 몸으로 임신이라니. 아니, 지금 무슨 생각을 하고 있는 거야. 내가 왜 처녀야? 그럼 아줌마야? 아줌마? 내가 아줌마라고?

쿡.

"……"

그럼 처녀도 아니고 아줌마도 아니면 뭐야? ……그래, 너와 나는 분명 도봉산 불암사에서 결혼을 했어. 양가 부모에게 허락을 받진 않았지만. 그게 무슨 결혼이야, 도둑 결혼 아냐? 아니, 지금 자꾸 무슨 엉뚱한 생각을 하고 있는 거야. 우린 미륵부처님 앞에서 맹세한 엄연한 부부인 것을.

쿡. 이상하게 그 아줌마, 란 세 글자만 떠올리면 싫으면서도 웃음이 절로 삐져나와. 아줌마? 아줌마라니, 징그럽게시리. 쿡. 나는 그 아줌마, 란 세 글자를 받아들이기 쉽지 않았어. 산길 옆에 눈송이처럼 피어난 억새 하나를 꺾어든 것도 그 때문이고.

"억새 하나도 함부로 꺾는 것이 아니랍니다. 우리 주변에 있는 것을 가지려 할 때는 반드시 마음속으로 이러이러해서 이것을 제가 가지겠습니다, 라고 기도를 한 뒤 가져야 합니다. 나에게 아무런 필요도 없는 것을 무심코 가지려 하는 것, 그것이 곧 죄를 짓는 것이랍니다."

"……"

천불산 허리춤에는 억새가 은빛 물결로 빛나고 있어. 쌩~ 매서운 겨울바람이 불 때마다 은빛으로 밀물졌다 은빛으로 썰물지는 억새물결… 차가운 겨울햇살이 닿을 때마다 톡, 톡, 톡, 튕기는 눈부신 윤슬, 윤슬, 윤슬…·

"신자님, 지금부터 제가 하는 말을 새겨들어야 합니다."

내 키 두 배쯤 되어 보이는 억새밭으로 들어설 때 백운여래가 조용히 입을 열었어. 그때 억새밭에서 깡마른 풀을 뜯어먹던 노루 한 마리가 두 눈을 멀뚱거리며 나를 빤히 쳐다보았고. 그 맑고 동그란 눈빛에 너가 어른거렸어.

"무슨 말씀이신지?"

"신자님은 당분간 미륵암에서 보내시는 것이 좋을 것 같습니다."

"예에?"

"……"

"혹, 제가 무슨 잘못이라도?"

"……어제, 그분들이 우리 미륵사를 방문하겠다는 연락이 왔었지요."

그분들이라면? 그래, 그치들을 말하는구나. 한 번 목표를 정한 뒤 덤벼들면 사냥개처럼 끈질기게 물고 늘어지는 그치들. 그래, 한국전쟁 때 납북된 작가 박영희가 쓴 '사냥개'란 소설에 나오는 인색한 지주 정호가 키우던 그 충실한 맹견이 떠올랐어. 금고를 소중하게 챙겨들고 있는 주인 정호에게 달려들어 목을 물어뜯어 죽이고 어디론가 사라져 버린 그 사냥개. 그래, 차라리 그치들이 그 사냥개였으면 좋겠어. 주인 박정희를 총으로 쏘아죽인 김재규 같은 사냥개 말이야.

"……"

"미륵암은 큰 바위굴이지요. 일반인에게는 전설처럼 알려진 신비스런 곳이기도 하지만. 지금 그곳에는 천존이신 천지여래님이

기거하고 계십니다.”

　“천지여래님?”

　“천지여래님은 하늘에 계시는 원신 미륵부처님을 말하지요. 원신 미륵부처님은 몸이 없기 때문에 인간인 천지여래님의 몸을 빌어 이 세상에 내려 오셨지요.”

　그래, 천지여래님 몸과 마음은 평소에는 사람 모습 그대로지만 정도를 펼칠 때는 곧 원신 미륵부처님 몸과 마음 그대로 바뀐다고 했어. 모습과 행동과 목소리도 바뀐다고 그랬고. 이 세상에는 참으로 신기한 일도 다 있어. 그래, 어쩌면 천지여래님이 원효대사가 〈미륵하생경〉에서 밝힌 그 미륵부처님일지도 몰라. 원효대사는 미륵부처님이 이 세상에 나타나면 온갖 번뇌가 사라진 지상낙원이 이루어진다고 했는데… · 지금 우리가 겪고 있는 이 세상은 지상낙원은커녕 지옥이나 다를 바 없지 않은가.

　“제가 미륵암에 가면…… 방해는 되지 않을까요?”

　“걱정 마십시오. 이미 천지여래님에게 신자님 말씀을 드렸더니 껄껄껄 웃기만 하시더군요.”

　“미…륵…암……”

　“미륵암은 말이 바위굴이지 그 속에는 미륵사 못지않은 큰 원신전이 있답니다. 원신전 안에는 이목구비가 없는 미륵부처님의 형상을 모셔 놓았지요. 또 원신전 옆에는 희, 노, 애, 락, 으로 나뉘어진 네 개의 방이 달려 있답니다. 일종의 수도원인 셈이지요. 사람들이 말하는 바위굴이라고 하는 것은 그 방들을 말하는 거지요.”

"그러면 지금도 수도를 하시는 분들이 있다는 뜻인가요?"

"10선인이 있지요."

"10선인?"

"선인이란 신선과도 같은 말이지요. 그분들은 긴 세월동안 수도원에서 희, 노, 애, 락, 의 방을 거치면서 미륵부처님의 도를 닦아스스로 깨친 분들이지요. 일반 절에서 부르는 호칭으로 따지자면토굴에서 수도를 하다가 도를 깨친 선승, 이라고나 할까요."

그래, 미륵사에도 12법인이 있어. 미륵사에서 말하는 법인은 일반 절에서 말하는 학승, 을 가리키는 말이야. 백운여래는 하늘에는 10개에 해당하는 음양이 있으며, 땅에는 12개에 해당하는 음양이 있다고 했어. 10선인은 하늘에 있는 10개에 해당하는 음양을다스리는 신인이며, 12법인은 땅에 있는 12개에 해당하는 음양을다스리는 신인이라고 가르쳤고.

"……"

"그것뿐만이 아니랍니다. 미륵암은 마치 무릉도원 같은 곳이지요. 속된 마음을 가지고 미륵암으로 오르는 날엔 짙은 안개가 끼어 아무리 찾으려고 해도 찾을 수가 없답니다."

"그 참 신기한 일이네요. 그럼 오늘도 자칫하면 미륵암을 찾지못할 수도 있겠네요?"

"그렇지 않답니다. 미륵암은 늘 짙은 안개 속에 가려져 있지만,신자님처럼 어려운 일에 처한 사람이 나타나면 저절로 안개가 걷힌답니다."

"저처럼 속된 중생이 감히 미륵부처님의 자비가 감도는 미륵암에서 기거할 자격이나 있겠어요?"

"모든 것은 신자님 마음에 달려있지요."

천불산 허리춤 곳곳에서 진달래가 연분홍빛 입술을 뾰쭘뾰쭘 내밀고 있어. 천불산을 휘돌아 세상으로 내려가는 꽃샘바람에도 연분홍빛 따스한 기운이 느껴져. 겨우내 그토록 매서운 눈보라를 맞으며 안으로 안으로만 가슴을 조이던 나뭇가지들도 삐거덕 삐거덕, 연초록 몸을 뒤채고 있고. 지난 가을, 까만 씨알을 떨구고 말라죽은 풀잎 속에서도 초록색 생명이 꿈틀거리고 있어. 천불산 허리춤에서 매일 용트림하는 미륵사는 우윳빛 봄 안개에 잠겨 있고.

지훈 씨, 정말 보고 싶어 미치겠어. 혹 무슨 나쁜 일이라도 생긴 건 아닌가요? 어찌 그리도 소식 한 번 주지 않나요. 정말 정말 보고 싶어요, 지훈 씨. 바깥세상 이야기는 틈틈이 미륵암을 찾아오시는 백운여래님을 통해 듣고 있어요. 바깥세상은 그야말로 아수라장이더군요. 한 학생이 물고문을 당하다가 죽었다더군요. 그 발표가 참으로 어이가 없었다면서요? 탁, 하고 치니 억, 하고 죽었다, 고 했다던가? 정말 말문이 막히네요. 그래요, 이 에피소드 같은 이야기는 결국 군사독재정권에게 종말이 다가오고 있다는 뜻이겠지요? 저들은 오늘도 정권을 지키기 위해 온갖 지독한 방법을 다 동원해 민의를 쪼개려 하겠지만… 이미 끝이 보이는 것 같네요.

그래요, 이곳도 그래요. 미륵사를 몇 번이나 다녀간 그치들이 어떻게 알았는지 여기 미륵암까지 올라왔지 않겠어요? 그땐 얼마나 당황했던지. 하필 그날은 천지여래님도 계시지 않은 날이었거든요. 어쩌면 그치들은 천지여래가 출타한 걸 알고 덮친 것인지도 모르겠지만… 천지여래가 어떤 분이에요? 앞일을 훤히 꿰고 계신 분이잖아요. 그날도 천지여래님이 저에게 법어 한 마디를 남겼거든요. 원신전에 있는 천불은 999개 불이니라, 천불은 생불 하나가 들어가야 비로소 완성되는 것이니라, 라고요.

쿡. 그때 제가 어떻게 했는지 몹시 궁금하지 않나요. 미륵암 천불은 불상 하나가 들어갈 자리를 늘 비워두고 있거든요. 그치들이 올라오자마자 나는 그 빈자리에 가부좌를 틀고 앉아 생불이 되었어요. 참으로 신기한 일은 그치들이 눈이 멀었는지 저를 빤히 바라보면서도 엉뚱한 곳만 뒤지고 다니는 것 아니겠어요. 그러다가 그만 10선인들에게 들켜 똥물을 뒤집어쓴 채 쫓겨나고 말았지만요.

쿡. 뒤에 안 일이었지만 999개가 있는 불상에 생불 하나가 들어가면 천불이 찬란한 빛을 낸대요. 내가 하도 의아해하자 선인 한 분이 그 빈자리에 가부좌를 틀고 앉았지 뭐예요. 그때 천불에서 천 개나 되는 오색찬란한 빛이 나기 시작했어요. 눈이 너무나 부셨어요. 방금 가부좌를 틀고 앉은 선인 모습은 그 어디에도 없었어요. 천불상 한가운데에는 엄청나게 큰 미륵부처님만 잔잔한 미소를 흘리며 서 계셨구요. 그때 나는 나도 모르게 이 세상 밖과 안을 모두 다스리고 계시는 절대세계에 계신 미륵부처님, 하면서 합장한 채 무릎을 꿇었어요. 내가 태어나서 처음으로 느껴보는 그 따스하고 포근한 미소… 그 잔잔한 미소 속에 저절로 느껴지는 진리… 그 절대 진리 앞에서 나는 너무나 하찮고 작은 티끌이었어요. 또 한 가지 신비스런 일은 선인이 그 자리에서 물러나자마자 천불상이 언제 그랬냐는 듯이 다시 999개 불상으로 나뉘어져 평소처럼 999가지 표정을 담고 있는 것 아니겠어요.

그래요, 지훈 씨. 사람은 어쩌면 서유기에 나오는 손오공처럼 부처님 손바닥 안에서 온갖 재주를 다 부리다가 제 스스로 부린 재주에 취해 부처님 손바닥 안에서 쓰러져 잠드는 그런 어리석은 존재인지도 모르겠어요. 보고파요, 지훈 씨. 정말 보고파서 죽어버릴 것만 같아. 그래요, 어쩌면 우리가 살아가는 이 세상은 저 미륵부처님 손바닥 안에 얼기설기 엉긴 잔잔한 윤회라는 손금처럼 그렇게 얽혀져 있는지도 몰라요.

아, 미륵부처님 손금처럼 내 몸 속속들이 새겨진 내 사랑 이지훈. 그래, 지금 바로 이 순간 아기와 함께 너 품에 꼬옥 안겨봤으면…… 근데, 지훈 씨 너무한다. 아무리 세상이 혹독하고 어지럽다고 해도 지금까지 소식 한 번 주지 않다니. 마네킹 같은 사내. 그동안 행여 내가 죽어 흙이 되어가고 있어도 모르고 있을 나·쁜·남·자.

이, 지, 훈.

참으로 얄미운 사내. 작가 김유정이 쓴 소설 '동백꽃'에 나오는 열일곱 살 먹은 그 총각처럼 꽉 막힌 사내. ─느 아버지 고자라지?, 라고 말하는 점순이가 소설 속에 나오는 '나'에게 마구 놀려대던 그 ─바보, 배냇병신, 같은 남자.

뻐꾹… 뻐꾹… 뻑뻐꾹∼ 뻐꾹…

차암, 지훈 씨. 어떡해? 나 머리 잘라버렸어. 미륵암에 들어가면서 천지여래님 명으로. 지훈 씨도 지금 날 보면 얼른 못 알아볼걸. 쿡. 배가 남산 만하게 부른 단발머리 소녀라. 쿡쿡쿡.

뻐꾹… 뻐꾹… 뻑뻐꾹~ 뻐꾹…

천불산 미륵암 뒤쪽은 마치 지상낙원 같은 드넓게 트인 평원이 펼쳐져 있어. 나는 70도 정도 비탈진 푸릇푸릇한 산등성이에 비스듬하게 드러누워 제법 부풀어 오른 아랫배를 사랑스레 쓰다듬고 있고… 그때 갑자기 아랫배가 꿈틀, 하는가 싶더니 천불산 맞은편에 있는 야트막한 산에서 너가 나를 부르기 시작했어.

미리이이…… 야아아아…… 미리이이…… 야아아아…… 미이리이이이…… 야아아아아아……

나는 아랫배를 감싸며 살며시 일어났어. 내 곁에서 연분홍빛 웃음을 흘리고 있는 진달래꽃 속에는 연분홍빛 꼬리를 매단 암술 하나가 까만 얼굴로 흔들리는 수술 하나를 찾아 마구 두리번거리고 있고.

"지훈 씨이이…… 사랑해요오오……"

내가 너를 메아리로 불렀어.

미리이이이…… 사랑해에에에……

너도 나를 메아리로 불렀어. 그때 저만치 야트막한 산에서 뻐꾸기 한 마리가 메아리를 가르며 푸더덕, 날아올랐어. 메아리가 되어 애타게 부르고 있는 너와 나를 시샘이라도 하는 것처럼.

"지훈 씨이이이…… 사랑해요오오오……"

지훈 씨이이이…… 사랑해요오오오……

환청이었어. 너는 그 어디에도 없었어. 내가 너를 애타게 부르는 소리가 너가 나를 애타게 부르는 소리로 되돌아왔거든. 봄날 내내 이 골짝 저 골짝으로 메아리처럼 허허롭게 울려 퍼지고 있는 저 뻐꾸기 울음소리처럼.

그래, 알아. 너무 잘 알고 있어. 너가 지금 얼마나 어지러운 사회를 줄광대처럼 아찔아찔 건너고 있는가를. 너야말로 지금이 가장 힘들고 바쁜 때란 것을 왜 모르겠어. 그렇지만… 정말 너무 보고 싶어. 사랑하는 이를 보고 싶어 하는 것도 죄가 될까? 그래, 그게 죄가 된다면 차라리 죄를 짓고 말겠어.

날마다 불러오는 내 아랫배에서 꿈틀거리는 지독한 그리움… 그 그리움이 나를 태우고 너를 태우다가 이젠 내 눈자위에 거무스런 테까지 드리우고 있어. 지훈 씨, 우리 아기도 아빠가 많이 보고 싶은가 봐. 잠시도 쉬지 않고 내 아랫배를 발로 툭툭 차고 있거든. 지독한 사내… 머리가 번쩍 하도록 꿀밤 한대 세게 먹이고 싶은 남자……

혼돈,
그 지독한 중독

이게 무얼까? 폭 삭은 감홍시 내음 나는 취기 속에 오동통하면서도 탱글탱글하게 꿈틀거리고 있는 이것. 갯버들처럼 도들도들한 꼭지가 한가운데 톡 불거진 것이 마치 불다만 풍선 끝자락을 만지는 것 같기도 하고. 낯설진 않은데… 그래, 언젠가 몇 번 만져본 것 같기도 하고. 어머니 품속처럼 따스하면서도 포근한 이 느낌. 여기가 어딜까?

"흐으응~"

"……"

으응? 이 소리는… 여자 목소리가 아닌가. 어디서 들려왔을까? 바로 내 곁에서 난 소리 같기도 한데? 꿈속에서 들려온 소린가?

"아이잉~"

그때 누군가 내 손을 살며시 눌렀어. 물 넣은 풍선처럼 물컹 만져지는 이것. 아니, 이것은 여…여자 젖가슴이 아닌가. 나는 후다닥 놀라 잠에서 깨어났어. 이…이게 어…어찌된 일이지?

"아니, 너어……"

그 여자였어. 실눈을 뜬 여자… 코맹맹이 소리를 내며 내 품을 더욱 깊숙이 파고드는 여자. 갑자기 뜨거운 입김이 후끈, 내 목을 간지럽혔고.

"아이잉~ 선배니임~ 왜 그래에? 기억 안 나…요? 어젯밤에 집에 간다는 날 그렇게 억지로 끌고 오고선."

작가 김동인이 쓴 소설 '감자'에 나오는 복녀가 이랬을까. 감자밭에 들어가 감자 몇 알을 훔치다 들키자 여자 알몸이 지닌 힘을 알고 있는 복녀가 감자밭 주인 왕 서방에게 죗값으로 자기 몸을 내주듯이.

"아…아니? 너, 이게 무슨 짓이야?"

이불이 마구 헝클어진 침대 아래에는 그 여자 속옷과 내 속옷이 서로 엉겨 아무렇게나 널브러져 있었어. 침대에서 후다닥 일어난 나는 등을 돌린 채 내 속옷을 찾아 마구 두리번거렸고. 그때 그 여자가 내 등을 꼬옥 끌어안으며 으으응, 코맹맹이 소리를 내며 몸을 흔들었어. 순식간에 아랫도리로 찌르르 흐르는 탱글탱글한 젖가슴이 주는 폭신한 감촉. 그 여자 몸을 알아보고 꼿꼿해지기 시작하는 내 그것. 아, 내 마음을 그대로 배반하는 내 몸. 나는 왼손으로 내 그것을 슬쩍 누르며 일부러 신경질을 냈어.

"애희 너, 그렇게 안 봤는데… 참으로 이상한 여자구나."

"서언배니임…… 기왕 이렇게 된 거, 꼬오옥 한 번만 더어……"

아니, 지금 이 여자가 무슨 말을 하고 있는 건가. 한 번만 더라니. 그렇다면 이 여자와 어젯밤 몸을 한번 섞기라도 했단 말인가. 아냐, 그럴 리가 없어. 나는 이미 한 여자와 결혼을 한 몸이 아닌가. 유부남? 그래, 별로 듣기 좋은 말은 아닌 것 같지만 나는 엄연한 유부남 아닌가. 만약 이 여자와 한 번 했다면 불륜을 저지른 것 아닌가. 그래, 아무리 생각해도 그랬던 기억은 나지 않아. 그래, 이건 함정이야. 이 여자가 나를 꼬드기기 위해 파놓은 함정.

"그…그게 무슨? 말도 안 되는 소리."

"선배님도… 계속 이러시기예요? 체, 사내들이란 다 그렇고 그렇다니깐. 그래, 없었던 일로 하자 이거네요. 그래, 그랬으면 얼마나 좋겠어요. 하지만… 아니, 그걸 정 원한다면 그깐 그거 없었던 일로 해두죠, 뭐. 그거 한 번 했다고 해서 어디에 표가 나는 것도 아니고. 그리고 지금 또 한 번 더 한다고 해서 무슨 상관이 있겠어요. 이제 됐어요? 선배님."

내 등을 더 세게 끌어안으며 혓바닥으로 내 목덜미를 슬쩍 핥는 여자. 나도 어쩌지 못하는, 온몸으로 찌릿찌릿 옮겨 붙어 수천 수만 개로 날름거리는 불꽃. 아, 내 몸아. 이래서는 안 돼. 어서 찌그러져, 어서. 여기는 내 집이 아니야. 포근하고 아름다운 내 집을 팽개치고 어찌 이 여자가 내주는 나쁜 집에 들어가려 그리 안달하냐. 어서 가라앉아, 어서.

"이것 좀 놓지 못해? 이건 창녀들이나 하는 짓거리야. 애희는 창녀가 아니잖아? 어서 날 놔 줘. 남녀 사이에서 이루어지는 성스러운 결합이 이런 식이 되어서는 곤란해. 사랑은 서로가 간절히 원해서 자연스럽게 이루어져야 하는 거야. 이건 도박이자 한 사람에 대한 철저한 배신이야. 얼른 날 놔 줘."

그때 그 여자가 내 등에서 후다닥 떨어졌어. 탱글탱글한 젖가슴과 까맣게 덮인 그 여자 거기가 슬쩍 드러났고.

"뭐어? 창녀들이나 하는 짓? 애희는 창녀가 아니라고?"

"……"

아차, 이런 큰 실수를… 왜 하필 이 여자를 창녀에 빗댔을까. 이건 바보 같은 짓이며 애희는 바보가 아니잖아, 라고 말했으면 아무런 문제도 없었을 것을. 하긴 어쩌면 내 마음에도 남성이 우월하다는, 그 지랄 같은 이데올로기가 늘 쥐새끼처럼 밖을 내다보고 있었는지도 몰라. 그래, 김동인이 쓴 소설 '감자'에 나오는 복녀가 몸을 팔고 싶어서 팔았겠는가. 복녀가 몸을 팔기 시작한 것은 먹고 살기 위한 몸부림에서 비롯되었던 것 아닌가. 그래, 복녀는 그 이상한 몸부림을 통해서 여자 몸이 지닌 엄청난 힘과 몸이 지닌 본능을 깨닫게 되었어. 그래, 복녀는 마침내 −사람으로 못할 일도 아니고, 일 안하고도 돈 더 받고 긴장된 유쾌가 있고, 빌어먹는 것보다 젊잖은, 그 짓을 당연하게 받아들이지 않았는가. 그래, 그것이 잘못된 일인가. 먹고 살기 위해 몸을 팔다가 마침내 자기 몸이 지닌 욕정에 스스로 빠져버린 복녀를 어찌 천하고 더러운 계집이라고만 손가락질을 할 수 있겠는가. 그래, 사람들이 간통한 여인을 무릎 꿇려놓고 죄를 물었을 때, 죄 없는 자가 이 여인에게 돌멩이로 쳐라, 라고 말한 예수. 그래, 왜 나는 그 예수처럼 그렇게 말을 할 줄 모를까. 두렵다. 지금 이 여자가 내게 보내는 날카로운 눈빛이 너무나 무섭다. 아, 이 여자 입에서 무슨 말이 또 튀어나올 것인가. 어떤 말이 튀어 나오더라도 받아들여야만 할 수밖에 없다. 이 여자를 창녀, 라고 스스럼없이 내뱉은 나. 내가 지은 죗값을 치루기 위해서라도.

"……"

"그래요, 그것이 결국 선배님이 지닌 본심이었군요. 남자가 마음에 드는 여자는 그 여자의 뜻과 아무런 상관없이 마음껏 차지해도 되고, 여자는 남자의 말에 무조건 따라야 한다는…… 아니, 남자가 하자는 그대로 따르지 않으면 성스러운 결합이 아닌 창녀들이나 하는 짓이 되고, 도박이 되고, 배신이 되는 그 잘난 남성우월주의. 그래요. 선배님 말처럼 지금까지 서로가 간절히 원해서 이루어지는 사랑이 얼마나 있었던가요? 서로가, 가 아니라 남자가 여자를 원하면 자연스럽게 이루어지는 것이 남자들이 생각하는 완전한 사랑 아니었던가요. 어쩌다 여자가 자신이 좋아하는 남자를 간절히 원하면 천박하다느니, 창녀 같다느니, 라고 말하는 사람들이 바로 그 잘난 남자들 아니었던가요?"

아, 저게 여자가 지닌 알몸인가. 오디처럼 꼿꼿하게 도드라진 젖꼭지, 그 아래 곱슬곱슬한 검은 숲을 꼭짓점으로 쭈욱 뻗어 내린 매끄러운 허벅지. 그래, 이렇게 밝은 곳에서 여자가 지닌 알몸을 쳐다보기는 처음이야. 여자가 움직일 때마다 물결처럼 출렁이는 오동통한 젖가슴. 미리 거보다 훨씬 더 크고 통통한 것 같다.

"그…그게 아니라……"

"창녀? 그래요, 참으로 시인다운 비유로군요. 그래요, 창녀가 스스로 좋아하는 남자를 선택할 권한이 있던가요? 제 마음에 들지 않는다고 해서 몸을 팔지 않는 창녀도 있던가요? 창녀는 몸을 팔아서 돈을 버는 직업이에요. 제가 창녀라구요? 차라리 화냥년이라고 했으면 이렇게까지 마음이 상하지는 않았을 거예요. 그래요, 선배님 마음을 이제야 알겠어요."

하지만, 이라며 그 여자가 새빨간 입술을 깨물었어. 새빨간 입술이 노랗게 물드는 자리에 그 여자 하얀 이가 살짝 드러났고.

"……그건 선배님 기우에 지나지 않는다는 것을 곧 보여주고 말겠어요. 지금껏 그 잘난 남자들이 해왔던 것처럼 우리 여자들도 자신이 좋아하는 남자를 선택하고, 그 남자를 차지할 수 있는 세상. 그 잘난 남자들처럼 여자도 호주가 될 수 있는 세상. 그 잘난 남자들처럼 자식이 어머니 성을 따를 수 있는 세상…… 그래요, 나는 이미 오래전부터 그런 여자들이 사는 세상을 위해 몸을 바치기로 맹세했어요."

"……"

그 여자가 다시 옆으로 나를 끌어안으며 내 그것을 살며시 움켜쥐었어. 도저히 이해할 수가 없어. 금방이라도 나를 잡아먹을 듯이 노려보던 그 여자가 언제 그랬냐는 듯이 스스럼없이 나를 끌어안고 있다니. 정말, 그 속내를 가늠할 수 없는 여자.

"……그래요. 선배님이 저더러 화냥년이라고 불러도 좋아요. 하지만 제발 절 속이려 들지 마세요. 선배님이 말은 그렇게 하고 있지만 이미 이것이 날 원하고 있잖아요. 제발 지금은 몸에 충실하기로 해요."

뭐어? 몸에 충실하자고? 이런. 그래, 이토록 내 몸을 원하는 이 여자가 지닌 간절한 욕망을 저버리면 무슨 나쁜 일이라도 생길 것만 같았어. 그래, 그래도 안 돼. 어떻게 해서라도 이 덫에서 벗어나야만 해. 탈출? 그래, 지금 내가 빠져 들고 있는 덫과 작가 최학송이 쓴 소설 '탈출기'에 나오는 그 박군이 빠져드는 과는 늪과는 달라. 그래, 어쩌면 탈출을 해야 하는 상황에서만 본다면 그 박군이 처한 상황과 지금 내 상황이 그리 다르진 않아. 소설에 나오는 박군은 낭떠러지 삶에서 새로운 희망을 찾아 가족들을 데리고 간도로 떠나 충실하게 살았어. 박군은 ─그 대가가 멸시와 학대뿐인 것에 대한 울분으로, 험악한 제도의 희생자가 될 것이 아니라 그 제도를 부수기 위해 탈가를 결심하고 ××단에 가입, 함으로써 탈출을 결심했어. 그렇다면 나는 어떠한가. 나는 감옥에서 5년이란 세월을 보낸 뒤 새로운 희망인 미리를 만나 충실하게 살았어. 나는 그 대가가 미리에 대한 수배와 나에 대한 차디찬 감시뿐인 것에 대한 울분으로, 험악한 제도 밑에서 희생자가 될 것이 아니라 그 제도를 부수기 위해 환골탈퇴를 하고 있어. 그저 바라보기만 해도 침이 꼴깍 넘어가는 탱글탱글한 육체로 끝없이 유혹하고 있는 이 여자에게서 탈출을 하는 방법은 두 가지. 이 여자를 품는 길이 하나 있고, 이 여자를 피하는 길이 하나. 문제는 둘 다 제대로 된 탈출구가 아니라는 것. 박군이 탈출을 하지만 또 다른 덫에 빠지는 것처럼.

"이건 아냐? 이건 사랑도 아무 것도 아냐. 단지 한순간 욕구를 해소키 위한… 그래, 섹스를 위한 섹스야. 분명히 말하지만 애희 넌 내 섹스파트너가 아니야. 나 또한 애희 너 섹스파트너가 아니듯이."

"선배님, 저는 서로 몸을 즐기는 그 섹스파트너가 되고 싶어요. 선배님이 필요하시면 언제든지 불러주세요. 어디에 있든 어느 시간이든 만사를 제쳐두고 달려갈게요. ……절 마음껏 즐기세요. 그러다가 선배님이 싫증이 나서 절 버리면 휴지조각처럼 선배님 곁을 떠나겠어요."

"……"

그래, 이 여자는 나뭇가지에 매달린 잎새 같았어. 바람이 살짝 불어도 파르르 떠는 그 잎새. 다혈질인데다 어떤 일을 함에 있어서도 스스로 옳다고 보는 여기면 절대 굽히지 않았어. 그래, 내가 사회출판사에 발을 디디게 된 것도 그랬어. 물론 그 일을 맡게 된 것은 내가 사회출판사 편집부장인 박 현에게 여러 가지 유인물을 부탁하면서 비롯된 일이기는 하지만. 내가 사회출판사 기획실장을 맡게 된 것은 순전히 이 여자 덕분이었어. 이 여자가 감옥에 갇혀 있는 김 사장과 박 현 부장에게 면회를 자주 다니면서 그들을 설득시킨 덕분이었지. 물론 김 사장 입장에서도 회사 경영과 편집을 책임질 만한 사람이 절실히 필요했었겠지만. 사실 사회출판사에는 기획실장이란 자리가 없었어. 기획업무는 비상근 편집위원과 편집부장 소관이었거든. 따지고 보면 이 여자 애인이자 직장 상사인 박 현 부장이 기획업무까지 총괄하고 있었으므로, 박 부장이 기획실장 자리까지 겸임하고 있었다고 봐야지. 이 여자는 그 자리를 제금내기 위해 김 사장 면회를 갈 때마다 꼬드겨 마침내 기획실장 자리를 만들어 나를 앉혔지. 그 때문에 사회출판사 안에서 2인자였던 박 부장은 3인자로 떨어졌고. 무서운 여자. 이 여자를 보고 ─천 길 물속은 알아도 한 치 사람 속은 모른다, 라는 말이 생겨난 것인지도 몰라. 어제도 마찬가지. 어제는 내가 기획실장을 맡은 뒤 아무 성과도 없이 빈둥거리기만 하다가 겨우 신간 한 권을 펴낸 날이었지. 어제, 제본소에서 마악 떨어진 신간을 펼쳐든 이 여자는 유난히 말이 많았어. 정희가 표지 디자인을 너무나 심플하게 했다, 기획실장이 쓴 머리말이 죽인다, 베스트셀러는 따논 당상이다, 책걸이는 책이 따끈따끈할 때 필자를 모시고 하는 것이 상식이다, 라며 하도 떠들어대는 바람에 결국 오늘 저녁에 해야 할 책걸이를 하루 앞당겨 어제 저녁에 치르게 했고. 그렇게 책걸이를 핑계로 결국 2차, 3차로 이어진 술자리는 마침내 포장마차로까지 옮겨져 새벽 3시를 넘긴 뒤에서야 겨우 마무리했던 것 같기도 한데… 그 다음은 기억이 가물가물해. 아, 그래. 약간 기억이 나. 술이 많이 취했으니 집에까지 바래다 주겠다, 라며 애희가 끝까지 고집을 부리는 바람에 같이 택시를 타고 집 앞에 내렸던 것 같기도 하고… 집 앞 포장마차에서 또 술을 마셨던가?

"선배님, 저도 선배님 마음 잘 알아요. 선배님 마음속엔 미리뿐이란 것을. 제가 아무리 선배님을 사랑해도 물거품이 될 거란 걸 모르는 게 아니에요. 그걸 알기 땜에 저도 선배님에게 그 자리를 내놓으라고 하는 건 아니잖아요."

그래, 불교에서도 몸보시라는 말이 있기는 하지만… 이 여자가 섹스에 굶주리다 못해 섹스중독증에 걸린 여자는 아니지 않은가. 나 또한 도를 통한 그분들처럼 몸보시를 베풀 만한 그릇이 되지도 않고.

"알아, 애희 니 마음을 나도 모르는 건 아냐. 그래도, 지금 수배 중에 있는 미리 입장도 생각 좀 해야지. 지금 죽었는지 살았는지 도 모르는 상황에서…… 너까지 이렇게 나오면 나더러 어쩌란 말 이야."

"선배님, 그 마음은 모두 미리에게 주세요. 그러다 행여 남는 것 이 있다면 저에게 달라는 것뿐이에요. 텅 빈 껍데기뿐이라 할지라 도."

"……"

갑자기 내 아랫도리에서 손을 빼낸 뒤 다리를 벌리고 내 무릎 위에 앉으며 발그스레한 눈을 반짝이는 여자. 입술을 움직일 때마 다 양 볼에 포옥 빨려드는 볼우물이 마치 이 여자 거기 같았어.

"애희야, 너 도대체 왜 이러는 거야? 내가 무슨 돌부천 줄 아 니? 나도 피가 끓는 사내야. 나 자신도 지금 네 몸을 갖고 싶어. 그렇다고 사람이 자기 기분 내키는 대로 살 수는 없잖아? 게다가 애희 곁엔 박 현 부장이 있잖아. 널 그토록 아끼고 사랑하는 박 현 부장이 있는데… 너가 내게 왜 이러는지 통 이해가 가지 않아. 지 금 차디찬 철창 속에 갇혀있는 박 현이 불쌍하지도 않아? 나더러

미리와 박 현 부장 원수라도 되라는 거야, 뭐야?"

귀가 멀기라도 했나. 아무런 말없이 나를 거칠게 끌어안는 여자. 탱글탱글한 여자 젖가슴이 내 가슴에 그대로 맞닿아 거친 숨을 내쉰다. 가슴을 간질이는 꼿꼿하게 도드라진 여자 젖꼭지 둘. 그때 내 그것에 슬쩍 닿는 여자 까만 거기.

"선배님. 사실, 전 박 현 씨를 사랑하진 않아요. 애당초 현 씨에게 몸을 던진 것은 선배님과 미리에 대한 일종의 반감, 아니 보상 심리에서 비롯된 것이에요. 현 씨와 몸을 섞을 때도 늘 현 씨와 관계를 맺은 것이 아니었구요. 참으로 잔인한 생각일지는 모르지만 현 씨와 몸을 섞을 때마다 선배님 얼굴을 떠올렸어요. 그러니까 선배님과 몸을 섞은 거죠. 현 씨한테는 정말 미안한 일이었지만."

순식간에 목을 끌어안고 뒤로 발랑 나자빠지며 내 알몸을 태우는 여자. 갑자기 숨이 컥 막혔어. 내 눈앞에 확 다가오는 꼿꼿하게 도드라진 젖꼭지. 그때 여자가 지퍼를 열듯이 허벅지를 쫘악 벌리며 엉덩이를 힘껏 치켜들었어.

"흐으음."

"……"

그래, 동백꽃 냄새처럼 —알싸한 그리고 향긋한, 땅이 꺼지는 듯이 온 정신이, 아찔했어. 작가 김유정이 쓴 소설 '동백꽃'에서 점순이와 처음으로 관계를 가지는 나, 가 느끼던 그 느낌 그대로.

"자네가 여기까지 웬일인가? 국가를 하나 따로 세울 만큼 진보적이고도 탁월한 사고를 가진 민족시인이. 설마 구속된 강만수 일로 온 것은 아닐 테고."

자네가 여기까지 웬일인가, 라니. 내가 못 올 곳이라도 왔단 말인가. 설마 살려달라, 고 빌러라도 온 줄 아는 건 아니겠지. 그래, 어쩌면 초장부터 내 기세부터 확실하게 꺾어놓고 시작하겠다는 그 말 아니겠어. 뻔뻔스럽기는. 방금 수위실에서 올려 보내라, 는 지시까지 내려놓고 이리도 능청을 떨고 있다니. 탤런트 시험이라도 한 번 치러보지. 그래. 뭐어? 국가를 하나 세울 만큼, 이라고. 그래, 처음부터 애당초 나를 국가 전복을 바라는 괴수쯤으로 취급하겠다는 그 말이지.

"그렇습니다, 회장님."

"그래, 쌀은 떨어지지 않았고?"

마른 웃음을 날리며 은근히 나를 비꼬는 박진호 회장. 그 비꼬는 모습이 작가 송기숙이 쓴 소살 '암태도'에 나오는 그 지주 같았어. ─소작료를 내리지 않으면 벼를 베지 않겠다, 는 농민들 말을 들은 척도 하지 않는 그 지주. ─누구 배에서 먼저 꼬르륵 소리가 나는가 두고 보자, 라며 농민들 허기진 삶을 꿰뚫고 있는 그 나쁜 지주.

"회장님! 회사에 찾아와서도 회장님의 용안(?)을 한 번 뵙는 것이 쌀을 구경하는 것처럼 이렇게 어려운 일인 줄 오늘 처음 알았습니다. 참으로 영광입니다."

나는 박진호 회장을 정면으로 바라보며 맞장구를 쳤어. 일부러 눈썹을 한껏 찌푸리며 담배를 꺼내 무는 박진호 회장. 그 모습이 서툰 연기자처럼 어설퍼 보였지만 아무리 살펴보아도 미리와는 하

나도 닮은 구석이 없었어. 휴~

"그나저나 자네와 나의 인연은 어찌 실타래처럼 그리도 얽혔나? 서로 상극의 운인가? 홍보실 사보팀에 발령냈을 때도 그랬고, 강만수 문제도 그렇고, 또 이번에는 내 조카 문제까지."

"상극의 운이 아닙니다, 회장님. 회장님과 저는 원래부터 상생의 운이었는데 회장님께서 그렇게 만드신 것 같습니다."

그때 박진호 회장이 눈빛을 반짝, 하고 빛냈어. 상생의 운, 이란 말에 무언가 대화가 될 것 같다는 가느다란 희망을 거는 것 같았고. 그래, 이 눈빛. 이 눈빛으로 대화를 한다면 풀리지 않을 일이 무엇이 있겠는가. 그렇지만 한순간도 방심해서는 안 돼. 동양식품 박진호 회장은 경제 9단, 이라며 주간지에 날 정도로 노련한 말편치를 자랑하는 사람이니까.

"그으래. 그나저나 자네는 내 조카를 어디다 숨겨놓았나?"

"그걸 어떻게 제게 물으십니까? 그 일은 회장님이 더 정확히 아시지 않습니까? 사실은 오늘 제가 회장님을 찾아온 것은 바로 그 문제 때문입니다. 혹 미리를 아무도 몰래 해외로 빼돌린 건 아니시겠죠?"

박진호 회장은 내 답변이 짜증이라도 난다는 듯 소파에서 일어나 창가로 다가갔어. 박진호 회장이 보이는 뒷모습, 어딘지 모르게 쓸쓸해 보였어. 그래, 사업에 실패한 뒤 여기저기 도망 다니는 그 친구 뒷모습을 닮은 것 같기도 하고. 입고 있는 옷만 다를 뿐. 그래, 사람이 내보이는 뒷모습은 누구나 쓸쓸해 보인다, 라고 했어. 누가 그랬더라? 지리산을 지키는 시인 박남준과 이원규가 그랬던가? 가수 뺨치게 노래를 잘 부르는 시인 박선욱이 그랬던가. 하여튼 나랑 친한 젊은 시인이 말했는데 얼른 기억이 잘 나지 않아.

"날 아직까지 정확하게 알지도 겪어보지도 못한 자네의 섣부른 판단은 어찌 보면 자네들이 거리에서 짱돌을 던지는 그런 행위와 하등 다를 바 없네. 그래서 더더욱 자네들에 대한 믿음 같은 것이 생겨나지 않는 것인지도 모르지. 그토록 순수했던 내 조카가 내 지시를 무시하면서까지 그토록 자네를 아끼는데도 말이야."

그래, 이제서야 서서히 본색이 드러나기 시작하는군. 그나저나 왜 나를 쳐다보지 못하고 창밖만 바라보면서 말을 하지? 하긴, 내가 벌레처럼 보일 수밖에 없겠지. 잘 나가는 동양식품에 고춧가루만 뿌리고 다녔으니까.

"참으로 잔인하시군요. 미리 생모 하나도 부족해서 이제는 미리까지… 어떻게 사람의 탈을 쓰고 그렇게 잔인한 짓을 할 수 있습니까?"

그때 박진호 회장이 고개를 홱 돌려 나를 한동안 노려보았어. 금방 재털이라도 집어 던질 기세였지. 다른 한편으로는 내게 몹시 실망했다는 표정이기도 했고.

"방금 뭐라고 지껄였는가? 입이 있다고 마구 지껄이다 보면 나중에 그 입이 찢어지기도 하고, 자칫하면 꿰매어져 죽을 때까지 말문을 닫아야 하는 일도 더러 있지."

옳거니, 일단 박진호 회장을 흥분시키는 일에는 성공한 것 같아. 일단 심기를 흐트러 놓아야 본심이 쉬이 드러나거든. 그렇다고 그리 호락호락하지는 않을 거야. 박진호 회장이 누군가. 멀쩡한 미리 생모를 정신병자로 만든 사람이 아닌가. 박진호 회장은 다급하면 무슨 짓이라도 할 수 있는 위인이지. 그 때문에 적당한 선에서 치고 빠지기를 잘하지 않으면 예기치 않는 사태로까지 발전할 수도 있거든. 속담에 돌다리도 두드려 가면서 건너라, 고 했잖아. 그때 미리가 내게 한 말처럼 조심, 또 조심, 해야 해.

"지금 하신 말씀, 그 말씀 속에 단 한 치의 위선이나 시행착오가 없다고 자부할 수 있습니까?"

"그건 자네가 걱정할 일이 아닌 것 같은데? 머리가 어느 누구보다도 비상한 자네가 어찌 그리도 외고집만 피우고 있는 건가? 이 세상을 남보다 더 멋지게 살아가려면 돈도 필요할 테고, 또 돈만 있으면 온갖 것을 다 취할 수 있는 세상인데도 말이야."

역시 박진호 회장은 노련했어. 금세 잔잔한 표정을 지으며 말투까지 차분하게 가라앉히고 있는 걸 보면. 게다가 은근슬쩍 나를 돈으로 매수하려 하고 있어.

"회장님 같은 분이야말로 공자처럼 마음이 넓고 예에 밝은, 그야말로 자본주의식 덕도를 하신 분이 아닙니까? 제 같이 하찮은 미물은 고집 하나뿐입니다. 하긴 가진 것 하나 없는 제가 고집 하나 없이 어찌 이 험난한 세상을 헤쳐나갈 수 있겠습니까?"

"자본주의식 덕도? 자네 혹시 뭔가 단단히 착각을 하고 있는 건 아닌가? 내 조카가 자네 곁에 있다고 해서 자네가 우리 집안의 사위나 된 것처럼 착각하고 있지는 않느냐 그 말일세. 만약 그렇게 생각하고 나를 찾아왔다면 그거야말로 참으로 위험하고도 어리석은 발상이네. 방금 자네가 말한 그 자본주의식 덕도에 위배되는 행동이다, 이 말일세."

이 양반이 지금 무슨 말을 하고 있는 건가. 내가 월북한 작가 안회남이 쓴 소설 '농민의 비애'에 나오는 그 서대응 노인으로 보인다는 말인가. 눈이 쌓인 새벽, 지주 이선달에게 밥 한 술 얻어먹을 욕심으로 이선달네 집 앞까지 빗질하는 그 서대응 노인. 그래도 국물도 없는 이선달. 그래, 날 그 서대응 노인으로 생각했다면 그것은 너무나 큰 착각이지. 그래, 박진호 회장은 간교하고 욕심 많은 그 이선달과 너무나 닮았어. 해방 후 생긴 삼칠제 소작료까지 떼먹기 위해 가진 재산을 몽땅 팔아넘기는 그 뻔뻔한 이선달.

"회장님께서는 참으로 상상력이 풍부하시군요. 저는 미리와 결혼한 사람이지 미리의 집안과 결혼한 사람이 아닙니다. 그리고 회장님께서 사위로 들어오라고 애원해도 저는 회장님의 사위가 될 수 없습니다. 엄연히 계급이 다르지 않습니까. 남의 집 종살이나 하는 종놈이 어찌 지체 높으신 대감 어르신의 사위가 될 수 있겠습니까."

"사실, 자네 따위하고는 상대조차도 하고 싶지도 않았네."

"……"

"…내가 자네의 방문을 허락한 것은 오로지 우리 조카에 대한 무슨 정보라도 가지고 있는가 해서 허락한 일일세. 어서 털어놓게. 어디다 그리도 꼭꼭 숨겨놓았는지."

그것 참 이상한 일이다. 박진호 회장이 툭툭 던지는 말투를 곱씹어보면 미리 행방에 대해서 정말 모르고 있다는 투가 아닌가. 헛다리를 짚었나? 아냐, 저렇게 말하는 속내에는 뭔가 꿍꿍이속이 있는 게 틀림없어. 자기도 조카 행방을 몰라 찾고 있으니까 같은 입장이라는 것을 드러내 묘한 동정심이 일어나게 하려는 속셈.

"회장님이야 말로 미리를 어디다 그리도 꼭꼭 숨겨놓았는지 말씀해 주십시오. 설마 미리 생모처럼 미리에게까지 그렇게 잔인한 짓을 한 것은 아니겠지요?"

"자네 감옥에서 5년이나 썩고도 진짜 뜨거운 맛을 덜 본 모양이군. 하긴 감옥 갔다 온 것을 무슨 큰 벼슬이나 하고 온 것처럼 으시대는 자들이 바로 자네 같은 사람들이 아닌가. 그럴 만도 하겠지. 삐딱한 집단에 속해 있는 삐딱한 무리들이 자네 같은 자들을 투사니 전사니라고 떠들어대고 있으니까."

"……"

담배를 꺼내 물던 박진호 회장이 날 힐끔 쳐다보며 픽, 웃었어. 너 같은 피라미쯤은 적당히 갖고 놀다가 금방이라도 회를 쳐서 먹을 수도 있다는 느긋한 표정.

"내 지금이라도 당장 자네를 인신매매범으로 몰아 감옥에 넣을 수도 있네. 설마 인신매매범에게까지 투사니 전사니 떠들어대지는 않겠지? 나는 지금 자네가 숨겨놓은 우리 조카의 신변에 무슨 일이라도 생길까봐 수없이 참고 있는 중일세."

적반하장도 유분수지, 뭐 이런 개 같은 경우가 다 있어. 뭐어? 인신매매범? 그래, 지금 나는 사람과 대화를 나누는 것이 아니야. 누가 쓴 동화인지는 얼른 생각나지는 않지만 '늑대와 일곱 마리 아기 염소'에 나오는 그 늑대, 사람의 탈을 쓴 그 늑대가 잡아먹은 새끼양을 구하기 위해 온 것이 아닌가. 아, 이제 생각났어. 그래,

독일에서 태어난 그림형제가 쓴 동화였지. 형 이름은 야콥 그림이고, 동생 이름은 빌헬름 그림이었던가.

"그거야 회장님 좋으실 대로 하십시오. 인신매매범 운운하는 것은 오히려 회장님께 적용해야 되는 법률이 아닙니까? 미리 생모를 정신병동에 가두고 미리 집안의 재산까지 몽땅 다 차지한 분이 누구십니까?"

"이 친구 이거, 정말 몹쓸 친구로구먼. 내 다시 자네한테 한 마디 경고하겠네. 다시 한번 그 말을 함부로 입 밖에 내뱉었다가는 명예훼손혐의까지 첨부하겠네. 조카에게서 무슨 말을 어떻게 들었는지 잘은 모르겠지만, 조카나 자네나 조카 생모에 대해서는 참으로 큰 오해를 하고 있는 걸세. 또 그 얘기는 자네가 나서서 함부로 거론할 문제는 더더욱 아니고. ……이건 비밀이지만 자네에게만 특별히 알려주겠네. 오늘 나를 방문한 기념으로 주는 작은 선물이라고 생각하게."

"?"

"조카 문제 말일세. 그 문제는 높으신 분한테 특별히 부탁을 해서 이미 해제시켜 놨네. 그러니까 어서 내 조카를 설득시켜 집으로 돌려보내주게."

아니, 그렇다면 아직까지 미리 신변에 별 다른 문제는 없다는 것 아닌가. 어떤 경로를 통해서였든지 일단은 수배가 해제되었다고 하니 정말 다행한 일이야. 한 가지 이상한 것은 그렇게 날고뛰는 박진호 회장도 미리를 찾지 못한다? 혹, 미리에게 무슨 나쁜 일이라도? 아냐, 그럴 리가 없어. 미리가 얼마나 머리가 잘 돌아가는 여잔데.

"회장님께서도 진정으로 미리의 행방을 모르신단 말씀이신가요? 들리는 소문에는 회장님께서 사람을 시켜, 비밀리에 미리를 해외로 도피시켰다던데요?"

"그런 허황된 얘기는 듣기 싫네. 어서 조카나 돌려보내게. 그리고 자네 곁에는 대학시절부터 장래를 약속한 아리따운 처자가 있지 않은가. 애흰가 뭔가 하는… 어서 그 아가씨의 품으로 돌아가게. 한 여자를 울리면 오뉴월에도 서리가 내린다는 옛 속담도 있잖은가? 또, 이제 그만하면 우리 조카의 단물은 빨아먹을 데로 다 빨아먹었지 않았는가."

이게 무슨 소린가. 맞아, 뜬금없이 선물 운운할 때부터 뭔가 냄새가 나는 것 같더니만.

"네에? 그게 무슨? 으음."

그때 박진호 회장이 입가에 희미한 미소를 지으며 내 얼굴을 찬찬히 훑어내렸어. 내 허를 찔렀다는 득의만만한 눈빛으로.

"오해하지는 말게. 나도 그 애흰가 뭔가 하는 아가씨가 내게 직접 찾아와서 호소를 하기에 알게 된 일일세."

"으음, 그랬구나. 그래서…… 역시 화술 9단인 박진호 회장님답군요. 저에 대한 세심한 배려, 정말 고맙군요."

오, 애, 희.

그래, 그 여자 뒤에 결국 박진호 회장이 있었구나. 사랑에 빠지면 눈이 먼다더니. 그렇게 온몸을 던져 가진 자를 저주하던 그 여자가 박진호 회장을 스스로 찾아가다니…… 아냐, 그게 아닐 수고 있어. 박진호 회장이 내던지는 말을 어찌 곧이곧대로 믿을 수 있겠는가. 어쩌면 박진호 회장은 은밀히 내 주변을 조사하다가 그 여자에게 접근한 것이 틀림없는 것 같아. 그 여자를 내세워 나와 미리 사이를 떼어놓으려는 수작… 그래. 며칠 앞, 그 여자가 하는 행동이 조금 이상했었어. 아무리 사랑에 눈이 멀어 자존심까지 몽땅 내팽개친 여자라 할지라도 한 사내에게 그렇게 알몸을 던지는 여자가 어디 있겠는가. 분명 박진호 회장은 물질을 앞세운 핑크빛 미래와 함께 그 어떤 협박을 밑그림으로 깔면서 그 여자를 철저하게 갖고 노는 게 분명해.

"그랬군요. 이제껏 회장님께서 이루어낸 눈부신 업적들이 다 그렇게 이룩된 거로군요. 사람을, 자신의 그 어떤 목적달성을 위한 하나의 도구로 사용하는군요. 참으로 위대하십니다, 회장님."

"자네는 어떤 일에 대해서 꼼꼼한 분석도 없이 즉흥적으로 판단하는 병적인 증세를 가지고 있는 모양일세. 그렇게 머리가 천재적인가?"

"하나를 보면 열을 안다는 옛말이 있지 않습니까?"

"자네와는 도저히 대화가 되지 않네. 하여튼 이 달 중으로 조카를 내게 돌려보내게. 그렇지 않으면 강제수단을 동원할 수밖에 없네. 그때 가서 후회하지는 말게."

무한대. 그래, 이 땅에서는 가진 자에게 한계가 없다. 필요에 따라 권력까지도 마음대로 사 들일 수 있는 자들… 필요에 따라 공권력까지도 마음대로 움직일 수 있는 자들… 필요에 따라 사랑까지도 물질로 둔갑시킬 수 있는 자들… 아, 갑자기 허공으로 터져

나가 한 점 먼지가 되어 날아가는 것만 같은 내 몸.

"……그러죠, 그렇다면… 이 달 중으로 미리 형상을 조각이라도 떠서 회장님께 갖다드려야 하겠군요. ……으음."

"왜 그러는가? 자네, 혹시 어디 아픈가?"

"……"

"아니면, 혹…… 돈이 필요한가? 만약 돈이 필요하다면 자네가 평생을 그 여자와 호위호식할 정도의 돈을 주지. 조카를 보내준다는 약속만 하면, 지금 당장이라도."

"……지금 미리를 두고 흥정을 하자는 겁니까? 그 여자도 이렇게 설득시켰습니까? ……그리고 미리를 그렇게 애타게 찾는 이유가 뭡니까? 미리 어머니 문제 때문입니까? 만약 그 문제 때문에 미리를 찾는다면 회장님의 사고방식대로 흥정이 될 수가 있겠네요."

"흥정이 될 수 있다고?"

"그렇습니다, 회장님. 먼저 미리 어머니를 보내주겠다는 약속만 하시면, 그동안 회장님께서 저질렀던 그 일은 없었던 걸로 해드리죠."

"자네는 모든 일을 그렇게 색안경을 낀 눈으로만 판단하는가? 다시 한번 말하지만 미리모 문제는 자네가 끼어들 일이 아닐세. 자네는 또한 미리모에 대한 무슨 물증이 있다고 함부로 확대 해석을 하는가. 엉뚱한 일에 자꾸 끼어들 생각을 하지 말고 자네의 길이나 가도록 하게. 원한다면 그 여자와 자네를 해외로 유학을 보내줄 수도 있네. 이건 내가 자네들에게 베풀 수 있는 마지막 호의란 걸 명심하게. 다시 한번 말하지만 내 조카와 자네는 어떤 방식으로든 절대로 이루어질 수가 없네. 우리 동양식품의 이미지 제고 차원에서도 안 되는 일일세. 내 말 명심하게. 비상한 머리만큼이나 빠른 시일 내 결론을 지을 수 있기를 바라네. 그땐 웃는 낯으로 만날 수 있길 바라네. 자, 이제 그만 일어나게. 곧 외국에서 바이어들이 방문할 거라네."

싫다, 모든 것이. 외나무 다리… 그래, 하필 이때 왜 그 외나무 다리가 떠오를까. 일제 때 강제징용을 나가 한 쪽 팔을 잃어버린 아버지가 한국전쟁에 나갔다가 한 쪽 다리를 잃어버린 아들을 업고 조심스레 건너는 그 외나무 다리. 작가 하근찬이 쓴 소설 '수난 2대'에 나오는 아버지 박만도는 3대 독자 박진수가 한 쪽 다리를 잃고 돌아와 ─이 같은 꼴을 하고 어찌 살겠느냐, 고 하소연을 하자 이렇게 말했지. ─나 봐라! 팔뚝 하나 없어도 잘만 안 사나. 남봄에 좀 덜 좋아서 그렇지 살기사 왜 못 살아!.

꽃비가 내린다.

벚꽃이 함박눈처럼 쏟아져 내리는 여의도 윤중로. 매케한 최루탄 내음과 향긋한 벚꽃 내음이 뒤범벅이 된 거리에 봄비가 서럽게 내리고 있다.

"미리… 보고 싶다, 너무나."

나는 봄비에 온몸을 내맡긴 채 꽃잎처럼 이리저리 흩날리며 마포대교를 터벅터벅 걷고 있어. 길게 늘어선 차에 탄 사람들이 별 미친 놈이 다 있네, 라는 표정으로 나를 쳐다보고 있고. 나는 그들을 바라보면서 작가 전상국이 쓴 소설 '아베의 가족' 에 나오는 그 아베를 떠올리고 있어. ―아… 아… 베, 라는 소리만 낼 줄 아는 반벙어리 같은 사람들. 내게 물을 촤아악, 튕긴 뒤 마구 낄낄거리며 달려가는 그들. 그들이 ―아… 아… 베, 가 아니라 내가 ―아… 아… 베, 인 것처럼.

박, 미, 리.

넌 대체 어디 있니? 이 세상에 살아있기라도 한 거니? 살아있다면 손가락이 부러지기라도 한 거니? 지독한 여자. 다른 사람은 몰라도 우리 둘은 연락이 되어야 하는 거 아닐까. 대체 어디서 무엇을 하고 있기에 그리도 소식 한 번 주지 않는 거니. 만나면 팔을 콕 꼬집어 버리고 싶도록 미운 여자. 가슴이 타다가 마침내 재가 되고 나면 그때서야 나타날 거니? 아니면 내가 죽어 공기가 되어 한반도와 이 세상 곳곳을 애타는 그리움으로 흘러 다니면 어느날 너 그림자라도 만날 수 있는 거니?

페~

그리움에 지친 눈물 같은 봄비가 내 얼굴을 타고 주루룩, 흘러내려 내 입가에 닿는다. 차고 닝닝한 맛. 그래, 나를 지금 적시고 있는 이 봄비는 약간 짭쪼름했던 너 눈물과는 달라. 오늘따라 너가 흘리는 그 눈물 맛이 너무 그리워. 미치겠어.

"막걸리 한 병 주세요, 누나."

"오메, 이기 누구당가? 지훈이 아니당가? 저런저런, 근게 오늘 무슨 안 좋은 일이 있었나 보네. 옷이 몽땅 다 젖어부렀네."

시 '눈물꽃'을 쓴 시인 고정희를 쏘옥 빼다 박은 여자. 자그마한 키에 다부진 눈빛을 가진 전남 해남 출신인 여자. 고향과 나이까지도 고정희 시인과 같은 여자. 처음 봤을 때 고정희 시인인 줄 착각하고 단박에 누나, 라고 부른 여자.

"……라면 하나 끓여 주시구요……"

"와 그런당가? 평소 지훈이 답지 않게. 힘내. 지훈이까지 그렇게 어깨를 축 늘어뜨리고 다니면 안 된당게…… 참, 미리는 오늘도 소식이 없고?"

너와 자주 가던 포장마차에 들어선 나는 어깨를 축 늘어뜨린 채 맥없이 털썩 주저앉았어. 딱딱한 의자가 엉치뼈를 톡 치는 바람에 엉덩이가 꽤 아팠지만 너를 생각하며 아파하는 내 마음에는 미치지 못했어.

"막걸리부터 먼저 주세요, 영지 누나."

"응, 지금 나가. 기분 안 좋다고 싸게 싸게 마시지 말고… 술은 안주랑 천천히 마셔야 덜 취하고 건강에도 좋은게."

얇은 쌍꺼풀이 예쁘게 진 영지 누나가 톡톡 굴리는 눈웃음이 오늘따라 참 따스해. 탤런트 김희애 눈빛처럼. 자아, 라며 하얀 막걸리를 한 잔 가득 따라주는 영지 누나. 물기 묻은 손이 몹시 작고 앙징스러워. 포장마차 주인에게 어울리지 않는 손.

"……"

나는 누군가에 쫓기는 듯이 허겁지겁 막걸리 잔을 단숨에 쭈욱 비워버렸어. 내가 플라스틱 막걸리 병을 들어 다시 잔에 따르려 하자 영지 누나가 얼른 막걸리 병을 빼앗아 들었어.

"천천히 마시랑게? 누가 뺏어먹기라도 하냐?"

"산다는 것이 너무 힘들어요, 누나. 사랑한다는 것은 더욱 어렵고. 술병 이리 주세요. 누나가 어디 손님들 잔에 술이나 따라주는 그런 여잔가요?"

"체, 너도 손님이냐? 본게 너 오늘 아무래도 무슨 나쁜 일이라도 있었던 모양이구나. 누나가 한 번 들어보면 안 되는 일이야?"

영지 누나가 눈썹을 치켜세우며 나를 깊숙이 바라보았어. 내가 몹시 걱정된다는 그런 표정.

"아무 일도 없어요. 그저 봄비가 내리니까 괜히 마음이 울적해서 그래요. 누나도 알잖아요? 제가 전에부터 비에 약하다는 걸."

"체, 그놈의 알량한 자존심하고는. 그래, 미리 보고 싶어 그렇다는 말은 끝까지 안하네."

"……누나도 한 잔 하세요."

나는 막걸리를 단숨에 들이킨 뒤 영지 누나에게 빈 잔을 건넸어. 영지 누나도 푸시시, 웃으며 내 잔을 받았고.

"오랜만에 지훈이 건네는 술 한 잔 마셔 볼까? 미리가 없으니까 지훈이 술잔도 다 받아보고."

"……"

"커, 오랜만에 한 잔 마시니까 막걸리가 달다, 달아. 참, 아까 정흰가 하는 디자인한다는 아가씨가 지훈일 애타게 찾던데? 그 아가씨가 다시 여길 찾아올지도 모르겠다. 혹 니가 오면 꼭 붙잡아 두라고 하더랑게."

포기김치를 쭈욱 찢어 입 속에 넣고 우물거리는 영지 누나가 나

에게 잔을 건네며 다시 푸시시, 웃었어. 쪽 고른 하얀 이 사이에
새빨간 고춧가루가 시위라도 하듯이 몇 개 끼어 있어 나도 누나따
라 크크크, 웃을 수밖에 없었어.

"걔가 왜요?"

나는 고개를 주억거리며 막걸리를 부어주는 영지 누나를 빤히
쳐다보았어.

"나는 잘 모른당게?"

"없는 동안 회사에 무슨 일이라도 생겼나?"

"애흰가 하는 애도 아까 다녀갔어. 근데 걔는 지훈이가 조심해
야 될 것 같더랑게. 지훈이도 행동에 각별히 조심하고. 아까 걔 하
는 얘기로는 아예 지훈이가 제 배우자라도 된 것처럼 설치더랑
게."

"그래요오?"

포장마차 위에서 투둑, 투두둑, 하는 제법 굵은 빗소리가 들리
고 있어. 하얀 막걸리잔 속에서 우윳빛 물결을 헤집는 불빛 하나
가 힘겹게 헤엄쳐 나가고 있고. 내가 움직일 때마다 촐랑이는 우
윳빛 물결에 너, 그 예쁜 눈빛이 불빛으로 휘어지며 하얗게 웃고
있어.

후—

나도 모르게 한숨이 저절로 나왔어. 너는 대체 어디에서 잠수하
고 있니? 혹, 고향인 속초 근처에 있니? 아냐…아냐, 잠수를 할 때
고향 가까이 가는 것은 절대 금물이라고 그랬었지. 그래, 너는 그
렇게 어리석은 여자가 아니야. 그렇다면 너는 대체 어디로 갔니?

"포장마차 날아가겠다."

허연 김이 날리는 라면을 하얀 플라스틱 그릇에 담던 영지 누나가 또다시 피시식, 웃었어. 웃는 모습이 순박한 시골처녀 같은 살가운 누나.

"누나도, 참. 막걸리나 한 병 더 주세요."

"아니 벌써 다 마셔버렸어? 빈속에 술만 채우면 속 버린당게. 자, 라면부터 먹은 뒤 천천히 마시랑게."

"차암, 라면을 왜 시켰겠어요? 라면은 일석이조. 배도 채우고 막걸리 안주도 되고."

"그래? 지훈이 같은 사람들 몇 명만 더 늘어나면 우리 같은 사람들 입에 풀칠하기도 힘들어진당게."

그때 누군가 봄비를 튕기며 포장마차 안으로 들어섰어. 누굴까? 이내 포장마차 안으로 물씬 풍겨오는 서늘한 비내음.

"어머, 이 실장님. 역시 제 예감이 맞았네요. 오늘 같이 비 오는 날은 여기 오실 줄 알았어요."

"어, 정희 씨. 이 늦은 시간에 집에 들어가지 않고 웬일로? 어디 갔다 오는 길이야?"

사회출판사에서 북디자인을 맡고 있는 서정희. 얼굴이 작고 오목조목하게 생긴 모습이 탤런트 신은정을 많이 닮은 여자. 정희가 빗방울이 뚝뚝 떨어지는 빨간색 우산을 접어 포장마차 입구에 비스듬히 세웠어.

"실장님도. 아까 전화로 무슨 일이 있더라도 오늘까지 광고 필름 다 뽑아놓으라고 하시고선."

"음, 맞아. 내 정신 좀 봐라. 참, 오늘 주문은 몇 부나 들어왔어요?"

"2천 부 조금 넘게 들어왔대요. 교보, 종로, 영풍, 을지서적에서 이미 베스트셀러 목록에 올라갔어요. 광고 필름도 한 마디로 쥑여줘요. 실장님께서 카피를 잘 뽑으셔서 그런지는 몰라도."

작은 입술을 제비처럼 조잘대는 정희. 자그마한 몸에서 벚꽃 내음이 물씬 묻어났어. 비에 약간 젖은 머리칼은 무스를 바른 것처럼 끝이 뾰족하게 섰고.

"2천 부 넘게? 어휴, 이제 겨우 체면치레 좀 하게 생겼네."

"실장님도…… 저한테는 막걸리 한 잔 안 주실 거예요?"

정희가 내 앞에 놓인 막걸리 잔을 들어 단숨에 꿀꺽꿀꺽 마시기 시작했어.

"어어……"

"한 잔 더 주세요, 실장님."

나는 눈을 휘둥그레 뜨고 멍하니 정희를 바라보았어. 정희는 몹시 목이 말랐다는 듯 이내 막걸리 병을 집어 들었고.

"선전포고도 없이 그렇게 무차별적으로 공격하기야?"

나는 정희가 손에 든 막걸리 병을 빼앗아 술잔에 하얀 막걸리를 가득 따랐어. 새빨간 립스틱이 꽃잎처럼 묻어있는 막걸리 잔.

"사실 저 실장님에게 꼭 전하고 싶은 말이 있어요."

"그래, 무슨 얘긴데? 회사 업무와 관계된 일이야? 그렇다면 오늘은 그만 두고 내일 회사 안에서 얘기하지."

"아니에요, 그게 아니에요. 근데, 이 얘기를 제가 해도 될런 지는 잘 모르겠어요. 괜히 이간질시키는 것 같기도 하고."

"아니, 괜찮아. 마음 툭 터놓고 얘기해."

막걸리를 단숨에 쭈욱 들이킨 정희가 나에게 술잔을 건넸어. 평소 생글생글 웃는 밝은 정희답지 않게 눈빛이 조금 어두웠고.

"실장님, 지금부터 제가 하는 말은 모두 사실이라는 것만 믿어주세요. 누군가에 대한 개인적인 감정으로 얘기하는 것이 아니에요?"

"무슨 얘긴데 그렇게도 뜸을 들이는 거야?"

"저어… 애희 언니 얘긴데요."

"애희? 아니, 애희가 왜?"

"……"

"괜찮아, 말해 봐."

"……애희 언니가 실장님에게 숨기고 있는 중요한 사실이 있어요."

"애희가? 그래, 애희가 내게 숨길만한 게 있나?"

"실장님, 애희 언니가 미리 언니 있는 곳을 이미 알고 있었단 말이에요."

"뭐라고? 미리 있는 곳을, 애희가?"

"그래요. 그동안 애희 언니가 미리 언니와 실장님 사이를 철저히 가로막고 있었어요."

"아냐, 그건 정희가 뭔가 오해하고 있는 거야. 애희는 그런 애가 아냐."

"실장님, 미리 언니가 지금 어디 있는 줄이나 아세요?"

"……"

"울산에 있는 미륵사에 거주하고 있답니다. 그곳은 실장님도 잘 아시는 절이라던데?"

"뭐어? 미륵사? 그게 정말이야?"

그때 어디선가 씩씩거리는 소리가 들리는가 싶더니 포장마차 문이 활짝 열렸어. 갑자기 날카롭게 째지는 목소리가 포장마차 안으로 울려 퍼졌고.

"야, 정희 너 이 년. 누굴 죽일려고 그 따위 얼토당토 않는 소리를 함부로 지껄이고 있는 거야."

그 여자. 눈썹을 한껏 찌푸린 그 여자가 정희 얼굴을 찌를 듯이 삿대질을 하며 다가왔어. 그 여자 양 볼에서는 볼우물이 몇 번이나 패였다 사라지곤 했고.

"……"

"야, 이 쌍년아. 터진 주둥이라고 함부로 마구 놀려도 되는 줄 아는 거니? 이, 이 년이 가만 보니까 애매한 사람 몇이나 잡아먹을 년이네."

"언니, 미안해요. 저로서는 도저히 이 사실을 숨겨둘 수가 없었어요. 정말 미안해요."

"미안? 사람 죽여 놓고 미안하다고 하면 끝나는 줄 아니? 너, 이 년. 오늘 나한테 잘못 걸렸다. 맛 좀 봐라."

순간, 그 여자가 정희 따귀를 세차게 때렸어. 딱, 소리와 함께 정희 얼굴이 옆으로 휙 돌아갔고. 정희 얼굴을 새까맣게 덮는 비에 젖은 머리칼.

"언…니……"

눈물이 그렁그렁 맺힌 정희가 할 말을 잃은 듯 그 여자를 멍하니 바라보았어. 정희 하얀 볼에는 금세 그 여자 손가락 자국이 발갛게 피어오르기 시작했고.

"……"

그때 영지 누나가 김이 하얗게 올라오는 홍합을 한 사발 떠다 말고 눈을 휘둥그레 뜨며 큰 소리로 외쳤어. 늘 따스한 영지 누나 눈빛이 순식간에 차겁고 예리하게 빛나기 시작했고.

"애, 여기가 너 화풀이나 하는 장손줄 알아. 싸우려거든 밖에 나가서 싸워. 대가리 피도 안 마른 게 하찮은 잔머리는 굴릴 줄 알아가지고."

기가 막혔어. 도저히 감을 잡을 수가 없었고. 저 여자가 하는 행동만 바라보면 나조차 들쭉날쭉 정신이 하나도 없어. 그래, 내가 저런 여자하고 그것까지 몇 번이나 했단 말인가. 아찔했어. 갑자기 온몸에 거머리가 스멀스멀 기어 다니는 것처럼 가려웠고.

"애희, 너 정말 다시 봐야겠다. 너 어쩌다가 사람이 그 모양으로까지 변해버렸어? 너어…… ·"

나는 그 여자를 째려보며 고개를 절레절레 흔들었어. 그때 그 여자가 막걸리 잔을 들고 있는 내 팔을 붙드는 바람에 순식간에 하얀 막걸리가 내 윗도리와 바지 위에 엎질러졌고.

"서…선배님, 정말 미안해요. 하도 화가 치미는 바람에 저도 모르게 그만. 저…정말 죄송해요."

"……"

깜짝 놀란 그 여자가 빨간 손수건을 꺼내 내 셔츠와 바지에 묻은 막걸리를 닦으려 했어. 나는 그 여자가 내미는 손을 매몰차게 걷어냈어. 싫어. 그 여자 손이 내 몸에 닿는 것이 몸서리가 나도록 싫어. 아니 더 정확히 표현하면 무서워. 막걸리에 젖은 옷을 닦는다는 핑계로 또 무슨 짓을 할지 모르는 여자거든.

"됐어, 됐다니깐. 어서 나가. 영지 누나, 여기 막걸리 한 병 더 줘요."

"정희, 너 이 년. 어디 두고 보자."

정희를 한껏 째려보던 그 여자가 이를 뽀드득 갈았어. 그 여자는 나를 다시 한번 힐끔 쳐다보더니 홱 돌아서서 포장마차를 잽싸게 빠져나갔어. 퍽, 하는 소리와 함께 포장마차에 걸린 전등불이 어지러운 그 여자 마음처럼 흔들흔들거렸고.

"……"

"……"

(+9)

빛과
그림자

"미륵사는 아직 멀었나요?"

"조금만 더 가면 돼요. 저기 오솔길 보이죠? 저 길을 따라 빠른 걸음으로 약 20분쯤 더 걸어가면 나와요."

울산시 울주군 삼동면 미륵사로 가는 길. 영화배우 이대근이 주인공을 맡았던 영화 '뽕'을 촬영한 장소답게 곳곳에 무너진 흙담 속에 반쯤 내려앉은 쥣빛 초가지붕이 언뜻언뜻 눈에 띈다. 아지랑이가 가물가물 피어오르는 논둑 곳곳에는 냉이와 쑥을 캐는 소녀들이 짓는 해맑은 웃음이 번지고 있고. 노오란 개나리가 마악 진

자리에 파랗게 솟아나는 뾰족한 그 새순처럼.

"근데 산마루에 울긋불긋한 저것들은 뭐죠? 꼭 단풍이 든 것 같아요."

"그래서 그 유식한 서울사람들도 시골에만 오면 금방 촌사람이 된다니까. 잘 들어봐요. 저 산마루에서 무슨 소리가 들리는지. − 나 보기가 역겨워 가실 때에는 말없이 고이 보내 드리오리다, 라는 눈물겨운 속삭임이 들려오는 것 같지 않아요? 김소월 시인이 쓴 시 '진달래꽃'에 나오는 약산에 핀 그 꽃."

"어머, 저게 진달래예요? 어머나, 진달래가 얼마나 많이 피었길래."

"하긴, 서울에서 살다보면 봄이 오는지, 세월이 흘러가는지 어찌 알 수가 있겠어요? 특히 요즈음 같은 세월에는……"

여기저기 토끼풀이 파랗게 돋아난 논길. 시인 이상화가 쓴 시 '빼앗긴 들에도 봄이 오는가' 에 나오는 그 가르마를 쏘옥 빼닮은 논길. 우리는 −온몸에 햇살을 받고 푸른 산 푸른 들이 맞닿은 곳으로 가르마 같은 논길을 따라 걸어만, 가고 있어. 가르마 같은 논길 끝자락에는 갈색 낙엽이 드문드문 흩어져 있는 산길이 벌건 몸을 드러내며 꽃뱀처럼 꼬불거리고 있고.

"이제 거의 다 왔어요. 저기……"

"어머, 근데 절 입구에 웬 안개가 저리도 끼어 있나요?"

"저게 일반 사찰에서는 도저히 볼 수 없는 미륵사만이 가지고 있는 신비스런 현상이랍니다."

"그 신비란 게 뭔데요?"

"간혹 나쁜 마음을 가진 사람이 미륵사로 올라오면 안개가 짙게 피어올라 길을 잃게 만들지요. 그렇지만 깨끗한 마음으로 미륵사를 찾아오는 사람에게는 길을 열어준 뒤 하산할 때까지 내려가는 길조차도 가려 버린답니다."

"그것 참 신기한 일이네요. 오늘은 안개가 슬슬 걷히는 걸 보니 지훈 씨와 전 깨끗한 마음을 가진 사람인가 봐요."

"글쎄요?"

산길 곳곳에도 진달래가 흐드러지게 피어나 저마다 아름다운 얼굴을 한껏 뽐내고 있었어. 산허리춤에 이르자 붉은 용처럼 또아리를 틀고 있는 소나무 숲에 잠긴 아담한 사찰 하나는 오수에 졸고 있고.

"웬 산이 이렇게도 험하고 높아요? 저는 남쪽에는 평야가 많고 산보다는 강이나 구릉지가 널려있는 줄 알았는데."

"경상남도 쪽으로 내려올수록 산, 이 달린 지명이 특히 많지요. 울산, 양산, 부산, 마산 등…… 특히 이곳 울주군과 울산은 우리나라 동남쪽에 자리한 곳으로 백두대간 줄기가 뻗어 내리다가 마침내 바다로 빠져드는, 그러니까 태백산 꼬리 부분에 해당되는 곳이지요. 그래서 산세가 부드러운 곡선를 이루는 듯 하면서도 다른 한편으로는 위태롭게 빼어난 것이 특징이지요."

彌·勒·寺

"미륵사?"

"자, 우선 감로부터."

나는 일주문 옆 바위틈에서 퐁퐁 솟아나고 있는 감로를 받아 진달래 꽃잎 몇 점을 띄워 규리에게 건넸어. 이마에 땀이 송송 맺힌 규리. 그 이마는 감로 위에 떠 있는 진달래 꽃잎처럼 발갛게 물들어 있었어.

"한 방울도 남기지 말고 모두 드세요. 이 약수는 곧 미륵부처님께서 주시는 감로랍니다. 미륵부처님께서 주시는 감로를 마시면 속세에서 마음에 끼었던 때가 깨끗이 지워진다고 합니다."

"아, 이 시려. 정말 시원해요. 진짜 가슴 속에 멍울진 어떤 것들이 시원하게 내려가는 것 같아요."

규리가 진달래 꽃잎을 입으로 후후, 불며 조금 남은 감로를 모두 마신 뒤 호리병박 바가지를 마악 내려놓을 때였어.

"네, 이놈들~ 네 놈들은 대체 무얼하는 자들이기에 그토록 더러운 발길로 미륵부처님의 육신을 함부로 딛고, 그 추잡스런 주둥이로 감히 미륵부처님의 감로까지 마구 마시는고."

누군가 일주문 앞에 우뚝 서서 염라대왕처럼 눈알을 부라렸어. 눈빛이 작가 김정한이 쓴 소설 '사하촌'에 나오는 그 보광산 산지기 영감 같았어. 나와 규리는, 삭정이를 하러 산에 들어갔다가 보광산 산지기 영감에게 쫓겨 산돼지처럼 달아나다가 낭떠러지에 떨어져 죽고 마는 가동할멈 손자처럼 새파랗게 질렸어. 대법인 효수 사도? 그래, 미륵사에서 살고 있는 12법인 수장이자 미륵법을 다루는 도인이 효수 사도 아닌가.

"사⋯사도님, 안녕하셨습니까?"

"⋯⋯"

"난세의 허망한 허깨비들이 어찌 이 신성한 미륵사까지 날아들었는고?"

"효수 사도님, 저 지훈이란 신잡니다. 절 알아보시겠습니까? 이
분은 규리라고, 이곳에 거주하고 있다는 미리 신자님 친언니랍니
다."

"아…안녕하세요."

"산 부처님을 기다리게 하는 고이얀 놈들 같으니라고. 어서 안
으로 들어가 보거라. 이른 아침부터 지존여래께서 허깨비 같은 네
놈들을 기다리고 계신다."

"……"

"……"

"이 방이 어떤 방인지 아느냐?"

"제가 어떻게 그걸?"

"넌?"

"저어, 여기가 처음이라서."

"잘 생각해 보거라. 왜 내가 이렇게 묻는지……"

"?"

"…… . "

노오란 장판이 깔린 방에서는 따스한 훈기가 퍼져 나와 마음을
포근하게 감쌌어. 티 한 점 없이 깨끗하게 치워진 다섯 평 남짓한
방바닥에는 세 사람 모습이 환히 비춰지고 있었고. 마치 속세에
찌든 나와 규리 마음까지 속속들이 비추어 보는 거울 같은 방.

"그 방이다."

"그 방이라면?"

"?"

그때 백운여래가 주인이 떠난 지가 며칠 되었다, 라며 하얀 한지가 곱게 발린 벽장문을 스르륵, 열었어. 나와 규리, 굳게 닫힌 마음 빗장을 스르르 열어 제치듯이.

"여기를 보아라. 이게 그 신자님이 여기에 처음 발을 들여놓았을 때 입고 온 흔적들이다."

"???"

"???"

고이 접힌 옷가지들. 까만색 점퍼 스타일을 한 재킷과 진갈색 스웨터, 회색 머플러, 흰색 블라우스, 블랙진 바지 그리고 발목까지 올라오는 앵클부츠 한 켤레. 가지런히 정돈된 옷과 부츠 한 켤레가 작가 윤흥길이 쓴 소설 '아홉 켤레의 구두로 남은 사내' 에 나오는 그 권 씨처럼 말을 툭툭 내뱉는 것만 같았어. ―그 따위 남자도(원 표기는, 이웃은) 없다는 걸 난 똑똑히 봤어! 난 이제 아무도 안 믿어!, 라는 말을 남긴 뒤 어디론가 사라져버린 권 씨. 그 권 씨 방에 가지런히 정리된 아홉 켤레 구두처럼 남아 있는 너 옷가지와 앵클부츠 한 켤레. 그래, 그해 겨울 너가 자주 입던 그 옷이 틀림없었어. 아니, 그렇다면 혹시? 갑자기 눈앞이 노래지기 시작했어. 머리 뒤쪽에서 웅, 하는 소리가 들려오는 것만 같았고. 그때 내 곁에서 말없이 너가 남긴 옷가지를 만지던 규리가 미리야아, 라고 외치며 폭 고꾸라졌어.

"아니, 규리 씨."

나는 쓰러지는 규리를 애써 붙잡으며 백운여래에게 도움을 바라는 눈빛을 보냈어. 규리를 쳐다보며 핏줄이 뭐길래, 라며 고개를 절레절레 흔드는 백운여래.

"……"

"사람은 누구나 때가 되면 그 껍질을 벗게 되어 있거늘. 쯧쯧쯧. 그 신자님은 살아있다고 해서 살아있는 생명이 아니요, 죽었다고 해서 죽은 목숨도 아니거늘."

"예에?"

그렇다면 혹 미리가 어딘가 크게 다쳐 식물인간이라도 되었단 말인가. 아니면 아예 탈속이라도 해버렸다는 건가? 그도 아니면 그 누구처럼 정신분열증에라도 걸렸단 말인가. 그 누구? 작가 김성한이 쓴 소설 '오분간'에 나오는 이정민 말이야. 이정민? 그 소설내용이 대충 어떻게 되는데? 신과 푸로메슈스가 회담하는 내용이야. 간략하게 요약하자면 신은 자신이 세운 그 어떤 기준으로 다시 세상을 지배하려고 하지만 푸로메슈스는 그동안 신이 저지른 독재가 끝날 것을 예고하고 자유방임을 주장해. 그 내용 가운데 재미있는 부분은 바로 이 부분이야. 역사는 곧 신과 맞서는 것이라고 생각하고 있는 푸로메슈스에게 신은 이렇게 말하지. 지상에는 신으로부터 자유를 부르짖는 싸르트르, 정치인들 야욕, 퇴폐와 향락, 편법으로 인한 반목과 갈등, 혼란, 원자탄 등을 공동 위기로 보고 이에 대한 그 어떤 기준을 가지고 있는 자신을 도와달라고 그래. 푸로메슈스는 −영감이 한 번 내 부하가 되시구려, 라고 맞서면서 그 회담은 깨지고 말아. 신은 이에 낙담해 혼돈이 주는 허무 속에서 −제3의 존재를 기다릴 수밖에 없다, 라고 중얼거리릴 때 이정민이 나타나 이렇게 중얼거려. −후−, 세상은 여전하구나. 찜차두 가구,…… 사내자식은 휘청거리구, 더−럽다 더−러워, 관성의 법칙이로구나, 라고. 그래, 어쩌면 너도 오랫동안 바깥세상에 고개를 돌린 상태에서 살면서 자신도 모르게 정지, 혹은 지금 있는 상태를 그대로 이어나가려는 그 관성의 법칙에 스스로 빠져 허우적거리다가 이정민처럼 되어버린 것인지도 몰라.

"그만 일어나거라."

백운여래가 규리 이마를 검지손가락으로 툭, 쳤어.

"……음."

신기한 일이었어. 백운여래 검지손가락이 규리 이마에 닿자마자 규리가 언제 그랬냐는 듯이 반듯이 일어나 백운여래에게 공손히 합장을 했으니까.

"……"

"어찌 그리도 마음이 좁고 작은고. 그런 좁고 작은 마음으로 민주주의를 부르짖고 독재타도가 어쩌고저쩌고, 하면서 마구 떠들었다니. 쯧쯧쯧. 참으로 어리석고도 슬픈 일이로다."

"……백운여래님."

"쯧쯧쯧. 그리 보챌 것 없다. 그 신자님은 너희들이 지금 생각하는 것처럼 그리 되어 있지는 않으니까."

갑자기 귀때기가 화끈, 했어. 부끄부끄. 너 옷가지가 가지런하게 놓여있는 저 벽장 속으로 숨어버리고 싶을 정도로. 백운여래가 누군가. 신과 대화를 주고받는 살아 있는 부처가 아닌가. 산 부처님 품속에 너가 안겨있는데 고맙다는 인사는 못할망정 주책없이 잡념에나 사로잡혀있다니.

"……그러면 우리 미리는 지금 어디에 있나요?"

규리가 연보라색 아이라이너가 초승달처럼 예쁘게 그려진 눈을 크게 뜨며 백운여래에게 따지듯이 물었어. 평소 차분한 성격을 지닌 규리답지 않게 말이야. 규리도 한순간 평상심을 잃은 것 같았어. 아니, 평상심뿐만 아니라 초심까지 모두 잃어버린 것만 같아. 하긴, 너가 규리에게 딱 하나뿐인 핏줄이니 그럴 만도 했어.

"……"

"백운여래님, 그동안 전화 한 통화도 하지 못한 저를 크게 꾸짖어 주십시오. 미천한 대중이 마음만 앞서 가지고."

"제 마음 하나도 다스리지 못하는 자가 어찌 다른 대중을 구제할 수 있겠는가. 애야, 여기 차 한 잔 내오너라."

"네."

백운여래 말이 떨어지자마자 동자가 기다렸다는 듯이 방문을 스르르 열었어. 회색빛 장삼을 입은 동자. 그 두리번거리는 까만 눈빛이 '슬픔이 기쁨에게' 란 시를 쓴 시인 정호승 눈빛처럼 몹시 맑았어.

"그기 내려두고 그만 나가 보거라."

"네."

동자가 백운여래를 향해 공손히 합장하며 뒷걸음으로 물러났어. 그때 백운여래가 손짓을 했고. 차를 들면서 그동안 있었던 일들을 천천히 이야기 하마, 라는 말없는 표시처럼.

"지금부터 내가 하는 이야기를 잘 듣고 묻는 말에 정확히 아는 것만 대답해야 한다. 만약 한 치의 오차라도 생기면 그 신자님 신변에 큰 변이 생기게 될 수도 있으니까."

"잘 알겠습니다, 백운여래님."

"명심할게요."

"얼마 전, 그러니까 꼭 일 주일 전이었지. 서울에서 오애희란 아가씨한테서 다급한 전화가 왔었던 적이 있었다."

−여보세요, 그기 백운여래님 계신가요?

−제가 백운입니다만.

−아, 안녕하세요?

−저를 알고 있는 분은 대체 누구시지요?

−여기 서울인데요. 저는 오애희라고 해요. 이지훈 씨를 통해서 몇 번 찾아뵈었던 적이 있었구요.

−이지훈이라고 했습니까?

−네. 가끔 어려운 일이 있을 때마다 그곳을 찾아가는…

−아, 네. 몇 번 보긴 했습니다만, 지훈 신자님을 어떻게 아시지요? 지훈 신자님한테 무슨 안 좋은 일이라도 생겼습니까?

−아, 네. 그런 게 아니라…

−그럼, 무슨 일 때문에 그리도 다급하게 말씀하시지요?

−혹시 그기 박미리라고… 있다면 빨리 피신시키세요. 지금 미리 숙부가 보낸 사람들이 미리를 잡으러 그곳으로 가고 있어요. 약 1시간 뒤면 그 곳에 들이닥칠 거예요.

−무슨 말씀이신지…

―백운여래님, 오해하지 마세요. 전 미리 학교선배예요. 지훈 씨
는 제 학교선배가 되고.

―여긴 대중들이 수도를 하는 신성한 도장입니다. 그런 잘 알지
도 못하는 이상한 속세의 삶에 이래라 저래라 하는 곳이 아니지
요.

―여…여래님, 그…그게 아니라…

"두 신자님은 그동안 어떤 일이 있었는지 잘 모르겠지만 그 신
자님이 이곳에 있는 동안 몇 번에 걸쳐 그치들이 이곳을 배회하다
가 돌아가곤 했지요. 한 번은 그치들이 관광객으로 위장하여 일주
문 안까지 들어와 여기저기 기웃거리기도 했고. 하지만 효수 사도
가 단박에 눈치 채고 호통을 쳐서 돌려보냈지요. 그 뒤 도저히 안
되겠다 싶어 그 신자님을 천불산 정상에 있는 미륵암으로 올려 보
냈습니다만."

내 마음까지 비치는 듯한 방 안에 가부좌를 틀고 앉아 마치 윤
회에 얽힌 그 실타래를 풀어내듯 잔잔하게 말하는 백운여래. 낯설
지가 않아. 어디선가 많이 본 모습이야. 맞아, 그 모습이구나. 미
륵전에 가부좌를 틀고 앉아있는 삼 부처님 가운데 미륵부처님 오
른쪽에 앉아 있는 그 부처님. 그래, 그 부처님 모습이 바로 백운여
래 얼굴을 본뜬 것이었구나.

"아, 미륵암. 제가 갓 출옥하고 백운여래님을 찾아뵈었을 때 말
씀하시던 그 신비스런 바위굴."

"그럼 미리는 지금 미륵암에 있나요?"

내 말이 끝나기가 무섭게 규리가 백운여래에게 바싹 다가앉으

며 물었어. 그때 내가 규리 등을 쿡 찔렀고. 쯧쯧, 하면서 잠시 규리를 지그시 바라보는 백운여래.

"속세가 얼마나 혼탁한지…… 그 애희란 분의 전화를 받자마자 미륵암조차도 어쩐지 불안하다는 생각이 들었지요. 지난번에 천지여래님이 미륵암을 잠시 비웠을 때 그치들이 미륵암까지 덮친 적도 있었고. 그때는 천지여래님이 이미 그 일이 일어날 것을 알고, 출타하기 전 그 신자님에게 일시적인 어려움을 피할 수 있는 작은 화두를 남겼지요. 그 화두를 그 신자님이 지혜롭게 잘 풀어냈고."

"……"

"……"

"그날 그 신자님이 미륵암에서 내려와 버스정류장으로 통하는 샛길에 마악 접어들었을 때 검은 색 승용차 두 대가 이곳에 닿았지요. 그들은 다짜고짜로 들이닥쳐 동양식품 회장님의 조카가 여기 있는 줄 다 알고 왔다, 면서 신자님들을 마구 윽박지르며 미륵전과 원신전을 샅샅이 뒤졌지요. 또 일부는 미륵사 뒤로 난 오솔길을 따라 천불산 정상까지 올라갔고. 하지만 미륵암은 커녕 미륵암의 미, 자도 구경하지 못하고 그냥 내려오고 말았답니다."

"아, 그렇다면 미리는 지금 어디에 있다는 말씀인가요?"

"……"

내가 다시 규리를 쿡 찔렀어. 물컹했어. 갑자기 얼굴이 확 달아올랐고. 백운여래님 몰래 등을 찌른다는 것이 규리 허리를 찌르고 말았거든. 그때 백운여래가 쯧쯧쯧, 참으로 어리석고도 어리석도다, 라며 천정을 향해 합장을 했어.

"?"

"?"

"지금 그 신자님은 몇 달 후에 태어날 아기를 잉태하고 있느니라."

"네에에?"

"잉태? 그렇다면 미리가 임신을?"

나와 규리는 동시에 목소리를 높이며 서로를 쳐다봤어. 동그랗게 뜬 규리 눈빛은 탤런트 금보라 눈빛을 그대로 빼다 박은 것 같았어. 반쯤 벌어진 진갈색 립스틱을 칠한 입술은 미리 입술과 닮았나? 아니 조금 더 작은 것 같아.

"그 신자님은 지금 창원에 있는 작은 절에서 태교 중에 있답니다. 두 신자님 입장에서는 당장 그 신자님을 만나는 일이 급하겠지만 더 급한 일은 애희란 분을 만나 그 신자님 숙부가 무슨 일을 꾸미고 있는지 상세하게 알아보는 일이지요. 그 일에 제대로 대처하는 지혜를 마련하는 것이 지금 가장 급하고 중요한 일이랍니다. 그것이 곧 그 신자님을 하루속히 만날 수 있는 지름길이기도 하지요."

규리가 내 아래 위를 훑어 내리며 백운여래에게 재빠르게 물었어.

"방금 미리가 태교 중에 있다고 말씀하셨는데, 미리 뱃속에 있는 그 아이는 대체 누구의 아이입니까?"

"……"

"참으로 한심한지고. 바로 네 곁에 앉아있는 신자님의 씨앗이지

누구 씨앗이겠느냐. 이제 그만 일어서거라. 두 분 신자님의 갈 길
이 너무나 멀구나."

"……"

"……"

자욱한 봄안개가 머무는 미륵사를 어미처럼 부드럽게 감싸고
있는 천불산을 찾아온 봄은 참으로 짧고도 서럽게 느껴져. 조금
앞까지만 해도 새파란 하늘을 물고 부드럽게 출렁이던 천불산이
어느새 진달래빛 노을을 피우고 있으니까 더 그런 것 같아. 그래,
천불산을 찾아온 봄은 그렇게 짧고 서러운 것만은 아닐 거야. 우
리 모두에게 아름다운 휴식을 주기위해 포근한 어둠을 불러들이고
있는 것일 테니까.

"……이젠 제부라고 불러야 되겠네요? ……제……부."

"……처……형?"

노태우 대표가 발표한 6·29선언은 오랜 군사독재정권이 끝나
는 항복선언이자 민주주의를 애타게 부르짖은 민중들이 일구어
낸 승리였어. 오랜만에 전경들과 최루탄이 사라진 서울 시내는 온
통 축제분위기야. 수많은 민주인사들이 옥에서 나오거나 가택연금
에서도 풀려났고. 그동안 수배를 당해 잠수하고 있었던 진보인사
들과 운동권 학생들도 거의 다 모습을 드러내고 있어. 사회출판사
박 현과 김 사장도 형집행정지로 풀려났고. 일심회 사건으로 7년
이라는 실형을 선고받은 동양식품 노조위원장 강만수는 아직까지
도 차디찬 감옥에서 어둠을 잘근잘근 씹고 있어.

박, 미, 리.

도대체 어디에 있는 거니? 아기를 낳을 때가 다가오고 있는 데도 끝내 소식이 없는 너. 너가 있다는 창원에 있는 절이란 절은 모두 뒤졌지만 너는 그 어디에도 없었어. 나는 지금 깊은 절망과 슬픔에 빠져 허우적거리고 있어. 우리는 유월항쟁에서 승리했지만 나에게는 더없는 서러움과 아픔만 남아있을 뿐이야. 유월항쟁에서 승리하기 전에는 어딘가 잠수 중이겠거니, 하고 내 마음을 그래도 다독일 수 있었지만, 이제는 더 이상 기댈 곳도 없는 캄캄한 나날만이 나를 휘감고 있어.

뚜루루 뚜루루루루루루

갑자기 요란스럽게 울리는 전화벨 소리. 나는 혹시 너가 아닐까, 라는 생각으로 서둘러 수화기를 집어 들었어.

"여보세요?"

"저 애희예요. 지금 뭐해요?"

수화기를 통해 흘러 들어오는 여자 목소리는 끈적끈적했어. 그 때문일까. 갑자기 아랫도리가 찌르르 해지면서 그 여자 거기가 자꾸 떠올라. 이상해. 요즘 들어 부쩍 그래. 그 여자 목소리만 들어도 이상한 흥분에 휩쌓여. 애써 그 모습을 지우려 해도 좀처럼 지워지지가 않았어. 아니, 그러면 그럴수록 홍합처럼 벌어진 그 여자 거기가 더욱 더 또렷하게 떠올라.

"그래, 부탁한 일은 어떻게 됐어?"

"……지금 울고 있는 거예요. 그쵸? 내 말이 맞죠."

나를 다그치는 그 여자. 그 여자는 내 목소리만 듣고도 내 감정을 어느 정도 헤아리고 있는 것 같아. 내가 가진 모든 것을 그 여자에게 모두 들켜버린 기분이라고나 해야 할까. 이젠 몸뿐만 아니라 마음까지도.

"아, 아니. 그게 아니라 지금 물을 마시고 있는 중이야, 마악 물을 마시는 도중에 전화를 받아서 그래."

"근데 물을 마신 목소리가 왜 그래요? 목소리가 물빛이 아니라 눈물빛이잖아요. 하여튼 그기 꼼짝 말고 있어요. 지금 바로 갈게요."

"아, 아니. 오늘은 혼자 있고 싶어."

"무슨 말씀이세요? 오늘은 선배님을 꼭 만나야 해요."

"혼자 있고 싶다니깐."

"그럼 박 회장 얘기는 없었던 걸로 할까요? 요즈음 왜 그리 사람이 우유부단해졌어요, 평소 선배님답지 않게."

이내 갈라지는 목소리. 몹시 짜증이 난다는 듯한 그 여자 목소리. 아니, 이미 내 마음을 훤히 읽고 있다는 투야.

"아, 그 얘기야? 미안해, 정신을 잠깐 딴 데 팔고 있어서. 지금 있는 곳이 어디야? 내가 나갈게."

"아뇨, 여기 혜화전철역 안이에요. 30분쯤 뒤면 도착할 거예요."

"……그래, 그럼…… 기다릴게."

"보고 싶더라도 잠시만 기다리세요? 시원한 맥주 사 갈게요."

금세 소프라노로 바뀌는 그 여자 목소리.

"참, 오랜만에 박 현도 부를까?"

"무슨 말씀이세요? 현 씨는 지금 청주, 고향에 내려가 있어요.

근데 왜 선배님까지 자꾸 저와 현 씨를 연관시켜요?"

또다시 갈라지는 그 여자 목소리. 몹시 불쾌하다는 투.

"……"

"선배님, 현 씨는 이미 오래전에 저와 끝난 사람이에요. 이런 말까지 하면 선배님은 기분 나쁠지 모르겠지만 지금 현 씨와 저는 가끔 만나 긴장을 푸는 정도예요. 현 씨 곁에는 또 정희 그년이 머리핀처럼 붙어있는 걸요."

긴장을 푸는 정도라고? 도대체 그 여자가 지닌 성에 대한 잣대는 무엇일까. 섹스를 스포츠쯤으로 여기고 있는 걸까? 아니면 스트레스 해소용으로 생각하는 걸까. 수화기를 통해 들려오는 그 여자 목소리에 나는 슬픔과 충격에 사로잡혔어.

"……"

"하여튼 만나서 얘기해요."

그리고, 하면서 잠시 숨을 몰아쉰 그 여자.

"기왕 여러 가지 말이 나온 김에 박 회장 일뿐만 아니라 제 개인적으로도 아주 특별하고 중요한 일까지 밝혀야 되겠어요."

"그건 또 무슨 뜻이야?"

"저어… 아니, 만나서 얘기해요. 끊어요."

"……"

그 여자와 전화통화를 끝낸 나는 한동안 멍하니 서서 창밖을 바라보고 있어. 이슬비가 내리고 있고. 너와 나가 흘리는 눈물 같은 이슬비.

박, 미, 리.

미안해. 아니, 정말 잘못했어. 참말로. 나도 어쩌지 못하는 내 몸. 그 여자가 하자는 그대로 점점 길들여지는 내 몸. 그래, 이렇게 살아가는 내가 지금 너에게 할 수 있는 말이 뭐가 있겠니? 지금 나란 존재. 그래, 어쩌면 나는 이 상이 쓴 소설 '날개' 속에 나오는 나, 가 되어가고 있는지도 몰라. 그 여자는 소설 속에 나오는 나, 그 아내 역할을 하고 있는지도 모르겠고. 그래, 나는 그 여자가 사랑이라는 이름으로 즐기는 그 몸짓거리가 감기약이라고 믿고 계속 먹으며 꿈속을 헤매고 있는 것인지도 몰라. 그 약이 감기약이 아니라 수면제라는 것을 알아챈 그날, 공원에 나가 남은 알약을 모두 먹고 일주야를 잠에 떨어졌다가 집에 돌아오는 나, 처럼, 나도 일주야를 그 여자 거기를 파고들며 마구 바둥거렸어. 그 여자도 발악하는 아내, 처럼 내 그것을 핥고 물고 마구 비틀었어. 그래. ― 잡답의 삶, 그것의 무의미함, 너(원 표기는, 아내)와의 도착된 관계, 이 모든 것에서 벗어나기 위해 마지막으로 외치는 소리. 그 소리가 지금 내 귓속을 쟁쟁하게 울리고 있어.

날개야 다시 돋아라. 날자, 날자, 한 번만 더 날자꾸나.

그래. 바로 이 순간, 나도 ―일시에 모든 것이 끓어오르는 것 같, 아. 나도 ―불현듯 겨드랑이가 가려워. 나도 그 나, 처럼 외쳤어.

그기야 다시 죽어라. 죽자, 죽자, 한 번만 더 죽자꾸나.

사람은 누구나 동물 같은 욕망을 지니고 있어. 마음도 모르게 스멀스멀 피어오르는 몸이 지닌 본능. 어쩌면 그 여자 말마따나

나도 그 여자를 섹스파트너쯤으로 여기고 있는지도 몰라. 마음으로는 오로지 너만을 사랑하고 그리워하면서도, 그 여자가 툭툭 내던지는 끈적이는 눈빛과 알몸 앞에서는 꼼짝 못하고 한순간 배설을 위한 행위에만 빠지고 있지 않은가. 오늘도 마찬가지야. 너를 위한 여러 가지 일들을 그 여자에게 부탁하면서 스스로 그 여자와 그 어떤 사슬을 더 단단하게 엮어나가고 있는 것인지도 몰라. 그 여자가 집으로 찾아오는 것을 딱 자르지 못한 것도 엄격하게 따지자면 그 짓에 대한 은근한 기대감 같은 것이 숨어 있었기 때문인지도 몰라. 그래. 이 방에서 그 여자와 만난다는 것, 술을 나누어 마신다는 것, 그런 행동이 오늘 그 짓을 하고 싶다는 그 여자 몸짓에 빠져드는 것이 아닌가. 그래, 그 짓으로만 따지자면 열 번 남짓하게 한 너보다 그 여자와 한 횟수가 훨씬 많았어. 어쩌면 너는 내 그리움이자 내가 꿈꾸는 이상형인 여자이며, 그 여자는 현실에 뿌리내린 내 여자인지도 모르겠어. 그 짓을 할 때도 그래. 너와 그 짓을 할 때는 어떤 성스러운 의식 같아서 채 5분을 넘기지 못했어. 체위를 바꾼다는 것은 꿈같은 일이었고. 그 여자는 달라. 이상하게 그 여자와 할 때는 내 그것이 잘 가라앉지 않아. 몇 번이나 그 짓을 해도 한 번 꼿꼿하게 선 내 그것은 식을 줄 몰랐어. 그 여자도 마찬가지야. 내가 급히 서둘 때면 순식간에 체위를 바꾸어 오래 가게 했어. 그 여자는 마치 수없는 경험으로 숙련된 기능공처럼 체위를 자주 바꾸며, 내 반응을 보아가며 기묘한 신음소리를 내지르곤 해. 그래, 너가 내 정신에 새겨진 여자라면, 그 여자는 내 몸에 새겨진 여자인지도 몰라. 나는 그 여자와 그 짓을 할 때마다 몹시 슬퍼. 그 여자 알몸에 길들여지는 내가 너무나 괴로워. 그 여자와 그 짓을 할 때마다 너와 박 현 얼굴이 자꾸 떠올라. 나는 그때마다 그 여자 거기에 더 깊숙하게 파고들면서 그 여자 몸 구석구석을 더욱 거칠게 다루었고.

딩동, 딩동딩동.

"저예요."

"......"

딸까닥.

그 여자가 쟈스민 향내를 풍기며 집안으로 들어섰어. 얇고 하얀 셔츠 속에 까만색 브래지어를 훤히 드러내며. 엉덩이가 꼭 끼는 까만 똥꼬치마 아래 쭈욱 뻗어 내린 그 여자 허벅지를 보자마자 순식간에 내 그것이 찌르르 움직여. 그 여자가 손에 든 비닐봉지 속에는 물방울이 송송 솟아난 맥주병과 마른안주가 가득하고. 그렇다면 오늘도?

"그렇게 어정쩡하게 서 있을 거예요."

그 여자가 까만 비닐봉지를 내려놓으며 내 목을 거칠게 껴안았어. 온몸으로 확 풍겨오는 여자냄새. 그 여자 몸을 알아본 내 그것이 이내 팽팽해지고 있어.

"......"

아랫도리를 세차게 밀어붙이는 그 여자. 그 여자 혀가 이내 내 입술을 비집고 들었어. 나도 모르게 그 여자 팽팽한 엉덩이를 마구 쓰다듬는 손. 살짝 말려 올라간 똥꼬치마 아래 그 여자 엉덩이 살이 물컹 만져져. 아, 미쳐. 내 손은 어느새 그 여자 똥꼬치마 속으로 들어갔어. 통통하게 솟아난 두 언덕 사이로 매끄럽게 미끄러지는 맨살. 아니, 이 여자가 대체. 노팬티. 숨이 컥 막혔어. 내 그것은 벌써 바지를 밀치며 꼿꼿하게 일어서고 있어.

"선배님, 축하해줘요. 2개월째래요."

"아니, 그…그게 무슨 말이야? 2개월째라니?"

이게 무슨 소린가. 설마. 그때 그 여자가 입술을 떼며 내 눈동자를 빤히 바라보았어. 내 반응이 의아하다는, 아니 몹시 삐진 표정으로.

"왜 그래요? 선배님. 아니, 이 표정은? 기쁘지 않다는 거군요. ……전 선배님이 몹시 기뻐할 줄 알았는데."

"너, 그러고 보니까 지금까지 내게 접근했던 것이 바로…… 안 돼, 그건 절대로 안 돼. 아니 이건 있어서도 있을 수도 없는 일이야."

"그게 무슨 말이에요? 안 되다니? 뭐가 안 된다는 거죠?"

"너, 혹시 정신이 나간 거 아냐?"

"……뭐라구요? 그래요, 정신이 나갔어요. 나가도 한참 나가 버렸어요."

그 여자가 나를 거칠게 떠밀며 따지듯이 물었어. 뱃속에 있는 애가 니 자식이니 니가 책임지라는 투로. 그 여자 양 볼에 있는 볼우물이 몇 번이나 포옥 패였어. 내 그것도 금세 가라앉았고.

"안 돼, 그건 절대로 안 돼. 너가 지금 내 입장이 어떤 처지에 놓여 있는지 몰라서 그래? 어느 누구보다도 나를 잘 알고 있는 녀석이."

그 여자가 갑자기 실성이라도 한 것처럼 고개를 몇 번 끄덕였어. 한없이 슬픈 표정을 지으며.

"……그랬군요. 선배님 생각이란 것이 그거였었군요. 그러니까 미리는 선배님 애기를 가져도 되고, 나는 절대로 안 된다, 이 말이군요."

"그…그런 뜻이 아니라…… 너까지 대체 왜 이러는 거니?"

낯빛이 확 바뀐 그 여자가 따지기 시작했어. 무서워. 나를 쏘아보는 눈빛이 작가 장용학이 쓴 소설 '요한시집'에 나오는 그 고양이 눈빛 같아. 그래, 고양이가 잡아주는 쥐를 먹으며 살아가는 누혜 어머니. 나(동호)가 그 쥐를 빼앗아 고양이 면상에 팽개치고 나자 —누혜!, 하고 죽는 누혜 어머니. 그 곁에서 나, 를 쏘아보며 파란 요기를 내뿜는 고양이 눈빛.

"그럼 선배님은 지금까지 날 섹스 파트너 그 이상도 이하도 아닌 여자로만 상대했었단 그 말씀이군요. ……참으로 너무하는군요. 아무리 제가 그런 말로 선배님을 원했다지만 어떻게 인간으로서…… 얼마나 내가 선배님을 사랑했으면 그런 수치스런 말까지 다해가며 선배님에게 몸을 던졌을까요. 정말, 너무하는군요."

"제발, 부탁이야. 내 이렇게 무릎을 꿇고 빌게. 제발……"

"애기를 지우라는 말씀이신가요. 그건 절대로 안 돼요. 어떻게 얻은 아긴데. 선배님도 낙태는 살인행위라고 늘 말하지 않았나요?"

"…… ."

바다에서
둔탁한 소리가 난다
이따이 이따이
설익은 과일은 서리가 무서워
우박처럼 떨어져 내린다
이따이 이따이
새벽잠을 설친 시민들의
눈꺼풀은 열려지지 않는다
이따이 이따이
비에 젖은 현수막은
바람을 마시고 춤을 춘다
이따이 이따이
아아!
바다의 유언
이따이 이따이

　　경남 마산에서 태어나 한 번도 마산을 떠나지 않은 시인 이선관(1942~2005). 그가 1975년도에 발표한 시 '독수대'에 나오는 그 바다가 유언을 남기는 것처럼 적조로 붉게붉게 울고 있는 서녘바다. 병든 섬에서 줄지어 떠내려 오고 있는 죽은 굴 껍질들… 붉은 수평선을 물고 끼룩거리는 갈매기떼… 눈이 시리도록 파아란 하늘에 걸린 태양이 찡, 찌이잉, 소리를 내며 붉은 수평선을 파랗게 말리고 있는 것만 같아.
　　"우리 지성인답게 마음을 툭 터놓고 진실만을 얘기하자. 무지한 사람처럼 쓸데없는 감정의 나부라기들이나 지껄이며 주먹질이나 하는 그런 사람과는 다르게."

"……"

이, 지, 훈.

그래, 내가 처음 이 사내를 만난 것은 시를 통해서였어. '장길산'을 쓴 작가 황석영이나 '별들의 고향'을 쓴 작가 최인호처럼 고등학교에 다닐 때 화려하게 문단에 나온 사내. 나는 이 사내가 쓴 시를 꼼꼼히 읽고 몇 번 평가한 때도 있었어. 튼튼한 역사적 전망 속에 시와 삶을 하나로 엮어 나가는 이 땅 으뜸 민족시인이라고. 사실 한 시인이 쓴 시를 서너 번씩이나 내 평론으로 다룬 일도 처음이었어. 근데, 이게 무슨 창피냐. 한 시대를 가름하는 민족시인과 그 시를 평가한 문학평론가가 작가 나도향이 쓴 소설 '물레방아'에 나오는 방원과 신치규처럼 희한한 관계로 만나야 하다니. 그것도 같은 사상을 지닌 운동권 출신 여자를 사이에 두고. 그래, 이건 아무리 생각해도 엄청난 이율배반이야.

오, 애, 희.

색을 몹시 밝히는 여자, 아니 섹스를 위해서 살아가는 여자. 내가 하마터면 결혼할 뻔했던 여자. 그래, 지훈을 기획실장으로 추천한 뒤 면회 한 번 오지 않을 때부터 알아봤어. 하필 그 상대가 지훈이라니. 그래, 나는 구속되기 전부터 이미 그 여자에 대해서 환히 꿰뚫고 있었어. 결혼할 상대가 아니라고. 나는 한 달 가까이 그 여자와 동거를 했어. 그 여자가 섹스를 위해서 살아가는 여자라고 딱 잘라 말할 수 있는 것도 그때 동거를 하면서 알게 되었고. 그 여자는 그때 하루도 빠지지 않고 그 짓을 요구했어. 그것도 하루에 몇 번씩이나. 사실 솔직히 말하자면 처음에는 나도 그렇게 달라붙는 그 여자가 좋았어. 문제는 그 여자가 생리를 할 때에도 그것을 몇 번씩이나 요구할 때부터야. 그때부터 그 여자에게 점점 지치기 시작했고. 아니, 지친 정도가 아니라 싫어지기 시작했어. 어떤 핑계를 대서라도 그 여자와 헤어지고 싶었어. 그때 그 일이 터지고 말았어. 어쩌면 그 일은 나로서는 정말 딱 맞게 잘 터진 것인지도 몰라. 그래, 그 일이 아니었다면 어쩌면 그 여자는 지금 내 아내가 되어있을지도 몰라. 그랬다면 지훈이 그 여자한테 휘말려 들지도 않았을 거고.

이, 지, 훈, 오, 애, 희, 그리고 나.

그래, 적어도 지훈은 신치규처럼 그 여자를 꼬드기지는 않았을 거야. 내가 그 사실을 알았을 때, 지훈은 신치규처럼 큰소리를 치기는커녕 오히려 용서를 구하지 않았던가. 나도 방원처럼 지훈이 멱살을 잡으며 목줄을 누르지도 않았고. 그 여자는 어떠했던가. 그 여자는 방원이 아내, 처럼 당당하게 굴지 않았던가. 사실 솔직히 말하자면 처음 그 사실을 알았을 땐 정말 내가 수치스러웠고, 지훈과 그 여자가 걸레처럼 더러웠어. 감옥을 나온 뒤에도 멋모르고 가끔 그 여자와 그 짓을 한 내 자신이 죽이고 싶도록 미웠어. 생각 같아서는 당장 그 여자를 찔러죽이고 나도 죽고 싶었어. 방원처럼 말이야.

서, 정, 희.

작가 유진오가 쓴 소설 '여직공' 에 나오는 옥순이 같은 여자.

공장감독 말에 따라 공장 안에서 활동하는 노동자들을 밀고하다가 공장감독에게 겁탈을 당한 뒤 스스로 잘못을 깨닫는 여자. 결국 자신까지 해고당한 뒤에서야 마침내 참된 노동자가 되는 옥순이. 겁탈? 그래, 몸만 **뺏긴다**는 것이 겁탈이 지닌 진정한 뜻은 아닐 거야. 만약 마음을 뺏기는 것도 겁탈이라고 한다면 정희는 타고난 환경에 의해 수없이 겁탈을 당했어. 정희는 친일파 할아버지와 반공연맹회장을 맡고 있는 아버지를 둔 집안에서 자라지 않았는가. 그래, 그것이 사상을 겁탈하는 것이 아니고 무어란 말인가. 정희는 그래도 사회출판사에 입사하면서 자신도 모르게 자신에게 주어진 환경을 바꾸었어. 정희는 결국 부모란 그늘로부터 벗어나면서 참된 지식인으로 거듭난 거야. 그래, 나는 그런 정희를 누구보다도 사랑해. 하루속히 애희 문제를 마무리짓고 환골탈태하는 마음으로 정희에게 더 가까이 다가가고 싶어.

"……"

붉게 밀려오는 파도를 바라보며 말없이 깡소주만 들이키고 있는 이 사내. 명색이 민족시인으로 추앙받고 있는 이 사내는 지금 무슨 생각을 하고 있을까. 목숨보다 더 사랑하는 여자를 두고 친구 애인과 놀아난 사내. 아니 친구 애인에게 철저하게 육체를 농락당한 사내. 훗날 이 사내가 죽고 나면 이 사내가 저지른 사사로운 행동과 문학에 대한 평가는 어디에 기준을 두어야 할까. 하긴 몇 사람만 입을 닫으면 이 정도 사사로운 일은 영원히 묻을 수도 있는 일이 아닌가.

"……일단 너한테는 죽을 죄를 지었다는 말부터 먼저 하고 이야기를 시작하는 것이 좋을 것 같군."

"그럴 필요까진 없어. 그 말은 오히려 애희가 우리에게 해야 될 말일 거야. 어쩌면 우리 둘 다 꼭 같이 그동안 애희한테 농락을 당했다는 것이 더 정확한 표현일지도 모르니까."

"그게 무슨 뜻이야?"

"지금부터 내가 하는 말 잘 들어. 너는 애희 뱃속에 있는 애가 누구 애라고 생각해? 애희가 니 애라고 주장하지? 그러니까 우리 둘 다 철저히 농락을 당했다는 것이야."

"아니, 그게 무슨 말이야?"

"애희 말만 믿는다면 그 애는 우리 두 사람 애야. 애희는 나를 만나면 그 애가 내 애라고 주장하고, 니를 만나면 니 애라고 주장하고 있으니까 말이야."

"그래? 이게 대체……"

"우리끼리니까 솔직히 말하자. 내가 감방에 들어가기 전에야 동거를 했으니까 애희와 관계를 몇 번이나 가졌는지는 굳이 말 안 해도 잘 알 거고. 하긴 그때는 애희가 늘 장화를 신겼으니까. 내가 출옥하는 날이었어. 그날 밤에는 몹시 흥분한 애희가 장화를 벗겨버렸어. 그 다음날부터도 애희와 가끔 했는데 애희는 할 때마다 반드시 장화를 신겼어. 근데 대충 날짜를 따져보니까 그날인 것 같다는 느낌이 들어. 근데 니는 내가 감방에서 나올 무렵 솔직히 애희와 관계를 가진 날이 언제였어?"

"……"

"괜찮아. 사나이들끼리 그런 말하는 게 뭐가 그리 창피해?"

"참으로 어리석고도 부끄러운 일이긴 하지만, 너가 출옥하기 한 달 전까지는 관계를 가지지 않았어. 왜냐하면 그때에는 미리를 찾기 위해 마산, 창원 곳곳을 헤매고 있었거든. 너가 감방에서 나온 뒤로는 그 여자도 눈치가 보이든지 한 달쯤까지는 날 찾아오지 않았어."

"그래, 그렇다면 분명 그 애는 니 애가 아니야. 애희는 지금 임신 3개월째니까."

"아…아니, 그게 무슨 말이야? 애희는 내게 임신 2개월째라고 그러던데?"

"내가 병원에까지 가서 확인한 사실이야. 그 애는 니 애가 아닌 것만은 틀림없어."

"도대체 뭐가 어떻게 돌아가는 거야?"

"나도 그래. 평소 애희 하는 짓거리로 보았을 때 그 애가 내 애라고도 확신할 수도 없어. 원체 몸을 걸레 같이 놀리는 여자니까."

"정말 미안해. 너와 애희 사이를 뻔히 알면서도 하도 막무가내로 덤벼드는 바람에……"

"그 말은 이제 그만. 난 예전부터 니 인격을 잘 알아. 그런 구차한 말은 더 이상 하지 않아도 니 마음 잘 알아. 입 더러워져."

"……"

그때 지훈이 자책하듯 소주 한 병을 이빨로 따서 병째 꿀꺽꿀꺽 마셨어. 연초록색 병 속에 거품이 몇 번 이는가 싶더니 이내 바닥이 드러났고.

"참, 이 사실은 니가 들으면 참으로 충격적인 말로 들릴지는 모르겠지만 꼭 알아두어야 될 것 같아서 하는 말이다마는……"

"무슨 말을 해도 상관없어. 이미 어떤 말을 들어도 소화해 낼 마음의 준비가 충분히 되어 있으니까."

표정이 일순간 굳어지는 지훈. 소주병을 들고 있는 손이 파르르 떨렸어. 정작 말은 그렇게 자연스럽게 내뱉었지만 또 다른 엄청난 사실이 숨겨져 있느냐는 놀란 표정을 지었고.

"애희 걔는 내가 출옥하기 전부터 이미 박진호 회장과도 수시로 관계를 맺고 있었어. 동양식품 간부진에서는 쉬쉬 하지만, 항간에는 애희가 박진호 회장이 숨겨둔 애첩이라는 말까지 나돌고 있어."

"뭐어? 그…그게 사실이야?"

"이건 내가 동양식품 기획실에 근무하는 후배를 통해 직접 확인한 사실이야. 나도 하도 기가 막히고 답이 안 나와."

초가을 노을에 물든 서녘바다가 핏빛으로 울고 있어. 바다는 끝없이 흔들리는 감정을 물결로 다스리다가 쓰린 가슴이 터지면 세상을 한꺼번에 깨뜨리고 말겠다는 듯이 우우웅, 우우웅, 핏빛 파도를 일으켜. 핏빛 파도는 젖꼭지 같은 섬들을 입에 물고 자근자근 깨물다가 하늘마저 한 입에 삼켜버리려는 듯 용트림을 하고 있고.

서럽다 뉘 말하는가 흐르는 강물을. 꿈이라 뉘 말하는가 되살아오는 세월에. 가슴에 맺힌 한들이 일어나 하늘을 보네. 빛나는 두 눈 속에 순결한 눈물 흐르네. 가네 가네 서러운 넋들이 가네. 가네 가네 한 많은 세월이 가네. 마른 잎 다시 살아나 푸르른 하늘을 보네. 마른잎 다시 살아나 이 강산은 푸르러.

박 현은 스스로에 대한 불만과 나와 그 여자에 대한 불만 그리고 이 세상에 대한 불신들을 한꺼번에 파도 속에 깨끗하게 씻어내고 말겠다는 듯 안간힘을 다해 노래를 불렀어. 마른 잎 다시 살아나? 그래, 아까부터 이 사내가 힘없는 눈빛을 띠고 있었던 까닭은 딴 곳에 있는 것 같아. 이 사내는 이미 그 여자에 대한 감정을 깨끗이 버리고 서정희란 마른 잎이 다시 자신에게서 살아나 푸르른 하늘을 보는 그날을 기다리고 있어. 근데 어떻게 나란 남자는 어째서 늘 요 모양 요 꼴일까. 내 사랑 미리, 너를 위해 그 여자에게 도움을 받는다는 것이 오히려 그 여자 먹잇감이 되어버리지 않았는가. 이제껏 그 여자와 몸을 섞을 때마다 미리, 너를 떠올리며 단지 껍데기만 그 여자 몸을 빌린다고 생각한 것은 큰 착각이었어. 나는 그동안 남자와 그 여자가 지닌 못다한 욕망을 서로 몸으로 풀고 있었던 것 같아.

외로운 대지의 깃발 흩날리는 이녘의 땅. 어둠살 뚫고 피어난 피에 젖은 유채꽃이여. 검붉은 저녁햇살에 꽃잎 시들었어도, 살 흐르는 세월에 그 향기 더욱 진하리. 아―아 아―아아 아 반역의 세월이여. 아 통곡의 세월이여. 아 잠들지 않는 남도 한라산이여.

"어이, 이지훈. 우리 구멍 동서끼리 오늘 코가 삐뚤어지게 한 잔 퍼자. 동양식품 박진호도 같이 있었으면 참 좋을 뻔했는데 말이야."

"구멍 동서?"

"그래, 우린 구멍 동서지간이지. 잘못하면 칼부림도 날 수 있는… 아니 어쩌면 우리 두 사람 모두 영리하게도 색을 밝히는 그 여자를 역이용, 육체가 지닌 욕구해소의 대상으로 삼고 있었는지도 모르지. 돈을 주지 않아도 언제나 부르면 곧바로 달려오는 여자가 그 여자였으니까."

"그 여자가 그렇게 된 데는 내 책임도 커."

"어이, 이지훈. 그렇게 애써 자책할 필요까지는 없어. 나도 다 알아. 둘의 관계를. 일방적으로 그 여자가 지훈이를 짝사랑했다는 것도, 학창시절 여관으로 너를 유인까지 했는데도 니가 외면했다는 것까지도 알고 있어."

"아니, 어떻게 그런 일까지. 그 여자가 그런 얘기까지 하던가?"

"아냐. 그 여자가 어떤 앤데 그런 얘기까지 내게 하겠어. 그곳에 들어가기 전에 그 여자와 사귈 때 다 알게 되었지. 그 여자 친구들을 통해. 그 여자는 속내를 잘 감추지 못하는 앤 줄 니도 잘 알잖아? 그리고, 대학 다닐 때 걔가 니를 먹었다고 소문까지 냈던데?"

"그래?"

"사실, 나 역시 니처럼 마음 속 깊숙이 사귀는 여자가 있어. 니도 잘 아는 애야. 서정희라고."

"그래, 대충 알고 있었어. 정희가 너 면회 다닐 때부터."

"그래? 사실 그곳에 들어가기 전까지만 하더라도 난 애희란 그 여자 때문에 고민을 많이 했어. 근데 그 여자는 내가 그곳에 있을 때 니를 기획실장으로 앉히고 나서부터 한 번도 면회를 온 적이 없었어. 편지 한 장 보낸 적도 없었고. 오히려 잘됐다, 라고 생각하면서도 한편으론 서운하기도 했지. 그때 그 서운함을 메꾸어 준 여자가 있었어. 내가 그곳에 있을 때 일 주일에 꼭 두 번씩 면회를 온 여자. 그래, 그 여자가 바로 정희야. 나도 처음에 정희가 면회를 왔다기에 고개를 갸웃했지. 회사에 있을 때도 늘 어린애 취급을 하던 여자가 정희였으니까. 그래, 그것은 내 기우였어. 정희는 그 짧은 면회와 끝없는 편지를 통해 내게 여러 가지 사회 돌아가는 상황과 출판사 상황, 그 여자가 저지르는 무분별한 여러 가지 행동 등에 대해서 자세하게 알려주었지. 나는 그런 정희를 보면서 점점 정희에게 기대를 걸기 시작했어. 그런 어느 날부턴가 정희가 여자로 보이기 시작한 거야. 나는 정희를 바라보면서 그 여자가 지닌 단점이 더 잘 보였어. 뒤늦게 알았어. 참사랑이란 내가 가진 모든 것을 걸림 없이 내주는 것이란 것을."

"……"

푸르스럼한 어둠을 가르며 제법 쌀쌀한 바람이 불어오고 있어. 처마에 매달린 풍경이 밤바람을 맞으며 애처로운 울음을 울다가 밤이슬 같은 눈물을 한 방울 또 한 방울 찍어내는 것 같아. 내 마음처럼. 야트막한 산자락에 있는 풀숲 여기저기서 애타게 울어대는 쓰르라미 소리… 귀뚜라미 소리…

지훈 씨.

백운여래님으로부터 규리 언니랑 미륵사에 다녀갔다는 소식은 들었어. 몇 달 앞 내가 머물고 있는 여기 비음사에도 서너 번이나 다녀갔다는 것도 잘 알고 있고. 너가 그렇게 다녀간 그날, 나는 얼마나 울었는지 몰라. 지훈 씨. 나도 잘 알아. 나 또한 가슴이 까맣게 타서 재가 되어 날아가 버릴 것만 같아. 나도 하루빨리 이 지긋지긋한 날들을 벗어버리고 너 곁으로 달려가고 싶어. 그렇지만 어떡해? 수배보다 더 무서운 숙부가 내미는 십자가가 나를 매달기 위해 애타게 기다리고 있다는데. 참으로 무섭고도 잔인한 사람들이야. 어떤 때는 숙부가 아빠와 같은 핏줄이란 것이 의심스러울 때도 있어. 다른 한편으로는 아빠 또한 그런 핏줄이었는지 모른다는 생각까지 들어. 무서워. 그래도 사람이 저지르는 일이란 스스로 마음 다스리기에 달려있는 것 같다는 생각이 들어. 어쩌면 숙부는 스스로 명예와 부를 위해서 가장 추악한 방법을 이용해 마치 그것이 가장 정당한 것인 양 스스로 객관화시키려고 수단과 방법을 가리지 않고 있는지도 모르는 일이고. 울 엄마, 그 마음씨 착하고 예쁜 울 엄마를 정신병동에 가두고 모든 재산을 가로챈 숙부. 그 숙부는 어린 규리 언니와 나를 키우면서 얼마나 많은 위선을 떨었겠어. 내가 그 사실을 눈치 채고 집을 나왔을 때도, 처음에는 잘 됐다, 라고 단순히 생각하다가 뒤에 그것이 아니라는 사실을 깨닫고 얼마나 불안에 떨었겠어. 산다는 것이 너무 슬프고 괴로워, 지훈 씨. 참, 아기 이름은 백운여래님이 '새날' 이라고 지었어. 이 아이가 세상을 제대로 알게 될 땐 새로운 날을 맞이하라고. 어려움이 있어도 곧 새날이 온다는 걸 새기며 살아가라는 뜻에서 그렇게 지었나 봐. 참 잘 지은 것 같아. 어때? 나는 우리 새날이가 쑥쑥 잘 자라면 자랄수록 이 땅에도 진정한 새날이 얼른 다가올 거라 믿어. 참 슬픈 일은 새날이는 삼칠 일이 지나자마자 백운여래님이 미륵암으로 데리고 갔어. 참으로 못난 내 탓에 새로 태어난 새날이에게까지 고통을 안기는 것 같아 너무 미안해. 보고 싶어. 새날이도, 너도.

우우우~ 우우우우우~ 우우우우우우우~

반달이 가을밤을 희미하게 밝히고 있어. 그 반달을 오래 바라보다가 나도 모르게 눈물을 주르륵 흘렸어. 볼을 타고 자꾸 흘러내리는 눈물은 내 턱과 목줄기를 타고 흘러내리다가 마침내 가슴 속까지 흘러들어 블라우스까지 촉촉이 적셨고.

우우우~ 우우우우우~ 우우우우우우우~

그래, 그날 아랫도리로부터 번져오던 그 고통은 나를 몇 번이나 무너지게 했어. 새로운 한 생명을 이 세상에 내놓는다는 것, 그것이 그렇게 어마어마한 고통이 뒤따른다는 것을 미처 몰랐어. 그저 조금 아프다가 말겠거니 생각했던 그런 스쳐 지나가는 고통이 아니야. 세상에 태어나서 정신을 몇 번이나 잃을 정도로 그렇게 엄청난 고통은 처음 맛보았어. 하긴, 말 그대로 새날을 낳는데 천지가 개벽되는 그런 아픔이 없겠는가마는. 그래, 유월항쟁을 승리로 이끌기까지 얼마나 수많은 젊은이들이 스스로 몸을 불살랐던가. 얼마나 수많은 사람들이 차디찬 창살 속에서 옥고를 치렀던가. 얼마나 수많은 사람들이 최루탄을 신선한 공기 마시듯 마시며 곤봉과 쇠파이프에 쓰러졌던가. 아직도 옥고를 치루고 있는 수많은 양심 인사가 진정한 새날을 기다리며 고통스런 세월을 씹고 있듯이, 나도 숙부가 파놓은 함정을 피해 절망과 슬픔과 분노를 씹고 있지 않은가.

"신자님, 밤공기가 찹니더. 그만 방으로 들어가시지예."

"네."

내 작은 어깨를 포근하게 감싸는 말. 월화 법인이 나직하게 속삭이는 목소리는 늘 어머니처럼 따스하고 포근했어. 내가 인기척하나 없이 다가온 월화 법인 목소리에 놀라지 않았던 것도 그 자연스러움 때문일 거야.

"새날이가 몹시 보고 싶지예? 그 지훈이라는 신자님도."

갑자기 탱글탱글한 젖꼭지가 몹시 아렸어. 새날이를 위해 통통 불어 오르는 젖가슴. 하루에도 몇 번씩이나 하얀 모유를 짜낼 때마다 저절로 흘러내리는 눈물. 아, 내 아기에게 젖이라도 다시 한번 물려봤으면.

"……"

"사람이 이 세상에 태어나자마자 제일 먼저 느끼게 되는 것이 그리움과 사랑이지예."

"산다는 것이 너무 힘들어요."

"생명이 있는 모든 것들은 그 괴로움을 감내하면서 살아갈 수밖에 없는 숙명을 타고 났지예."

"새날이가 보고 싶어요. 핏줄의 정이란 것이 이렇게 무섭고도 대단한 것인 줄 미처 몰랐어요."

"바로 그것을 절실하게 깨닫게 하기 위해 백운여래님이 새날이를 미륵암에다 떼어놓은 거지예."

"네에? 그게 무슨 말씀이신지?"

"물론 그것만은 아니지예. 비음사는 미륵사의 막내 도장으로 특히 여자 신자님들에 대한 규율이 엄격한 곳이랍니다. 여자가 처음 신자로 입문하면 제일 먼저 거치는 곳이 바로 이 곳이지예. 그런 까닭에 비음사에서 애기 울음소리가 나면 수도하는 여자 신자님들 정신이 혼탁해지는 것은 물론 자신도 모르게 속세를 그리워하게 된답니다. 수도생활이 워낙 엄격해서이기도 하겠지만 사람은 누구나 지나간 것을 그리워하는 본능이 있으니까예. 또한 비음사에 입문하는 여자 신자님들 대부분은 이 세상을 살아가다가 쓰리고도 몹쓸 상처를 안고 오지예. 특히 여자란 원래부터 모성적 본능이 강하기 때문에 비음사에서 아기 울음소리가 들리게 되면 수도에 엄청난 방해가 되는 것은 불 보듯이 뻔 한 일이겠지예? 여기는 여자 신자님들이 속세와 맺은 인연을 끊어내는 제1차 관문이랍니다.”

“……저어.”

“말씀해 보시지예.”

“마을에 잠깐 다녀오면 안 될까요?”

월화 법인 두 눈동자가 갑자기 달빛에 푸르스름한 빛을 반짝거렸어. 마치 작가 김동리가 쓴 소설 ‘무녀도’ 에 나오는 모화, 그 눈빛처럼 싸늘했고. 비록 씨는 다르지만 귀머거리 딸 낭이와 같이 스스로 뱃속에서 태어난 아들 욱이가 읽고 있는 성경책을 불태우며 푸닥거리를 하는 모화. 욱이가 그 사실을 알고 제상 위에 차려 놓은 냉수그릇을 집어 팽개치려 하자 번득이는 식칼로 욱이 등을 찌르며 이를 악물고 웃음 짓는 모화, 그 싸늘하고도 무서운 눈빛.

“그건 안 됩니다. 필요하신 게 있으시면 제게 말씀하시지예.”

"저어, 그게 아니라……"

"말씀하지 않아도 무슨 말을 하려는지 잘 알고 있지예. 백운여래님께 승낙을 받지 않고서는 속세로의 외출은 절대 안 됩니다. 비음사 경내에서 외출에 관한 일은 제가 맡아서 처리하거든예. 아직 때가 이르지 않았어예."

"제발, 새날이를 꼭 한 번만이라도."

"밤공기가 차겁습니다. 어서 방으로 드시지예."

캄캄한 허공을 일직선으로 가르다 이내 사라지는 꼬리별… 내가 지금 새날이를 간절히 보고 싶어 하는 꿈도 저 꼬리별처럼 순간적인 것일까.

"……"

"산다는 것은 저 꼬리별 같은 거랍니다. 보석처럼 영원할 것 같이 빛나던 저 별들도 하룻밤에 수없이 허공 속으로 사라지는 것처럼."

"저 별들은 짧은 순간이나마 스스로 아름다움을 한껏 뽐내보기라도 하고 사라지잖아요?"

"지금 신자님께서 살아가는 모습은 저 밤하늘에 박혀 빛나는 별보다 더 아름답고 찬란하답니다. 찬란하다, 아름답다, 하는 것은 반드시 슬픔과 아픔, 그리고 애타는 그리움으로 똘똘 뭉친 결정체 같은 거랍니다."

귀뚜라미와 쓰르라미가 눈물에 젖은 내 마음처럼 애타게 울어. 금방이라도 천불산 미륵암에 있는 새날이가 맘마, 하며 방문을 열고 엉금엉금 기어들어올 것만 같아. 달빛에 비친 방문에는 처마

끝에 매달린 풍경이 너 얼굴로 흔들리며 밤새 울고 있고.

우우우~ 우우우우우~ 우우우우우우우~

오늘따라 여우가 자꾸 울어. 저 여우도 나처럼 어딘가에 자식을 떼어놓고 있어 가슴이 찢어지나봐. 아아, 새날아, 지훈 씨, 엄마, 규리 언니, 성자 언니, 수희 언니 그리고 애희 선배…… 참으로 그립고도 가슴 에이게 보고 싶은 얼굴들. 전두환 그리고 그 하수인들, 숙부 박진호…… 참으로 지워버리고 싶은 얼굴들.

쟁그랑~ 쟁그랑~ 쟁그랑~

반달이 방문을 훤하게 비추고 있어. 오늘따라 풍경과 풀벌레들까지 유난히 애타게 울고 있어 마음이 더욱 쓰려. 이대로 몰래 탈출할까. 그래, 탈출이 아니라 잠깐 외출을? 오늘 밤 지훈 씨한테 전화 한 통만이라도. 빠른 걸음으로 20분만 내려가면 공중전화가 있는 마을이 있잖아.

나는 살며시 몸을 일으켰어. 이불 속에 베개를 슬며시 밀어 넣으며. 나는 조심스레 방문을 열고 주변을 살피다가 발꿈치를 한껏 치켜들고 화장실이 있는 쪽으로 천천히 걸어갔어. 행여 누군가에게 들키더라도 화장실을 간다고 하면 그만이거든. 나는 떨리는 가슴을 손으로 지그시 누르며 일주문을 살며시 빠져나왔어. 저만치 불빛 서너 점 흩어져 깜빡이는 마을. 별빛이 쏟아져 내리는 허공에 휘영청 걸린 반달이 보름달 못지않게 산길과 어둔 숲길을 희미하게 비추고 있어.

지훈 씨, 내가 지금 너를 향해 달려가고 있어. 나와 나를 하나로 묶어주는 안드로규노스 새날이 소식을 안고 어둠을 헤치며 달려가고 있어. 나도 모르게 혼잣말이 마구 쏟아져 나왔어. 그렇게 마을을 향해 마구 달려가던 나는 갑자기 걸음을 뚝 멈춰서야만 했어. 온몸에 소름이 쫘악 끼쳤고. 마을 입구에 무언가 강렬한 불빛 두점이 저승사자처럼 나를 향해 불을 뿜고 있었거든. 저게 무얼까? 저 요상하고도 강렬한 불빛만 건너면 곧 바로 마을인데……

"아니, 저…저건."

그때 갑자기 불빛이 나를 향해 움직이기 시작했어. 저절로 부들부들 떨리는 온몸. 늑대인가? 아니면 여우? 나는 얼른 산길 주변에 있는 작은 돌멩이 하나를 집어 들고 나를 향해 다가오는 무서운 불빛을 향해 힘껏 집어던졌어.

휘익~

타닥!

"???"

"허어, 하마터면 졸지에 이승을 떠날 뻔했네."

"……누, 누군신가요?"

"아니, 여인이야 말로 누구신데 이 야밤에 그리 바삐 다니십니까? 나를 해칠 것인지 자세히 살펴보지도 않고 돌멩이는 또 왜 던지십니까? 하하하하하, 귀신이 따로 없다더니. 하하하하하하하."

"후우, 만불 선인님이로군요. 이 늦은 밤중에 웬일로?"

"사랑도 술도 다 깨달음이지. 그래, 이 밤중에 사랑을 찾아가는 그대나, 술을 육신에 담고 오는 나나 꼭 같은 처지 아닌가. 하하하하하하."

사랑,
그 끝없는 끝

11월 11일 낮 11시.

오랜만에 스모그가 사라진 해맑은 거리. 짙푸른 늦가을 하늘은 새끼손가락으로 톡 건드리기만 해도 이내 푸른 물이 와르르 쏟아질 것 같은 날이었어. 삼삼오오 식장으로 몰려드는 하객들 옷차림과 표정 또한 거울처럼 깨끗했고. 활짝 웃으며 악수를 나누는 남자… 넥타이를 고쳐 매는 남자… 대형거울 앞에 서서 옷매무새를 휘이 둘러보는 여자… 식장을 둘러보며 귓속말로 소곤거리는 여자… 젊잖게 앉아 식이 진행되기를 기다리는 사람, 사람들.

"지금부터 신랑 박 현 군과 신부 서정희 양의 결혼식을 거행하겠습니다. 내빈 여러분께서는 아름다운 한 쌍의 빛나는 미래를 축하하는 뜻에서 신랑 신부가 입장할 때 뜨거운 박수를 보내 주시면 감사하겠습니다."

늦가을 햇살이 투명한 유리창을 스스럼없이 헤집고 들었어. 식장 안에서 웅성거리는 하객들은 그 햇살을 받아 마치 실루엣처럼 움직이는 것만 같았고.

"신랑 입장."

사회를 맡은 지훈은 몸짓 하나 말투 하나에도 엄청난 정성을 기울이는 것 같았어. 마치 제 결혼식이라도 하는 것처럼. 나는 어깨에 힘을 잔뜩 올린 채 식장 안으로 성큼성큼 들어섰어. 식장이 떠나갈 듯 쏟아지는 뜨거운 박수소리. 가슴이 찡하게 저렸어. 그래, 오늘 이 순간이 오기까지 나와 너는 얼마나 수많은 갈등 속에 힘겨운 나날을 보냈던가. 특히 정희, 너 아버지 때문에.

"곧 이어 신부 입장이 있겠습니다. 신부가 입장하실 때도 신랑과 마찬가지로 뜨거운 박수를 보내주시기 바랍니다."

"어이, 사회자 조크 죽인다."

"잘한다, 잘해. 오늘 사회자 정말 맘에 들어."

신랑과 마찬가지로, 란 지훈이 내뱉은 말에 여기저기서 쿡쿡거리는 소리가 들렸어. 나도 지훈을 바라보며 빙그시 웃었고.

"이제 신부가 입장하면 이 결혼식을 예정대로 진행시켜야 하지만 잠시 신부 입장을 미루고 안내 말씀부터 드리겠습니다. 참석하신 하객 여러분께서는 모두 자리에서 일어나 주시기 바랍니다."

식장 안이 갑자기 웅성거리기 시작했어. 그때 험, 험, 하면서 당황해하는 나에게 한쪽 눈을 찡긋하는 지훈.

"사회자는 예로부터 왕이라고 했습니다. 그러므로 오늘 결혼식의 성사여부는 오로지 이 사회자한테 달렸다는 걸 명심하십시오. 두 사람의 빠른 성혼을 바라는 뜻에서 손바닥에 물집이 생긴 분을 뺀 나머지 분들은 모두 이 사회자에게도 뜨거운 박수 한 번 보내주시기 바랍니다."

우, 우우.

짝짝짝짝짝짝짝

"야, 사회자가 오늘 주인공보다 더 광난다, 광나."

"내 이날까지 온갖 결혼식에 다 다녀봤지만 저런 희한한 사회자는 처음 본다, 처음 봐."

식장 안은 박수소리와 웃음소리로 떠나갈 듯했어. 나를 바라보며 고개를 끄덕하는 지훈. 곧바로 신부 입장을 시키겠다는 것.

"신부 입장."

딴 딴따다 딴 딴따다, 라는 결혼행진곡 소리에 맞춰 하얀 드레스를 입은 정희가 천사 같은 모습을 드러냈어. 고개를 반쯤 수그린 채 나를 향해 나비 날개짓처럼 사뿐사뿐 걸어오는 정희… 발그레한 미소를 띤 채 아버지 손을 잡고 내 품으로 다가오는 정희… 오, 내 아름다운 신부여.

"신랑은 신부를 맞이하세요."

나는 앞으로 천천히 걸어가 정희 아버지에게 공손히 고개를 숙인 뒤 정희를 넘겨받았어. 그래, 내가 방금 인사를 한 바로 이 분

때문에 얼마나 많이 갈등했던가. 그때 지훈은 이렇게 못을 박았었지. 너는 너를 잘 따르는 정희를 선택한 것이지 이데올로기에 잔뜩 물든 정희 아버지를 선택한 것이 아니다, 라고.

"어쩜, 저렇게 잘 어울릴까?"

"한쌍의 원앙새 같아."

내가 정희와 함께 마악 주례 앞에 섰을 때 갑자기 식장 입구가 마구 술렁거리기 시작했어. 빼곡히 들어선 하객들을 마구 밀치며 들어오고 있는 여자. 누굴까? 콧김을 씩씩거리는 모습이 어째 낯설지가 않은데.

"잘들 논다, 놀아."

"……"

"……"

애희였어. 화장기 하나 없는 맨얼굴이 몹시 낯설게 느껴지는 여자. 그나저나 저 여자가 여긴 왜?

"너 이 녀석, 여기가 어디라고 감히."

"아니, 너어……"

"어…언니."

그때 펑퍼짐한 임신복까지 입은 애희가 허리를 한껏 뒤로 젖혔어. 하객들이 불룩 튀어나온 아랫배를 자세히 보란 듯이.

"야아, 새 신랑인가 헌 신랑인가 하는 박 현. 니 처가 두 눈 시퍼렇게 뜨고 이렇게 애기까지 뱃속에 키우고 있는데, 뭐어? 결혼?"

하객들 눈길이 일제히 애희, 그 여자에게 쏠렸어. 부드러운 미소가 흐르는 식장 안 분위기는 갑자기 얄궂게 술렁이기 시작했고.

"쟤, 정신 나간 여자 아냐?"

"쯧쯧쯧. 무슨 영화에 나오는 한 장면 같군."

"신랑에게 무슨 문제가 있는 모양이네. 평소 어떻게 처신했기에 결혼식장에서까지 이런 일이 생겨?"

하나뿐인 아들인 내 결혼식에 참석하기 위해 청주에서 올라온 부모님과 친지들은 영문을 몰라 마구 허둥거렸어. 주례를 맡은 모교 국문학과장 박 교수님 얼굴빛까지 하얗게 변했고.

"세상에 이런 일이 있을 수 있어요? 임신한 아내를 버려두고 다른 여자와 몰래 결혼식을 올리다니요. 어찌 인간의 탈을 쓰고 이런 무서운 일을 벌일 수 있나요? 제 뱃속에서 자라는 이 아이가 태어나서 아빠를 찾으면 저는 어찌해야 하나요?"

"저 친구 저거, 그리 안 봤더니."

"이건 사기야, 사기."

"저런 날강도 같은 놈을 봤나."

정희 부모와 친지들이 놀란 얼굴로 나와 내 부모를 번갈아 째려보며 저마다 한마디씩 내뱉기 시작했어. 갑자기 험악해지는 분위기에 기고만장해진 애희는 말총을 더욱 거칠게 쏘아댔고.

"하객 여러분. 저는 이상한 여자가 아닌 멀쩡한 여자예요. 여러분이 저 같은 입장에 처하게 된다면 어찌하시겠어요? 저는 조금 전 이 예식장 앞에 도착해서도 몹시 망설였어요. 그러나 이 같은 일을 만약 방관한다면 우리 사회의 도덕윤리까지 무너질 것이란 생각을 했어요. 그래서 제 하나가 희생당하는 한이 있더라도 이 일을 알려야 하겠다는 생각이 들었어요. 하객 여러분께서는 잘 모르겠지만 저기 서 있는 신랑, 신부와 사회자가 모두 저와 같은 회사에 다니는 동료들이에요. 서로를 너무나 잘 알고 있다는 그 얘기죠."

결혼식장은 순식간에 아수라장으로 바뀌었어. 신부 쪽 친지들은 앞 다투어 식장 앞으로 우루루 달려와 내 멱살을 움켜쥐었고.

"이런 날강도 같은 놈이 있나. 우리 집안을 어떻게 보고."

"뭐 이런 새끼가 다 있어?"

"어쩐지 처음부터 이상한 냄새가 난다 했더니만…… 너 같은 놈은 따끔한 맛을 좀 봐야 정신을 차려."

내 몸은 휴지처럼 짓이겨지기 시작했어. 뺨을 때리는 사람, 뾰쪽한 구둣발로 걷어차는 사람, 내 몸을 지근지근 밟는 사람. 그때 당황한 지훈이 달려와 진정들 해요, 그…그게 아니라니까, 라며 그들을 말렸지만 소용없었어.

"이 새끼는 또 뭐야? 이 새끼도 한 패 아냐?"

"지금 뭔가를 착각……"

화가 머리끝까지 치솟은 정희 친지들은 막무가내였어. 흥분한 정희 가족과 친지들에게 둘러싸여 무수한 발길질을 당하는 지훈. 이를 어째? 친지들에게 둘러싸여 억지로 식장 밖으로 끌려 나가는 정희가 애타는 눈길로 나를 바라보며 발을 동동 굴렸어.

"무슨 이런 년이 다 있어?"

"야, 이 년아. 돌아도 곱게 돌아야지. 여기가 니 년 화풀이 장손 줄 알아?"

"요 년, 눈빛 좀 봐? 색끼가 잘잘 흐르네."

개새끼들아, 날 쥑여라 쥑여, 라는 애희, 그 여자 악쓰는 소리도 어디선가 들렸어. 나는 안 돼, 안 돼, 라며 마구 소리 지르다가 숱한 발길질에 그만 정신을 놓고 말았던 것 같아. 그때부터 아무 소리도 들리지 않았으니까.

웅~ 우웅~ 우우웅~

살얼음 낀 바람이 갈비뼈만 앙상하게 드러낸 나뭇가지를 물고 악을 쓰며 울고 있어. 초겨울 바람에 마구 헝클어진 풀숲은 그날 뭉텅 빠진 애희, 그 여자 머리카락처럼 나풀거리고 있고. 꽁꽁 얼어붙은 겨울강을 희끗희끗 쓸고 있는 때 이른 눈발. 나는 지금 온몸이 눈사람처럼 하얗게 바뀌고 있어.

우우웅~ 우우우우우웅~

정희야, 내 아름다운 신부. 이를 어째. 참으로 미안하다. 아무리 생각해도 너에게 미안하다, 는 네 글자만 맴돌 뿐, 다른 낱말은 찾아낼 수가 없어. 저 얼어붙은 강물 위에 쌓인 눈처럼 깨끗한 네 마음에 흙 묻은 발자국을 또렷하게 찍어버린 나. 그래, 지금 당장 너가 나를 찢어 발겨도 좋아. 차라리 그렇게라도 해서 네 마음에 조금이나마 위안이라도 된다면…… 그래, 정희야. 어서 다친 네 마음으로 내 마음 깊숙이 박힌 이 더러운 자존심을 마음껏 발겨다오. 내리는 눈발을 가슴으로 받아먹으며 눈구름을 비웃는 저 강물처럼 날 마음껏 비웃으며 저주해다오. 저주? 그래, 작가 김동리가 쓴 소설 '무녀도'에 나오는 모화처럼 나를 마음껏 저주해다오. 토속신을 광적으로 믿는 모화가 예수쟁이들을 바라보며 -그까짓 잡귀신, 이라고 생각하는 것처럼 너도 나를 그까짓 잡귀신쯤으로 생각하고 나를 네 마음에서 쫓아내다오. 그래, 어쩌면 반공이데올로기와 유심론을 신봉하는 너희 부모님과 친지들이 지닌 생각처럼 내가 주장하는 노동해방과 유물론도 그까짓 잡귀신일지도 몰라. ……그까짓 잡귀신 ……그까짓 잡귀신. 정희야. 차라리 그렇게 나를 버려다오. 모화가 푸닥거리하듯이 그렇게.

우우웅~ 우웅~ 우우우우우우웅~

눈발이 점점 굵어지기 시작해. 산마루에서 강변으로 내달려오는 바람도 더욱 거세지고 있고. 살갗은 아까부터 꽁꽁 얼어붙어 감각이 없어.

박, 진, 호.

개새끼. 내 적이자 지훈이 적인 그 하이에나 같은 새끼. 민중과 만인을 적으로 돌려세운 그 새끼. 그래, 이번 일은 그 여자 잘못이 아냐. 원흉은 바로 그 새끼야. 그 새끼가 그 여자를 돈으로 매수하지만 않았다면 적어도 이런 일까지 벌어지지는 않았을 거야. 그래, 그 현, 이 생각난다. 작가 이태준이 쓴 소설 '해방전후' 에 나오는 현, 이름도 나와 같은 그 현. 그래, 그 현처럼 나도 이제부터 소시민적 지식인이라는 허울을 벗어던지고 실천적 지식인으로 탈바꿈해야만 한다. -살고 싶다기보다 견디어내고 싶다, 라며 일제 눈초리를 피해 시골에 숨어 사는 현. -암흑 속에서 일루의 광명을 향해 남몰래 더듬는 심정, 으로 시골생활에 맞춰나가는 현. 그래, 기어코 현을 찾아낸 일제는 현에게 서울에서 열리는 문인궐기대회

에 참석해달라는 강압을 담긴 전보를 수차례에 걸쳐 보냈어. 어쩔
수 없이 궐기대회에 참석한 현은 연설순서가 되자 달아나 다시 시
골에 숨었어. 마침내 해방이 되자 현은 조선문화중앙건설협의회
에 참가해 지도부와 갈등을 빚기도 하지만 문화전선을 하나로 통
일하기 위해 끝까지 참여했어. 그래, 나도 이제부터 그 현처럼 살
아야 해. 이제 일제 같은 군부독재정권이 유월항쟁으로 마악 막을
내리고 있지 않은가. 어찌 보면 지금이 그 해방 이후 정국과 비슷
하지 않은가. 그래, 이젠 나도 노동자들과 더불어 사는 세상 속으
로 들어가야 해. 소설 속에 나오는 현이 조선문화중앙건설협의회
에 들어가는 것처럼 나도 동양식품 노동자로 들어가야 해. 그들과
갈등을 빚는 한이 있더라도 노동전선을 하나로 만들고, 노동해방
을 위해 끝까지 투쟁해야 해. 나와 지훈의 적이자 만인의 적인 박
진호란 인간에게 복수하기 위해서라도.

　웅~ 우웅~ 우우우우웅~

　아아, 차라리 이대로 얼어 죽고 싶어. 이대로 눈사람이 되어 영
원히 이 세상을 지키는 파수꾼이라도 될 수 있다면… 파수꾼? 내
손과 함께 얼어붙고 있는 소주병… 눈보라가 몰아치는 이 차디찬
강변에서도 내 속을 따스하게 데워주고 있는 이 소주병이 내 파수
꾼 아닌가. 그래, 이 놈 저 년 입을 거쳐 수많은 사람들 몸을 마음
껏 헤엄치던 너도 오늘은 일편단심이로구나.

　그래, 너가 소주로 태어났다고 해서 그냥 소주로만 살아가라는
법은 없지. 너가 만난 주인에 따라 네 삶도 달라지는 것을. 그러나
소주야, 네 삶이 달라진다 해도 네 운명까지 달라지지는 않을 거

야. 네 운명은 우리 가난한 민중들 몸과 마음을 흐르는 피와 정신이거든. 넌 어쩔 수 없이 우리 민중들이 흘리는 눈물과 서러움을 삭여주는 운명을 타고난 거야. 얼음처럼 맑은 정신으로 아무리 잘난 척해도 넌 25도. 가난한 사람들이 제 아무리 발버둥을 쳐도 결국 25퍼센트란 삶 밖에 누리지 못하는 세상. 소주야, 이제 내 가슴에 응어리진 모든 것을 너에게 주었으니 너도 새로운 세상을 찾아서 떠나거라.

우우웅~ 우웅~ 우우웅~

나는 빈 소주병을 들어 차디찬 입맞춤을 가볍게 한 번 한 뒤 꽁꽁 얼어붙은 강 한가운데로 힘차게 내던졌어. 몰아치는 칼바람을 함박눈이 휘감는지 몰아치는 함박눈을 칼바람이 휘감는지도 알 수 없는 그 강 한가운데로.

우우우우웅~ 우우우우우우웅~

잘 가라, 소주야. 다음 세상에 태어나더라도 또다시 소주로 태어나 힘없고 고통 받는 사람들, 그 추운 가슴을 마음껏 데워다오.

사랑도 명예도 이름도 남김없이, 한평생 나가자던 뜨거운 맹세. 동지는 간데없고 깃발만 나부껴, 새 날이 올 때까지 흔들리지 말자. 세월은 흘러가도 산천은 안다……

미리야! 전국 곳곳에 있는 공장들이 잇따라 파업을 일으키면서 마침내 동양식품에서도 엄청나게 큰 노사분규가 일어났어. 그래, 동양식품 노사분규는 이미 예견된 일이었던 것 같아. 가까운 공장들에 비해 가장 규모가 큰 동양식품 박진호 회장이 어용노조를 만들고, 순진한 비노조원들을 돈으로 매수해 민주노조를 철저하게 정탐했거든. 그뿐이 아니야. 동양식품에서는 틈틈이 구사대란 노란 완장을 찬 낯선 사람들이 나타나 노조원들 사생활까지 간섭하기 시작했어.

어용노조 폐지하고 민주노조 인정하라!!!

사람답게 살자는데 조직깡패 웬말이냐!!!

동양식품 구사대는 다른 공장들처럼 간부들로 구성된 것이 아니야. 아예 조직깡패를 채용, 노동자들 모임인 동창회나 향우회는 물론 등산회, 낚시회, 꽃꽂이회 등 취미클럽까지 모두 해체시켰어. 이에 반발하는 노동자들에게는 집단테러를 하는 것도 모자라 밤중에 노조원들 가정까지 침입해 가택수색도 서슴지 않았어. 무법천지… 그래, 안타깝지만 어쩌겠어. 동양식품 안에서는 너 숙부인 박진호 회장이 내뱉는 말 한 마디가 곧 실정법이었거든, 그 법은 곧바로 시행되었고. 특히 민주노조에 가담하는 노동자들은 가담정도에 따라 아무런 예고도 없이 해고 또는 열악한 부서로 강제이동을 당했어.

"이 봐, 김 전무. 모든 수단과 방법을 다 동원해서라도 이번 사건만은 기필코 막아야 하네."

"회장님 지시대로 일을 처리하고 있긴 합니다만… 이번에는 지난번과 다르게 의외로 강경합니다. 무슨 다른 특별한 대책을 세워야 될 것 같습니다."

"특별한 대책? 김 전무에게 무슨 뾰쪽한 묘수라도 있다는 건가?"

노조에 관한한 박진호 회장은 더없이 강경했어. 박진호 회장 사전에는 노조란 단어 자체가 허용될 수 없는 것 같아. 노조는 곧 박진호 회장이 피땀 흘려 이루어 놓은 재산을 빼앗아 공평하게 나누어 가지고자 하는 공산당 무리, 즉 빨갱이 같은 집단으로 비쳐졌기 때문이었어. 박진호 회장 생각은 작가 채만식이 쓴 소설 '태평천하'에 나오는 윤직원, 과 같아. 만석지기 지주이자 고리대금업자인 윤직원과 재계 30위권에 들어있는 재벌이자 전형적인 문어발식 기업가인 동양식품 박진호 회장. 젊은 날, 화적떼에게 약탈당하고 아버지가 살해당한 쓰라린 과거가 있는 윤직원처럼, 박진호 회장도 대학을 졸업한 뒤 여러 가지 사업에 손을 댔다가 몇 번이나 집까지 날려버릴 뻔했던 쓰라린 과거가 있다고 너가 말했잖아. 그래, 지금은 ―든든한 경찰이 있어 도둑 걱정 없고 자신의 고리대금업은 날로 번창하기만 하니 지금이야말로 태평천하, 라고 생각하지 않겠어. 그 태평천하에 사는 윤직원은 스스로 오래 살고 후손들에게 영화를 물려주기 위해 자신이 싼 소변으로 눈을 씻고, 어린애 소변을 사서 아침마다 마셨어. 여기에 만년을 즐겁게 보내기 위해 동접(童接)을 이루어보려고 애를 태우는 그야말로 신선놀음에 도끼자루 썩는 줄 모르는 세월을 보내지. 그 태평천하에 차손인 종학이가 동경에서 사회주의 운동을 하다 경찰에 체포되었다는 비보가 날아들었어. 박진호 회장 또한 그랬어. 윤직원처럼 온갖 보약을 달여 먹으며 태평천하를 누리고 있는 박진호 회장에게도 예외 없이 그 비보가 날아든 것이야. 공장 안 노조설립과 조카 수배는 태평천하에 받아든 비보 가운데 비보였지. 박진호 회장도 아마 윤직원처럼 절규하고 있을 거야. ─이 태평천하에! 이 태평천 하에…… 그놈이 만석꾼의 집 자식이 세상 망쳐 놀 사회주의 부랑 당패에 참섭을 히여? 으음, 죽일 놈! 죽일 놈!, 이라며.

"그…그게 아니라."

"그게 아니면 뭐란 말인가?"

"회장님, 어차피 흘러가는 물을 무슨 수로 막겠습니까? 정부에 서도 그렇고, 다른 대기업들도 모두 저들의 실체를 인정하고 있지 않습니까? 더 이상 회사의 출혈을 피하기 위해서라도 일단 급한 불을 끈 뒤에 저들과의 협상과정에서 적당히 껍데기만 던져주는 방식을 취하는 것이……"

"됐네, 이 사람아. 고기 맛을 못 본 사람이 고기 맛을 한 번 보 면 어찌된다는 것쯤은 김 전무도 잘 알고 있지 않은가. 또 지난번 에 김 전무 말대로 만든 그 노조는 어떡하고. 쯧쯧쯧."

내 머리는 너를 잊은 지 오래… 너를 잊은 지 너무도 오래… 타는 가슴 속 목마름의 기억이… 네 이름을 남몰래 쓴다… 타는 목마름으로 타는 목마름으로… 만세… 노동해방 만만세… 살아오 는 저 푸르른 자유의… 끌려가던 벗들의… 치떨리는 노여움으로…

농성을 마친 노동자들이 가두로 나가기 위해 노래를 부르며 공 장 담벼락 근처로 몰려들기 시작했어. 동양식품 영등포 공장을 겹 겹이 둘러싸고 있는 전경들은 기다렸다는 듯이 최루탄을 무차별적 으로 발사하기 시작했고.

따따따… 따따따따따… 따따따따따따따……

나는 멀찍이 서서 그 현장을 두 눈으로 똑똑히 지켜보고 있어.

회사 철망을 타오르는 노조원들이 지독한 최루탄 연기에 하나 둘 바닥에 떨어져 나뒹굴기 시작해. '노동해방' 이란 하얀 글씨가 적힌 붉은 머리띠를 두른 노조원들은 눈물과 콧물에 범벅이 된 채 우왕좌왕하고 있고. 너무 안타까워. 그때 얼굴에 하얀 마스크를 두른 박 현이 작가 홍명희이가 쓴 소설 '임꺽정' 에 나오는 꺽정이처럼 우렁찬 목소리로 외쳤어.

"민주주의는 피를 먹고 자란다고 했습니다. 저들이 쏘는 최루탄은 노동해방의 길목으로 가는 축폽니다. 우리는 노동해방의 해일입니다. 저들이 최루탄이란 방파제로 아무리 노동해방의 해일을 막아도 노동해방을 향한 우리들의 뜨거운 가슴까지 막을 수는 없을 것입니다. 질서! 질서!"

뿔뿔이 흩어지던 노조원들이 박 현을 따라 질서, 질서, 를 외치며 다시 정렬하기 시작해.

따따따따따따따따따따

와아아아~ 와아아아아

따따따따따따따따따따

질서! 질서! 질서! 질서!

"동지 여러분, 흔들리지 말고… 흩어지지 말고… 강판에 구멍을 뚫듯이 앞으로 힘차게 뚫고 나갑시다."

허연 최루탄이 안개비처럼 공장 안팎을 뒤덮고 있어. 노조원 몇몇은 그 지독한 최루탄 연기 속에서도 흔들리지 않고 공장 담벼락을 막고 있는 철망을 끊어내기 시작해. 이윽고 파란 비닐을 씌운 철망 하나가 툭 떨어져 나갔어.

와아아아 와아아아아

질서! 질서! 질서! 질서!

노조원들이 철망이 떨어져 나간 곳을 향해 한꺼번에 몰려들었
어. 이윽고 철망 또 하나가 툭 떨어져 나갔어.

따따따따따따따따따따

"악!"

허연 최루연기 속에서 깡마른 겨울 하늘을 찢는 외마디 비명소
리가 들린 것도 그 때야.

"앗, 사람이 쓰러졌다."

"누…누구야? 누구?"

매케한 최루탄 연기가 피어나는 공장 담벼락 옆에 노조원 한 명
이 쓰러져 있었어. 노조원들이 쓰러진 사람 주변에 우루루 몰려들
어 큰 원을 그렸고, 엎어진 사람은 미동도 하지 않았어. 최루탄을
미친 듯 쏘던 전경들도 곧 바로 최루탄 발사를 중지했고.

"사람이 죽었다."

"전경이 사람을 쏘아 죽였다."

"살인자들아. 오늘 다 같이 죽자."

성난 노조원들이 공장 안에 들어가 해머와 쇠파이프를 비롯한
여러 가지 공구들을 들고 나왔어. 공장 밖에 벽돌처럼 나란히 진
열하고 있던 전경들이 엉거주춤한 몸짓으로 몇 발짝 뒤로 물러서
기 시작했고.

"아직 숨을 쉬고 있다. 어서, 어서 병원으로……"

살려내라! 살려내라! 살려내라!

"야, 이 개새끼들아. 너희들은 부모 형제도 없이 이 땅에 태어난 천하의 후레자식들이냐?"

최루탄 연기가 희부옇게 가라앉고 있는 공장 밖으로 쇠토막과 여러 가지 공구들이 화살처럼 날아가기 시작했어. 순식간에 전열이 흩어진 전경들은 삼삼오오 닭장차에 올라타느라 정신이 없어.

"잡아라! 살인전경들이 뺑소니를 친다."

와아~ 와아아아~ 와아아아아아아아~

동양식품 일용직 노동자 최루탄에 맞아 의식불명…

중앙일간지와 방송국에서는 동양식품 노사분규 기사를 사고경위에서부터 치료과정과 담당의사 의견, 과잉진압에 따른 문제점 등을 연일 톱뉴스로 보도하고 있어. 박 현이 순식간에 당한 큰 사고는 야당 항의는 물론 경찰청장 사과문 발표에 이어 재야시민운동단체들 항의농성으로 계속 이어지고 있어. 항의농성과 가두집회는 날이 갈수록 커져 이젠 박 현 모교와 각 대학교 총학뿐만 아니라 전국 곳곳으로 들불처럼 번지고 있어.

때려잡자 살인정권! 쳐부수자 살인경찰!!!

군사독재 타도하여 노동해방 이룩하자!!!

병원 주변에는 동양식품 노동자들과 여러 진보운동단체 간부들을 비롯한 대학생들이 신문지를 깔고 앉아 농성 중이야. 병원 정문에는 전경과 무전기를 든 사복형사들이 깡마른 담쟁이 덩쿨처럼 빽빽하게 들러붙어 있고.

맨 먼저 정희가 달려왔어. 핏발선 정희 두 눈에선 금방이라도 불꽃이 튀어나올 것만 같아. 작가 강경애가 쓴 소설 '인간문제'에 나오는 그 간난이, 눈처럼 ─불덩이가 펄펄 나는, 것 같아. 폐병으로 해고당한 선비, 를 도우기 위해 간난이가 달려왔을 때 이미 식어버린 선비 몸. 시커먼 뭉치가 되어 다가오는 선비 시체를 바라보며 넋 나간 듯 주절대는 간난이. ─인간이 걸어가는 앞길에 가로질리는 이 뭉치…… 시커먼 뭉치. 이 뭉치야말로 인간문제가 아니고 무엇일까? 그래, 어쩌면 지금 정희 눈앞에도 박 현이 시커먼 뭉치가 되어 다가오고 있는지도 몰라.

규리와 성자, 수희도 연이어 병원으로 달려왔지만 어떻게 할 수가 없어. 병원 주위에는 전경들과 사복형사들이 둘러싸고 가족 이외는 일체 병원으로 들어가지 못하게 하고 있거든.

아아, 벙어리 귀머거리가 되어야 행복한 나라여!

전두환과 노태우는 오늘 밤에도 피의 술잔을 즐긴다!!!

병원 담벼락에는 여러 가지 대자보와 짤막한 글들이 빼곡히 붙어있어. 지금 응급실에서 시뻘건 피를 줄줄 흘리고 있는 박 현 얼굴처럼.

"우리도 여기에 앉죠?"

"……"

"……"

멍하니 병동을 바라보던 정희가 손등으로 눈물을 찍어냈어. 애써 어설픈 미소를 짓고 있는 정희, 그 모습이 너무나 슬프고 아파. 앞으로 이 큰 문제를 풀어나갈 인간이 누굴까?, 라며 정희가 간난이처럼 내게 묻고 있는 것만 같아.

"어이, 이 시인 아닌가? 요즈음 바쁜가 보지? 얼굴 보기가 힘들어? 우리 사무실보다 훨씬 좋은 사상의 거처를 어디에다 구한 모양이지. 그래, 미리 씨 소식은 아직도 없고?"

"아, 선생님. 자주 찾아뵙지 못해서 정말 죄송합니다."

머리가 희끗희끗한 권 목사가 내 손을 덥석 잡으며 따스한 눈길로 나를 깊숙이 쳐다보았어. 그 눈빛이 마치 늦봄 문익환 목사님 눈빛처럼 잔잔하고 포근해. 훤칠한, 키가 1미터 90이 넘어 보이는 권 목사. 재야운동권을 이끄는 대부이자 내 사상을 이끄는 대부. 나는 늘 권 목사 앞에만 서면 갑자기 작은 점이 되어 사그라지는 것 같아.

"어이, 이 시인. 오랜만이야. 이리 와서 막걸리 한 잔 하지? 그래, 꼭 무슨 일이 터져야 만날 수 있는 거야? 우리 사이가 너무 팍팍해졌어?"

"그럼, 아무나 재벌 사위가 되는감."

"그래, 그 이쁜 마누라는 어쩌고?"

당황했어. 병원 들머리에 신문지를 깔고 앉아있는 사람들 대부분이 내가 잘 아는 사람들이었거든. 부끄러워. 갑자기 내 자신이 너무나 초라하게 느껴지기 시작해. 그래, 이들에 비하면 나는 누구인가. 나는 어쩌면 작가 양귀자가 쓴 소설 '원미동 시인'에 나오는 그 심심한 시인일 뿐이지 않는가. 시를 빼고 나면 돈 사람으로 취급당하는 그 나약한 시인 몽달 씨. ―사내들의 구둣발에 짓밟히고 있는데도 외면한 슈퍼 주인 김 반장이 나쁜 사람이라고, 일곱 살짜리 계집아이가 일러주어도 그저 ―슬픈 시가 있어. 들어볼래?,

라고 말하는 그 바보 같은 몽달 씨. 그래, 유월항쟁 이후 이들 앞에만 서면 나도 모르게 그 몽달 씨가 자꾸 떠오르는 것은 왜일까?

"실장님, 우린 간단히 먹을 것 좀 사올 테니까 서로 인사도 하고 같이 술도 좀 마시고 그래요. 차암, 술은 뭘 좀 사 올까요? 저 많은 사람들한테 술 한 잔이라도 권하려면 아무래도 막걸리가 좋겠죠?"

정희가 힘없이 툭 던지는 말에 나는 진짜 그 원미동 시인처럼 힘없이 고개를 끄덕였어.

"야, 이 가시나야. 박 현 씨를 위해 모인 사람들한테 막걸리 좀이 뭐꼬? 아마 서른 박스는 사야 될 끼다."

성자가 나를 힐끗 쳐다보며 일부러 카랑카랑한 목소리를 냈어. 그렇게 맥없이 서 있지 말고 기운 좀 내요, 라는 투. 그때 수희가 성자 어깨를 툭, 치며 비아냥거렸어.

"너도 차암. 가게에 가서 흑맥주 좀 가져오면 어디가 덧나니?"

"이 가시나 이기 오늘 죽을라꼬 날 받았나? 가시나 니는 지금 이 분우구가 어떤 분우군지 잘 모르것나? 지금 여기 모인 사람들한테 술타령이나 하라꼬 술을 사러 가는 길이 아이다 이 말이다."

"그래도 기왕 술을 마시려면 텁텁한 막걸리보다 시원한 맥주를 마시는 게 훨씬 낫다. 막걸리보다는 맥주, 맥주보다는 흑맥주로."

"너 자꾸 여기서 흑맥주 타령 할래?"

"왜 그래?"

"……미리 그 가시나 생각이 난다 아이가."

힐끔, 내 눈치를 살피는 성자. 낮은 목소리가 작가 박완서가 쓴 소설 '엄마의 말뚝'에 나오는 그 말뚝처럼 내 가슴 깊숙이 다가와 콱 박혔어.

"현대 의술로는 치유가 불가능합니다. 긴 시간이 흐르다 보면 간혹 의식을 회복하는 일이 있긴 합니다만… 지금 저 환자는 살아 있다 해도 죽은 목숨이나 마찬가집니다. 이런 말은 의사로서는 할 말은 아니지만… 차라리 안락사를 시키시는 것이."

그 다음날 겨우 박 현을 볼 수 있었어. 산소호흡기에 의지해 간신히 가녀린 숨을 몰아쉬는 박 현. 그 모습은 정말 처참했어. 시골에서 부랴부랴 올라온 박 현 가족들과 정희가 차겁게 째려보는 데도 아랑곳없이 그 여자가 박 현을 끌어안고 울부짖고 있고.

"현 씨, 저 애희예요. 어서 눈을 떠 봐요. 그리고 평소처럼 활짝 웃어보세요. 제 목소리가 들리기는 들려요? 듣지 못해도 좋아요. 어쩌면 제 목소리가 들리지 않는 것이 현 씨의 회복에 도움이 될지도 모르겠어요."

"가만. 쟤, 그때 결혼식장에서 봤던 그 미친 여자 아냐? 저 여자가 여기까지 또 뭐하러 왔어?"

"이 봐, 아가씨. 다 죽어가는 사람을 그렇게 세차게 흔들면 어떡해? 어서 빨리 죽어라는 거야, 뭐야?"

삼베 같은 누런 붕대에 칭칭 감긴 박 현. 그 얼굴은 흡사 이집트 고대 문명전에 전시된 미이라 같아.

"잘못했어요, 현 씨. 제 하나의 순간적인 잘못으로 현 씨가 이렇게 큰 변을 당하게 될 줄은 정말 몰랐어요. 저 이제… 현 씨 곁에서 영원히 떠나갈게요. 다시는 박 자, 현 자, 란 글자 근처에도 얼씬거리지 않을게요."

"그만, 이제 그만 좀 하세요. 이미 엎질러진 물을 어떡하겠다는 거예요. 진정으로 박 현 씨를 아끼고 사랑한다면 옆에서 조용히 지켜보는 것이 예의가 아닌가요?"

정희가 박 현 아내처럼 당당하게 말했어. 아내처럼? 아내처럼, 이라니. 이런, 멍청한. 그래, 비록 결혼식은 망쳤지만 정희는 엄연한 박 현 아내가 아닌가. 왜냐하면 박 현과 정희는 양가 부모님 반대를 꺾기 위해 미리 혼인신고를 했다, 고 했었거든. 차라리 그때 혼인신고라도 하지 않았다면? 아니, 지금 내가 무슨 생각을 하고 있는 거야? 박 현과 정희 곁에서. 그래, 어쩌면 박 현과 정희는 '피바다'에 나오는 윤섭과 순녀 같은 관계인지도 몰라. 지주와 일제에 항거하는 봉기에 앞장섰다가 일본군에 의해 학살당하는 윤섭. 윤섭을 만나면서 평범한 아내에서 점차 계급의식에 눈 떠 항일혁명투쟁에 앞장서게 되는 순녀. ……재벌가와 군부독재정권에 항거하기 위해 노동현장으로 들어가 노동해방을 부르짖다가 최루탄에 맞아 식물인간이 되어버린 박 현. 반공이데올로기에 충실한 집안에서 태어나 사회출판사에 몸을 담으면서 점차 이데올로기에 눈 떠 마침내 박 현을 남편으로 선택하는 정희. 그래, 어쩌면 정희는 순녀처럼 노동해방을 위한 노동자들 대투쟁에 앞장서게 될지도 몰라. 사랑하는 남자 박 현이 못다한 일을 마무리하기 위해.

"정희야, 잠깐만."

그 여자가 병실 문을 나서며 나즈막하고도 짤막한 목소리로 정희를 불렀어.

"왜요? 지금 이 순간에도 제게 할 말이 남아 있나 보죠? 그래 무슨 변명인지 어디 들어나 볼까요."

"……정희야, 정말 미안하다. 현 씨 부탁한다. 나 곧 서울을 떠날 생각이야."

"서울을 떠나다니? 그게 무슨 말이에요? 이곳이 고향이 아니었던가요?"

"그래, 맞아. 내가 태어나서 지금까지 살아온 곳이 이곳 서울이야. 하지만 이젠 이 동네에서 산다는 것이 너무나 힘겹고 무서워."

"서울을 떠난다? 그러면 어디로? 아니, 지금 무슨 생각을 하고 있는 거예요. 설마, 박 현 씨에 대한 죄책감 때문에 혹, 다른… 이상한 생각을 하고 있는 건 아니겠죠?"

"……"

"언니, 너무 그렇게 자책하지 마세요. 이 모든 것은 언니 한 사람 때문에 빚어진 일은 아니라고 생각해요. 이 모든 것은 저들…… 그래요. 저들을 무너뜨려야만 돼요. 그렇지 않고서는 또 이와 같은 일이 생기지 않으리란 보장이 없어. ……언니, 이제 지나간 모든 것은 훌훌 털어버리고…… 그래요. 저랑 같이 싸워요. 지금 우리가 살 길은 힘을 합쳐 싸우는 길뿐이라고 생각해요. ……언니."

정희 곁에 고개를 푸욱 수그리고 앉은 그 여자 갈색 부츠 위에 물방울이 투둑, 투두둑, 떨어지기 시작했어. 저럴 때 보면 저 여자도 '꽃파는 처녀'에 나오는 꽃분이 같이 마음이 여린 것 같아. 아니, 착하고 아름다운 마음씨를 지닌 꽃분이 동생 순희 같아. 그래, 오히려 정희를 꽃분이에 비유하는 것이 적절한 비유일지도 몰라. 곱고 착하며 일솜씨도 뛰어난 꽃분이. 꽃을 팔아 가족들을 보살피려 하지만 지주 횡포로 가족 모두를 잃고 수난 속에서 사회 현실에 눈을 떠가는 꽃분이. 그래, 정희가 바로 그 착한 꽃분이인지도 모른다. 박 현 옛 애인이자 정희와 박 현 가슴에 못을 박은 저 여자… 박 현을 죽음으로 몰고 간 저 여자를 오히려 정희가 다독이고 있지 않은가. 꽃을 팔면서 여러 가지 유인물을 퍼뜨려 숱한 사람들 가슴에 혁명, 그 붉은 피를 데워주는 꽃분이처럼.

"언니, 이 말은 하고 싶지는 않았지만, 사실 저 개인적으로는 언니에 대한 이미지 중 좋았던 기억보다 나빴던 기억이 더 많아요."

"그래, 정희야. 미안하다. 지금까지 내가 살아온 방식은 문제점투성이였다는 것을 나도 잘 알아. 하지만 그렇게… 절대적으로 나쁘게만 살아왔다는 생각은 들지 않아. 단지 내 잘못은 이 세상의 모든 것을 너무나 선의로 받아들였다는 것이 죄라면 죄일지도 몰라."

눈가에 흐르는 눈물을 손등으로 쓰윽 닦아내는 그 여자 하얗고 포동포동한 손이 바르르 떨어. 그래 저 손, 저 작고 하얀 손이 박 현과 나를 마음껏 주무르던 그 손이란 말인가.

"……언니, 박 현 씨에 대해서는 너무 걱정하지 마세요. 전 박 현 씨가 깨어나는 날까지, 아니 박 현 씨가 영원히 깨어나지 않는다 하더라도, 박 현 씨 곁을 꼬옥 지킬 거예요."

"그래, 참으로 고마워. 제발 그 아름다운 마음에 상처 하나 입지 않았으면 정말 좋겠어."

"언니, 이런 말은 물어보지 않으려 했는데……"

"그래, 무슨 말이라도 좋으니까 어서 얘기해 봐."

"……언니 뱃속에 있는, 그 아이는?"

"……"

"……언니?"

"……아기는 어제 내 곁을 떠났어."

"그…그러면, 낙태를?"

"……"

"기자회견에 앞서 먼저 식물인간이 되어 병원에 누워있는 박 현 선생의 빠른 회복을 위한 묵념을 하도록 하겠습니다. 일동 묵념!"

경실련 사무국장을 맡고 있는 지훈 여동생 지숙이가 서글서글한 눈빛을 빛내며 카랑카랑한 목소리로 말했어.

"오늘, 동양식품의 비리를 만천하에 폭로하는 오애희 씨의 용기 있는 결단에 뜨거운 박수를 부탁드립니다."

경실련 사무실에는 MBC, KBS 방송국을 비롯한 중앙 일간지 기자들뿐만이 아니라 서울 주재 지역 일간지와 각종 주간지, 월간지 기자들로 발 디딜 틈이 없었어.

"……참으로 하찮은 제가 신청한 기자회견에 이렇게 많은 기자 분들이 참석해 주셔서 무한한 영광으로 생각합니다. 제 개인적으로도……"

그때 지숙이가 손을 들어 잠깐만, 잠깐만요, 라며 내 말을 잘랐어.

"기자회견 순서는 나누어준 유인물에 나와 있는 것처럼 먼저 오애희 씨의 심경을 간단하게 들은 뒤 동양식품 박진호 회장의 창업을 위한 초기자금조달과정과 세금포탈을 위한 부정축제과정, 문어발식 기업 확장의 한 사례, 일심회 사건 등에 대한 비리를 밝히는 순으로 하겠습니다. 기자분들은 오애희 씨의 발언이 끝난 뒤 질문을 해 주시기 바랍니다."

애희 씨, 라며 지숙이가 나를 바라보며 손짓을 했어. 지금부터 이야기를 제대로 시작하라는 투였어.

"먼저 이러한 비리를 밝힌다는 것이… 제 개인적으로는 참으로 어리석은 일인 줄 알고 있습니다. 하지만… 이 사실을 계속 베일 속에 숨겨둔다면 이 땅에 가진 자들의 온갖 비리가 전염병보다 더 무섭게 창궐할 것 같아서 죽음을 무릅쓰고 전 언론에 공개코자 합니다."

나를 목표로 화살처럼 날아오는 눈빛, 눈빛들… 무서워. 마치 뜨거운 사막에서 먹을 것을 찾아 헤매는 하이에나, 그 이글거리는 눈빛 같아. 하이에나? 남이 먹다 남긴 썩어가는 고기를 먹고 사는 하이에나. 좋게 말하면 사막의 청소부라 불릴 수 있는 하이에나. 그래, 모든 것은 박, 진, 호, 라는 하이에나 같이 더러운 그 새끼 때문에 비롯된 일인 것을. 그래, 그동안 나는 하이에나처럼 굶주린 박진호 회장 배를 채우는 그 썩어가는 고깃덩이에 불과했어.

"……처음 제가 박진호 회장을 만난 것은 올해 초였습니다. 박 회장 비서실에서 전화가 왔었지요. 사실 저는 그 전에도 제 선배와 후배를 통해 박 회장에 관한 얘기를 어렴풋이 들어서 그 사람의 인품에 대해 별로 좋은 감정을 갖고 있지는 않았습니다. 하지만 막상 박 회장을 처음 만났을 때, 저는 박 회장의 잘 생긴 외모와 따스한 인격에 자신도 모르게 끌리기 시작했습니다. 철없는 강아지처럼요."

그때 어디선가 서로 싸우는 듯한 요란한 소리가 들리기 시작했어. 어이, 형사 나리도 이런 기자회견 좀 듣게 하지. 왜 그래?, 라는 소리가 사무실 입구에서 들리는가 싶더니 이내 잠잠해졌고.

"……그날 그렇게 만난 이후 박 회장은 수시로 나를 불러냈습니다. 하루는, 그러니까 세 번째 만났을 때였습니다. 그때가 1월 말경이었을 겁니다. 박 회장이 현금뭉치가 빽빽한 007가방을 제 손에 쥐어주면서 저를 유혹하더군요. 1억이 든 007 가방 앞에서 저는 자신도 모르게 무너지고 말았습니다. 처음에 저는 그 돈이 단순히 제 몸값인 줄로만 알았습니다. 좀 많다는 생각이 들기도 했지만요. 하지만 날이 갈수록 그 돈이 위력을 발휘하기 시작하더군요. 그때부터 저는 박 회장의 애첩이자 가장 충직한 스파이가 되어야만 했습니다."

한 방울, 또 한 방울, 나도 모르게 눈물이 쏟아져. 하지만…… 이제는 밝혀야 해. 내가 지금 박 현과 정희 그리고 이지훈을 비롯한 수많은 동지들을 도울 수 있는 일은 이 방법뿐이야. 그래, 한때 지훈이 나더러 창녀 같다고 했었지. …… 그래, 창녀 같이…… 정말 창녀 같은 내 삶을 낱낱이 밝혀야만 해. 우리 경제가 민주화될 수 있는 그날을 하루라도 더 앞당기기 위해서라도.

"사설은 빼고 박진호 회장의 창업을 위한 초기자금조달과정부터 순서대로 상세하게 밝혀주십시오."

"……초기자금은 형님의 재산을 가로챈 것입니다. 그 당시 박 회장의 형님이 오징어잡이에 나섰다가 사고로 행방불명되자, 박 회장은 그의 형수를 경남 남해의 '한마음' 이라는 정신병원 이사장과 짜고 감금시킨 뒤 모든 재산을 가로챈 것입니다. 이에 대한 사실은 당시 등기부 등본과 지금 이 시간에도 감금되어 있는 박진호 회장의 형수를 만나보시면 진상을 알게 될 것입니다. ……세금포탈을 위한 부정축제과정 또한 마찬가지입니다. 박 회장에게는 그의 형이 낳은 2녀가 있습니다. 지금도 큰 조카는 박 회장이 데리고 살고 있구요. 박 회장은 자신의 재산을 은폐하기 위해 그 조카 두 사람 앞으로 수많은 땅과 주식을 명의이전 시켰지요. 심지어는 정신병동에 감금되어 있는 자신의 형수 앞으로도 명의이전 시켜놓은 임야와 공장도 있습니다."

"방금 박 회장이 지금도 큰 조카를 데리고 산다고 했는데, 나머지 조카 한 명은 어디 있습니까? 유학을 보낸 겁니까?"

"이야기가 잠시 다른 곳으로 흘러가는 것 같지만 그 사실도 꼭 밝혀야 되겠군요. 박 회장의 조카 한 명은 한때 학생운동을 한 탓에 수배를 받아 잠적하기도 했지만 지난 유월항쟁 이후 수배가 풀린 상태지요. 하지만 지금도 숨어서 살고 있습니다. 박 회장의 비리 사실을 눈치 챘기 때문이지요. 박 회장 역시 지금도 그 조카를 잡기 위해 안달을 하고 있구요. 문어발식……"

"잠깐, 잠깐만요. 그렇다면 그 조카는 지금 어디에 있습니까? 혹시 그 조카가 대한대학교 총학 부회장을 맡은 박미리가 아닙니까?"

그때 지숙이가 자리에서 벌떡 일어나 마이크를 잡고 흥분된 목소리로 외쳤어. 지숙이 초롱초롱한 눈빛은 지훈 눈빛을 그대로 빼다 박은 것 같아.

"잠깐. 질문은 발언이 모두 끝난 뒤에 해 주세요. 그리고 가급적이면 박 회장의 주변 분들에 대한 질문은 삼가해 주시기 바랍니다. 그 분들에 대한 인권과 명예를 지켜줘야 하기 때문입니다."

"……문어발식 기업확장의 한 예란 것은 얼마 전에 있었던 학교법인 정인재단과의 합병이 무산된 일을 말하는 것입니다. 정인재단은 지금 혼수상태에 빠져 있는 박 현 씨의 부친 소유입니다. 박 회장은 청주의 노른자 땅을 차지하고 있는 그 정인재단을 차지하기 위해 대학동창인 서익수 반공연맹회장의 딸을 박 현 씨와 결혼시키려고 했습니다. 저는 그 일을 도저히 묵과할 수가 없었습니다. 그래서 제가 가서 그 결혼식을 난장판으로 만든 일도 있었지요. 물론 박 현 씨와 서익수 회장의 따님이 서로 사랑하는 사이가 아니라는 것은 아닙니다. 또한 제가 한때 결혼까지 약속한 사람이 박 현 씨였기 때문에 욱, 하는 심정으로 그랬던 것은 더더욱 아닙니다. 사실 얼마 전부터 저는 제정신이 들기 시작했지요. 아니, 여러 가지 여건으로 볼 때 절대 불가능할 것이라고 생각했던 그들의 결혼이 현실로 실현된다는 사실을 알고부터 정신을 차렸다고나 해야 할까요. ……이건 이미 지나간 제 개인적인 이야기이긴 합니다만 박 회장의 조카에 대해서 간략하게 말씀드려야 될 것 같군요. ……박 회장의 조카는 사실 제가 한때 좋아했던 대학선배를 사귀고 있었습니다. 하지만 박 회장은 조카와 선배를 갈라놓기 위해 저더러 박 현 씨를 포기하고, 그 선배와 다시 시작하라고 하더군요. 그 선배와 결혼하면 부부동반 해외유학뿐만 아니라 평생 호위호식할 수 있는 돈을 주겠다, 면서 그 자리에서 백지수표까지 내놓았습니다. 선택의 여지가 없었지요. 저 또한 내심으로는 그 선배를 더 좋아하고 있었던 건 사실이었으니까요. ……두 사람이 자연스레 가까워지게 된 것도 그것 때문이었지요. 박 현 씨가 구속되어 있을 당시 제가 서 회장의 따님에게 저 대신 면회를 다녀오라며 몇 번이나 부탁까지 했으니까요. …… 그날 박 회장은 그 백지수표에 돈을 기재한 뒤 알약 한 병을 제게 건네주더군요. 자세히 바라보니 그 알약은 박 회장과 제가 잠자리에 들기 전에 한 알씩 나눠 먹던 그 알약이었지요. 저는 금세 박 회장의 의도를 눈치챘지요. 어떤 방법을 쓰더라도 그 선배를 차지하라는 그런 뜻이었지요. 저 역시 그런 치사한 방법까지 쓰고 싶지는 않았지만 결국 대학시절부터 짝사랑했던 그 선배와 눈앞에 보이는 엄청난 부를 동시에 차지한다는 생각에 눈이 뒤집히고 말았습니다. 그래서 선배에게 찾아가 그 알약을 몰래 술에 타서 먹이곤 했지요. 여기에 그 약속증서와 알약이 있습니다. 나중에 확인해 보시기 바랍니다."

내가 3억, 이란 어마어마한 액수가 적힌 당좌수표와 비아그라, 라는 알약이 든 병을 증거물로 내놓았어. 어서 끝내고 싶어. 어서

이 자리에서 벗어나 깡소주에 몸과 마음을 모두 맡겨버리고 싶어. 나는 내 앞에 놓인 물을 소주처럼 쭈욱 들이킨 뒤 서둘러 말을 이었어.

"……일심회 사건에 대해서 말씀드리겠습니다. 일심회는 지금도 구속 중인 강만수 씨와 그 당시 강만수 씨와 같은 부서에 근무하는 직원들끼리 만든 등산클럽입니다. 사내 취미클럽이지요. 그런데 박 회장은 당시 초대 노조위원장으로 추대된 강만수 씨를 제거하기 위해 공안정국이라는 점을 악용했습니다. 당시 강만수 씨 집에서 압수된 북한관련 책자들 뿐만 아니라 김일성과 사회주의를 찬양하는 유인물들은 모두 박 회장을 과잉 충성하는 비서실장의 소행입니다. 여기에 그 증거가 있습니다. 당시 동양식품 비서실장에게 북한관련책자를 구입해 준 대학생의 자필 해명서와 그 유인물을 인쇄한 인쇄소의 거래장부 복사본입니다. ……그럼 이것으로 제 얘기는 그만 마치도록 하겠습니다."

내 말이 끝나자마자 기자들 질문공세가 소나기처럼 쏟아지기 시작했어.

"오애희 씨는 재학 당시 학생운동권의 핵심간부를 맡은 걸로 알고 있습니다. 그런 사람이 돈 몇 푼 때문에 박 회장에게 쉬이 매수되었다는 것이 믿어지지가 않습니다. 무슨 다른 이유나 보이지 않는 힘이 작용하고 있는 것은 아닙니까?"

"오애희 씨가 짝사랑했다는 그 선배라는 사람은 누구입니까? 지금도 만나고 있습니까?"

나는 내가 알고 있는 모든 것을 시인 윤동주 '서시'에 나오는 —

하늘을 우러러 한 점 부끄럼 없, 이 말했어. 여기에 더 이상 살을 덧붙인다는 것은 박 현 씨와 정희 그리고 지훈 씨와 미리에 대한 모독이야. 아니, 내 자신에 대한 참을 수 없는 모독이야. 더 이상 무슨 말을 덧붙일 수 있을까.

"오애희 씨의 뱃속에 아이가 있다는데 그 아이는 누구의 아이입니까?"

"박 회장의 아이입니다만…… 지금은 이 세상에 없습니다."

박, 미, 리.

이제 우리는 이 세상을 살아가는 가난하고 헐벗은 사람들, 힘없고 상처 입은 사람들 찢긴 몸과 마음을 기워주는 실과 바늘이 되어야 해. 그래, 조금만 기다려. 내가 지금 너를 찾아 이렇게 애타는 가슴을 소주로 다독이며 달려가고 있어.

"어이, 젊은이. 아무리 젊다 해도 술을 그렇게 마시면 쓰나?"

"……"

"자, 이거라도 좀 먹으면서 술을 마시게."

눈썹과 뺨까지 가린 갈색 털모자를 쓴 50대 들머리께로 보이는 중늙은이가 다리가 달린 오징어 반 토막을 내 바지 위에 올려놓았어.

"아니, 괜찮은데…… 고맙습니다."

기차 칸 한 끝에 자리 잡고 열차 안에서 벌어지는 풍경을 연민이 듬뿍 담긴 눈길로 바라보는 중늙은이… 그 모습이 마치 작가 최명익이 쓴 소설 '장삼이사'에 나오는 나, 같아. 장삼이사? 그래,

도망을 갔다가 잡혀오는 창녀와 신사를 둘러싸고 기차 칸에서 벌어지는 이야기였지. 바로 그 모습을 내 앞에 앉아 있는 중늙은이처럼 관찰자 입장에서 바라보고 있는 사람이 바로 소설 속에 나오는 나, 였어. 그래, 몸집이 크고 잘 차려 입은 신사에게 붙들려 오면서도 회색 외투를 퇴폐적으로 어깨에만 걸친 채 줄곧 담배만 피우던 그 여자. 당꼬바지를 입은 승객이 여자를 바라보며 ─만주루 북지루 댕겨보믄 돈벌인 색시 당자가 제일인가 보든, 이라고 내뱉는 말에 어깨를 흠칫하던 그 여자. 사람들이 하나 둘 내리고 내가 그 여자와 마주앉게 되었을 때 어떤 젊은이에게 여자를 인계하고 하차하는 신사. 그 젊은이가 뺨을 후려치자 입 가장자리를 떨며 울음을 참고 있는 듯 하지만 눈은 여전히 웃고 있었던 그 여자. 결국 눈에 눈물을 어리우며 화장실에 갔다가 어느새 직업적인 추파를 던질 듯한 요염한 모습으로 화장을 고치고 돌아오는 그 여자. 아무 일도 없었다는 듯이 자신을 인계받은 그 젊은이에게 ─옥주년도 잡혔어요?, 라며 농을 던지는 그 여자. 그 여자 모습을 바라보며 갑자기 껄껄 웃고 싶은 충동을 겨우 억제하는 나.

"어디까지 가는가?"

한동안 소설 속을 헤매고 있던 나는 중늙은이가 내뱉는 가래 끓는 소리에 퍼뜩 정신이 들었어. 순간 나도 모르게 큭, 하는 웃음이 입술을 비집고 나왔고. 나와 중늙은이가 그 소설에 나오는 나처럼 서로 관찰자 입장으로 바라보고 있었다는 생각 때문이었어.

"……부산까지요."

"부산이 고향인가?"

중늙은이 목소리가 차창을 스치는 겨울바람 소리처럼 허허롭게 갈라졌어. 이마에 패인 굵은 주름살 서너 개가 금방이라도 고된 세월을 한꺼번에 토해낼 것 같기도 하고.

"아니요. 근데 어르신은요?"

"어르신이라 부르지 말고 장, 이라고 부르시게. ……나는 대전까지 끊었지만 어느 역이든 마음에 드는 곳이 있으면 무작정 내릴 생각일세."

"……장 선생님, 참으로 부럽습니다. 마음에 드는 역에 무작정 내릴 수 있다는 것이. 참, 한 잔 하시겠습니까?"

소주병을 바라보며 빙그시 웃는 중늙은이가 이내 침을 꼴깍 삼키며 고개를 끄덕였어.

"떠돌이의 삶이 부럽다고 했는가? 하긴 나도 젊은이 나이만 할 때는 그렇게 생각했었지. 정처 없이 떠돌아다니며 사는 것이 어쩌면 일탈된 삶으로부터 벗어나 진정한 자유인이 되는 길이라고. 하지만 그게 아니었다네. 가정도 이웃도 사회도 국가도 필요 없다고 생각했던 나를 가로 막았던 것은 당장 눈앞의 의식주를 해결하는 문제였네. 그것은 나 자신에 대한 또다른 이율배반이자 구속이었지."

"……"

소주를 홀짝 비운 중늙은이가 나를 지그시 바라보며 또 한번 빙그시 웃어. 내가 지금 무슨 생각을 하고 있는지 훤히 알고 있다는 눈빛. 언젠가 너와 내가 재미로 점괘를 뽑으러 탑골공원에 같을 때 ─천생연분이구먼. 하지만 이별 수가 있어, 라며 점괘를 뽑아주

+10 사랑, 그 끝없는 끝   345

는 그 노인처럼.

"마저 드시죠?"

"그건 자네가 들게."

중늙은이가 슬며시 자리에서 일어나더니 짐칸에 올려둔 보퉁이를 자꾸 뒤적이고 있어.

"뭘 찾으세요?"

"……"

잠시 뒤 중늙은이 얼굴에 잔물결 같은 잔잔한 미소가 피어올랐어. 시퍼런 힘줄이 툭툭 불거진 옹이 박힌 손에는 소주가 한 병 들려 있었고.

빠아앙~ 빠아아앙~ 빠아아아앙~

오늘따라 유난히 노을이 붉어. 살얼음 낀 빈 벌판 위에 질서정연하게 남겨진 벼 밑둥들이 몹시 추워 보여. 허옇게 얼어붙은 강 위에서 청둥오리떼가 한 무더기 날아오르고 있어. 끼루룩, 끼루룩, 소리를 내며 시퍼런 허공을 퍼덕이는 소리가 춥다, 춥다, 라고 소리치는 것 같아.

빠아앙~ 빠아아앙~ 빠아아아앙~

사람은 누구라도 스스로 앞날을 알 수는 없는 것 같아. 조금 앞에 소주를 나눠 마신 장, 이라는 중늙은이를 만난 것도 오늘 내가 이 기차를 타지 않았다면 만날 수 없었을 것 아닌가. 삶은 우연일까. 그 우연이 반복되어 결국 필연으로 발전하는 것은 아닐까. 아냐. 어쩌면 사람은 애당초 필연을 가지고 태어나는 것인지도 몰

라. 필연에 의한 우연적인 만남? 그렇다면 조금 앞에 만난 그 중
늙은이와도 필연에 의한 만남이란 말인가. 잘 모르겠어. 하여튼
그 중늙은이는 나와 소주를 나눠 마시다가 신탄진역에 닿자 −옛
날 신탄진이란 담배가 생각난다, 라며 그렇게 훌쩍 내렸지 않았는
가. 이, 이런 멍청한. 우연에 의한 인연이 필연을 낳고, 필연에 의
한 인연이 우연을 낳는다, 라고 말한 백운여래님 말을 까맣게 잊
고 있다니.

"차표 좀 보여주세요?"

"……아, 네에. 여기."

"……방금 대전을 지났는데 깜빡하신 모양이죠?"

"무…무슨 말씀을?"

"무슨 말씀이 아니라 이 표는 대전행 표이지 않습니까? 아니,
보기에는 멀쩡한 사람이……"

"그게 무슨 말씀이십니까? 이리 줘 봐요."

바다색 옷을 칼날처럼 다려 입은 검표원 인상이 더럽게 찌푸려
졌어. 이런~ 이런~ 내가 건넨 기차표는 놀랍게도 영등포발−대전
행이었어. 여기에 소인, 이라는 글씨까지 찍혀있었어.

철커덕 철커덕… 철커덕 철커덕…

"이…이럴 리가. 아, 아니. 이 표가 방금 내가 낸 표가 맞습니
까?"

"……젊잖게 생긴 사람이 입에 침도 안 바르고. 더 여행을 하고
싶으면 그냥 추가요금을 주든지, 아니면 깜빡했다고 사정을 하든
지 하면 될 것을. 젊은 사람이 뻔뻔스럽기는."

"아니, 그게 아니라 전 분명히 서울역에서 부산행 표를 끊었단 말입니다. 사람을 어찌 보고 함부로……"

"이 사람 이거 그냥 넘어가려고 했더니 도저히 안 되겠구먼. 능청 떨지 말고 이리 따라와요."

철커덕 철커덕… 철커덕 철커덕…

딱 잘라 말하는 검표원 말에 객실에 탔던 사람들이 호기심 어린 눈빛으로 나를 이상하게 바라보았어. 모두들 ―어떤 자식이 이렇게 떠들어, 라는 떨떠름한 표정.

"그 참, 반반하게 생긴 젊은이가……"

"얼굴만 보고 사람 속을 알 수 있나요. 요즈음 젊은 애들 중에는 반반하게 생긴 것들을 더 조심해야 한다니까."

"말세야, 말세."

빠아앙~ 철커덕 철커덕… 철커덕 철커덕…

"아, 아니. 그…그게 아니라."

"……"

기가 막혔어. 검표원은 당연히 자신에게 주어진 정당한 업무를 본 것에 불과했어. 그래, 객실 안에 있었던 사람들도 그렇게 판단할 수밖에 없었을 거야. 오죽 험한 세상인가. 장, 그 중늙은이 잘못도 아니야. 내 잘못이야. 내가 화장실을 다녀오기 위해 자리를 비울 때 혹시 검표원이 오면 보여주라고 장에게 차표를 맡기지 않았는가. 화장실을 다녀온 뒤에 장, 이 내미는 표를 주머니에 구겨 넣고 계속 소주를 주거니 받거니 하지 않았던가. 어쩔 수가 없었어. 아마 장, 도 표가 바뀐 것을 모르고 있었을 가야. 그래. 어쩌면 장, 은 너를 만나러 가는 나에게 또 하나 새로운 화두를 남긴 것인지도 몰라. 우리가 살아가는 이 세상은 스스로 행동과는 전혀 무관하게 남이 저지른 잘못을 뒤집어쓰고 살아가는 세상이라는 것을. 산다는 것은 스스로 뜻에 의해서 정해진 역에 내리는 것 같지만 결국 그 역에 이르기에 앞서 엉뚱한 역에서 훌쩍 내리게 되는 일이 더 많다는 것을.

깍깍깍… 깍깍깍깍깍…

허름한 여인숙 마당을 지키고 있는 은행나무 위에서 까치 두 마리가 울고 있어. 먼지가 부옇게 낀 창밖. 이십대 허리춤께로 보이는 남자 한 명이 주변을 두리번거리며 여인숙 안을 향해 손짓을 했어. 이십대 들머리께로 보이는 여자 한 명이 희미한 미소를 흘리며 여인숙을 슬그머니 빠져나갔고. 그때 살이 디룩디룩 찐 아주머니 한 분이 입이 째지도록 하품을 하면서 ─까치가 울면 반가운 손님이 온다고 했는데, 라며 은행나무를 올려봐.

……뉴스를 전해 드리겠습니다. 어젯밤 9시, 제2한강교에서 자살한 것으로 추정되는 여자의 시신은 얼마 전 구속된 동양식품 박진호 회장의 비리사실을 폭로한 오애희 양으로 밝혀져 큰 충격을 주고 있습니다. 경찰과 검찰은 현재 삼성의료원 영안실에 안치된 오애희 양의 보다 정확한 사인파악을 위해서 일반인의 출입을 일체 통제하고 국립과학원에 시신 감정을 의뢰하는 한편 타살 가능성이 농후하다고 판단, 정밀수사에 나섰습니다……

깍깍깍깍깍깍깍……

그래, 이제 매케한 눈물빛 세상은 끝이 났어. 지난 7년에 걸친 사랑, 그 아름다운 2555일은 수많은 사람들에게 쓰라린 상처와 깊은 슬픔을 심어 놓았어. 지금 이 시간에도 이 세상 끝자리에 서서 최루가스 속을 헤매고 있는 박, 현. 스스로 던져놓은 그물에 스스로 걸려든 박, 진, 호. 그 틈바구니에서 꽃다운 나이를 마감한 오, 애, 희. 지금 이 시간에도 정신병원에 갇혀 죽음 같은 세월을 감고 있는 미, 리, 모. ……

이 세상에 섬처럼 덩그러니 남겨진 내가 해야 될 일은 무엇일까? ……우선 미리 어머니를 구하는 일이야. 그 다음으로 오애희가 왜 한강에 몸을 던졌는지, 그 사건을 정확하게 밝혀야 해. 박진호 개인에게 빼앗긴 동양식품도 되찾아 사회에 돌려줘야 하고. 식물인간이 되어버린 박 현과 박 현 곁을 지키고 있는 정희도 나와 너가 가족처럼 보살펴야 해.

내 주변에 있는 수많은 분들은 나더러 정치권에 발을 들여놓으라고 그래. 우리 사회가 안고 있는 모순덩어리를 정치적으로 직접 해결하는 것이 가장 빠른 길이라며… 나는 생각이 좀 달라. 나는 구태의연한 그런 정치권이 싫거든. 내가 지금 금뱃지를 단다 하더라도 나 혼자 아무리 발버둥을 치면 뭐 하냐구. 그러다가 결국 눈치 9단이라는 저들 정치인처럼 그렇게 이상하게 물들고 싶지 않아. 그래, 오히려 그 정치권까지도 감시하는 시민운동에 몸을 던져야 해. 다시는 이런 잔인하고도 끔찍스러운 일이 생기지 않게끔 정치뿐만 아니라 경제, 사회, 문화, 교육 등 우리 사회 곳곳을 감시하고, 잘못된 일에 당당히 맞서는 올곧은 시민운동 말이야.

········· ·

시작이 있으나 시작이 없는 세월········· ·

········· ·

끝이 있으나 끝이 없는 삶········· ·

태초에 신은 사람을 만들어 일정한 삶을 약속했어. 사람은 신과 한 그 약속을 지키기 위해 끝없이 노력했지만··· 사람은 신이 바라는 진실보다 거짓과 배반을 먼저 배웠어. 그래, 이제는 사람 스스로 창조한 거짓과 배반을 딛고 마침내 신과 하나가 되어야 하리라. 진실은 거짓과 배반을 먹고 자라며, 인간은 신이 바라는 진실을 먹고 자라므로.

깍깍깍··· 깍깍깍깍깍······

기다려라, 내 영원한 반쪽이여.

깍깍깍깍깍깍깍······

안드로규노스야, 다시 눈을 떠라. 일어나자, 일어나자, 한 번만 더 제우스와 겨뤄보자꾸나.

〈end〉

나는 지금 너가 어디에 살고 있는지 모른다.
너가 좋은 남자를 만나 결혼을 하여 딸아들 놓고
행복하게 잘 살고 있으면 참 좋겠다.

이십대 끝자락, 나와 너는 더 이상 만나지 못했다.
너가 나를 먼저 떠났는지,
내가 너를 먼저 떠났는지도 모른 채 말이다.
그때부터 너는 툭 하면 꿈에 나타났다.
이 세상살이가 고달프고 힘들 때면
더욱 또렷한 모습으로 내 곁을 어른거렸다.
아팠다.
그 아픔은 지금까지도 이어지고 있다.
그렇지만 이제 이 이야기를 끝으로 내가 그 여자를 놓아주려 한다.

너는 어쩌면 속세를 벗어나 절에 들어가
스님이 되어 있는지도 모른다.
너 또한 혹시 그때 나를 잃어버림으로써
지금까지도 나를 찾고 있는지도 모른다.

나는 지금까지도 7년,
2555일이란 그 긴 나날들이
지독한 사랑이었는지 지독한 집착이었는지 잘 모르겠다.
그래, 어쩌면 남녀 사이를 하나로 묶어주는 사랑,
그 뿌리는 한 사람에 대한 끝없는 집착에서 시작되는 것인지도 모른다.

사랑…
이 두 글자가 사라지지 않는 한
지구촌에 새롭고 아름다운 삶을 보듬는 사랑,
그 역사는 끝없이 이어질 것이다……

사랑,
2555 α

지은이 **이소리** | 발행인 **김윤태** | 발행처 **도서출판 선** | 북디자인 **디자인이즈** | 등록번호 **제15-201** | 등록일자 **1995년 3월 27일**
초판 1쇄 발행 **2014년 5월 20일** | 주소 **서울시 종로구 낙원동 58-1 종로오피스텔 1020호** | 전화 **02-762-3335** | 전송 **02-762-3371**
값 **15,000원**
ISBN **978-89-6312-477-3 03810**